TRAUDI

Danielle Steel

Herzschlag für Herzschlag

EDITION RICHARZ
Bücher in großer Schrift

Danielle Steel

Herzschlag für Herzschlag

Roman

Aus dem Amerikanischen
von Dr. Ingrid Rothmann

Edition Richarz
Verlag CW Niemeyer

Die Deutsche Bibliothek – CIP-Einheitsaufnahme

Steel, Danielle:
Herzschlag für Herzschlag : Roman / Danielle Steel. Aus dem Amerikan. von Ingrid Rothmann. – Hameln : Niemeyer, 1996
(Edition Richarz, Bücher in großer Schrift)
ISBN 3-8271-1962-6

Die Originalausgabe erschien unter dem Titel
„Heartbeat" bei Delacorte Press,
Bantam Doubleday Dell Publishing Group, Inc., New York

Lizenzausgabe mit freundlicher Genehmigung des
Wilhelm Goldmann Verlages, München

Satzherstellung: Richarz Publikations-Service
Umschlaggestaltung: Christiane Rauert, München,
unter Verwendung eines Bildes
von David Hanover
© Tony Stone Images
Gesamtherstellung: Ebner Ulm
Printed in Germany
ISBN 3-8271-1962-6

Für Zara,
den süßen Herzschlag meines Lebens.
Möge das deine stets
reich an Liebe und Freude sein.
Und für ihren Daddy,
der mein Leben randvoll
mit Liebe, Freude und mit Herzschlägen füllt,
aus ganzem Herzen und mit Liebe.

d. s.

HERZSCHLAG

nimmermüde
pochend,
 ratlos ob des Ziels,
  von Herzen,
herzbewegend,
 süße Träume,
  Herzschlag,
 Klang, so köstlich
  in meinen Ohren,
 gleich einer Hand,
die meine Ängste stillt,
 Schritte voller Liebe
  in der Nacht,
 heimlich gehütete Hoffnung,
  ewig hell,
Liebe, hell strahlend,
 die Gabe des Höchsten,
sanftes
süßes Schlummerlied,
 das Wunder winziger
  Füßchen,
 aus einem einzigen
kostbaren Schlag geboren,
 eines süßen Liedes voll,
  mein Herz für immer

dein sein soll,
ewige Fessel,
ein Band, das nimmer reißt,
aus unserer Liebe
stark und rein,
ein leises Flüstern,
und das Kind, es schläft,
unsere Liebe
wird mmer sein
gleich Sternenstaub so wundersam,
mein Herz auf ewig, ewig dein.

1. Kapitel

Das Geklapper der uralten Schreibmaschine füllte mit hartem Stakkato die Stille des Raumes. Eine blaue Rauchwolke hing in der Ecke des Raumes, in der Bill Thigpen arbeitete, die Brille hoch auf die Stirn zurückgeschoben. Kaffee in Plastikbechern stand gefährlich nahe am Schreibtischrand, Aschenbecher quollen über, während er mit angespannter Miene, die blauen Augen zusammengekniffen und auf den Text gerichtet, tippte. Schneller und schneller, dann ein hastiger Blick auf die hinter ihm unerbittlich tickende Uhr. Er tippte wie vom Teufel gejagt. Sein ergrautes Haar war so wirr, als hätte er schon tagelang vergessen, es zu kämmen. Sein Gesicht war glattrasiert, seine Züge, obwohl markant, ließen Sanftheit ahnen. Er war kein Mann, den man ohne Einschränkungen als gutaussehend hätte bezeichnen können, doch er wirkte stark und anziehend. Er war mehr als einen zweiten Blick wert – ein Mann, mit dem man gern zusammen war. Aber nicht jetzt, während er wieder stöhnend auf die Uhr sieht und die Finger noch schneller über die Tasten tanzen läßt. Und dann endlich Stille, eine hastige Unterschrift, schon im Aufspringen, ehe er einen Stapel Papierbögen an sich rafft – das Ergebnis siebenstündiger Arbeit. Er sitzt seit fünf Uhr morgens an der Maschine. Kurz vor eins ... fast schon Sendezeit ... Er rast durch den Raum, reißt die Tür auf, sprintet am Schreibtisch seiner Sekretärin vorüber und den Korridor entlang. Er weicht den Menschen aus, um Zusammenstöße zu vermeiden, und ignoriert die erstaunten Blicke und freundlichen Grüße, wenn er an Türen klopft, die sich nur einen Spalt breit öffnen, damit er eine Seite mit den eben verfaßten Änderungen durchschieben kann. Es ist ein vertrauter Vorgang, der sich einmal, zweimal, auch drei- oder viermal im Monat wiederholt, immer dann nämlich, wenn Bill der Meinung ist, die Serie liefe nicht mehr so, wie es seinen Vorstellungen entsprach. Als Autor der erfolgreichsten Fernsehserie schrieb er eine oder zwei Folgen höchstpersönlich um, wenn sie ihm nicht mehr gefielen, und war erst zufrieden, wenn er alles umgemodelt hatte. Sein Agent behauptete, er sei schlimmer als die neurotischste TV-Mutter, wußte aber, daß er absolute Spitze war. Bill Thigpen besaß einen untrüglichen Instinkt dafür, was eine erfolgreiche Serienhandlung ausmachte. Geirrt hatte er sich noch nie. Bis jetzt nicht.

Die Serie ›Lebenswertes Leben‹ war noch immer die heißeste Nummer im amerikanischen TV, und sie war allein Bill Thigpens Baby. Anfangs hatte er fürs Fernsehen nur geschrieben, um sein nacktes Überleben zu sichern – damals, als er als junger Bühnenautor in New York fast verhungert wäre. Er hatte ein Konzept ausgearbeitet und zwischen zwei Theaterstücken das Drehbuch für eine Folge verfaßt. Als Autor für Off-off-Broadway-Bühnen, der als unbeugsamer Purist galt, fühlte er sich in erster Linie der Bühne verpflichtet. Daneben war er aber auch verheiratet, lebte in SoHo und nagte am Hungertuch. Leslie, seine Frau, war Tänzerin in Broadway-Shows und ebenfalls ohne Arbeit, weil sie ihr erstes Kind erwartete. Erst hatte er Witze gerissen und verkündet, falls es ihm glückte, mit der Serie einen Erfolg zu landen, der für ihn den Durchbruch bedeutete, wäre es eine Ironie des Schicksals. Doch während er sich mit dem Drehbuch abmühte und daneben ein Konzept für die ganze Serie ausarbeitete, hörte das Vorhaben auf, nur ein Witz zu sein, und seine Arbeit artete zur Besessenheit aus. Er mußte es schaffen ... für Leslie ... für das Baby. Und um ehrlich zu sein, ihm gefiel diese Arbeit ... nein, er liebte sie. Die Fernsehgewaltigen überschlugen sich vor Begeisterung. Adam, sein Sohn, und die Serie erblickten fast gleichzeitig das Licht der Welt, der eine ein strammer, neun Pfund schwerer Junge mit den blauen Augen seines Vaters und goldblonden Locken, das andere ein Versuchsballon im Sommerprogramm des Senders, der die Einschaltziffern nach oben schnellen ließ, so daß ein Schrei der Entrüstung ertönte, als die Serie im September wieder vom Bildschirm verschwand. Binnen zweier Monate wurde ›Lebenswertes Leben‹ fortgesetzt und Bill Thigpen hatte sich zum Autor der erfolgreichsten, jemals ausgestrahlten Tagesserie gemausert. Die wichtigsten Entscheidungen sollten später kommen.

Er schrieb einige der ersten Fortsetzungen selbst. Sie fielen gut aus, obwohl er Schauspieler und Regisseure fast in den Wahnsinn trieb. Seine Karriere am Off-off-Broadway hatte er mittlerweile so gut wie vergessen, und in kürzester Zeit war das Fernsehen sein ein und alles geworden.

Schließlich bot man ihm einen Haufen Geld, damit er sein Konzept verkaufte. Er hätte sich nun in aller Ruhe hinsetzen, Tantiemen kassieren und sich wieder seinen Bühnenstücken widmen können. Aber inzwischen war ›Leben‹, wie er es nannte, wie sein sechs Monate altes Söhnchen sein Baby geworden. Er brachte es nicht übers Herz, die Serie aus der Hand zu geben, geschweige denn, sie zu verkaufen. Er mußte unbedingt dranbleiben. Sie war für ihn Wirklichkeit, sie war voller Leben, und an das, was er in sie hineinschrieb, glaubte er auch.

Er schrieb von den Tiefpunkten des Lebens, von Enttäuschung, Wut, Sorge, Triumph, Herausforderung, Aufregung, Liebe und von den einfachen Freuden. Die Serie war Ausdruck seiner ganzen Lebenslust, seiner eigenen Kümmernisse und seines Glücks. Sie gab den Menschen Hoffnung nach Verzweiflung, Sonnenschein nach Ungewittern, da das Grundthema und die Hauptcharaktere geradlinig und solid waren.

Natürlich gab es daneben Bösewichte, die von den Zuschauern gehaßt wurden, aber die zugrundeliegende Anständigkeit sicherte der Serie die unerschütterliche Zuneigung ihrer Fans. Alles in allem war sie ein Spiegelbild der Grundwerte, die ihr Autor hochhielt. Lebendig, lebensfroh, redlich, vertrauensvoll, gütig, naiv, intelligent, kreativ. Und er liebte diese Serie wie ein eigenes Kind.

In den Anfängen der Serie war er einer ständigen Zerreißprobe ausgesetzt, da er das Verlangen hatte, ständig mit seiner Familie beisammen zu sein, daneben aber auch immer ein Auge auf die Dreharbeiten haben wollte, um sicherzugehen, daß alles richtig lief und nicht der falsche Drehbuchautor oder Regisseur eingesetzt wurde. Seinem ständigen Argwohn verdankte er es, daß er alles unter Kontrolle behalten konnte. Die anderen verstanden nichts von der Serie ... von seinem Baby. Ständig trieb er sich wie eine nervöse Glucke in nervöser Angst vor unvorhergesehenen Zwischenfällen auf dem Set herum. Er ließ es sich nicht nehmen, immer wieder einzelne Folgen selbst zu schreiben und bei den Dreharbeiten in den Kulissen zu stehen und alles zu beobachten. Und nach dem ersten Jahr war die Rückkehr Bill Thigpens an den Broadway kein Thema mehr. Er war hängengeblieben, in die Falle getappt, verliebt ins Fernsehen und in die Serie. Von nun an sparte er sich auch sämtliche Vorwände, die er seinen Freunden aus Off-off-Broadway-Tagen vorgesetzt hatte, und gab offen zu, daß er seine Arbeit liebte. Er hatte nicht mehr die Absicht, sich irgendwie zu verändern, wie er Leslie einmal spätabends erklärte, nachdem er stundenlang am Schreibtisch gesessen hatte, zusätzliche Handlungsschwerpunkte konstruierte, neue Personen einführte und Strategien für das kommende Jahr entwickelte.

Er konnte die Personen der Handlung, seine Schauspieler, die Verwicklungen der Drehbücher und die daraus folgende Lawine von Tragödien seelischer Erschütterungen und Problemen nicht im Stich lassen, denn er war geradezu vernarrt in sie. Die Serie wurde fünfmal wöchentlich live gesendet, und auch wenn kein triftiger Grund für seine Anwesenheit im Studio vorlag, war es, als sei es für ihn wie Essen, Trinken, Liebe, Atem und Schlaf. Es gab Tagesautoren, die die Serie Tag für Tag weiterspannen und denen Bill ununterbrochen über die Schulter blickte, wohl wissend, was er machte. Und alle in der Branche gaben ihm recht. Er war gut, besser als gut sogar. Er war absolute Spitze, denn er besaß ein instinktives Gefühl für das, was ankam und was nicht, was die Menschen bewegte, welche Typen sie liebten und welche sie mit Genuß hassen würden.

Und als zwei Jahre später Tommy, sein Zweitgeborener, zur Welt kam, hatte ›Lebenswertes Leben‹ zwei Kritikerpreise und einen Emmy gewonnen. Nach dem ersten Emmy kam von der Produktionsgesellschaft der Vorschlag, nach Kalifornien umzuziehen. Von der kreativen Seite her würde alles einfacher sein, die Produktion ließ sich dort leichter koordinieren, außerdem hatte man das Gefühl, die Serie ›gehörte‹ einfach nach Kalifornien. Für Bill war es eine gute Nachricht, nicht aber für Leslie, seine Frau, die wieder arbeiten wollte, aber nicht als kleine Tänzerin am Broadway. Nachdem sie miterlebt hatte, daß Bill sich in den letzten zweieinhalb Jahren wie besessen in die Arbeit gestürzt hatte, hatte sie die Nase voll. Während er Tag und Nacht mit Inzest, Teenagerschwangerschaften und ehelichen Seitensprüngen befaßt war, hatte sie Ballettstunden genommen und wollte jetzt Ballett am Julliard unterrichten.

»Du willst was?« Bill starrte sie eines schönen Sonntagmorgens beim Frühstück verblüfft an. Alles war für sie prächtig gelaufen, er verdiente Geld wie Heu, und die Kinder gediehen großartig. Seiner Meinung nach hätte es nicht besser sein können. Bis zu jenem Morgen.

»Ich kann nicht mehr, Bill. Ich gehe.« Leslie sah ihn ruhig an. Ihre großen, braunen Augen blickten so sanft und kindlich wie damals, als er sie vor einem Theater kennengelernt hatte, mit einem Beutel für die Ballettutensilien in der Hand, zwanzig Jahre jung. Sie kam aus dem Staat New York und war immer anständig, nett und anspruchslos gewesen – eine sanfte Seele, mit ausdrucksvollen Augen und einem sehr zurückhaltenden, aber echten Sinn für Humor. In ihren Anfängen hatten sie viel zusammen gelacht, in den trostlosen, eiskalten Wohnungen, in denen sie hausten, bis er das schöne und sündteure Loft in SoHo hatte kaufen können. Er hatte sogar eine Übungsstange für sie anbringen lassen, damit sie ihre Aufwärmübungen und ihr übriges Programm absolvieren konnte, ohne eigens ein Studio aufsuchen zu müssen. Und jetzt, aus heiterem Himmel, erklärte sie ihm, daß alles aus und vorbei sei.

»Aber wieso denn? Was redest du da, Les? Hängst du so an New York?« Er stand vor einem Rätsel, als ihre Augen sich mit Tränen füllten und sie sich kopfschüttelnd abwandte. Dann sah sie ihn wieder an, und was er in ihren Augen las, versetzte ihm einen Stich – er sah Zorn, Enttäuschung und Niedergeschlagenheit. Plötzlich entdeckte er, was er schon Monate zuvor hätte bemerken sollen. Erschrocken stellte er sich die Frage, ob sie ihn überhaupt noch liebte. »Was ist denn? Was ist passiert?« Wie konnte ich das nur übersehen? fragte er sich. Wieso war ich mit Blindheit geschlagen?

»Ich weiß nicht ... du hast dich so verändert ...« Dann schüttelte sie wieder den Kopf, den ihr langes, dunkles Haar wie die dunklen Schwingen eines gefallenen Engels umwallte. »Nein ... das ist ungerecht. Wir beide haben uns verändert ...« Nach einem tiefen Atemzug versuchte sie es ihm zu erklären. Nach fünf Jahren Ehe und zwei Kindern war sie es ihm schuldig. »Ich glaube, wir haben die Plätze getauscht. Ich wollte ein großer Star am Broadway werden, eine kleine Tänzerin, die es bis nach oben schafft, während du nur Stücke schreiben wolltest, die ›integer‹ oder ›bedeutsam‹ seien. Und ganz plötzlich fängst du an ...« Sie zögerte mit einem kleinen traurigen Lächeln. »Du fängst an, Kommerzware zu schreiben, immer mehr – du bist besessen davon. In den letzten drei Jahren kreiste dein Denken einzig und allein um die Serie ... Wird Sheila Jake heiraten? Hat Larry wirklich versucht, seine Mutter umzubringen? Wessen Kind ist Hilary wirklich? Wird Mary von zu Hause durchbrennen? Und wenn, wird sie wieder rückfällig und greift zu Drogen? Ist Helen außerehelich? Wird sie John heiraten?« Leslie stand auf und lief im Raum auf und ab, während sie die vertrauten Namen herunterrasselte. »Ehrlich gesagt, sie machen mich rasend. Ich möchte nichts mehr von ihnen hören, ich möchte nicht mehr mit ihnen leben müssen. Ich möchte zu etwas Einfachem, Gesundem, Normalem zurückfinden, zum Tanzdrill, zur Freude, die einem Lehrtätigkeit bringen kann. Ich wünsche mir ein alltägliches, ruhiges Leben, ohne diesen aus den Fingern gesogenen Mumpitz.« Sie sah ihn unglücklich an, und er hätte am liebsten geheult. Was für ein Idiot er doch gewesen war ... während er mit seinen der Phantasie entsprungenen Freunden herumgespielt hatte, waren ihm die Menschen, die er wirklich liebte, abhanden gekommen, ohne daß er es bemerkt hätte. Und doch konnte er ihr nicht versprechen, daß er aufgeben würde, daß er die Serie aus der Hand geben und wieder zu den Stücken zurückkehren würde, um deren Aufführung er hatte bitten und betteln müssen. Er bezweifelte, ob er das jetzt noch fertiggebracht hätte. Und er liebte die Serie. Sie vermittelte ihm das Gefühl, gut zu sein, glücklich, erfolgreich und stark ... und ausgerechnet jetzt wollte Leslie ihn verlassen. Eine Ironie des Schicksals. Die Serie war ein Riesenerfolg, er auch, und sie sehnte sich nach ihrer Hungerzeit zurück.

»Es tut mir leid.« Er versuchte sich zur Ruhe

zu zwingen und ihr mit Vernunftargumenten zu begegnen. »Ich weiß, daß die Serie mich in den letzten drei Jahren aufgefressen hat, aber ich hatte das Gefühl, ich dürfte nicht lockerlassen. Hätte ich zugelassen, daß sie mir entgleitet oder daß ein anderer sie übernimmt, wäre sie womöglich ins billige Genre abgeglitten und wäre zu einer jener lächerlichen, kleinkarierten, kitschigen Seifenopern herabgesunken, bei denen man eine Gänsehaut bekommt. Ich hätte das zulassen können. Aber meine Serie besitzt Integrität, ob du es eingestehst oder nicht, und das ist es, worauf die Menschen mit Begeisterung reagieren. Das heißt aber lange noch nicht, daß ich mich mein Leben lang darauf konzentrieren müßte. Ich glaube, in Kalifornien wird alles anders ... professioneller ... geregelter. Ich werde es sicher schaffen, mich öfter freizumachen.« Er schrieb auch jetzt nur noch gelegentlich eine Folge. Aber er hatte sich das letzte Wort in allem vorbehalten.

Leslie schüttelte ungläubig den Kopf. Sie kannte ihn besser. Als er seine ersten Stücke geschrieben hatte, war es ähnlich gewesen. Er hatte zwei Monate praktisch durchgearbeitet, ohne Pause, hatte kaum etwas gegessen, kaum geschlafen oder an etwas anderes gedacht, doch das hatte nur zwei Monate gedauert, und damals war ihr alles fabelhaft vorgekommen. Das war nicht mehr der Fall. Sie hatte alles gründlich satt – seine Verbohrtheit, seine Besessenheit und seinen Perfektionismus. Sie wußte, daß er sie und die Kinder liebte, aber nicht so, wie sie es sich wünschte. Sie wollte einen Mann, der um neun zur Arbeit ging, um sechs nach Hause kam, um mit ihr zu reden, mit den Kindern zu spielen, beim Zubereiten des Abendessens zu helfen und sie ins Kino auszuführen, und nicht einen Mann, der die ganze Nacht durcharbeitete und dann um zehn Uhr aus dem Haus stürzte, erschöpft, mit wirrem Blick und mit einem Stapel Anweisungen, mit Notizen und Drehbuchänderungen, die bei der Probe um halb elf berücksichtigt werden sollten. Es war zuviel, zu erschöpfend, zu kräfteraubend, und nach drei Jahren hatte sie endgültig die Nase voll. Sie war ausgebrannt, und wenn sie jemals wieder die Worte ›Lebenswertes Leben‹ hörte, oder die Namen der Charaktere, die er ständig vermehrte und verminderte, würde sie überschnappen.

»Leslie, versuch es noch einmal, bitte. Gib mir eine Chance. In L. A. wird sicher alles großartig sein. Stell dir vor, kein Schnee, keine Kälte. Für die Jungen ideal. Wir könnten mit ihnen an den Strand ... wir könnten hinter dem Haus einen Pool haben ... wir können Disneyland besuchen ...« Aber sie schüttelte noch immer den Kopf. Sie kannte ihn besser.

»Nein, ich könnte sie an den Strand und ins Disneyland führen. Du würdest arbeiten. Du würdest entweder eine ganze Nacht schreiben oder zur Probe laufen oder bei der Sendung zusehen oder in aller Eile Szenen streichen. Wann hast du die Kinder zum letzten Mal in den Bronx-Zoo oder sonstwohin geführt?«

»Schon gut, schon gut ... Ich arbeite also zuviel,

deshalb bin ich ein schlechter Vater, ein Scheusal und ein miserabler Ehemann oder alles zusammen, aber um Himmels willen, wir waren jahrelang nahe am Verhungern. Und jetzt ... jetzt kannst du haben, was du willst, und die Kinder auch. Wir werden sie auf anständige Schulen schicken können, ihnen alle Wünsche erfüllen können, sie aufs College schicken. Ist das so schrecklich? Gut, wir hatten ein paar schwierige Jahre, aber es geht immer besser. Und jetzt willst du davonlaufen? Keine optimale Planung.« Er starrte sie an, und in seinen Augen glänzten Tränen, als er ihr die Hand entgegenstreckte. »Baby, ich liebe dich ... bitte tu es nicht ...« Doch sie kam ihm nicht entgegen. Sie senkte den Blick, damit sie den Schmerz in seinen Augen nicht sehen mußte. Sie wußte, daß er sie und die Kinder liebte. Doch das war unwichtig, denn sie wußte ebenso, daß sie das, was sie vorhatte, sich selbst zuliebe tun mußte. »Möchtest du hier bleiben? Ich könnte darauf bestehen, daß die Serie weiterhin hier produziert wird. Wenn das der Grund ist, dann zum Teufel mit Kalifornien ... dann bleiben wir eben hier.« Doch in seinen Ton hatte sich ein Anflug von Panik eingeschlichen, da er sie genau beobachtete und spürte, daß der Grund nicht Kalifornien war.

»Es würde nichts ändern.« Ihre Stimme war leise und sanft. Es tat ihr unendlich leid. »Es ist zu spät für uns. Erklären kann ich es nicht. Ich weiß nur, daß ich etwas anderes machen muß.«

»Was denn? Nach Indien gehen? Die Religion

wechseln? Ins Kloster gehen? Wie anders ist das Unterrichten am Julliard? Was willst du damit sagen, verdammt? Daß du raus möchtest? Was zum Teufel hat das mit dem Julliard oder mit Kalifornien zu tun?« Schmerz und Verwirrung ergriffen von ihm Besitz und plötzlich, als letztes, kam Wut dazu. Warum mußte sie ihm dies antun? Womit hatte er das verdient? Er hatte hart gearbeitet und Karriere gemacht. Seine Eltern, hätten sie noch gelebt, wären stolz auf ihn gewesen, aber beide waren gestorben, als er Anfang Zwanzig gewesen war. An Krebs – beide, innerhalb eines Jahres, und Geschwister hatte er keine. Er hatte nur Leslie und die Jungen, und jetzt eröffnete sie ihm, daß sie ihn verlassen wollte, und er würde wieder allein sein. Ganz allein, ohne die drei Menschen, die er liebte, weil er etwas falsch gemacht hatte, er hatte zu schwer gearbeitet und war zu erfolgreich geworden. Und die Ungerechtigkeit dessen, was sie ihm antat, weckte seinen Zorn.

»Du verstehst es einfach nicht«, behauptete sie.

»Nein. Du sagst, du kommst nicht mit nach Kalifornien. Ich sage, wenn es dir etwas bringt, dann bleiben wir hier, egal was die Fernsehleute dazu sagen. Die müssen damit leben. Und was jetzt? Machen wir einen Neuanfang, oder wie? Was ist denn eigentlich, Les?« Zwischen Wut und Verzweiflung schwankend wußte er nicht, was er vorbringen sollte, um ein Zugeständnis ihrerseits zu bewirken. Er begriff nicht, daß sie eine Entscheidung getroffen hatte und sich nicht umstimmen ließ.

»Ich weiß nicht, wie ich es dir beibringen soll ...« Ihre Augen füllten sich mit Tränen, als sie ihn ansah, und einen Moment hatte er das verrückte Gefühl, er sei in eine Fortsetzung seiner Serie geraten und fände nicht mehr heraus. Würde Leslie Bill verlassen? Kann Bill sich wirklich verändern? Begreift Leslie, wie sehr Bill sie liebt? Er wußte nicht, ob er lachen oder weinen sollte, und unterließ beides. »Es ist vorbei. Vermutlich ist es das einzige, was zu sagen bleibt. Kalifornien hat damit nichts zu tun. Ich wollte es mir jetzt selbst nicht eingestehen, aber jetzt ist es geschehen. Ich kann nicht mehr. Ich möchte mein eigenes Leben – zusammen mit den Kindern. Ich möchte selbst etwas anfangen, Bill, ohne Tag und Nacht mit der Serie leben zu müssen ...« Und ohne ihn. Doch sie brachte es nicht über sich, das auszusprechen. Der Schmerz, der aus seinem Blick sprach, war so überwältigend, daß sie es nicht ertrug. »Es tut mir leid ...«

Er sah aus wie vom Blitz getroffen – totenbleich, die aufgerissenen blauen Augen, aus denen das Entsetzen sprach. »Du nimmst die Kinder mit?« Womit hatte er das verdient?

Beide wußten, daß die Kinder sein ein und alles waren, daran war nicht zu rütteln, auch wenn er sich nur selten mit ihnen beschäftigt hatte.

»Du kannst dich in Kalifornien nicht allein um sie kümmern.« Es war eine schlichte Feststellung, die er mit schreckgeweiteten Augen vernahm.

»Nein, aber du könntest ja mitkommen und mir helfen.«

Ein matter Witz, aber keinem war nach Witzen zumute.

»Bill nicht ...«

»Wirst du zulassen, daß sie mich besuchen?« Sie nickte, und er betete darum, daß es ihr ernst damit war. Einen Augenblick lang erwog er, die Serie fallenzulassen, in New York zu bleiben und sie zu bitten, ihn nicht zu verlassen. Zugleich aber spürte er, daß ihre Zeit abgelaufen war und er sich alle Mühe sparen konnte. In ihrem Herzen, mit Seele und Verstand hatte sie ihn schon verlassen. Und er konnte sich den Vorwurf nicht ersparen, daß ihm nie etwas aufgefallen war. Hätte er rechtzeitig etwas gemerkt, dann wären Änderungen möglich gewesen. Er kannte sie gut genug, um zu wissen, daß dies jetzt nicht mehr möglich war. Es war vorbei – ohne Jammern und Wehklagen. Er hatte den Kampf längst verloren und wußte es nicht einmal. Sein Leben war gelaufen.

Die folgenden zwei Monate sollten zu einer Agonie werden, und wenn er daran zurückdachte, kamen ihm noch immer Tränen. Die Notwendigkeit, den Kindern die Neuigkeit beizubringen. Dann Leslies Umzug in eine Wohnung an der West Side, ehe er New York verließ. Seine erste Nacht allein im Loft. Immer wieder erwog er, die Serie aufzugeben und Leslie zu bitten, es wieder mit ihm zu versuchen, doch es war klar, daß die Tür zugeschlagen war und sich nie wieder öffnen würde. Und ehe er nach Kalifornien ging, mußte er entdecken, daß es einen Lehrer am Julliard gab, den sie sehr

›mochte‹. Sie hatte kein Verhältnis mit ihm, und Bill kannte sie gut genug, um ihr zu glauben, daß sie ihm treu gewesen war, doch sie stand im Begriff, sich in den Burschen zu verlieben – mit ein Grund, weshalb sie ihn verließ. Sie wollte frei sein, um ihre Beziehung zu dem anderen ohne Schuldgefühle gestalten zu können – und ohne Bill Thigpen. Sie und der befreundete Lehrer hätten sehr viel gemeinsam, beharrte sie, und mit Bill hatte sie nur die Kinder gemeinsam. Adam, der zunächst unter der Trennung sehr gelitten hatte, war mit seinen zweieinhalb Jahren rasch darüber hinweg, während der erst acht Monate alte Tommy überhaupt nichts mitbekommen hatte. Dafür fühlte Bill um so mehr, als er mit tränenfeuchten Augen in der Maschine saß, die langsam New York überflog und Kurs nach Westen nahm.

Kaum angekommen, stürzte Bill sich Hals über Kopf in die Arbeit an der Serie, arbeitete Tag und Nacht und schlief sogar auf der Couch in seinem Büro, während die Einschaltziffern weiterhin kletterten und die Serie unzählige Tagesprogramm-Emmys gewann. Und in den sieben Jahren, die Bill Thigpen nun in Kalifornien war, hatte seine Arbeitswut kaum nachgelassen. ›Lebenswertes Leben‹ war sein ganzer Stolz, sein täglicher Begleiter, sein Baby. Es gab keinen Grund mehr, dagegen anzukämpfen. Er erhob seine Arbeit zu seiner alltäglichen Leidenschaft.

Seine Söhne kamen abwechselnd an manchen Feiertagen und im Sommer einen ganzen Monat auf

Besuch. An seiner Liebe zu ihnen hatte sich nichts geändert. Daß dreitausend Meilen sie trennten und er sie am liebsten alle Tage um sich gehabt hätte, war für ihn nach wie vor sehr schmerzlich. In seinem Leben hatte es eine ganze Reihe von Frauen gegeben, aber seine einzigen ständigen Begleiter waren Gestalten der Serie. Sein eigentliches Leben spielte sich in seinen Ferien mit Adam und Tommy ab. Leslie hatte den Lehrer längst geheiratet, noch zwei Kinder bekommen und ihre Lehrtätigkeit aufgegeben. Mit vier Kindern hatte sie alle Hände voll zu tun, aber sie schien in diesem Leben aufzugehen. Sie und Bill plauderten gelegentlich am Telefon, besonders wenn ein Besuch der Jungen bevorstand oder wenn einer der beiden krank war oder sonst irgendein Problem auftauchte, doch abgesehen davon hatten sie sich nicht mehr viel zu sagen. An die Zeit ihrer Ehe konnte er sich kaum mehr erinnern. Der Schmerz der Trennung war überwunden, die Erinnerung an ihre gute gemeinsame Zeit verschwommen. Bis auf die Kinder war alles vorbei. Die beiden waren die wirkliche Liebe in seinem Leben. Wenn sie im Sommer einen Monat bei ihm waren, dann war seine Leidenschaft für sie größer als alles, was er für die Serie empfand, und auch die Aufmerksamkeit, die er ihnen widmete, war größer. Er nahm sich jedes Jahr einen Monat Urlaub, und einen Teil davon fuhren sie irgendwohin, den Rest verbrachten sie in L. A., gingen nach Disneyland, besuchten Freunde, gammelten herum, während er für sie kochte und sich rührend um sie kümmerte.

Immer wenn sie wieder nach New York zurückflogen, überfiel ihn von neuem der Schmerz.

Adam, der ältere der beiden, war jetzt fast zehn, sehr lebhaft, lustig, aber auch ernst und seiner Mutter sehr ähnlich. Tommy war ein kleiner Chaot, hin und wieder ein Baby, trotz seiner sieben Jahre, launenhaft, noch unausgegoren und zuweilen ungemein komisch. Leslie sagte oft zu Bill, daß Tommy in jeder Hinsicht sein Ebenbild sei, aber irgendwie konnte er selbst es nicht sehen. Er liebte beide über alles und an den langen einsamen Abenden in L. A. sehnte er sich nach einem gemeinsamen Leben mit ihnen. Es war das einzige, was er bedauerte, das einzige, was er nicht ändern konnte und was ihm zu schaffen machte, obwohl er dagegen ankämpfte.

Doch der Gedanke, zwei Kinder zu haben, die er liebte und kaum zu Gesicht bekam, erschien ihm als hoher Preis für eine mißlungene Ehe. Wieso hatte sie die Kinder bekommen und nicht er? Wieso hatte sie die Belohnung für die verlorenen Jahre eingeheimst und er die Strafe? Was war daran gerecht? Nichts. Und es bewirkte nur, daß in einem Punkt seine Gewißheit wuchs. Er würde nie wieder zulassen, daß ihm so etwas passierte. Er würde sich nie wieder wie wahnsinnig verlieben, heiraten, Kinder in die Welt setzen und sie verlieren. Nie wieder. Und im Laufe der Jahre hatte er die perfekte Lösung des Problems gefunden. Schauspielerinnen. Scharenweise, wenn er Zeit hatte, was nicht oft der Fall war.

In seinen Anfängen in Kalifornien, als der Trennungsschmerz noch ganz frisch war, hatte er sich dankbar in die Arme einer künstlerisch ambitionierten Regisseurin fallen lassen und eine Affäre mit ihr angefangen, die ein halbes Jahr dauerte und fast zur Katastrophe geführt hätte. Sie war zu ihm gezogen und hatte sein Leben in die Hand genommen, Freunde eingeladen, seine Wohnung für ihn eingerichtet, über sein Leben bestimmt, bis er das Gefühl bekam, ersticken zu müssen. Sie war Absolventin der University of California, hatte in Yale weiterstudiert und redete ständig von Dissertation und Promotion. Sie wollte ›ernsthafte‹ Filme machen und redete ihm dauernd ein, ›Lebenswertes Leben‹ sei unter seinem Niveau. Von seiner Serie sprach sie, als handle es sich um eine Krankheit, von der er dank ihrer Hilfe bald kuriert sein würde. Kinder waren ihr zuwider, so sehr, daß sie die Fotos seiner Kinder immer wieder weg tat. Bemerkenswerterweise benötigte er ein volles halbes Jahr, um zu Atem zu kommen und Schluß zu machen. Es dauerte so lange, weil sie im Bett großartig war, weil sie ihn wie einen Sechsjährigen behandelte und er in einer Phase steckte, in der er sich verzweifelt danach sehnte, umhegt zu werden. Zudem gab es nichts, was sie über das Fernsehen in L. A. nicht gewußt hätte. Doch als sie so weit ging, ihm zu raten, er solle aufhören von seinen Kindern zu reden und sie vergessen, mietete er ihr für einen Monat einen Bungalow im Beverly Hills Hotel, gab ihr den Schlüssel, empfahl ihr, sich zu amüsieren, und sich nicht die Mühe eines Anrufes zu machen, wenn sie eine Wohnung gefunden hätte. Noch am gleichen Nachmittag schaffte er ihre Sachen in den Bungalow, und in den folgenden vier Jahren bekam er sie nicht mehr zu Gesicht, bis sie sich bei einer Preisverleihung über den Weg liefen und sie so tat, als kenne sie ihn nicht.

Was danach gekommen war, hatte er absichtlich leicht und locker gehalten. Schauspielerinnen, Starlets, Statistinnen, Models, Mädchen, die sich amüsieren wollten und es genossen, gelegentlich mit ihm auf Partys zu gehen, falls er nicht wegen einer Änderung an der Serie unter Druck stand. Mehr wollten sie nicht von ihm. Sie reihten ihn unter die anderen Männer in ihrem Leben ein und schienen es sich nicht weiter zu Herzen zu nehmen, wenn er sie nicht anrief. Manche kochten ab und zu ein Dinner für ihn – oder er für sie, da er gern kochte – und diejenigen, die mit Kindern gut umgehen konnten, wurden manchmal zu einem Ausflug nach Disneyland aufgefordert, wenn die Jungen bei ihm waren, aber meist zog er es vor, die gemeinsame Zeit mit den Kindern allein zu verbringen.

Vor kurzem hatte Bill eine Beziehung mit einer der in der Serie beschäftigten Schauspielerinnen angefangen. Sylvia war ein hübsches Mädchen aus New York, die in der Serie eine wichtige Rolle spielte. Es war das erste Mal seit langem, daß er sich den Luxus einer Affäre mit jemandem gönnte, der für ihn arbeitete, doch sie sah so hinreißend aus, daß er nicht hatte widerstehen können. Zu ihrer

Rolle war sie gekommen, nachdem sie jahrelang als Kinderstar und Model gearbeitet hatte und Covergirl bei ›*Vogue*‹ gewesen war. Sie hatte ein Jahr in Paris bei Lacroix gearbeitet und ein halbes Jahr in L. A. Außer einigen Nebenrollen in Pleitefilmen hatte sie nichts vorzuweisen. Als Schauspielerin war sie, o Wunder, einigermaßen. Vor allem aber war sie ein liebenswertes Mädchen, eine Eigenschaft, die auch das Publikum spürte. Bill war selbst erstaunt, wie sehr er sie mochte. Mochte, nicht liebte. Liebe war etwas, das er für Adam und Tommy reservierte. Sylvia war dreiundzwanzig, und mitunter hatte er das Gefühl, sie benähme sich noch wie ein Kind. Ihrem liebenswerten Wesen haftete zugleich etwas Einfaches und Naives an, das ihn berührte und amüsierte. Trotz ihrer Welterfahrenheit nach neun Jahren als Schauspielerin und Model, war sie von allem relativ unberührt geblieben und wirkte völlig ungekünstelt, was zuweilen erfrischend und ärgerlich zugleich war. Was hinter den Kulissen geschah, berührte sie nicht. Sie lieferte ihre Auftritte, die manchmal unübertrefflich waren, aber sie geriet allzu leicht in Fallstricke, die raffinierte Kolleginnen mit Wonne für sie auslegten. Es nützte auch nichts, daß Bill sie immer wieder ermahnte, auf der Hut zu sein und sich die unangenehmen Folgen der Intrigen zu ersparen, die hinter ihrem Rücken gesponnen wurden.

Sylvia schwebte jedoch kindhaft naiv durch alles hindurch und amüsierte sich auch noch, wenn Bill zu beschäftigt war, sich um sie zu kümmern, so wie jetzt schon seit Wochen, da er an der Ausarbeitung zweier Rollen arbeitete, die neu eingeführt wurden, während eine andere Rolle überraschend herausgenommen werden sollte. Es war immer sein Bestreben, die Serie frisch zu erhalten und das Publikum durch überraschende Wendungen zu fesseln.

Mit neununddreißig hatte er es zum ungekrönten König der Tagesserien gebracht, wie die stolze Parade seiner auf einem Regal im Büro aufgereihten Emmys bewies. Doch beachtete er die Emmys auch heute nicht, als er in sein Büro zurückkehrte und im Raum auf und ab zu laufen begann, von der Frage bewegt, wie die Darsteller der heutigen Folge auf die unerwarteten, in letzter Minute vorgenommenen Änderungen reagieren würden. Zwei der weiblichen Mitwirkenden kamen damit meist gut zurecht, aber einer seiner männlichen Helden blieb oft der Text weg, wenn es Überraschungen im letzten Moment gab, und wenn die Änderungen ihn zu nervös machten. Er war seit zwei Jahren dabei, und Bill hatte schon mehr als einmal erwogen, ihn zu ersetzen, aber er schätzte die menschlichen Qualitäten, die der Mann einbrachte, und seine überzeugende Darstellung, wenn er an das glaubte, was der Text ihn sagen ließ.

Es war eine Serie, die vielen Millionen im Land sehr viel bedeutete. Der Umfang der Zuschauerpost, die Bill, die Darsteller und die Produzenten bekam, war erstaunlich und der beste Beweis für ihre Beliebtheit. Im Laufe der Jahre waren Darsteller und Drehteam zu einer Familie zusammengewachsen.

Die Serie war ihnen zu einem Zuhause geworden und hatte das Leben vieler, sehr begabter Menschen geprägt.

An diesem Nachmittag würde seine eigene Liebe, Sylvia, in ihrer Rolle als Vaughn Williams vor der Kamera stehen, als schöne jüngere Schwester der Hauptheldin Helen. Vaughn war in eine Affäre mit ihrem Schwager geschlittert und von ihm zum Drogenkonsum verführt worden, wovon in der Familie niemand etwas wußte, und schon gar nicht ihre Schwester. In ein Lügengewebe verstrickt, aus dem es kein Entrinnen zu geben schien, geriet sie immer tiefer unter den Einfluß ihres Schwagers John. Ein unheilvolles Ende war abzusehen. In einer unerwarteten Wendung der heutigen Folge sollte Vaughn Augenzeugin des von John begangenen Mordes an dem Drogendealer werden, der sie mit Stoff versorgt hatte. Grund genug für die Polizei, Vaughn zu verdächtigen. Es war nicht leicht gewesen, alle diese Ereignisse stimmig in Einklang zu bringen, und Bill hatte die Drehbuchautoren aufmerksam überwacht, stets bereit, bei Bedarf selbst einzuspringen. Es war genau jene Art von Wendung, die die Serie schon seit zehn Jahren am Leben erhielt. Bill war hochzufrieden mit der Vormittagsarbeit, die darin bestanden hatte, die nächsten Entwicklungen zu skizzieren, als er sich in seinem Büro setzte, sich eine Zigarette ansteckte und einen Schluck vom heißen Kaffee trank, den seine Sekretärin ihm hingestellt hatte. Er fragte sich, was Sylvia von den Drehbuchänderungen halten würde, die er ihr durch die

Garderobentür gereicht hatte. Er hatte in der vorangegangenen Nacht ihre Wohnung um drei Uhr morgens verlassen und war ins Büro gefahren, um die Idee auszuarbeiten, die ihm schon den ganzen Abend über keine Ruhe gelassen hatte. Sie hatte geschlafen, als er ging. Um halb eins war die Atmosphäre in seinem Büro noch immer elektrisch aufgeladen, als er aufstand, die Zigarette ausdrückte und ins Studio eilte, wo er beobachtete, wie der Regisseur die letzten Änderungen sorgfältig durchging.

Der Regisseur war ein alter Bekannter von Bill, ein Hollywood-Veteran, der die Serie übernommen hatte, nachdem er eine Reihe von Erfolgsfilmen fürs Fernsehen gedreht hatte. Für eine Seifenoper des Tagesfernsehens eine ungewöhnliche Wahl, aber Bill hatte genau gewußt, was er damit tat. Allan McLoughlin riß das ganze Team mit, und er war mit Sylvia und dem Darsteller des John in ein ernstes Gespräch vertieft, als Bill das Studio betrat und in einer stillen Ecke Aufstellung nahm, wo er alles beobachten konnte, ohne jemanden zu stören.

»Kaffee, Bill?« fragte ihn ein hübsches junges Scriptgirl. Sie hatte schon seit einem Jahr ein Auge auf ihn geworfen. Ihr gefiel sein Typ. Er war das, was manche ›Teddybär‹ nannten, groß, kraftvoll, warmherzig, klug, gutaussehend, aber nicht umwerfend, ein Mann, der gern lachte und dessen ruhige Art seine Arbeitswut nicht so kraß erscheinen ließ. Aber Bill schüttelte den Kopf. Sie war ein nettes Ding, er hatte in ihr aber nie mehr als das Scriptgirl gesehen. Er war viel zu sehr in seine Arbeit vertieft, um sich für etwas anderes als das Geschehen vor der Kamera oder für seine eigenen Ideen zu interessieren, während er sich die künftigen Irrungen und Wirrungen der Handlung ausdachte.

»Nein, danke.« Er lächelte dem Mädchen zu und widmete seine Aufmerksamkeit wieder dem Regisseur. Ihm fiel auf, daß Sylvia noch ihren Text studierte, und die Darsteller von Helen und John berieten sich leise in einer Ecke. Zwei als Polizisten kostümierte Männer warteten, und das ›Opfer‹, der Drogendealer, den John in der heutigen Folge töten sollte, trug bereits das blutgetränkte, beunruhigend echt wirkende Hemd und lachte und scherzte mit einem der Atelierarbeiter. Es war sein letzter Auftritt in der Serie, Text hatte er keinen mehr. Er würde schon tot sein, wenn die Kamera ihn erfaßte.

»Zwei Minuten«, sagte eine Stimme so laut, daß es niemand überhören konnte, und Bill spürte ein Flattern in der Magengrube. So wie immer. Dieses Lampenfieber verfolgte ihn seit seinen Anfängen als Schauspieler auf dem College. Und in New York hatte er eine Stunde, ehe der Vorhang sich über einem seiner Stücke hob, gegen Übelkeit kämpfen müssen. Und jetzt, zehn Jahre nachdem ›Lebenswertes Leben‹ aus der Taufe gehoben worden war, hatte er vor jeder Sendung noch immer diese Anwandlungen. Was, wenn alles eine Pleite wurde? Wenn die Einschaltquoten abgrundtief sanken? Wenn niemand mehr zusah? Wenn alle Darsteller plötzlich davonliefen? Wenn alle ihren Text schmissen? Wenn ... Möglichkeiten, das Fürchten zu lernen, gab es unzählige.

»Eine Minute!« Die Schlinge, die sich um seinen Magen zog, wurde enger. Bills Blick suchte den Raum ab. Sylvia wiederholte mit geschlossenen Augen den Text ein letztes Mal, ruhig und gefaßt. Helen und John hatten bereits ihre Plätze auf dem Set eingenommen, bereit für die stürmische Auseinandersetzung, die den Auftakt dieser Folge bildete. Der Drogendealer verdrückte in seinem blutgetränkten Hemd seelenruhig ein großes Pastrami-Sandwich hinter den Kulissen, und keiner gab einen Laut von sich, als der Regieassistent eine Hand mit emporgestreckten Fingern hob und fünf Sekunden bis zum Sendebeginn anzeigte ... vier ... drei ... zwei ... einen Finger ... Bills Magen sackte ab, die Hand senkte sich, und Helen und John fingen an, sich heftig zu zanken. Es fallen grobe Schimpfwörter, die aber die von der Zensur vorgegebenen Grenzen nicht überschreiten, bis die Situation sich bis zum Siedepunkt aufheizt. Der Text war Bill vertraut, obschon es wie immer winzige Abweichungen gab. Bei Helen mehr als bei John, doch bei ihr ging das immer glatt, und Bill hatte nichts dagegen, solange sie nicht zu sehr vom Text abwich oder den Partner aus dem Konzept brachte. So weit läuft es ... die Tür knallt nach vier Minuten hochdramatischen Geschehens zu, es folgt ein Werbespot. Helen verläßt totenbleich das Set. Die Arbeit der Darsteller ist kurz, aber intensiv, Dialog und Situation so realistisch, daß sich bei allen das Gefühl von Wirklichkeit einstellt. Bill fängt ihren Blick auf und lächelt. Sie hat gute Arbeit geleistet, wie immer. Eine ausgezeichnete Schauspielerin. Sie verschwindet. Wieder wird eine Hand gehoben. Absolute Stille. Kein Geräusch, nicht einmal eine Münze, die in der Tasche klirrt, kein Schlüssel am Schlüsselring, kein Schritt. John taucht im abgeschiedenen Landhaus des Drogendealers auf, der Helen mit einem anonymen Anruf von dem Verhältnis ihres Mannes mit ihrer Schwester in Kenntnis setzte. Schüsse peitschen durch die Luft, man sieht die hingestreckte Leiche des Mannes mit dem blutgetränkten Hemd auf dem Boden. Eine Großaufnahme von Johns Gesicht, ein mörderischer Blick, Vaughn an seiner Seite. Ausblenden. Einblenden. Großaufnahme von Vaughn, wunderschön anzusehen, in ihrer kleinen, luxuriös ausgestatteten Wohnung. John hat sie, das brave Mädchen von einst, so weit gebracht, und man sieht, wie sie sich von einem Mann verabschiedet. Ohne daß es ausgesprochen werden müßte, weiß man, daß sie als Callgirl arbeitet. Vaughn blickt in die Kamera, verstört, schön und mit verschleiertem Blick. Bill beobachtet genau, wie die Handlung sich entfaltet, und seine Anspannung lockert sich, als der nächste Werbespot eingeblendet wird. Täglich ist es ein neues Stück, ein neues Drama, eine ganz neue Welt, deren Zauber nie aufhört, seine Neugierde zu reizen. Manchmal fragt er sich, wie das alles klappen kann, wie es kommt, daß die Serie so erfolgreich ist, doch er fragt es sich, weil er selbst noch immer so tief darinsteckt. Und er fragt sich, allerdings nur selten, was wohl geschehen wäre, wenn er sein Konzept verkauft oder vor Jahren die Serie im Stich gelassen hätte, wenn er in New York geblieben wäre und etwas anderes gemacht hätte – mit Leslie zusammengeblieben wäre und mit den Jungen. Ob sie jetzt mehr Kinder hätten? Ob er inzwischen wieder Stücke für den Broadway schreiben würde? Ob er es dort je geschafft hätte? Wären sie mittlerweile auf jeden Fall geschieden? Es war höchst sonderbar, zurückzuschauen und Betrachtungen darüber anzustellen.

Jetzt ging Bill aus dem Studio, beruhigt, daß die Folge gut lief, und er nicht bis zum Ende zu bleiben brauchte. Der Regisseur hatte alles im Griff, deshalb konnte Bill zurück ins Büro gehen, erschöpft, erleichtert, und ganz sicher, wie die nächsten Folgen verlaufen würden. An der Serie schätzte er besonders, daß man sich keine Laschheit oder Selbstzufriedenheit leisten konnte. Man konnte auch nicht dahindümpeln oder nach Schema F vorgehen oder immer wieder dieselben Handlungselemente aufwärmen. Man mußte die Serie taufrisch halten, Sekunde für Sekunde, Stunde für Stunde, oder sie würde eingehen. Und er liebte die Erregung täglicher Herausforderung. In seinem Büro warf er sich auf die Couch und starrte aus dem Fenster.

»Na, wie ist es gelaufen?« fragte Betsey, seit fast zwei Jahren seine Sekretärin, was beim Fernsehen ein halbes Leben bedeutete. Sie arbeitete abends als

Zweitbesetzung, Bill verfügte in ihren Augen über Wunderkraft.

»Tadellos.« Er schien entspannt und guter Dinge zu sein. Der Krampf in seinem Magen hatte sich in ein befriedigtes Summen aufgelöst. »Gibt es etwas Neues von der Produktion?« Er hatte ein paar neue Vorschläge für die Serie eingereicht und wartete nun auf Antwort, obwohl anzunehmen war, daß man ihn nach Belieben schalten und walten lassen würde.

»Noch nicht. Aber Lelan Harris soll gar nicht da sein und Nathan Steinberg auch nicht.« Die Götter, die sein Leben bestimmten, allwissend, allmächtig, alles vorausdenkend, alles sehend, alles ahnend. Er ging mit Nathan ab und zu angeln. Bill fand ihn sympathisch und behauptete, Steinberg sei zu ihm immer sehr nett gewesen, obwohl er allgemein als richtiges Ekel galt. »Machen Sie heute früher Schluß?« Betsey sah ihn hoffnungsvoll an. Zuweilen, wenn er bei Tagesanbruch gekommen war, ging er schon vor fünf, doch das kam selten vor, und er schüttelte den Kopf, als er an den Schreibtisch ging, hinter dem auf einem kleinen Tisch seine uralte Schreibmaschine thronte, eines der wenigen Andenken, die ihm von seinem Vater geblieben waren.

»Ich glaube, ich bleibe noch. Was wir heute angefangen haben, scheint zu klappen. Das bedeutet, daß für die nächsten Folgen Veränderungen nötig sind. Barnes muß man ganz streichen. Wir haben ihn umgebracht. Und Vaughn landet hinter Gittern, ganz zu schweigen davon, daß Helen John auf die Schliche kommt. Und dann entdeckt sie, daß ihre kleine Schwester sich das Geld für die Drogen unter Mithilfe ihres eigenen Göttergatten auf die ganz miese Tour verschafft.« Er strahlte, als er seine Beine unter den Schreibtisch steckte und in einer Pose reinen Glücks und totaler Entspannung die Hände hinter dem Kopf verschränkte.

»Sie haben schon einen ganz verdrehten Verstand.« Betsey schnitt ein Gesicht und schloß die Tür zu seinem Büro, um gleich darauf wieder kurz hereinzusehen. »Soll ich für abends etwas aus der Kantine bestellen?«

»Allmächtiger ... jetzt weiß ich, daß Sie mich aus dem Weg schaffen wollen. Bringen Sie mir ein paar Sandwiches und eine Thermoskanne mit Kaffee. Wenn ich Hunger kriege, halte ich mich daran.« Aber meist wurde es Mitternacht, ehe er überhaupt auf die Uhr sah, bis dahin hatte sich auch sein Hunger verflüchtigt. Ein wahres Wunder, daß er nicht schon längst vom Fleisch gefallen war, stellte Betsey oft fest, wenn sie die Beweise dafür vorfand, daß er die Nacht durchgearbeitet hatte – überquellende Aschenbecher, vierzehn Becher kalten Kaffees und ein halbes Dutzend leere Snickers-Hüllen.

»Sie sollten sich tüchtig ausschlafen.«

»Danke, Mami.« Er grinste sie an, als sie die Tür schloß. Eine großartige Person, die er sehr schätzte.

Er lächelte in Gedanken an Betsey noch immer, als sich die Tür wieder öffnete und er aufblickte. Wie immer, wenn er sie sah, hielt er den Atem an, weil sie einen so umwerfenden Anblick bot. Es war Sylvia, noch immer in Kostüm und Maske, und einfach toll aussehend.

Sie war groß, überschlank und dabei wohlgeformt, mit vollen hohen Silikon-Brüsten, die förmlich danach riefen, von Männerhänden berührt zu werden, mit Beinen, so lang, daß sie bis unter die Arme zu reichen schienen. Sie war fast so groß wie Bill, dichtes schwarzes Haar hing ihr wie ein Wasserfall bis zur Taille, ihre sahnig weiße Haut ließ die grünen Katzenaugen noch auffallender erscheinen. Sie war ein Mädchen, das überall für Aufsehen gesorgt hätte, sogar in L. A., wo wegen der vielen Schauspielerinnen und Models schöne Mädchen alltäglich waren. Aber Sylvia Stewart war nirgends alltäglich, und Bill war der erste, der zugegeben hätte, daß sie auf die hohen Einschaltziffern einen sehr wohltuenden Einfluß ausübte.

»Gut gemacht, Kleines. Du warst super. Aber das bist du ja immer.« Sie nahm sein Kompliment mit einem Lächeln zur Kenntnis, und er stand auf und kam hinter seinem Schreibtisch hervor, um ihr einen halbernsten Kuß zu geben, als sie sich setzte, und die Beine übereinanderschlug. Er blickte mit Herzklopfen auf sie hinunter. »O Gott, du machst mich ganz fertig, wenn du hereinkommst und so aussiehst.« Sie trug das verführerisch wirkende kleine Schwarze aus der letzten Szene der Folge – einen richtigen Knüller. Die Kostümabteilung hatte es von Fred Heymann ausgeliehen. »Das Mindeste, was du tun könntest, ist ein Sweatshirt und Jeans anzuziehen.« Aber Jeans hätten nicht viel genutzt. Sie trug sie immer hauteng, so daß er einzig und allein daran dachte, wie er sie ihr ausziehen konnte, wenn er sie darin sah.

»Die Leute von der Kostümabteilung sagten, ich könnte das Kleid behalten.« Sie schaffte es, unschuldig und verführerisch zugleich auszusehen.

»Wie nett.« Wieder lächelte er ihr zu und ließ sich hinter seinem Schreibtisch nieder. »Sieht an dir sehr gut aus. Vielleicht könnten wir nächste Woche einmal ausgehen. Dann kannst du es tragen.«

»Nächste Woche erst?« Sie sah aus wie ein Kind, das eben erfahren hat, daß seine Lieblingspuppe bis nächsten Dienstag in Reparatur war. »Warum können wir nicht heute schon ausgehen?« Sie schmollte, was er amüsant fand. Es waren jene Szenen, in denen sie einzigartig war. Es war die andere Seite ihrer fabelhaften Erscheinung und ihres unwiderstehlichen Körpers.

»Dir ist sicher aufgefallen, daß sich neue Entwicklungen anbahnen und du eben im Gefängnis gelandet bist. Die Autoren müssen tonnenweise neue Szenen liefern, und ich möchte in der Nähe bleiben und einiges selbst schreiben oder zumindest kontrollieren, wie es läuft.« Wer ihn kannte, wußte, daß er in den nächsten Wochen achtzehn bis zwanzig Stunden täglich arbeiten, ständig kiebitzen und seine Überredungskunst spielen lassen würde und selbst viel umschreiben mußte, doch das Material, das er dann in der Hand hatte, machte den Aufwand wett.

»Können wir nicht übers Wochenende etwas unternehmen?« Sie schlug ihre sagenhaften Beine wieder übereinander und weckte damit Bills Erregung, aber begriffen hatte sie wohl immer noch nicht.

»Nein, das können wir nicht. Wenn ich Glück habe und alles glattläuft, dann können wir am Sonntag vielleicht Tennis spielen.«

Ihr Schmollen vertiefte sich. Sylvia schien gar nicht erbaut. »Ich wollte nach Vegas. Eine ganze Clique aus ›Mein Haus‹ fährt übers Wochenende dorthin.« ›Mein Haus‹ war ihre schärfste Konkurrenz-Serie.

»Sylvia, ich kann es nicht ändern. Ich muß arbeiten.« Wohl wissend, daß es einfacher war, wenn sie ohne ihn fuhr, als wenn sie blieb und ständig jammerte, schlug er ihr vor, sie solle trotzdem mit den anderen nach Vegas fahren. »Warum fährst du nicht mit? In der morgigen Folge kommst du nicht vor. Vielleicht wird es amüsant in Vegas. Und ich hocke ohnehin das ganze Wochenende im Büro.« Er deutete auf die vier Wände seines Büros. Obwohl es erst Donnerstag war, wußte er, daß mindestens drei oder vier arbeitsreiche Tage vor ihm lagen, in denen er den Autoren auf die Finger sehen mußte. Der Vorschlag, sie solle allein fahren, schien Sylvia zu gefallen.

»Wirst du nachkommen, wenn du hier fertig bist?« Wieder sah sie wie ein Kind aus. Manchmal vermochte ihre Unschuld ihn zu rühren, aber ihr Körper war ihm wichtiger, wie er zugeben mußte, und es war bislang für ihn eine sehr simple Beziehung gewesen, wenngleich eine, auf die er nicht sehr stolz war.

Sylvia war eine nette Person, und er mochte sie, aber sie stellte alles andere als eine Herausforderung für ihn dar, und er wußte sehr wohl, daß auch er ihren Bedürfnissen nicht voll entsprach. Sie brauchte jemanden, der immer Zeit hatte, um mit ihr etwas Amüsantes zu unternehmen, um auf Eröffnungen und Parties zu gehen oder zu Zehn-Uhr-Dinners bei Spago, und er war meist durch seine Arbeit verhindert, mit Schreiben neuer Szenen beschäftigt oder zu müde, um noch irgendwohin zu gehen, dazu kam, daß Hollywood-Parties nie sein Fall gewesen waren.

»Ich glaube nicht, daß ich rechtzeitig fertig werde. Wir sehen uns Sonntagabend, wenn du wiederkommst.« Eine ideale Einteilung, mit der er sie sich vom Leib hielt, obwohl er sich gemein vorkam, daß er diese Überlegung anstellte. Aber es war einfacher, wenn er wußte, daß sie sich irgendwo amüsierte, sonst würde sie ihn alle zwei Stunden anrufen und sich erkundigen, wann er endlich fertig sei.

»Okay.« Sie stand auf, allem Anschein nach hocherfreut. »Es macht dir doch nichts aus?« Sie litt ein wenig unter Gewissensbissen, weil sie ihn allein ließ, aber er lächelte nur und begleitete sie an die Tür.

»Nein, es macht mir nichts aus. Aber gib bloß acht, daß die Clique von ›Mein Haus‹ dir nicht einen neuen Kontrakt aufschwatzt.« Sie lachte, und diesmal küßte er sie auf den Mund. »Du wirst mir fehlen.«

»Du mir auch.« Doch in ihrem Blick lag ein Anflug von Bedauern, so daß er sich fragte, ob etwas passiert sei. Es war etwas, das er in anderen Augen schon gelesen hatte – bei Leslies Augen angefangen. Es war etwas, das Frauen einem sagten, ohne es in Worte zu fassen, und es deutete das Gefühl an, einsam und allein zu sein. Er kannte es sehr gut, doch es gab nichts, was er jetzt ändern würde. Er hatte sich nie geändert, und mit neununddreißig war es dazu wohl auch zu spät.

Sylvia ging, und Bill machte sich wieder an die Arbeit. Er hatte einen Berg Notizen über die neuen Drehbücher und alle bevorstehenden Änderungen zu machen, und als er wieder von seiner Schreibmaschine aufblickte, war es draußen finster, und er erschrak, als er sah, daß der Zeiger der Uhr auf die Zehn zeigte. Plötzlich merkte er auch, daß er Durst hatte. Er stand auf, schaltete das große Licht ein und nahm sich ein Soda aus Bürobeständen. Betsey hatte sicher ein paar Sandwiches auf ihrem Schreibtisch für ihn zurückgelassen, aber er hatte keinen Hunger. Wenn die Arbeit gut lief, dann schien sie seinen Verstand zu ernähren, und als er durchging, was er zustande gebracht hatte, freute er sich. Nur noch eine Szene wollte er ändern, ehe er für heute Schluß machte. In den nächsten zwei Stunden hieb er wie verrückt auf die alte Royal ein und vergaß alles um sich herum, bis auf den Text, den er tippte. Und als er diesmal unterbrach, war es Mitternacht.

Fast zwanzig Stunden hatte er jetzt hinter sich und war kaum müde – im Gegenteil, die Änderungen und die Arbeit, die so gut lief, versetzten ihn in ein Hochgefühl. Er nahm den Stapel Papiere, Ergebnis seiner Arbeit seit dem Nachmittag, schloß sie in ein Schubfach, trank noch ein Glas Soda auf dem Weg hinaus und ließ die Zigaretten auf dem Tisch liegen. Er rauchte nur selten, wenn er nicht über seiner Arbeit saß.

Er ging am Schreibtisch seiner Sekretärin vorüber, auf dem noch immer die Sandwiches in einem Pappkarton warteten, trat auf den mit Leuchtstoffröhren erhellten Korridor und passierte ein halbes Dutzend Studios, in denen kein Betrieb war. Nur in einem lief eine Spätabendshow, und eine Horde sehr wunderlich aussehender junger Leute in Punkaufmachung wartete auf ihren Auftritt. Er lächelte ihnen zu, da sie aber viel zu nervös waren, reagierten sie nicht. Er ging an dem Studio vorüber, aus dem die Elf-Uhr-Nachrichten ausgestrahlt wurden, und auch hier war schon alles dunkel. Alles war fürs Frühstücksfernsehen bereit.

Der Pförtner am Empfang händigte Bill seine Abmeldung aus, die dieser unterschrieb, nicht ohne einen Kurzkommentar über das letzte große Baseballmatch. Er und der alte Pförtner waren leidenschaftliche Dodgers-Anhänger. Und dann trat er ins Freie und sog die warme Frühlingsnacht tief ein. Um diese späte Stunde war der Smog erträglich, und bei Bill stellte sich sofort Hochstimmung ein. Da er seine Arbeit liebte, lohnte es sich für ihn, um diese unheilige Zeit noch im Büro zu sein und sich Storys über Phantasiemenschen auszudenken. Steckte er mitten in der Arbeit, dann kam ihm alles sehr sinnvoll vor, und nach getaner Arbeit war er immer froh. Mitunter konnte natürlich ein Alptraum daraus werden, wenn eine Szene nicht glücken wollte oder eine Rolle seinem Zugriff entglitt und sich anders entwickelte, als er es beabsichtigt hatte, aber meist war er mit Leib und Seele dabei. Es gab sogar Momente, in denen er bedauerte, daß es kein Ganztagsjob war, und er die Drehbuchautoren beneidete.

Mit einem zufriedenen Seufzen startete er sein Auto, einen 49er Chevrolet-Kombi mit Holzaufbau, den er vor sieben Jahren für fünfhundert Dollar einem Surfer abgekauft hatte. Er liebte dieses dunkelbraune Auto, das alles andere als im Bestzustand war, aber es hatte eine Seele und bot viel Platz. Seine Söhne waren begeistert, wenn sie auf Besuch kamen und darin herumkutschiert wurden.

Als er auf dem Santa Monica Freeway in Richtung Fairfax Avenue fuhr, merkte er, daß er doch Hunger hatte. Mehr als Hunger. Er war dem Verhungern nahe. Und er wußte, daß er nichts zu Hause hatte. Seit Tagen hatte er nicht mehr daheim gegessen. Er war zu beschäftigt gewesen und hatte auswärts gegessen, und das letzte Wochenende hatte er bei Sylvia in Malibu verbracht. Sie hatte das Haus einer einstigen Filmdiva gemietet, die schon seit Jahren in einem Altenheim lebte.

Bill hielt in Safeway an. Es war schon nach Mitternacht, als er in seinem Kombi auf dem Parkplatz vorfuhr und einen leeren Platz genau vor dem Haupteingang erwischte. Er parkte neben einem klapprigen alten roten MG-Kabrio, dessen Verdeck offen war und betrat den hellerleuchteten Supermarkt, der die ganze Nacht über geöffnet hatte. Während er seinen Einkaufswagen schob, überlegte er, worauf er Lust hatte. In einem der Gänge rotierten auf einem Grill Hähnchen, deren Duft ihm verführerisch in die Nase stieg. Er nahm sich eines, dazu ein Sechserpack Bier, Kartoffelsalat an der Delikatessen-Theke, Salami, Mixed Pickles und dann eilte er zur Frisch-Abteilung, um sich Salat, Tomaten und andere Zutaten zu holen. Je länger er nachdachte, desto hungriger wurde er, so daß er es kaum erwarten konnte, nach Hause zu kommen und endlich zu essen. Er konnte sich nicht mehr erinnern, ob er zu Mittag etwas zu sich genommen hatte. Plötzlich hatte er das Gefühl, als hätte er jahrelang nichts mehr gegessen. Ihm fiel ein, daß er Küchentücher brauchte und Toilettenpapier, für beide Badezimmer, sowie Rasiercreme, und ihm schwante, daß die Zahncreme knapp wurde. Es sah aus, als hätte er nie Zeit, für sich einzukaufen, und als er hellwach durch den Supermarkt wanderte, kam es ihm vor, als sei es mitten am Nachmittag. Er deckte sich mit Toilettenartikeln ein, mit Olivenöl, Kaffee, Pfannkuchenmischung, Wurst, Sirup für das nächste Frühstück zu Hause am Wochenende – und dann Kleiebrötchen, Frühstücksflocken, Eier, Ananas und einige frische Papayas. Er fühlte sich wie ein Kind im Kaufrausch, während er immer wieder neues Zeug in seinen Korb häufte. Endlich einmal war er nicht in Eile und mußte nicht zur Arbeit. Niemand erwartete ihn, und er konnte den Laden nach Belieben durchstöbern. Gerade versuchte er zu entscheiden, ob er noch ein Baguette und einen Brie haben wollte, als er um die Ecke bog und mit einem Mädchen zusammenstieß, das mit einer Armladung von Küchenrollen aus dem Boden gewachsen zu sein schien. Sie tauchte praktisch aus dem Nichts auf, und ehe er wußte, wie ihm geschah, hatte er sie mit seinem Wagen fast umgefahren, so daß sie erschrocken einen Sprung rückwärts tat und alles fallen ließ. Sie hatte etwas Auffallendes an sich, etwas Schönes, auf saubere, gesunde Weise, und er konnte nicht umhin, sie anzustarren, als sie sich umdrehte, um ihre Küchenrollen aufzuheben.

»Ach, tut mir leid ... ich ... Moment, ich helfe Ihnen ...« Er ließ seinen Wagen stehen und wollte ihr helfen, sie aber hatte sich wieder aufgerichtet und sah ihn lächelnd und sanft errötend an.

»Kein Problem.« Ihr Lächeln besaß Ausstrahlung und Kraft, ein Eindruck, zu dem ihre großen blauen Augen beitrugen. Sie sah aus wie ein Mensch, mit dem zu reden sich lohnte, und er kam sich vor wie ein kleiner Junge, als er sie anstarrte, wie sie ihren Wagen davonschob und ihm noch über die Schulter lächelnd einen Blick zuwarf. Fast war es wie eine Filmszene oder eine der Szenen, wie er sie für seine Serie schrieb. Junge trifft Mädchen. Er wollte ihr nachlaufen ... warten Sie ... stehenbleiben! Aber sie war schon fort, mit ihrem schimmernden dunklen Haar, das ihr locker bis knapp auf die Schultern fiel. Der Blick, mit dem sie ihn bedacht hatte, war aufrichtig und offen, doch ihr Lächeln war von Spott gefärbt gewesen, als hätte sie ihm eine Frage stellen oder über sich selbst lachen wollen. Während er seinen Einkauf beendete, kreisten seine Gedanken einzig um sie. Mayonnaise ... Kapern ... Rasiercreme ... Eier? Brauchte er Eier? Sauerrahm? Er konnte sich nicht mehr konzentrieren. Einfach lächerlich. Sie war hübsch, aber so toll auch wieder nicht. Sie wirkte frisch und adrett, wie die Absolventin eines vornehmen Colleges an der Ostküste. Sie hatte Jeans getragen, dazu einen roten Rollkragenpullover und Turnschuhe, und sein Herz setzte einen Schlag aus, als er sah, wie sie wenig später an der Kasse ihren Wagen auslud. Er blieb selbst stehen und sah sie an. So phantastisch ist sie gar nicht, sagte er sich. Ganz hübsch, gewiß ... sehr nett, aber für seinen von Kalifornien beeinflußten Geschmack zumindest, war sie viel zu normal. Sie sah aus wie jemand, mit dem man sich spätabends noch aussprechen konnte, der einen Witz oder eine Geschichte erzählen konnte, der aus Resten einen Nachtisch zauberte. Aber wozu brauchte er ein solches Mädchen, wenn Mädchen wie Sylvia sein Bett wärmten? Doch als er zusah, wie sie den leeren Einkaufswagen wegstellte, verspürte er ein undefinierbares Verlangen nach ihr und hätte nicht zu sagen gewußt, warum. Sie war jemand, den er gern kennengelernt hätte, und er fragte sich, wie sie heißen mochte, als er langsam auf sie zurollte. Hi ... ich bin Bill Thigpen ... sagte er sich im Kopf vor, als er seinen Wagen zu der Kasse schob, an der auch sie zahlte. Diesmal schien sie ihn nicht zu bemerken. Sie schrieb einen Scheck aus, leider konnte er den Namen nicht lesen, als er ihr über die Schulter spähte. Er konnte nur ihre linke Hand sehen, die das Scheckbuch hielt. Die Linke mit dem Goldreif. Mit ihrem Ehering. Mit einem Schlag spielte es keine Rolle mehr, wer sie war. Sie war verheiratet ... wie schade, falls du dich scheiden lassen solltest, ruf mich an ... mit verheirateten Frauen gab er sich nicht ab. Er hätte sie gern gefragt, wieso sie ihre Einkäufe so spät in der Nacht erledigte, aber das hätte keinen Sinn gehabt. Es war jetzt unwichtig.

»Gute Nacht«, sagte sie mit leiser heiserer Stimme, als sie ihre zwei Einkaufstüten nahm und er seine Einkäufe aufs Förderband legte.

»Gute Nacht«, sagte er, während er ihr nachblickte. Gleich darauf hörte er ein Auto davonfahren, und als er zu seinem eigenen Wagen ging, war der kleine MG, der neben seinem Kombi gestanden hatte, nicht mehr da. Ob er ihr gehört hatte? Fast hätte er laut gelacht. Er mußte total überarbeitet sein, wenn er anfing, sich in wildfremde Frauen zu verlieben. »Okay, Thigpen«, brummte er, als er seinen Wagen mit viel Getöse und Auspuffgasen startete. »Immer mit der Ruhe, alter Junge.« Mit einem leisen Lachen fuhr er vom Parkplatz, und während der Fahrt nach Hause fragte er sich, was Sylvia in Las Vegas treiben mochte.

2. Kapitel

Als Adrian Townsend vom Supermarkt losfuhr, kreisten ihre Gedanken um Steven, der zu Hause auf sie wartete. Seit vier Tagen hatte sie ihn nicht mehr gesehen, da er in St. Louis eine Werbepräsentation bei einem potentiellen Kunden gehabt hatte. Steven Townsend war mit vierunddreißig der strahlende Stern der Werbeagentur, für die er tätig war. Es stand zu erwarten, daß er einmal die Niederlassung in L. A. übernehmen würde. Seit seinen sehr bescheidenen Anfängen im Mittleren Westen hatte er einen weiten Weg zurückgelegt, und sie wußte, wieviel ihm der Erfolg bedeutete. Er bedeutete ihm alles. Steven haßte Armut, wie er seine Kindheit und den Mittleren Westen haßte. Ein Stipendium der UCLA war für ihn vor sechzehn Jahren der Rettungsanker gewesen. Er hatte ein Diplom in Kommunikationswissenschaften erworben, wie Adrian drei Jahre später in Stanford. Ihre Leidenschaft hatte dem Fernsehen gegolten, während Steven sich von Anfang an der Werbung verschrieben hatte. Gleich nach dem Studium hatte er bei einer Firma in San Francisco erste Erfahrungen gesammelt und daneben Abendkurse in Wirtschaftswissenschaften belegt. Seinen Abschluß in diesem Fach hatte er gemacht, als er nach Südkalifornien gekommen war. Kein Zweifel – Steven Townsend würde die Erfolgsleiter bis zur obersten Stufe erklimmen, ohne

Rücksicht auf den Einsatz, den es erforderte. Er gehörte zu jenen Menschen, die ein Ziel ganz entschlossen anpeilten und es auch erreichten. Dabei wurde nichts dem Zufall überlassen und alles genau geplant. In Steven Townsends Leben gab es keine Fehleinschätzungen, keine Mißerfolge. Wenn er ihr von Klienten erzählte, die er kapern wollte, oder von einer Werbestrategie, die ihn reizte, dann konnte sie seine Entschlossenheit, seinen inneren Antrieb, seinen Mut nur bewundern. Dabei war ihm nichts in den Schoß gefallen. Sein Vater hatte in Detroit am Fließband gestanden, zu Hause hatten fünf Kinder auf ihn gewartet, drei Töchter und zwei Söhne, von denen Steven der jüngste war. Sein älterer Bruder war in Vietnam gefallen, die drei Mädchen hatten sich nicht von der Stelle gerührt und nie den Ehrgeiz gezeigt, ein College zu besuchen. Zwei von ihnen hatten noch als Teenager geheiratet – selbstverständlich waren sie schwanger gewesen. Seine älteste Schwester hatte mit einundzwanzig geheiratet und war noch vor ihrem fünfundzwanzigsten Geburtstag Mutter von vier Kindern. Ihr Mann stand am Fließband einer Autofabrik wie ihr Vater, und wenn gestreikt wurde, lebten sie alle von der Wohlfahrtsunterstützung. Es war ein Leben, das Steven gelegentlich noch in Alpträumen heimsuchte und das auch der Grund dafür war, daß er nur selten von seiner Kindheit sprach. Nur Adrian wußte, mit wieviel Widerwillen er an diese Zeit zurückdachte und wie sehr er seine Familie haßte. Seitdem er sein Elternhaus verlassen hatte, war er nie wieder nach Detroit zurückgekehrt. Adrian wußte auch, daß der Kontakt zu seinen Eltern seit über fünf Jahren abgerissen war. Er hatte ihnen nichts mehr zu sagen, wie er ihr einmal in angeheitertem Zustand nach einer Firmenparty erklärte. Er hatte seine Familie mit aller Inbrunst gehaßt, hatte ihre Armut und Verzweiflung und den ständigen Kummer im Blick der Mutter gehaßt, die für ihre Kinder nichts tun und ihnen nichts geben konnte. Aber sie muß euch alle sehr geliebt haben, hatte Adrian ihm zu erklären versucht, da sie sich in die Lage seiner Mutter hineinzuversetzen vermochte und sich auch sehr gut das Gefühl der Ohnmacht vorstellen konnte, das sie erfüllt haben mußte, weil sie den Bedürfnissen der Kinder nicht nachkommen konnte – im Falle ihres Jüngsten, des ehrgeizigen aufgeweckten Steven, eine besondere Härte.

»Ich glaube, sie hat niemanden geliebt«, hatte Steven verbittert zur Antwort gegeben. »In ihr war nichts mehr vorhanden ... da war nur er ... sie wurde sogar noch in dem Jahr schwanger, als ich fortging. Damals muß sie fast fünfzig gewesen sein ... gottlob hat sie es verloren.«

Adrian spürte einen Anflug von Mitleid mit ihr, aber sie hatte es schon längst aufgegeben, bei Steven für seine Mutter einzutreten. Er hatte mit ihnen nichts mehr gemein, und auch nur von ihnen zu sprechen, bedeutete für ihn eine Qual. Zuweilen stellte sie sich die Frage, was seine Eltern von ihm halten würden, wenn sie Steven jetzt sehen könnten, hübsch, sportlich, offen, gebildet, intelligent, zielstrebig und gelegentlich ein wenig zu forsch. Immer hatte sie sein Feuer, seinen Ehrgeiz, seine Energie und seinen Schwung bewundert, und doch regte sich in ihr manchmal der Wunsch, daß dies alles nicht so ausgeprägt sein möge. Vielleicht würde sich das mit der Zeit automatisch einstellen, mit dem Alter, dank der Zuwendung derer, die ihn liebten. Gelegentlich zog sie ihn auf und nannte ihn einen Kaktus. Er ließ niemanden zu nahe an sich heran, ließ nicht zu, daß jemand sein Herz berührte, es sei denn, er erlaubte es.

Ihre nun fast drei Jahre währende Ehe hatte beiden gutgetan. Steven hatte in den letzten zweieinhalb Jahren innerhalb seiner jetzigen Firma geradezu meteorhaft Karriere gemacht, nachdem er zwölf Jahre zuvor nach Los Angeles gekommen war. Im Laufe der Jahre hatte er für drei verschiedene Werbeagenturen gearbeitet und galt in der Branche als sehr tüchtig, versiert und ziemlich rücksichtslos. Er hatte von Freunden Klienten übernommen und Kunden anderer Werbefirmen mit Methoden abgeworben, die nicht ganz korrekt waren. Seine Firma profitierte von seiner Vorgangsweise, und er ebenfalls.

Mit dem ständigen Wachsen der Firma wuchs auch Stevens Position.

Wiewohl sie und Steven völlig verschieden waren, respektierte sie ihn. Die größte Hochachtung nötigten ihr freilich seine Anfänge ab. Seinen spärlichen Andeutungen hatte sie entnommen, daß das Überleben in dem von Armut geprägten Milieu für ihn eine brutale Sache gewesen sein mußte. Ihre eigenen Anfänge freilich waren das genaue Gegenteil. Sie stammte aus einer Familie der oberen Mittelschicht Connecticuts und hatte immer nur Privatschulen besucht. Sie hatte nur eine ältere Schwester, mit der sie sich nie gut verstanden hatte, und in den letzten Jahren war sie auch zu ihren Eltern auf Distanz gegangen, obwohl diese alle paar Jahre nach Kalifornien zu Besuch kamen. Die Lebensweise der Westküste unterschied sich zu sehr von ihrem gewohnten behaglichen Leben in Connecticut, und bei ihrem letzten Besuch waren Probleme mit Steven aufgetaucht. Adrian mußte zugeben, daß er sich sehr unangemessen benommen hatte. Seine offene Kritik an ihrem Vater und dessen idealistischen Prinzipien war sehr peinlich gewesen. Ihr Vater, der in seinem Anwaltsberuf nie viel Ehrgeiz entwickelte, hatte sich früh zurückgezogen und bekleidete schon seit Jahren eine Professur für Rechtswissenschaften. Sie wußte noch, in welche Verlegenheit sie geraten war, als Steven ihren Vater auf rüdeste Weise angegriffen und sie versucht hatte, ihnen klarzumachen, daß dies eben seine Art war und er sich nichts dabei dachte. Kaum aber waren sie wieder zu Hause, hatte ihre Schwester Connie Adrian angerufen und ihr die Hölle heiß gemacht, weil Steven mit ihren Eltern so umgesprungen war. Wie hatte Adrian das zulassen können? Was denn? hatte sie gefragt. »Er hat es fertiggebracht, daß Dad sich gedemütigt fühlt. Mom sagte, Steven hätte ihn heruntergemacht. Dad will nie wieder nach Kalifornien kommen, sagt sie.«

»Connie ... um Himmels willen ...« Adrian war außer sich, als ihr klarwurde, daß ihr Vater gekränkt war, und sie mußte selbst zugeben, daß Steven ein wenig ... nun ja, zu aggressiv gewesen war, aber das war nun einmal sein Stil. Das hatte sie versucht, ihrer Schwester klarzumachen – vergebens, denn sie hatten sich nie sehr nahegestanden. Der Altersunterschied zwischen ihnen betrug fünf Jahre, und Connie hatte ihr gegenüber immer schon eine abfällige Haltung eingenommen, so als entspräche Adrian nicht den Erwartungen. Das war schließlich auch der Grund gewesen, weshalb Adrian nach dem College in Kalifornien geblieben war. Dies und die Tatsache, daß sie einen Job in der Fernsehproduktion anstrebte.

Adrian war nach Los Angeles gegangen, um Filmwissenschaften an der UCLA zu studieren, und sie hatte ihr Studium erfolgreich abgeschlossen und etliche sehr interessante Jobs gehabt, ehe Steven auf der Bildfläche erschienen war. Er hatte andere berufliche Möglichkeiten für sie gesehen. In gewisser Hinsicht war das ein entscheidender Wendepunkt. Das Filmmilieu sei genauso künstlich und verdreht wie die Fernsehfilmerei, und er bestand darauf, daß sie etwas Handfesteres, Konkreteres machen sollte. Sie lebten schon zwei Jahre zusammen, als sie das Angebot von der Nachrichtenredaktion bekam. Das bedeutete zwar mehr Geld als bis jetzt, aber es war auch ganz anders als alles, was sie sich je erträumt hatte. Sie hatte sehr geschwankt, ob sie den Job annehmen sollte, von dem sie das Gefühl hatte, er sei nicht ›ihr Job‹, aber schließlich hatte Steven sie überredet, und er hatte recht behalten. In den letzten drei Jahren hatte sie ihre Arbeit lieben gelernt. Und ein halbes Jahr, nachdem sie den neuen Job angenommen hatte, waren sie und Steven übers Wochenende nach Reno gefahren und hatten geheiratet. Er haßte große Hochzeiten und ›Familienfoltern‹, und sie war einverstanden, weil sie ihn nicht verstimmen wollte. Dafür waren ihre Eltern um so verstimmter gewesen. Sie hatten sich für ihre jüngste Tochter eine große Hochzeit zu Hause gewünscht. Statt dessen waren sie und Steven an die Ostküste geflogen und hatten ihre Eltern vor vollendete Tatsachen gestellt. Ihre Mutter hatte Tränen vergossen, ihr Vater hatte ihnen die Leviten gelesen, so daß sie sich vorgekommen waren wie heimgekehrte Ausreißer. Steven war richtig böse geworden und wie immer war Adrian mit ihrer Schwester Connie heftig aneinandergeraten. Connie war damals mit ihrem dritten und letzten Kind schwanger gewesen und hatte es wieder einmal geschafft, daß Adrian sich unzulänglich und in die Defensive gedrängt fühlte, als hätte sie etwas ganz Schlimmes ausgefressen.

»Hör zu, wir wollten keine große Hochzeit. Ist das ein Verbrechen? Große Anlässe machen Steven nervös. Warum macht man so viel Aufhebens davon? Ich bin neunundzwanzig und kann heiraten, wie es mir beliebt.«

»Warum mußt du Mom und Dad verletzen? Kannst du dir nicht einmal im Leben Mühe geben? Du lebst ohnehin dreitausend Meilen weit entfernt und machst, was du möchtest. Nie bist du zur Stelle, um ihnen zu helfen oder irgend etwas für sie zu tun ...« Ihr Jammerton erboste Adrian, die nun spürte, wieviel Bitterkeit sich zwischen ihnen angestaut hatte. Sie fragte sich, ob es noch ärger werden konnte, denn schon in den letzten Jahren hatte die Beziehung zu ihrer Schwester sich immer bedrückender gestaltet.

»Sie sind zweiundsechzig und fünfundsechzig, wieviel Hilfe brauchen sie?« fragte Adrian, worauf Connie wütend geworden war.

»Jede Menge. Charlie kommt immer und schaufelt Dads Wagen frei, wenn es geschneit hat. Hast du je daran gedacht?« In Connies Augen standen Tränen, und Adrian verspürte das überwältigende Verlangen, sie zu ohrfeigen.

»Dann sollten sie nach Florida ziehen, und uns beiden das Leben erleichtern«, hatte Adrian leise gesagt, worauf Connie in Tränen ausbrach.

»Mehr fällt dir dazu nicht ein? Auf und davon gehen ... sich auf der anderen Seite des Kontinents verstecken ...«

»Connie, ich verstecke mich nicht. Ich führe mein eigenes Leben.«

»Und was tust du? Du spielst Mädchen für alles bei Produktionsteams. Das ist Mist, das weißt du genau. Adrian, du mußt endlich erwachsen werden. Versuch so zu sein wie wir alle, eine Frau und

Mutter, und wenn du unbedingt arbeiten willst, dann tu etwas Sinnvolles. Aber reiß dich zusammen und werde normal.«

»Wie wer? Wie du etwa? Bist du ›normal‹ weil du Krankenschwester warst, ehe die Kinder kamen, und ich bin nicht normal, weil ich einen Job habe, von dem du keine Ahnung hast? Vielleicht würde dir meine Arbeit in der Nachrichtenredaktion besser gefallen. Ich bin jetzt Produktionsassistentin. Kannst du dir darunter mehr vorstellen?« Wie sie das Gift haßte, das sich im Laufe der Jahre in ihre Beziehung eingeschlichen hatte, die Bitterkeit und Eifersucht. Sie hatten einander nie nahegestanden, aber früher waren sie wenigstens befreundet gewesen oder hatten so getan. Jetzt aber war der Lack ab, und es war nichts übrig außer Connies Wut, daß Adrian fort und frei war und in Kalifornien nach ihren eigenen Vorstellungen lebte. Adrian verschwieg ihnen, daß sie und Steven übereingekommen waren, sich keine Kinder anzuschaffen. Es war ein Punkt, der ihm nach seiner schrecklichen Kindheit sehr wichtig war. Adrian teilte seine Meinung zwar nicht, aber sie wußte, daß er das Elend seiner Eltern der Tatsache zuschrieb, daß sie Kinder gehabt hatten – besser gesagt, zu viele Kinder. Doch er hatte ihr schon vor geraumer Zeit gesagt, daß Kinder in seinem Lebensplan nicht vorgesehen waren, und er wollte ganz sicher sein, daß Adrian ihm voll beipflichtete. Er hatte des öfteren eine Vasektomie erwogen, eventueller Nachwirkungen wegen aber davon abgesehen. Steven hatte sie gedrängt, eine Eileiterunterbrechung vornehmen zu lassen, sie aber hatte gezögert, weil ihr die Methode zu radikal erschien, und schließlich hatten sie sich auf andere Methoden geeinigt, die garantierten, daß sie keine Kinder bekamen. Manchmal machte es Adrian traurig, wenn sie daran dachte, nie eigene Kinder zu haben, und doch war es ein Opfer, das sie ihm zuliebe willig auf sich nahm, denn sie wußte, wie wichtig es für ihn war. Er wollte ohne Hindernisse weiter die Karriereleiter erklimmen, und er wollte, daß auch sie ihre beruflichen Ziele ungehindert verfolgen konnte.

Was ihre Arbeit betraf, zeigte er sich ungemein verständnisvoll und hilfsbereit. Und sie hatte die Arbeit in der Nachrichtenredaktion in den letzten drei Jahren lieben gelernt, dachte aber manchmal sehnsüchtig an ihre Zeit bei den Serienproduktionen zurück, an ihre TV-Filme, Mini-Serien und Specials. Einige Male hatte sie sogar erwogen, die Nachrichten aufzugeben und wieder in eine Serienproduktion einzusteigen.

»Und wenn die Serie abgesetzt wird?« hatte ihr Steven immer entgegengehalten. »Was dann? Dann bist du arbeitslos, zurück auf Quadrat eins. Bleib bei den Nachrichten, die werden nie abgesetzt.« Es hatte einen Horror vor Arbeitslosigkeit, vor versäumten Chancen oder davor, nicht bis an die Spitze zu gelangen, und zwar auf schnellstem Weg. Steven behielt immer seine Ziele im Auge, und die lagen immer ganz oben. Und beide wußten, daß er es schaffen würde.

Die letzten zweieinhalb Jahre waren für sie beide sehr erfüllt gewesen. Sie hatten hart gearbeitet, Erfolg gehabt, ein paar Freunde gewonnen, Steven war im letzten und vorletzten Jahr viel gereist, und sie hatten sich eine wunderschöne Maisonette-Wohnung gekauft, der Größe nach wie geschaffen für sie, mit einem zweiten Schlafzimmer, das sie als Arbeitszimmer einrichteten, einem großen Schlafraum im Obergeschoß, einem Wohnzimmer, einem Eßzimmer und einer großen Küche. An den Wochenenden betätigte sich Adrian gern in dem winzigen Gärtchen, das dazugehörte. Ein Pool und ein Tennisplatz standen für den gesamten Komplex zur Verfügung. Zur Wohnung gehörte auch eine Doppelgarage für ihren MG und seinen neuen, schwarzschimmernden Porsche. Steven versuchte immer noch, sie zum Verkauf ihres geliebten Klassikers zu überreden, doch in diesem Punkt blieb sie eisern. Sie hatte ihn gebraucht gekauft, als sie vor dreizehn Jahren nach Stanford gekommen war, und sie war noch immer in ihn verliebt. Adrian hing an alten Dingen, während Steven immer auf der Suche nach dem Allerneuesten war. Und doch gaben sie zusammen ein gutes Gespann ab. Er verhalf ihr zu jenem zusätzlichen Quentchen Energie und Elan, die ihr gefehlt hätten, wäre sie allein geblieben. Sie wiederum glättete seine scharfen Kanten ein bißchen, aber zu wenig, wie manche meinten. Ihre Schwester Connie und ihr Schwager Charles haßten ihn noch immer, und ihre Eltern hatten nie Sympathien für ihn entdecken können. Das hatte Adrians Beziehung zu ihnen sehr getrübt, und mitunter empfand sie Bedauern, wenn sie sich vor Augen hielt, wie sehr sie sich ihnen entfremdet hatte. Aber ungeachtet ihrer Liebe zu ihnen hatte sie das Gefühl, daß sie in erster Linie Steven verpflichtet war. Er war der Mann, dessen Bett sie teilte, dessen Leben sie mitzugestalten half, der mit ihr gemeinsam eine Zukunft schmiedete. Mochte sie ihre Eltern auch noch so lieben, sie waren Vergangenheit, während er Gegenwart und Zukunft war. Das begriffen auch ihre Eltern und fragten nicht mehr, wann sie und Steven wieder zu Besuch kommen würden. Sie hatten im letzten Jahr auch aufgehört, ständig zu bohren, wann sie und Steven endlich an Kinder denken wollten. Sie hatte Connie schließlich klipp und klar gesagt, daß sie keine Kinder wollten, und sie konnte sicher sein, daß ihre Schwester es ihren Eltern weitererzählt hatte. Adrians und Stevens Beziehung war in ihren Augen nicht normal. Für sie waren die beiden egozentrische junge Genießer, die sich in Kalifornien voll auslebten. Es war zwecklos, ihnen eine völlig andere Lebensauffassung nahebringen zu wollen. Da war es einfacher, man schränkte die Telefonate ein.

Aber Adrian war in Gedanken nicht bei ihren Eltern, als sie in jener Nacht die Ausfahrt Fairfax Avenue nahm. Sie dachte nur an Steven. Sie wußte, daß er sehr müde sein würde. Aber sie hatte eine Flasche Weißwein gekauft, dazu Käse und die Zutaten zu einem feinen Omelette. Sie lächelte, als sie in der Garage seinen Porsche sah. Er war schon da.

Wie schade, daß sie ihn nicht vom Flughafen hatte abholen können. Sie hatte wie so oft in letzter Zeit länger in der Redaktion bleiben müssen, da sie bei den Spätnachrichten den Produzenten vertrat, seit sie seine Assistentin war. Es war ein interessanter Job, der sie aber so beanspruchte, daß sie oft fix und fertig war. Ihr Schlüssel drehte sich ganz leicht im Schloß. Sie sah, daß alle Lichter brannten, als sie öffnete, doch zunächst konnte sie ihn nirgends entdecken.

»Hallo? ... Ist jemand da? ...« Die Stereoanlage lief, sein Koffer stand im Flur, aber sie entdeckte nirgends seinen Aktenkoffer, und dann sah sie ihn in der Küche, mit dem Telefon in der Hand. Sein tiefschwarzes, dichtes Haar war durcheinander, er hielt den Kopf gebeugt, während er sich eifrig Notizen machte. Es war anzunehmen, daß er mit seinem Boß sprach. Er schien sie gar nicht wahrzunehmen, während er schrieb und redete. Sie ging zu ihm, legte ihre Arme um ihn und küßte ihn. Er blickte lächelnd auf sie nieder und gab ihr sanft einen Kuß auf die Lippen, während er weiterhin seinem Boß zuhörte und keine Silbe verpaßte. Er schob sie von sich, als er sagte:

»Ganz recht ... genau das habe ich ihm gesagt. Sie wollen uns nächste Woche kontaktieren, aber ich glaube sicher, sie melden sich früher, wenn wir eine schnellere Gangart vorlegen. Richtig ... richtig ... genau das ist auch meine Meinung ... sehr gut ... bis morgen ...« Und dann war sie plötzlich in seinen Armen, und er hielt sie ganz fest – die Welt war wieder in Ordnung. Sie war immer glücklich, wenn sie bei ihm war, immer überzeugt, daß sie zu ihm gehörte. Und als sie ihn küßte, konnte sie nur daran denken, wie sehr er ihr gefehlt hatte.

Er küßte sie ausdauernd und leidenschaftlich, und als er sich von ihr löste, war sie atemlos. »Mein Güte ... ich finde es wirklich reizend, Sie wieder bei mir zu haben, Mr. Townsend.«

»Hm, ich habe auch nichts dagegen, dich wiederzusehen.« Er sah sie mit spitzbübischem Lächeln an und umfaßte ihre Kehrseite mit zwei Händen, um sie enger an sich zu drücken. »Wo warst du?«

»Ich habe gearbeitet. Ich wollte heute die Elf-Uhr-Nachrichten loswerden, aber es war niemand frei. Unterwegs habe ich eingekauft. Bist du hungrig?«

»Ja.« Er lächelte beglückt, ohne einen Gedanken an den Inhalt der zwei braunen Einkaufstüten zu verschwenden. »Ehrlich gesagt, sehr.« Er knipste das Küchenlicht hinter sich aus, und Adrian lachte.

»Das habe ich nicht gemeint. Ich habe Wein besorgt und ...« Er küßte sie wieder auf den Mund.

»Später Adrian, später ...« Er führte sie leise hinauf. Sein Gepäck im Flur war vergessen, ihr Einkauf verlassen in der Küche. Sein Blick lag voller Sehnsucht auf ihr, als sie anfing, sich auszuziehen. Er drehte die Stereoanlage lauter auf und zog Adrian auf das Bett neben sich.

3. Kapitel

Am nächsten Tag gingen sie gemeinsam aus dem Haus. Es war eine Routine, die allmorgendlich wie ein Wecker abschnurrte. Steven hatte es sich zur Gewohnheit gemacht, vor der Arbeit eine gewisse Strecke zu laufen. Kaum war er zurück, rasierte er sich auf seinem Heimtrainer strampelnd und hatte dabei ein Auge auf die Fernsehnachrichten. Adrian, die inzwischen geduscht hatte und schon angezogen war, bereitete ein leichtes Frühstück zu. Er duschte und zog sich an, während sie die Küche in Ordnung brachte und die Betten machte. An den Wochenenden half er ihr dabei, während der Woche aber war er zu beschäftigt und in Eile, um ihr zur Hand gehen zu können.

Adrian sah sich immer die Frühnachrichten an und so viel von der Today-Show, wie sie schaffte, ehe sie aus dem Haus gingen. War etwas Interessantes vorgefallen, dann diskutierten sie darüber, meist verlief der Morgen aber wortkarg. Heute war es anders. Sie hatten sich in der Nacht zuvor zweimal geliebt, und Adrian war in gesprächiger und liebevoller Stimmung, als sie ihm eine volle Kaffeetasse reichte und diese Geste mit einem Kuß begleitete. Er war noch verschwitzt vom Laufen, aber auch mit nassem Haar und am Körper klebendem T-Shirt sah Steven Townsend aus wie ein Filmstar. Auch dies war etwas, das ihn seinerzeit zu einem Außenseiter gemacht hatte, als er darum kämpfte, aus Detroit und von seinen Eltern wegzukommen. Seine Intelligenz, sein Ehrgeiz und sein Aussehen waren Faktoren, die ihn über das Leben, in das er hineingeboren worden war, emporhoben. Auch Adrian war auf ihre Weise auffallend, aber daran hätte sie nie einen Gedanken verschwendet. Sie war mit ihrem Leben zu beschäftigt, als daß sie an ihr Aussehen gedacht hätte, außer wenn sie sich zurechtmachte, um mit Steven auszugehen. Ihre natürliche, saubere und gesunde Schönheit mußte in der künstlichen Welt, in der sie lebten, auffallen. Sie selbst war sich ihrer Schönheit völlig unbewußt, und Steven machte ihr nur selten Komplimente. Er war ständig mit anderen Dingen beschäftigt, mit seinem eigenen Leben und mit seinem Beruf. Es gab Zeiten, da nahm er sie gar nicht wahr.

»Na, ist heute etwas los?« Er warf ihr über die Zeitung, die er während des Frühstücks las, einen flüchtigen Blick zu. Sie hatte das Gebäck, das sie am Abend zuvor gekauft hatte, aufgebacken und bereitete einen frischen Fruchtsalat zu, den sie mit Joghurt mischte.

»Nicht, daß ich wüßte. Wenn ich in der Redaktion bin, wird sich herausstellen, was es gibt. In den Morgennachrichten war nichts Aufregendes, aber man weiß ja nie. Während wir hier sitzen, könnte der Präsident erschossen werden.«

»Ja ...« Er studierte die Börsenkurse und blätterte den Wirtschaftsteil durch. »Bleibst du heute länger im Büro?«

»Schon möglich. Das stellt sich erst nachmittags heraus. Bei uns sind einige auf Urlaub, deshalb sind wir unterbesetzt. Vielleicht muß ich sogar am Wochenende hinein.«

»Na, hoffentlich nicht. Hast du vergessen, daß James morgen eine Party gibt?«

Ihre Blicke trafen aufeinander, und sie lächelte ihm zu. Steven konnte nicht glauben, daß sie imstande war, sich etwas zu merken, mochte sie auch Produktionsassistentin in der Nachrichtenredaktion einer großen Fernsehgesellschaft sein. »Natürlich weiß ich es noch. Wird es eine große Sache?«

Er nickte. Wenn es um seinen Beruf ging, verstand er keinen Spaß, aber daran war sie gewöhnt. »Alles was in der Werbebranche Rang und Namen hat, wird da sein. Ich wollte mich nur vergewissern, daß du es nicht vergessen hast.« Sie nickte, worauf er auf die Uhr sah und aufstand. »Ich spiele heute um sechs Squash. Wenn du länger arbeitest, komme ich zum Dinner nicht nach Hause. Hinterlaß mir im Büro Nachricht.«

»Mach' ich. Gibt es sonst noch etwas, das ich wissen müßte, ehe wir den Tag beginnen und in unsere verschiedenen Welten verschwinden?«

Momentan sah er sie verständnislos an, dann überlegte er kurz und schüttelte den Kopf. In Gedanken war er schon anderswo, während er noch dastand und auf Adrian hinunterblickte, die noch immer am Küchentisch saß. Er dachte an die zwei neuen Kunden, an die er herantreten wollte, und an einen Kunden, den er einem etwas älteren Mitarbeiter in seiner Firma abspenstig machen wollte. Er hatte ähnliches schon einige Male sehr erfolgreich praktiziert, eine Vorgangsweise, die ihm nicht unangenehm war und vor der er nicht zurückschreckte. Das Ziel rechtfertigt immer die Mittel, so hatte er es immer schon gehalten. Schon vor sechzehn Jahren hatte er seinen besten Freund aus dem Rennen geworfen, als es um das Stipendium für Berkeley gegangen war. Der andere wäre eigentlich viel qualifizierter gewesen, aber Steven wußte auch, daß er bei einer Klausur gemogelt hatte, und er hatte dafür gesorgt, daß die richtigen Leute zum richtigen Zeitpunkt davon Kenntnis erhielten. Daß die Zensuren seines Freundes seither einwandfrei gewesen waren und er Steven bei allen Prüfungsvorbereitungen geholfen hatte, war gegenstandslos. Dazu waren sie die besten Freunde ... aber der andere hatte nun mal gemogelt ... und er wurde disqualifiziert. Aber Steven schaffte es, Detroit hinter sich zu lassen und hatte nie wieder einen Blick zurückgeworfen. Von seinem Freund hatte er nie wieder etwas gehört. Vor Jahren hatte er von seiner Schwester erfahren, daß Tom von der Schule abgegangen war und irgendwo im Getto an einer Tankstelle arbeitete. Manchmal lief es eben so und nicht anders. Nur die Tüchtigsten überlebten.

Und Steven Townsend war tüchtig. In jeder Hinsicht. Er stand da und sah Adrian einen Moment an, ehe er sich umdrehte und hinauflief, um zu duschen und sich anzuziehen.

Sie war noch immer in der Küche, als er herunterkam, untadelig – khakifarbener Anzug, hellblaues Hemd und blaugelbe Krawatte. Mit seinem schimmernden schwarzen Haar sah er wieder wie ein Filmstar aus oder zumindest wie aus einem Werbespot. Wenn Adrian ihn so ansah, war es immer wie ein kleiner elektrischer Schlag, denn er war so unglaublich hübsch.

»Gut siehst du aus, Kleiner.«

Das Kompliment schien ihn zu freuen, und er musterte sie von oben bis unten, als sie aufstand und die große Handtasche nahm, die sie immer zur Arbeit mitnahm. Es war eine weiche, schwarze Hermès-Tasche, die sie schon seit Jahren besaß und die sie wie ihren uralten Sportwagen über alles liebte. Zu ihrem marineblauen Rock trug sie eine weiße Seidenbluse und eine weiche, weiße Kaschmirjacke um die Schultern. Ihre schwarzen sportlichen Schuhe waren eine teure italienische Marke. Alles in allem war sie der Inbegriff lässiger, dezenter und teurer Eleganz. Es war nichts Auffälliges, doch beim zweiten Blick erkannte man, daß ihre Aufmachung Format verriet, dazu guten Geschmack und ihre Herkunft aus einem erstklassigen Stall. Trotz ihres ungezwungenen Stils und ihrer klassischen Kleidung brachte sie es fertig, daß alles an ihr schön und hinreißend aussah. Sie waren ein hübsches Paar, als sie aus dem Haus gingen. Er stieg in seinen Porsche, sie in ihren MG. Die Miene, die er dabei zur Schau trug, brachte sie immer wieder zum Lachen. Es war ihm so peinlich, in der Nähe ihres

Wagens gesehen zu werden, daß er schon gedroht hatte, sie auf den allgemeinen Parkplatz vor dem Wohnkomplex zu verbannen.

»Du bist ein Snob!« Sie lachte ihm zu, und er schüttelte den Kopf und war gleich darauf unter dem Dröhnen seines starken Motors davongebraust, während Adrian sich ein Kopftuch umband, ihre geliebte alte Karre startete und voller Liebe mitanhörte, wie der Motor spuckend zum Leben erwachte. Auf der Schnellstraße lief der Verkehr schon sehr zäh und nach wenigen Minuten saß sie im Stau und fragte sich, wie Steven wohl vorangekommen sein mochte, und mit dem Gedanken an ihn war etwas anderes verknüpft – etwas, was ihr nur selten passiert war. Sie war überfällig. Schon vor zwei Tagen hätte sie ihre Periode bekommen sollen, aber andererseits wußte sie, daß dies nichts zu bedeuten hatte. Bei ihrer unregelmäßigen Arbeitszeit und dem ständigen Streß war es nicht ungewöhnlich, obwohl es ihr nur sehr selten passiert war. Sie merkte sich im Geiste vor, in einigen Tagen wieder daran zu denken, und als die Autoschlange sich wieder in Bewegung setzte, gab sie Gas und fuhr weiter.

Als sie ankam, herrschte totales Chaos. Der Produzent war erkrankt und nicht da. Zwei ihrer besten Kameraleute hatten einen kleinen Unfall gehabt und zwei ungeliebte Reporter waren vor ihrem Schreibtisch in eine hitzige Debatte geraten. Alles endete damit, daß sie alle anschrie – eine große Überraschung, da Adrian nur selten die Nerven verlor.

»Verdammt noch mal, wie soll hier jemand arbeiten können? Wenn ihr beide euch auffressen wollt, dann macht das woanders.« Ein Senator war mit einer Verkehrsmaschine abgestürzt und von der Unfallstelle war eben die Meldung gekommen, daß es keine Überlebenden gäbe. Ein berühmter Filmstar hatte in der Nacht Selbstmord begangen. Und zwei Hollywoodlieblinge hatten ihre bevorstehende Heirat angekündigt. In Mexiko hatte ein Erdbeben an die tausend Todesopfer gefordert. Es war einer jener Tage, die dazu angetan waren, Adrian Magengeschwüre anzuzüchten. Aber zumindest war das Leben für sie interessant, oder vielmehr war es das, was Steven zu ihr sagte, wenn sie sich beklagte. Wollte sie denn wirklich im Land der Phantasie leben, für Mini-Serien arbeiten oder an Specials über Hollywoods weibliche Stars? Nein, aber sie hätte zu gern an einer erfolgreichen Prime-Time-Serie mitgearbeitet, und sie wußte, daß sie sich inzwischen genügend Erfahrung in der Produktion angeeignet hatte, um es zu schaffen. Aber sie wußte auch, daß sie Steven nie würde überzeugen können, daß ein solcher Job ihre Aufmerksamkeit verdiente.

»Adrian?«

»Ja?« Einen Augenblick hatte sie ihre Gedanken abschweifen lassen, zu dem, was nicht war, was aber hätte sein können, und dafür war keine Zeit, wenigstens heute nicht. Sie konnte sich inzwischen leicht ausrechnen, daß sie heute nicht mit ihrem Mann zu Abend essen würde. Sie hatte jemanden gebeten, ihn anzurufen und ihm Bescheid zu geben, und wandte sich nun dem Assistenten zu, der sie sprechen wollte. Das Set war wegen eines Rohrschadens überschwemmt worden, so daß man in ein anderes Studio ausweichen mußte, aber es war ohnehin alles bereit, so daß kein Grund zur Panik vorlag.

Es wurde vier, ehe sie ihren Lunch verzehren konnte, und sechs, bis sie daran dachte, Steven selbst anzurufen. Aber er wollte vom Büro aus direkt zum Squash fahren, und er wußte ohnehin, daß sie lange arbeiten würde. Als sie sich auf einen langen Abend im Büro einstellte, wurde sie plötzlich von einem sonderbaren Gefühl der Einsamkeit überfallen. Es war Freitagabend, alle gingen aus oder waren zu Hause oder bei Freunden, machten sich für eine Verabredung schön oder ließen sich mit einem guten Buch gemütlich nieder. Während sie an der Arbeit war, die Polizeiberichte nach Selbstmorden und Meldungen von Tragödien durchforstete, die weltweit passierten. Eine traurige Art, den Freitagabend zu verbringen, doch gleich darauf kam sie sich albern vor.

»Na, heute siehst du aber reichlich verbiestert aus«, bemerkte Zelda, eine der Produktionsassistentinnen lächelnd, als sie Adrian in einer Plastiktasse Kaffee brachte. Immer zu einem Scherz aufgelegt war sie ein richtiges Original und gehörte zu Adrians liebsten Kolleginnen. Sie war älter als Adrian, etliche Male geschieden und ein freier Geist. Ihr flammendrotes Haar schien ungezügelt ihrem

Kopf zu entsprießen und ebenso ungezügelt war ihr Humor.

»Ach, ich bin nur müde. Hin und wieder nervt einen die Arbeit hier richtig.«

»Na, wenigstens beweist das, daß du noch richtig im Kopf bist.«

Zelda lächelte. Sie war eine hübsche Person, nach Adrians Schätzung um die Vierzig.

»Geht dir das alles nicht auch manchmal auf die Nerven? Die Nachrichten sind immer so niederschmetternd.«

»Ach, die höre ich mir gar nicht an.« Ihre Bemerkung war von einem gleichmütigen Achselzucken begleitet. »Und wenn ich hier rauskomme, gehe ich meist tanzen.«

»Ich glaube, das ist die richtige Auffassung.« An den meisten Abenden fuhr Adrian nach Hause und fand Steven schlafend und leise schnarchend vor. Blieben nur die gemeinsamen Frühstücke und die Wochenenden.

Die folgenden vier Stunden war Adrian mit Papierkram beschäftigt, bis sie vor den Spätnachrichten endlich gehen konnte, nicht ohne mit den Moderatoren zu plaudern und rasch die heißesten Meldungen zu überfliegen. Es war eigentlich eine eher ruhige Nacht, und sie konnte es kaum erwarten, nach Hause zu Steven zu kommen. Sie wußte, daß er mit Freunden gegessen hatte, aber sie war sicher, daß er zu Hause sein würde, wenn sie kam. Er blieb nur selten länger aus, es sei denn, es lohnte sich für ihn – beispielsweise, wenn er einen Abschluß mit einem wichtigen Kunden tätigen konnte.

Wie vorauszusehen, lief die Sendung glatt, und elf Uhr fünfunddreißig fuhr sie bereits auf dem Santa Monica Freeway nach Hause. Fünf Minuten vor Mitternacht kam sie durch die Haustür. Im Schlafzimmer brannte noch Licht, und ihr Herz tat einen Freudensprung, als sie zwei Stufen auf einmal nehmend die Treppe hinauflief. Sie mußte lachen, als sie ihn sah. Steven schlief schon, die Arme von sich gestreckt wie ein Junge, erschöpft und entspannt zugleich nach einem harten Tag im Büro, dem ein rasantes Squash-Match und ein frühes Abendessen gefolgt war. Er würde auch nicht aufwachen, denn kein Geräusch vermochte ihn mehr zu wecken.

»Na, mein Märchenprinz«, flüsterte Adrian schmunzelnd, als sie sich im Nachthemd neben ihm niederließ. »Sieht aus, als sei alles glatt gelaufen, wie wir in unserer Branche sagen.« Sie küßte ihn sachte auf die Wange, und er rührte sich nicht, als sie das Licht löschte und es sich auf ihrer Seite des Bettes bequem machte. Und während sie dalag, dachte sie wieder an ihre verspätete Periode, obwohl sie wußte, daß wahrscheinlich nichts dahintersteckte.

4. Kapitel

Als Adrian um Viertel nach neun aufwachte, stieg ihr der Duft von gebratenem Speck in die Nase. Steven war in der Küche am Werk, wie laut klappernde Geräusche verrieten. Lächelnd drehte sie sich auf die andere Seite. Sie liebte die Samstage, liebte es, ihn um sich zu haben, genoß es, daß er ihr das Frühstück ans Bett brachte und daß sie sich anschließend der Liebe hingaben.

Während sie an all dies dachte, hörte sie ihn die Treppe heraufkommen, mit dem Tablett gegen die Tür stoßen, und sie hörte auch, daß die Stereoanlage unten Bruce Springsteen spielte.

»Aufwachen, Schlafmütze«, sagte er mit einem Grinsen und stellte das Tablett neben ihr ab, als sie sich rekelte und ihm zulächelte. Er war der Inbegriff gesunder, junger Männlichkeit mit seinem von der Dusche nassen Haar und den frischen weißen Tennissachen. Seine langen wohlgeformten Beine waren braungebrannt, und von ihrem Gesichtswinkel aus wirkten seine Schultern enorm.

»Weißt du, daß du recht annehmbar aussiehst für einen Burschen, der kochen kann?« Sie lächelte zu ihm empor, auf einen Ellbogen aufgestützt.

»Du auch, Faulpelz.« Er setzte sich neben sie aufs Bett.

»Du hättest dich nachts sehen sollen ... total weggetreten«, sagte sie lachend.

»Der Tag war hart, und nach dem Squash-Match war ich fix und fertig.« Er schien ein wenig verlegen zu sein und machte dies wett, indem er sie vielversprechend küßte.

»Spielst du heute Tennis?« erkundigte sie sich. Sie kannte ihn gut. Er liebte Sport, besonders Tennis und Squash.

»Ja, aber erst um halb zwölf.« Er sah auf die Uhr und lächelte ihr zu. Sie lachte wieder, aber ehe sie etwas sagen konnte, war er aus seinem Tennisdreß geschlüpft und lag im Bett neben ihr.

»Was soll das, Mr. Townsend? Wird das Tennis nicht darunter leiden?« Sie zog ihn zu gern wegen der Ernsthaftigkeit auf, die er beim Tennis an den Tag legte.

»Schon möglich.« Seine nachdenkliche Miene brachte sie wieder zum Lachen. Und dann wandte er sich ihr mit verführerischem Lächeln zu. »Aber es könnte sein, daß es sich lohnt.«

»Könnte sein? Könnte? ... Du hast vielleicht Nerven!« Aber er brachte sie mit einem Kuß zum Schweigen, und im nächsten Moment hatten sie sein Tennis vergessen, und eine halbe Stunde später döste sie zufrieden in seinen Armen, und er strich ihr sanft übers schimmernde schwarze Haar, das ihr in die Stirn fiel. »Ich persönlich ... würde ja lieber jederzeit das tun, als Tennis zu spielen«, schnurrte sie ... Sie öffnete ein Auge und hob ihm ihr Gesicht entgegen.

»Ich auch.« Er streckte sich faul, und eine Stunde später stand er widerstrebend auf und duschte noch einmal, ehe er zu dem Match ging, das er gegen einen Partner ausfocht, der im selben Komplex wohnte und den Steven nur als ›Harvey‹ kannte.

»Kommst du zum Mittagessen zurück?« fragte sie, und er rief, daß er sich einen gemischten Salat wünschte, wenn er zurückkäme, und er erinnerte sie wieder, daß sie abends um sieben zu der Party gehen mußten. Es würde für sie zeitlich sehr knapp werden. Am Abend zuvor hatte sie erfahren, daß sie bei den Abendnachrichten anwesend sein mußte, und dann wieder bei den Spätnachrichten. Das hieß, daß sie sich für die Party anziehen mußte, ehe sie zur Redaktion fuhr, und dann zurück rasen mußte, um mit Steven zusammen zur Party zu gehen oder sich sogar erst dort mit ihm zu treffen. Anschließend mußte sie die Party verlassen und zur Arbeit fahren. Doch sie wußte, daß diese gesellschaftlichen Anlässe für Steven sehr wichtig waren, und sie war gewillt, mitzugehen, auch wenn der Abend für sie sehr hektisch würde. Sie war immer bemüht, Steven nicht im Stich zu lassen, und vor allem lag ihr daran, daß ihre Tätigkeit nicht dem Privatleben in die Quere käme – anders als Steven, der viel unterwegs war. Doch seine Reisen erleichterten es ihr, notfalls bis spät in die Nacht in der Redaktion zu bleiben.

Um zwei war Steven zurück, verschwitzt und selig, weil er gewonnen hatte. Er hatte diesen Harvey ganz locker geschlagen. »Er ist verfettet und außer Form, und nach dem zweiten Satz hat er mir gestanden, daß er das Rauchen noch nicht aufgegeben hat.

Der arme Teufel kann von Glück reden, daß er nicht mitten auf dem Platz einen Herzanfall bekam.«

»Na, hoffentlich hast du es ihm nicht zu schwer gemacht«, rief Adrian ihm aus der Küche zu, wo sie eben Limonade für ihn zubereitete, doch beide wußten, daß eher das Gegenteil der Fall war.

»Er hat es nicht verdient. Er ist ein richtiges Ekel.« Sein Salat war fertig, und sie stellte die Schüssel vor ihn hin und eröffnete ihm, daß sie noch vor der Party ins Büro müßte, aber das schien ihn nicht zu kümmern. Es kümmerte ihn auch nicht, daß sie auch noch zu den Spätnachrichten in die Redaktion mußte. »Geht in Ordnung. Sicher nimmt mich jemand im Wagen mit. Du kannst meinen haben.«

»Ich könnte dich sogar abholen.« Sie sah ihn um Verzeihung heischend an. »Es tut mir wirklich leid. Wenn nicht so viele auf Urlaub wären und der Produzent nicht krank ...«

»Kein Problem. Solange du auf einen Sprung kommen kannst, reicht es.«

Sie sah ihn fragend an. »Warum ist diese Party so wichtig für dich? Steht etwas Großes bevor, von dem ich nichts weiß?«

Im ersten Moment setzte er eine geheimnisvolle Miene auf, dann grinste er sie an. »Wenn heute alles richtig läuft, dann könnte ich möglicherweise das IMFAC-Budget bekommen. Vergangene Woche hat mich ein Insider-Tip erreicht, daß die Leute mit ihrer momentanen Werbeagentur nicht zufrieden sind und heimlich schon nach einer anderen Umschau halten. Ich habe die IMFAC-Leute angerufen, und Mike war richtig begeistert. Vielleicht schickt er mich schon montags nach Chicago.«

»Meine Güte, das ist ja ein Riesen-Etat.« Eine sehr beeindruckende Sache, sogar für einen Mann wie Steven. IMFAC vergab einen der größten Werbeetats des Landes.

»Ja, das ist es. Könnte sein, daß ich die ganze Woche weg sein werde, aber du wirst mir sicher recht geben, daß es in diesem Fall gerechtfertigt ist.«

»Das ist es gewiß.« Sie lehnte sich zurück und sah ihn an. Steven war wirklich ein bemerkenswerter Mann. Er würde nicht rasten noch ruhen, bis er nicht alles hatte, was er wollte. Was er mit seinen vierunddreißig Jahren erreicht hatte, nötigte einem Bewunderung ab, besonders wenn man seine Herkunft in Betracht zog. Im Laufe der Jahre hatte sie versucht, dies ihren Eltern klarzumachen, sie aber schienen entschlossen, alle seine guten Eigenschaften zu übersehen, und ritten immer wieder auf der negativen Seite seines Ehrgeizes herum. Als ob es ein Verbrechen wäre, Erfolg anzustreben. Wenigstens war es in ihren Augen keines. Er hatte ein Recht, zu erreichen, was er anstrebte, oder etwa nicht? Und er hatte das Bedürfnis zu gewinnen. Zuweilen tat er ihr sogar leid, weil dieses Bedürfnis in ihm so ausgeprägt war. Es schmerzte ihn fast körperlich, wenn er verlor, sogar beim Tennis.

Und am Nachmittag spielte er wieder Tennis. Er spielte noch immer, als Adrian in die Nachrichtenredaktion fuhr. Sie hatte zugesagt, zurückzukommen und ihn um Punkt sieben abzuholen. Und als sie kam, wartete er bereits, fabelhaft aussehend in seinem neuen Blazer und weißen Hosen, mit der roten Krawatte, die sie ihm gekauft hatte. Er sah großartig aus, und das sagte sie ihm auch, worauf er sich revanchierte und ihr ebenfalls ein Kompliment machte. Sie hatte sich für ein smaragdgrünes Seidenkostüm mit passenden Schuhen entschieden und sich die Haare gewaschen, die nun schimmerten wie blankpoliertes Onyx. Als sie neben ihn in den Porsche stieg, bemerkte sie, daß er nervös und zerstreut war. Aber wenn ein Etat von der Größe des IMFAC-Werbebudgets auf dem Spiel stand, war es verständlich.

Auf der Fahrt nach Beverly Hills plauderten sie über Belanglosigkeiten, und als sie das Haus ihrer Gastgeber sah, war sie richtig beeindruckt. Mike James war Stevens Chef, und seine Frau war eine der teuersten Innenarchitektinnen von Beverly Hills. Es war ihre Hauseinweihungsparty, und Adrian hatte schon vor Monaten von den aufwendigen Renovierungen in Millionenhöhe gehört. Doch das Ergebnis konnte sich sehen lassen. Es waren bereits an die zweihundert Gäste da, als sie kamen, und Adrian verlor Steven fast augenblicklich aus den Augen. Allein gelassen schlenderte sie zwischen den Bars und Buffets hin und her und schnappte auf, was um sie herum gesprochen wurde.

Die Leute sprachen von ihren Kindern, ihrer Ehe, ihrem Beruf, über ihre Reisen, ihre Häuser.

Adrian wurde mehrfach angesprochen und ins Gespräch gezogen, aber sie kannte hier niemanden, und da ihr ohnehin nicht nach Reden zumute war, hielt sie sich nie länger bei einer Gruppe auf. Mehr als einmal fiel ihr auf, daß sie nach ihren Kindern gefragt wurde, wenn sich gesprächsweise herausstellte, daß sie verheiratet war. Irgendwie berührte es sie sonderbar, wenn sie sagen mußte, sie habe keine. Fast kam sie sich als Versager vor. In diesem Zusammenhang war es gegenstandslos, daß sie einen interessanten Beruf ausübte und erst einunddreißig war. Frauen, die Kinder hatten, waren stolz auf sich, und in letzter Zeit hatte Adrian sich des öfteren gefragt, ob sie etwas versäumten, wenn sie und Steven für immer auf Kinder verzichteten. Natürlich war das alles nicht festgeschrieben, und es war ja auch nicht so, daß man einen Entschluß nicht umstoßen konnte, doch andererseits wußte sie, wie stark Steven in dieser Hinsicht fixiert war. Dies war auch der Grund für ihr wachsendes Unbehagen, wenn sie daran dachte, daß ihre Periode noch nicht eingetreten war.

Am Nachmittag hatte sie erwogen, einen Schwangerschaftstest zu kaufen, doch es erschien ihr im Grunde ein wenig voreilig. Es bestand keine Notwendigkeit, so hysterisch zu reagieren, nur weil sie ein paar Tage überfällig war ... aber wenn sie schwanger war, was dann? Sie stand allein und in Gedanken versunken da, als ein Mann stehen blieb und mit ihr plaudern wollte. Er bot ihr ein Glas Champagner an, aber Adrian hatte an einem

Gespräch kein Interesse. Und als sie wieder allein war, verfiel sie von neuem ins Grübeln.

Was würde passieren, wenn sie wirklich ein Kind bekäme? Was konnte sie sagen? Was würde Steven tun? Wäre das wirklich so schrecklich für ihn? Oder wäre es ganz wunderbar? Ob es falsch war, daß er sich so vehement gegen Kinder stemmte? Oder würde er sich allmählich mit dem Gedanken anfreunden können? ... Und sie? Würde ein Kind sich mit ihrer Arbeit vereinbaren lassen? Sollte sie für immer ihren Beruf aufgeben oder nach einem Mutterschaftsurlaub weitermachen? Andere Frauen machten es so.

Für andere Menschen bedeutete Nachwuchs nicht den Weltuntergang. Sie hatten Kinder und einen Beruf, und es war keine Katastrophe – oder doch? Sie war ihrer Sache nicht sicher. Während sie sich diesen Überlegungen hingab, stand plötzlich Steven an ihrer Seite.

»Geschafft.« Er strahlte.

»Das Geschäft?« Sie war wie betäubt. Sie war so in Gedanken versunken gewesen, daß er sie mit seinem plötzlichen Erscheinen erschreckt hatte. Fast befürchtete sie, er könne Gedanken lesen oder ihre Gedanken hören oder erraten, was sie dachte.

»Nein, es ist noch nicht perfekt. Aber Mike möchte, daß ich mit ihm am Montag nach Chicago fliege. Wir werden ein paar ganz diskrete Gespräche mit ihnen führen, ihnen unsere Ideen schmackhaft machen und uns ihre Vorschläge anhören. Wenn alles gutgeht, was ich für gesichert halte, werde ich die Woche darauf allein hinfliegen und die Präsentation machen.«

»Donnerwetter! Steven, das ist ja sagenhaft!« Und als sie ihn küßte, sah er aus, als teile er ihre Meinung. Er gönnte sich zwei Drinks und strahlte noch immer von einem Ohr zum anderen, als er sie zum Wagen begleitete, weil sie in die Redaktion fahren mußte. Er würde schon jemanden finden, der ihn zu Hause absetzt, versicherte er ihr noch. Sie solle nach dem Büro nicht wieder zur Party kommen, weil er ohnehin nicht lange bleiben wolle. Und als sie losfuhr, winkte er ihr nach, um dann wieder zu seinem Gastgeber hineinzugehen. Für Steven war es ein toller Abend gewesen.

Für Adrian weniger, und plötzlich konnte sie auch angesichts von Stevens unglaublicher Chance an nichts anderes denken, als an die Frage, ob sie schwanger war oder nicht. Diese Frage quälte sie während der Abendnachrichten und auch noch auf der Heimfahrt. Und dann, ganz plötzlich, fuhr sie kurzentschlossen an den Gehsteigrand und entschloß sich, vor einem die ganze Nacht über geöffneten Drugstore anzuhalten. Steven brauchte nichts davon zu erfahren. Sie wollte es jetzt unbedingt wissen ... und wenn nicht heute, dann sehr bald. Wenn sie sich den Test jetzt besorgte, konnte sie ihn anwenden, wenn ihr Mut dazu ausreichte. Sie konnte es tun, während Steven in Chicago war.

Sie kaufte die Testpackung und ließ sich die Schachtel in eine braune Tüte packen, die sie tief in ihrer großen Tasche vergrub. Dann stieg sie wieder in den Porsche und fuhr nach Hause. Steven war schon da, als sie ankam, und schlief schon fast mit einem glückseligen Ausdruck auf seinem Gesicht. Er war überzeugt, daß er nach Chicago fahren und den Abschluß seines Lebens machen würde.

5. Kapitel

Als William Thigpen am Samstagabend zu Hause aus dem Fenster in die Finsternis starrte, sah er alles andere als glückselig drein. Eine Weile hatte er getippt, hatte sich aus einem China-Restaurant etwas geholt, hatte seine Kinder in New York angerufen, ferngesehen und fühlte sich ziemlich einsam. Inzwischen war es ein Uhr morgens, und er wollte es riskieren, Sylvia in ihrem Zimmer in Las Vegas anzurufen. Um diese Zeit mußte sie schon im Hotel sein, und wenn nicht, dann konnte er für sie eine Nachricht hinterlassen. Das Telefon läutete ein halbes Dutzend mal und als niemand abhob, wartete Bill, daß sich die Vermittlung wieder meldete. Ein Mann mit halbverschlafener Reibeisenstimme sagte: »Ja?«

»Ich möchte für 402 eine Nachricht hinterlassen«, erklärte Bill pikiert.

»Das ist Zimmer 402«, grollte die Stimme. »Was wollen Sie?«

»Ach, tut mir leid, dann muß es die falsche Zimmernummer sein ...« Doch sofort erwachte sein Argwohn.

»... erwartest du irgendeinen Anruf?« hörte er die Reibeisenstimme jemanden im Hintergrund fragen, dann folgte ein leiser Wortwechsel, während die Sprechmuschel zugehalten wurde, und plötzlich war Sylvia dran. Sie klang sehr nervös. Klüger wäre es gewesen, den Anruf nicht entgegenzunehmen, aber sie hatte nicht damit gerechnet, und sie ahnte, daß Bill aus L. A. anrief.

»Hi ... es hat hier ein totales Durcheinander gegeben«, setzte sie mit ihren Erklärungen an, während Bill fast laut gelacht hätte, so absurd war die Situation. »Bei der Reservierung wurde nur die Hälfte der Zimmer notiert, deshalb müssen wir uns zu viert eines teilen.« Herrlich ... eine Story, die seiner Seifenoper würdig wäre, und er steckte mittendrin und hatte das Gefühl, das Leben eines anderen und nicht sein eigenes zu beobachten.

»Das ist doch lächerlich ... Sylvia, was, zum Teufel, geht da vor?« Er hörte sich an wie der typische erzürnte Liebhaber, fühlte sich aber merkwürdigerweise gar nicht so. Er kam sich vielmehr dämlich und hintergangen vor und war in Wahrheit nicht einmal sonderlich böse. Seine Empfindungen beschränkten sich auf Verblüffung und Enttäuschung. Sie hatten eine Zeitlang etwas Nettes geteilt, und damit war es offenbar vorbei.

»Es ... tut mir echt leid, Bill ... im Moment kann ich es nicht gut erklären. Aber hier ist alles so konfus ... ich ...« Sie heulte, und je länger er ihr zuhörte, desto alberner kam er sich vor. Da hatte er sie in flagranti ertappt und hätte sich am liebsten für seine Dummheit entschuldigt.

»Besprechen wir die Sache, wenn du zurückkommst, ja?«

»Wirst du mich aus der Serie werfen?« Sie tat ihm leid, als er ihre Frage hörte.

Das war nicht seine Art, und es tat weh, daß sie es nicht wußte.

»Sylvia, das hat nichts damit zu tun. Das sind zwei völlig verschiedene Dinge.«

»Okay ... tut mir leid ... Sonntagabend bin ich zurück.«

»Na, dann amüsier dich noch schön bis dahin«, sagte er leise und legte auf. Vorbei. Es hätte gar nicht erst anfangen sollen, doch es hatte angefangen, weil er träge und sie so bequem zur Hand und so verdammt sexy war. Sie war echt umwerfend, keine Frage, und jetzt warf sie jemanden anderen um. Ganz kurz ertappte Bill sich bei dem Wunsch, der Mann mit der Reibeisenstimme würde sie glücklicher machen, als er es vermochte. Er hatte den Frauen in seinem Leben nur wenig zu geben. Er hatte wenig Zeit für sie, und noch weniger lag ihm daran, gekränkt zu werden und wieder jenen Schmerz durchzumachen, den er beim Verlust Leslies und seiner Kinder empfunden hatte. Arrangements wie mit Sylvia waren immer leichtgewichtig und endeten meist so oder ähnlich. Der eine wollte nicht mehr, und die Party war aus. Er wußte schon seit einiger Zeit, daß sie etwas wollte, was er ihr nicht geben konnte. Zeit. Echte Hingabe. Vielleicht sogar Liebe.

Er dachte über sie nach, als er dastand und zum Nachthimmel blickte, und dann trank er mit einem Club-Soda auf sie, ehe er zu Bett ging und über sein Leben Betrachtungen anstellte. Er fühlte sich einsam und fand es betrüblich, daß es so hatte enden müssen – ganz banal mit einem Anruf nach Las Vegas.

In jener Nacht lag er noch lange wach, dachte an die Frauen in seinem Leben, wie wenig sie ihm eigentlich bedeutet hatten, wie wenig ihn im Grunde mit ihnen verbunden hatte, wie bedeutungslos ihre Beziehungen, wie beiläufig ihr Sexleben gewesen war, und als er einschlief, dachte er zum erstenmal seit Jahren voller Sehnsucht an Leslie und an die Beziehung, die sie einst verbunden hatte. Es kam ihm vor, als lägen mehrere Menschenleben dazwischen, und so war es auch. Er bezweifelte, ob er je wieder etwas ähnliches empfinden würde. Vielleicht tat man das nur einmal, wenn man jung war. Vielleicht bekam man niemals wieder eine Chance für das ›Richtige‹, und vielleicht spielte es auch gar keine Rolle. Schließlich schlief er ein, in Gedanken nicht bei Sylvia oder seiner Ex-Frau, sondern bei seinen Söhnen, Adam und Tommy. Sie waren das einzige, worauf es wirklich ankam.

6. Kapitel

Der Sonntag verflog mit Reisevorbereitungen für Steven, von Tennisspielen unterbrochen, so daß Adrian den Schwangerschaftstest in ihrer Tasche kein einziges Mal anrührte. Sie kümmerte sich um Stevens Wäsche, bereitete das Mittagessen für ihn und für die drei Freunde, mit denen er Doppel gespielt hatte, zu, und sprach kaum ein Wort mit ihm, was ihm nicht aufzufallen schien. Am Abend gingen sie ins Kino. Von den Dialogen nahm sie kaum etwas wahr, denn während sie in der Dunkelheit sitzend die Untertitel des schwedischen Filmes las, galten ihre Gedanken einzig der Frage, ob sie schwanger war oder nicht. Verrückt, in den letzten zwei Tagen war es bei ihr zur Besessenheit ausgeartet, obwohl sie noch gar nicht so spät dran war. Aber aus irgendeinem unerfindlichen Grund hatte sie Vorahnungen. Sie litt nicht unter Übelkeit, und ihr Körper hatte sich nicht verändert, nicht mehr als sonst, wenn sie ihre Periode erwartete. Ihre Brüste waren leicht vergrößert, ihr Körper etwas aufgedunsener, sie mußte etwas öfter zur Toilette, aber nichts davon deutete auf eine große Veränderung hin. Und doch wünschte sie sich jetzt nichts sehnlicher, als daß Steven endlich abflog, damit sie in aller Ruhe den Test machen konnte. Sie mußte es unbedingt wissen, und sie war sicher, er würde sofort merken, was los ist, wenn sie es probierte, solange er zu Hause war. Sie wagte nicht einmal, den Test zu machen, als er montags zum Flughafen gefahren war. Was, wenn er zurückkäme? Wenn er etwas vergessen hatte – und sie würde im Bad mit einem Proberöhrchen voll blauer Flüssigkeit hocken?

Sie glaubte noch immer nicht, daß es ihr passiert sein könnte, da sie fast immer sehr aufgepaßt hatten, doch einmal ... vor fast drei Wochen ... drei Wochen ... den ganzen Tag dachte sie daran, während sie nach Stevens Aufbruch im Büro saß. Nach den Nachrichten um sechs Uhr raste sie nach Hause, sperrte die Tür auf, lief hinauf und stellte das Test-Set im Bad auf. Sie ging genau nach Anweisung vor, und saß dann nervös da und beobachtete den Wecker im Schlafzimmer. Ihrer Armbanduhr traute sie nicht. Wenn es sich blau färbte, bedeutete es ... Man mußte eigentlich zehn Minuten warten, doch nach drei Minuten war das Ratespiel vorüber.

Es war keine Frage der Farbintensität, sie brauchte gar nicht erst herumzurätseln, ob die Flüssigkeit im Röhrchen sich verfärbt hatte und ob ... oder vielleicht ... Sie starrte das Röhrchen an. Die Flüssigkeit war dunkel und leuchtendblau. Eine so eindeutige Antwort, daß sich jede weitere Frage erübrigte. Adrian stand zur Reglosigkeit erstarrt da, dann ließ sie sich auf dem Toilettendeckel nieder und starrte die blaue Flüssigkeit an. Kein Zweifel, nun stand mit Sicherheit fest, daß sie schwanger war ... egal, was Steven wollte oder nicht, wie vorsichtig sie gewesen waren oder was sie sich nicht im Laufe der Jahre immer wieder vorgenommen hatten ... ungeachtet all dessen saß sie da und starrte das Röhrchen an, und in ihre Augen traten ungeweinte Tränen ... kein Zweifel, sie war schwanger.

Die einzige Frage, die sie nun bewegte, war: Was wird Steven dazu sagen? Sie war sicher, daß er Krach schlagen würde, aber wie heftig fiel der aus? Wie ernst würde er seine Vorwürfe meinen? Vielleicht änderte er schließlich seine Meinung und gewöhnte sich doch an den Gedanken, ein Kind in die Welt zu setzen. Gewiß waren die schrecklichen Dinge, die er im Laufe der vergangenen drei Jahre gesagt hatte, nicht ernst gemeint gewesen. Ein einziges kleines Kind konnte doch nicht so viel ausmachen. Sie wußte knapp fünf Minuten, daß sie schwanger war, und schon war es ihr Baby, um dessen Überleben sie kämpfte. Sie betete darum, daß Steven ihr erlauben würde, es zu behalten. Aber er konnte sie ja nicht zwingen, es loszuwerden. Und warum auch? Er war ein vernünftiger Mensch, und es war sein Kind. Sie schloß die Augen, während ihr Tränen der Angst über die Wangen liefen. Was sollte sie jetzt tun? Sie war glücklich und bekümmert zugleich, und voller Angst, weil sie ihrem Mann diese Neuigkeit beibringen mußte. Er hatte des öfteren scherzhaft verlauten lassen, er würde sie verlassen, falls sie jemals schwanger würde und das Kind behalten wollte. Aber das hatte er doch gewiß nicht so gemeint ... wenn aber ja? Was würde sie tun? Natürlich wollte sie ihn nicht verlieren, aber wie konnte sie dieses Kind aufgeben?

Es wurde eine schreckliche Woche, die sie damit zubrachte, sich angstgeplagt zurechtzulegen, was sie Steven sagen würde, wenn er kam, und jedesmal wenn er anrief, um ihr von seinen aufregenden Fortschritten mit IMFAC zu berichten, klang Adrian verwirrter, zerstreuter, unbeteiligter, bis er sie am Donnerstag fragte, was los war. Sie redete dummes Zeug, so daß er überzeugt war, daß sie gar nichts von dem mitbekommen hatte, was er ihr erzählt hatte. Die Gespräche waren hervorragend verlaufen, und er wollte morgen nach Los Angeles zurückkommen, nur um den Dienstag darauf wieder nach Chicago zu fliegen.

»Adrian, ist bei dir alles in Ordnung?«

»Wieso?« Um sie herum schien die Welt stillzustehen. Was meinte er? Wußte er was? Aber wie?

»Na, ich weiß nicht ... die ganze Woche über bist du schon so komisch. Fühlst du dich nicht gut?«

»Doch ... nein ... ehrlich gesagt ... ich habe schreckliche Kopfschmerzen. Das macht der Streß ... die Arbeit ...« Zudem hatte sie ein-, zweimal ein flaues Gefühl gehabt, was sie aber ihrer Einbildung zuschob. Aber die Schwangerschaft war keine Einbildung. Das wußte sie genau. Sie hatte den Test sogar wiederholt, nur um absolut sicher zu sein.

Tränen brannten ihr in den Augen, als sie ihm zuhörte. Sie wünschte, er würde sofort nach Hause kommen, damit sie sich ihm anvertrauen konnte. Sie wollte es hinter sich bringen und ehrlich zu ihm sein, damit er ihr versichern konnte, daß alles in Ordnung war, daß sie sich beruhigen und das Kind bekommen solle ... das Kind ... erstaunlich ... in wenigen Tagen hatte ihr Leben eine totale Wendung genommen, und ihre Gedanken kreisten einzig und allein um ihr Baby. Es hatte ihr nichts ausgemacht, ihm zuliebe die Aussicht auf Kinder aufzugeben, und jetzt war sie plötzlich gewillt, ihr ganzes Leben für ein Baby auf den Kopf zu stellen. Sie war bereit, in ihrer Wohnung Veränderungen vorzunehmen, ihren Lebensstil und, wenn nötig, auch ihren Job aufzugeben, das Arbeitszimmer umzufunktionieren, auf die ruhigen Abende und das ganze, schöne ungebundene und freie Leben zu verzichten. Wenn sie wieder daran dachte, geschah es zwar mit einer gewissen Bangigkeit, und sie machte sich Gedanken darüber, wie es wohl sein mochte, endlich Mutter zu werden. Sie hatte Angst vor eventuellen Pannen, doch trotz allem wußte sie, daß sie es wagen mußte.

Sie wollte Steven eigentlich am Freitagabend vom Flughafen abholen, mußte aber um diese Zeit in der Redaktion sein, und sah ihn erst, als sie nach Hause kam. Er packte vor laufendem Fernsehgerät seinen Koffer aus, auch die Stereoanlage war eingeschaltet und die ganze Wohnung schien wieder voller Leben zu sein, nur weil Steven aus Chicago zurück war. Er summte vor sich hin, als sie hereinkam, und lächelte, als er sie sah.

»Ach, hallo ... wo hast du gesteckt?«

»Im Büro, wie immer.« In ihrem Lächeln lag Nervosität, während sie langsam auf ihn zuging, doch als er die Arme um sie legte, hielt sie ihn ganz fest, als fürchte sie zu ertrinken, wenn sie ihn auch nur einen Moment losließe.

»Na, Kleines ... ist etwas?« Die ganze Woche über hatte er gespürt, daß etwas nicht stimmte, nur hätte er nicht zu sagen gewußt, was es war. Aber sie sah aus wie immer, und plötzlich kam ihm der Gedanke, daß sie vielleicht entlassen worden war und daß sie Angst davor hatte, es ihm zu sagen. In Anbetracht seiner beruflichen Erfolge war es ihr vielleicht peinlich, eine Entlassung einzugestehen. Ihr Job beim Fernsehen war wirklich so toll, daß es ihm leid getan hätte, wenn sie gefeuert worden wäre. »Geht es um deine Arbeit? Ist ...« Er hielt inne, als er ihren Blick sah. Er wußte nicht, was war, doch es mußte etwas Entscheidendes passiert sein. Liebevoll zog er sie aufs Bett, um ihr alle Unterstützung angedeihen zu lassen, die er ihr geben konnte. Er konnte es sich jetzt leisten, in seinem Beruf ging es ihm blendend, und Mike, sein Boß, hatte bereits angedeutet, daß ihm ein großer Karrieresprung bevorstünde, wenn es der Firma tatsächlich gelänge, IMFAC als Kunden zu gewinnen. »Was ist?«

In ihren Augen standen Tränen, als sie zu ihm aufblickte. In diesem Moment brachte sie die Worte nicht über die Lippen. Es hätte der glücklichste Augenblick ihrer Ehe sein sollen, doch wegen der schrecklichen Dinge, die er immer gesagt hatte, war es beängstigend.

»Hat man dich gefeuert?«

Sie lachte unter Tränen auf und schüttelte den Kopf.

»Nein, leider nicht. Manchmal denke ich, daß damit alles leichter wäre.« Aber er nahm sie nicht ernst. Er wußte, wie sehr sie ihre Arbeit liebte. Es war ein großartiger Job.

»Bist du krank?«

Diesmal war ihr Kopfschütteln weniger überzeugend und ihr Blick hing in stiller Verzweiflung an ihm. »Nein, das bin ich nicht.« Sie holte tief Luft und betete darum, daß er es akzeptieren möge. »Ich bin schwanger.«

In der schier endlosen Stille, die nun eintrat, konnte sie ihr Herzklopfen und seinen Atem hören. Dann ließ er sie plötzlich los und stand auf, um mit stiller Verzweiflung auf sie hinunterzublicken. »Das kann nicht dein Ernst sein, Adrian.«

»Doch, es ist mein Ernst.« Daß es für ihn ein Schock sein würde, hatte sie gewußt. Auch für sie war es einer gewesen, doch die Kehrtwendung war auf dem Fuß gefolgt.

»Hast du mich betrogen?«

Sie schüttelte ernst den Kopf. »Nein. Es ist einfach passiert.«

»Verdammtes Pech.« In seinem Gesicht erstarrte etwas zu Eis, und als Adrian ihn sah, wurde sie wieder von Panik übermannt. »Bist du sicher?«

»Absolut.«

»Hm, schlimm«, sagte er leise und mit zutiefst bekümmerter Miene. »Das tut mir leid, Adrian. Verdammtes Pech.«

»So würde ich es nicht nennen«, gab sie zurück. »Immerhin sind wir ja ein klein wenig selbst daran schuld.«

Er nickte, von Mitleid mit sich und ihr erfüllt. »Du wirst die Sache nächste Woche erledigen müssen.« Als sie ihn ansah, stockte ihr der Atem. So einfach war das für ihn.

Du wirst es erledigen müssen. So einfach aber war es für sie nicht mehr.

»Was soll das heißen?«

»Das weißt du. Wir können das Kind nicht haben, um Himmels willen, das weißt du doch.«

»Warum nicht? Gibt es etwas, was ich nicht weiß? Gibt es da eine Erbkrankheit, oder planen wir eine Reise zum Mond? Gibt es einen Grund, weshalb wir kein Kind haben können?«

»Ja, einen sehr guten.« Plötzlich wirkte er unerbittlich, als sie einander wie Gegner gegenüberstanden. »Wir sind vor geraumer Zeit übereingekommen, daß wir keine Kinder wollen. Und ich dachte, uns beiden wäre es ernst gewesen.«

»Aber warum nicht? Es liegt doch kein triftiger Grund vor.« Sie sah ihn flehend an. »Wir beide haben gute Jobs. Wir führen ein angenehmes Leben. Wir könnten von unserem Einkommen locker ein Kind erhalten.«

»Hast du eine Ahnung, was Kinder kosten? Schule, Kleidung, Arztrechnungen. Und es wäre nicht richtig, ein unerwünschtes Kind in die Welt zu setzen. Nein, Adrian, das wäre nicht richtig.« Er war außer sich, zumal als er merkte, daß er sie nicht überzeugen konnte. Sie wußte, daß seine Ansichten wegen seiner eigenen ärmlichen Jugend extrem waren, aber sie lebten ja in völlig anderen Verhältnissen.

»Geld ist nicht alles. Wir haben Zeit und Liebe, ein hübsches Zuhause, und wir haben uns. Was braucht man mehr?«

»Das Verlangen, Kinder zu bekommen«, sagte er leise. »Und das habe ich nicht. Ich werde es nie haben. Ich will keine Kinder, Adrian. Ich wollte nie welche und werde sie nie wollen. Das habe ich dir gesagt, bevor wir geheiratet haben. Und wenn du mir jetzt in den Rücken fällst, werde ich es nicht dulden. Du mußt dafür sorgen, daß du die ...« Er zögerte, aber nur ganz kurz, »daß du die Schwangerschaft beendest.« Er weigerte sich, von einem Baby zu sprechen.

»Und wenn ich es nicht tun möchte?«

»Wenn du es nicht tust, bist du ganz schön dumm, Adrian. Wenn du dich dahinterklemmst, kannst du Karriere machen, und das geht mit einem Kind nicht.«

»Ich könnte mir ein halbes Jahr freinehmen, und dann wieder arbeiten. Das machen viele Frauen so.«

»Ja, und schließlich geben sie den Beruf auf, bekommen noch zwei Kinder und werden Hausfrauen. Und zu guter Letzt hassen sie sich und ihre Kinder deshalb.« Er sprach jetzt seine ärgsten Befürchtungen aus, sie aber war der Meinung, es lohne sich, das Risiko auf sich zu nehmen und das

Kind zu bekommen. Sie wollte nicht aufgeben, nur weil es einfacher war, keine Kinder zu bekommen. Was machte es schon aus, daß sie keine Millionäre waren? Warum mußte immer alles so verdammt perfekt sein? Und warum hatte er kein Verständnis für ihre Gefühle?

»Ich glaube, wir sollten uns die Sache erst durch den Kopf gehen lassen, ehe wir etwas unternehmen, was wir beide später bereuen könnten.« Sie hatte Freundinnen, die abgetrieben hatten und sich deshalb haßten, und andere, die nicht abgetrieben hatten. Aber Steven gab ihr nicht recht.

»Glaub mir, Adrian«, er mäßigte seinen Ton und trat einen Schritt auf sie zu, »du wirst es nicht bereuen. Wenn du hinterher darüber nachdenkst, wirst du erleichtert sein. Die ganze Sache könnte für unsere Ehe zu einer ernsten Bedrohung werden.« Die ›Sache‹ war ihr Baby. Das Baby, das sie in den vier Tagen, seit sie von seiner Existenz wußte, liebengelernt hatte.

»Wir müssen es nicht dazu kommen lassen, daß es zur Bedrohung für unsere Ehe wird.«

In ihren Augen standen Tränen, als sie sich an ihn lehnte. »Steven, bitte, verlang es nicht von mir ... bitte ...«

»Ich verlange überhaupt nichts«, versetzte er verärgert, als er wie ein gefangenes Tier im Schlafzimmer auf und ablief. Er fühlte sich bis ins Innerste bedroht und war zutiefst erschrocken. »Ich habe schon gesagt, daß es ein verdammtes Pech ist und daß es an Wahnsinn grenzt, überhaupt daran zu denken, die Sache durchzuziehen. Unser bisheriges Leben steht auf dem Spiel. Um Himmels willen, tu, was du tun mußt.«

»Warum mußt du es so sehen? Warum stellt ein Kind eine so große Bedrohung für dich dar?« Sie konnte nicht verstehen, warum er in diesem Punkt so stur war. Er hatte von Kindern immer wie von einer feindlichen Invasion gesprochen.

»Du hast ja keine Ahnung, was Kinder uns antun können, Adrian. Aber ich weiß es. Ich habe es in meiner eigenen Familie erlebt. Meine Eltern haben nie etwas gehabt. Meine Mutter besaß ein einziges Paar Schuhe ... ein Paar Schuhe während meiner ganzen Kindheit. Sie machte alles selbst, und dann wurde es verwendet, bis es kaputt war und bis uns die Kleider vom Leibe fielen. Wir besaßen weder Bücher noch Puppen oder anderes Spielzeug. Wir hatten nichts außer unserer Armut.« Das hörte sie mit Bedauern – es mußte schrecklich gewesen sein, aber es hatte mit der Realität ihres Lebens nichts zu tun – eine Tatsache, die er nicht zur Kenntnis nehmen wollte.

»Es tut mir leid, daß du das durchmachen mußtest. Aber unser Kind muß ja kein solches Leben führen. Wir beide verdienen gut. Wir könnten auch mit dem Kind ein angenehmes Leben führen.«

»Das glaubst du. Was ist mit der Schule? Mit dem College? Hast du eine Ahnung, was heutzutage Stanford kostet?« Dann setzte er wie ein enttäuschtes Kind hinzu: »Und was wird aus unserer Europareise? So etwas könnten wir uns dann nicht mehr leisten. Wir müßten alles aufgeben. Bist du wirklich dazu bereit?«

»Ich begreife gar nicht, warum du es so überspitzt siehst. Und selbst wenn wir Opfer bringen müßten, Steven – würde sich das nicht lohnen?« Er gab keine Antwort, doch sein Blick sagte alles. Er sagte ganz klar, nein, es lohnt sich nicht.

»Und wir sprechen ja nicht über Kinder, die wir uns in naher oder ferner Zukunft wünschen. Wir sprechen von einem Baby, das schon vorhanden ist. Das ist etwas ganz anderes.« Für sie, aber nicht für ihn. Das stand fest.

»Wir sprechen nicht von einem Baby. Wir sprechen von einem Nichts. Von einem Fleck Sperma, der auf ein einziges Ei gestoßen ist, und dieser Fleck ist ein mikroskopisches Nichts. Es ist ein Fragezeichen, eine Möglichkeit und mehr nicht, und es ist eine Möglichkeit, die wir nicht wollen. Das solltest du dir vor Augen halten und sonst gar nichts. Du brauchst nur zum Arzt zu gehen und ihm zu sagen, daß du es nicht möchtest.«

»Und was dann?« Sie spürte, wie heißer Zorn in ihr hochstieg. »Was dann, Steven? Sagt er dann: ›Okay, Adrian, Sie wollen das Kind nicht, kein Problem‹, und schreibt es ab und streicht es auf seiner Liste durch. Nein, so nicht. Er zieht es mir mit einem Absaugapparat aus dem Leib und schabt meinen Uterus mit einem Skalpell aus. Er tötet unser Kind. Das wird er tun, Steven. Das bedeutet es, wenn ich ihm sage, daß ich es nicht möchte. Aber ich möchte es, und das solltest du auch in

Betracht ziehen. Es ist nicht nur dein Kind, sondern auch meines, es ist unser Baby, ob du es willst oder nicht. Und ich werde es nicht einfach abtreiben, nur weil du es möchtest.« Sie weinte, aber Steven tat, als merke er es nicht. Er war so entsetzt, daß er sich benahm wie ein Mensch aus Eis. Steven war buchstäblich vor Angst erstarrt. Und Adrian war vor Schmerz überwältigt.

»Ich verstehe«, sagte er eisig, als er sie mit erneuter Distanz ansah. »Willst du mir damit sagen, daß du es dir nicht nehmen lassen wirst?«

»Ich sage noch überhaupt nichts. Ich bitte dich nur, es dir zu überlegen, und ich möchte dir begreiflich machen, daß ich es gern behalten würde.« Dieses Eingeständnis war für sie selbst eine Überraschung. Und die Bitte, es behalten zu dürfen, hörte sich an, als ging es um ein Hündchen und nicht um ihr Kind, wie sie entsetzt registrierte.

Steven nickte jämmerlich, nahm ihre Hand und zog sie neben sich aufs Bett. Plötzlich konnte sie nicht mehr an sich halten, als er die Arme um sie legte, und fing zu schluchzen an.

Schock, Angst, Anspannung, Aufregung, dies alles brodelte in ihr und kochte über, bis sie glaubte, nie wieder aufhören zu können.

»Es tut mir leid, Baby ... es tut mir leid, daß es uns passiert ist ... ist ja gut ... du wirst schon sehen ...«

Sie hörte gar nicht, was er sagte, aber sie war froh, daß er sie festhielt. Vielleicht würde er seine Meinung ändern, wenn er eine Weile darüber nachdachte. Sie hoffte noch immer, daß er seine Meinung ändern würde, aber es war emotionell erschöpfend, auf so viel Widerstand zu stoßen.

»Mir tut es auch leid«, sagte sie schließlich, und er trocknete ihre Tränen und küßte sie. Er strich über ihr Haar und küßte ihre Tränen weg. Dann knöpfte er langsam ihre Bluse auf und schob ihr Shorts und Unterwäsche über die Knöchel hinunter. Sie lag nackt neben ihm, und er sah sie an und bewunderte sie. Adrian besaß einen wunderschönen Körper, seiner Meinung nach wäre es ein Verbrechen gewesen, ihn mit einer Schwangerschaft zu verunstalten. Er wußte, daß sie nie wieder dieselbe sein würde.

»Ich liebe dich, Adrian«, flüsterte er. Er liebte sie zu sehr, um zuzulassen, daß sie eine so große Dummheit beging. Und er liebte auch sich und ihr gemeinsames Leben und alles, wofür sie gearbeitet hatten, was sie erreicht und erworben hatten. Dies alles sollte niemand gefährden, am allerwenigsten ein Kind.

Er küßte sie mit verzehrender Leidenschaft, und sie erwiderte seinen Kuß, in der Meinung, er hätte sie endlich verstanden. Dann liebten sie sich leise und sanft. Sie fühlten sich einander nahe und verdrängten ihre Meinungsverschiedenheit, da jeder hoffte, der andere würde zur Einsicht gelangen. Nachher hielten sie sich umschlungen und küßten sich.

Als sie am nächsten Tag erwachten, war es schon Nachmittag, und Steven schlug vor, schwimmen zu gehen, nachdem sie geduscht und gefrühstückt hatten. Adrian zeigte sich nicht sehr gesprächig, und sie sagte auch nichts, als sie Hand in Hand zum Pool gingen, der den Bewohnern des Wohnkomplexes zur Verfügung stand. Heute war außer ihnen niemand da. Es war ein schöner Mainachmittag, und die Leute tummelten sich am Strand oder besuchten Freunde, oder sie lagen auf ihren Terrassen, um sich nackt zu bräunen.

Steven schwamm einige Längen, während Adrian nur so dahintrieb und in der Sonne döste. Sie wollte nicht mehr über das Baby sprechen. Sie hoffte noch immer, daß er sich beruhigen und an den Gedanken gewöhnen würde. Auch für sie war es eine große Umstellung, und sie wußte, daß es eine noch viel größere für Steven bedeutete.

»Na, gehen wir wieder hinein?« fragte er schließlich nach fünf Uhr.

Sie hatten den ganzen Nachmittag kaum ein Wort miteinander gesprochen, und nach ihrer aufwühlenden Auseinandersetzung am Abend zuvor war Adrian noch total erschöpft.

Sie gingen hinein, und nachdem Adrian geduscht hatte, schaltete Steven die Stereoanlage ein, und sie hörten Musik, während sie das Abendessen zubereitete.

Adrian wollte einen ruhigen Abend mit ihm verbringen. Es gab so viel zu überlegen und zu besprechen.

»Na, wie fühlst du dich?« fragte er, während sie Pasta und eine Riesenportion grünen Salat machte.

»Ach, ganz gut – ich bin nur irgendwie müde«, sagte sie leise, und er nickte.

»Du wirst dich nächste Woche besser fühlen, wenn du es erledigt hast.« Sie konnte nicht glauben, daß sie richtig gehört hatte, und starrte ihn entsetzt an.

»Wie kannst du so etwas sagen?« fragte sie erschrocken, als ihr klar wurde, daß er sich nicht erweichen ließ. Er war eisern wie immer.

»Adrian, im Moment ist es nur ein physisches Problem. Du fühlst dich lausig, also bring es in Ordnung. Das ist alles. Mehr brauchst du dir dabei nicht zu denken.«

Sie konnte nicht fassen, wie gefühllos er war, wie unberührt von der Tatsache, daß es sich um ihr gemeinsames Baby handelte.

»Das ist widerlich. Es ist viel mehr als das, und das weißt du.« Sie hatte nicht beabsichtigt, an diesem Abend wieder damit anzufangen, aber jetzt, da er das Thema angeschnitten hatte, wollte sie es ausdiskutieren. »Es ist unser Baby, um Gottes willen.« Wieder kamen ihr die Tränen und sie haßte sich deswegen. Sie weinte doch sonst auch nicht, aber er trieb sie mit seiner gefühllosen Haltung bis an ihre Grenzen. »Ich werde es nicht tun«, erklärte sie schließlich, als sie aufstand und ins Schlafzimmer lief. Über eine Stunde verging, bis er schließlich nachkam, um das Gespräch fortzusetzen. Sie lag auf dem Bett, und er setzte sich neben sie und sagte ganz leise: »Adrian, du mußt die Schwangerschaft abbrechen, wenn dir unsere Ehe etwas bedeutet.

Wenn du es nicht tust, machst du alles kaputt.« So weit sie es beurteilen konnte, würde ohnehin alles in die Brüche gehen. Wenn sie das Baby nicht bekam, würde sie den Verlust immer spüren, und wenn sie es bekam, würde Steven ihr vielleicht nie verzeihen.

»Ich glaube nicht, daß ich es kann.« Das sagte sie, das Gesicht ins Kissen gedrückt. Allmählich rang sie sich zur Aufrichtigkeit durch. Eine Abtreibung war das allerletzte, was sie wollte.

»Ich denke, du kannst es nicht vermeiden. Es wird unsere Ehe zerstören und dich deinen Job kosten, wenn du keinen Abbruch vornehmen läßt.«

»Der Job ist mir egal.« Das war die Wahrheit – verglichen mit dem Kind war er ihr wirklich gleichgültig. Erstaunlich, wie schnell das Kind für sie an Bedeutung gewann.

»Natürlich liegt dir etwas an deiner Arbeit.« Steven hatte das Gefühl, aus ihr sei über Nacht eine andere geworden.

»Nein, es liegt mir nichts daran ... aber ich will nicht unsere Ehe zerstören«, sagte sie bekümmert und drehte sich um, damit sie ihn ansehen konnte.

»Aber ich will das Kind nicht, das kann ich dir versichern.«

»Es könnte ja sein, daß du später deine Meinung änderst. Das soll vorkommen«, sagte sie hoffnungsvoll, er aber schüttelte den Kopf. »Nein, ich will keine Kinder. Ich habe nie welche gewollt und werde sie nie wollen. Dir war das bis jetzt recht. Oder nicht?«

Sie zögerte und gestand dann etwas, was sie ihm verschwiegen hatte. »Ich dachte, daß mit der Zeit vielleicht ... daß du eben deine Meinung eines Tages ändern würdest. Ich meine, wenn wir wirklich niemals Kinder zeugen würden, wäre es ja vielleicht richtig gewesen. Aber in einem Fall wie diesem ... da dachte ich ... nun, ich weiß nicht ... Steven. Ich habe mir das auch nicht gewünscht. Aber jetzt ist es nun mal geschehen. Wie kann man es wieder aus dem Leben drängen, ohne einen weiteren Gedanken daran zu verschwenden?« Es war schrecklich.

»Weil unsere Lebensqualität darunter leiden würde und weil du mir viel wichtiger bist als ein Kind.«

»Es ist Platz für beides«, behauptete sie, aber er schüttelte den Kopf.

»Nicht in meinem Leben. Da ist nur Platz für dich und für sonst niemanden. Ich möchte nicht mit einem Kind um deine Aufmerksamkeit wetteifern müssen. Ich glaube nicht, daß meine Eltern in über zwanzig Jahren mehr als zwei Worte wechselten. Sie hatten weder die Zeit noch die Energie, noch die Gefühle. Sie waren ausgelaugt. Als wir heranwuchsen, war von ihnen nichts mehr übrig. Sie waren wie zwei verbrauchte, erledigte, tote Menschen. Möchtest du das?«

»Ein Kind kann uns nicht so weit bringen«, sagte sie leise und in bittendem Ton, erreichte jedoch nichts damit.

»Ich gehe das Risiko nicht ein«, beharrte er. »Laß es wegmachen.« Seine Stimme bebte. Gleich darauf ging er wieder hinunter und blieb unten, nur um nicht bei ihr sein zu müssen, bei ihr und der Bedrohung, die das Kind, das sie in sich trug, bedeutete.

Sie dachte lange darüber nach, während sie darauf wartete, daß Steven wieder zu ihr kam. Adrian spürte, daß ein bedeutsamer Teil ihrer Seele für immer verlorengehen würde, wenn sie dieses Kind aufgab.

7. Kapitel

Der Sonntag und der Montag waren wie ein Alptraum an Vorwürfen und Argumenten, und um sechs Uhr morgens am Dienstag, ehe Steven abflog, brach Adrian schließlich hysterisch schluchzend zusammen und gab sich geschlagen. Sie würde tun, was er wollte. Sie war seit zwei Tagen nicht in der Redaktion gewesen, und sie wollte nicht den Mann, den sie liebte, verlieren, auch wenn es bedeutete, daß sie ihr Kind aufgeben mußte. Sie versprach ihm, die Abtreibung während seiner Abwesenheit hinter sich zu bringen. An diesem Tag lag sie nur im Bett und weinte, bis sie um halb fünf zum Arzt ging.

Den ganzen Nachmittag hatte sie mit einem Angstgefühl im Bett gelegen, das sich zu blindem Entsetzen steigerte, als sie sich anzog. Am liebsten hätte sie die Flucht ergriffen, als sie aus der Wohnung lief. Sie wollte vor dem davonlaufen, was ihr bevorstand, vor dem, was Steven von ihr erwartete und was sie ihm schuldete, wenn ihr diese Ehe etwas bedeutete.

»Adrian«, rief die Sprechstundenhilfe sie auf, und sie stand sichtlich nervös auf. Da sie ganz in Schwarz gekleidet war – schwarze Hose, schwarzer Rollkragenpullover und schwarze Schuhe –, wirkte sie mit ihrer weißen Haut und dem schwarzen Haar sehr ernst und feierlich.

Sie wurde in einen kleinen Raum geführt und angewiesen, sich auszuziehen und einen Kittel überzuziehen. Sie kannte hier alles schon, doch bei ihren jährlichen Kontrolluntersuchungen war ihr alles weniger unheilvoll und bedrohlich erschienen.

Sie saß in ihrem schwarzen Seidenhemdchen auf dem Untersuchungsstuhl, darüber den blauen Papierkittel, die nackten Füße unter sich gezogen. Wie ein kleines Mädchen sah sie aus, als sie versuchte, sich abzulenken und nicht an das zu denken, was sie hierhergeführt hatte. Sie redete sich ununterbrochen ein, daß sie es tat, weil sie Steven liebte.

Schließlich kam der Arzt herein. Er lächelte, als er einen Blick auf ihre Karteikarte warf und sie erkannte. Eine nette Person, sehr sympathisch.

»Nun, Mrs. Townsend, was kann ich heute für sie tun?« Er war vom Typ her eher altmodisch, gütig – etwa im Alter ihres Vaters.

»Ich ...« Sie brachte es nicht über sich, die Worte auszusprechen. Ihre Augen wirkten groß und erschrocken in ihrem bleichen Gesicht. »Ich bin wegen eines Schwangerschaftsabbruches da.« Sie sprach so leise, daß er sie kaum verstehen konnte.

»Ich verstehe.« Er ließ sich auf einem kleinen Drehhocker nieder und warf wieder einen Blick auf ihre Karteikarte. Verheiratet, einunddreißig, in guter gesundheitlicher Verfassung. Das alles reimte sich nicht zusammen. Vielleicht war das Kind nicht von ihrem Mann. »Liegt ein besonderer Grund vor?«

Sie nickte schmerzlich.

Er sah ihr an, daß sie gar nicht hatte kommen wollen. Die Art, wie sie auf dem Stuhl kauerte, als müsse sie sich vor ihm schützen, wie sie zurückwich, wenn er sich ihr näherte, wie sie sprach, kaum imstande, die Worte über die Lippen zu bringen. Er hatte viele verzweifelte Frauen gesehen, Frauen, die alles getan hätten, um das Kind loszuwerden, das sie nicht haben wollten, aber diese Frau gehörte nicht dazu. Er hätte seinen Kopf verwettet, daß sie in Wahrheit gar keine Abtreibung wollte.

»Mein Mann meinte, daß es nicht der richtige Zeitpunkt ist, Kinder in die Welt zu setzen.«

Wieder nickte der Arzt, so als sei ihm alles klar. »Gibt es einen Grund, daß er diese Meinung vertritt? Ist er arbeitslos? Gibt es gesundheitliche Probleme?« Er wollte wissen, weshalb Adrian gekommen war, denn ohne triftigen Grund wollte er die Unterbrechung nicht durchführen. Legal oder nicht, er hatte seinen Patientinnen gegenüber eine moralische Verantwortung. Doch sie schüttelte den Kopf zu allen seinen Fragen.

»Nein, er ist ... ist einfach der Meinung, es sei nicht der richtige Zeitpunkt für Kinder.«

»Will er denn überhaupt Kinder haben?« Sie zögerte erst, dann schüttelte sie erneut den Kopf.

»Nein.« Es war kaum hörbar. »Ich glaube nicht. Er war eines von fünf Kindern und hatte eine sehr unglückliche Kindheit. Er begreift nicht, daß unsere Situation völlig anders ist.«

»Das möchte ich meinen. Sie haben einen tollen Job, und ich nehme an, bei ihm ist es ähnlich. Glauben Sie, er wird seine Meinung rechtzeitig ändern?« Sie schüttelte bekümmert den Kopf, während ihr Tränen über die Wangen liefen, so daß der Arzt rasch etwas sagte, was ihr die Nervosität nehmen sollte. »Adrian, ich werde den Abbruch nicht vornehmen.« Er benutzte ihren Vornamen. Dies war nicht der Zeitpunkt für Förmlichkeiten, sie brauchte Verständnis und Freundschaft, und er wollte ihr helfen. »Als erstes möchte ich mich vergewissern, ob Sie wirklich schwanger sind und kein Irrtum vorliegt. Haben Sie einen Test gemacht?« Er ging davon aus, daß es der Fall war, da sie sonst nicht zu ihm gekommen wäre.

»Ja, zu Hause. Zweimal. Und meine Periode ist seit zwei Wochen ausgeblieben.«

»Hm, dann wären Sie jetzt in der vierten Schwangerschaftswoche, aber wir wollen uns erst Gewißheit verschaffen. Danach sollten Sie nach Hause gehen und sich alles gründlich durch den Kopf gehen lassen. Wenn Sie dann noch immer einen Abbruch wollen, können Sie morgen wieder kommen. Na, hört sich das vernünftig an?« Sie nickte, von einem Gefühl erfüllt, das sich aus Hysterie und totaler Benommenheit zusammensetzte. Das emotionelle Trauma, das sie durchmachte, drohte sie umzubringen. Doch der Arzt war lieb und nett, er bestätigte, was sie schon wußte, riet ihr, nach Hause zu gehen und mit ihrem Mann alles noch einmal zu besprechen. Er glaubte, Steven würde sich umstimmen lassen, wenn sie ihm erklärte, daß sie auf keinen Fall einen Abbruch wollte. Was er nicht in Betracht zog, war der Umstand, daß Steven in diesem Punkt nicht ansprechbar war. Und als er sie abends anrief, war er hörbar verärgert, daß sie den Abbruch noch nicht hinter sich hatte.

»Warum, zum Teufel, hat er es heute nicht gemacht? Was für einen Sinn soll das Warten haben?«

»Er möchte, daß wir uns alles überlegen, ehe wir etwas Endgültiges unternehmen. Vielleicht ist das gar keine schlechte Idee.« Ihre Niedergeschlagenheit wuchs, wenn sie an das Bevorstehende dachte. »Wann kommst du zurück?« fragte sie, er aber schien den verängstigten Ton nicht wahrzunehmen.

»Erst am Freitag. Am Samstag spielen Mike und ich Tennis. Vielleicht könntest du und Nancy dann mit uns Doppel spielen.« Sie konnte es nicht fassen. Entweder war er völlig gefühllos oder nur dumm.

»Ich weiß nicht, ob ich dann Tennis spielen werde.« Der Sarkasmus in ihrem Ton war unüberhörbar und brutal.

»Ach ja, richtig ... ich vergaß.« In zehn Sekunden? Wie konnte er so rasch vergessen? Wie konnte er überhaupt verlangen, daß sie so etwas über sich ergehen ließ?

»Ich glaube, du solltest es dir auch noch einmal überlegen, Steven, es ist ja nicht nur mein Kind, es ist auch deines.« Doch sie spürte, wie er die Mauer um sich aufzog, kaum daß sie die Worte ausgesprochen hatte.

»Ich sagte schon, wie ich dazu stehe, Adrian.

Weitere Diskussionen erübrigen sich. Bring die Sache endlich in Ordnung, verdammt noch mal. Ich verstehe gar nicht, warum du bis morgen wartest.« Sie gab keine Antwort, niedergeschmettert von der Brutalität seiner Worte. Es war, als stelle das Kind eine Bedrohung für ihn dar und als hätte sie ihn hintergangen, indem sie die Schwangerschaft zugelassen hatte, und jetzt mußte sie diese Panne um jeden Preis in Ordnung bringen, mochte es ihr auch noch so viel Überwindung abnötigen. »Ich rufe dich morgen abend an.« Adrian hielt den Atem an. In ihren Augen brannten Tränen.

»Warum? Um dich zu vergewissern, daß ich es getan habe?« Sie meinte, ihr Herz müsse brechen, als sie sich verabschiedete und dabei dachte, daß in wenigen Stunden das Schicksal ihres Kindes besiegelt sein würde. Die ganze Nacht lag sie wach, weinte und dachte an das Kind, das sie nie kennenlernen würde, an das Kind, das sie ihrem Mann zuliebe opferte. Sie war noch immer wach, als am nächsten Tag die Sonne aufging. Sie fühlte sich, als erwarte sie ihre Hinrichtung. Sie hatte sich die ganze Woche Urlaub genommen, jetzt brauchte sie sich nur zu zwingen, zur Praxis zu fahren und den Eingriff vornehmen zu lassen.

Beim Anziehen redete sie sich ein, daß Steven in letzter Minute anrufen und sie zurückhalten würde. Doch er rief nicht an. Das Haus war still, als sie ging, in Sandalen, Jeans-Rock und einem alten Arbeitshemd. Seit dem vorigen Abend hatte sie nichts gegessen und getrunken für den Fall, daß sie eine

Narkose bekommen mußte. Zitternd und bleich fuhr sie in ihrem MG den Wilshire Boulevard entlang. Sie kam fünf Minuten zu früh in die Praxis. Nach der Anmeldung bei der Sprechstundenhilfe setzte sie sich mit geschlossenen Augen ins Wartezimmer, mit einem Gefühl im Herzen, von dem sie wußte, daß sie es ihr Leben lang nie vergessen würde. Zum erstenmal erkannte sie, daß sie Steven hassen konnte. Sie spürte das drängende Verlangen, ihn anzurufen, herauszufinden, wo er war, und ihm zu sagen, daß er seine Meinung ändern müßte. Aber sie wußte, daß es zwecklos war.

Die Sprechstundenhilfe stand in der Tür, rief ihren Namen auf und führte sie lächelnd durch den Korridor. Sie führte sie in einen etwas größeren Raum und wies sie an, sich ganz freizumachen, den bereitliegenden blauen Kittel anzuziehen und sich auf den Stuhl zu setzen, neben dem ein bedrohlich aussehendes Gerät stand. Adrian wußte, daß es die Absaugpumpe war. Sie spürte, wie ihr Mund trocken wurde, ihre Lippen klebten wie feuchte Papiertaschentücher aufeinander. Sie wollte es ganz rasch hinter sich bringen, nach Hause gehen und versuchen, es zu vergessen. Sie wußte, daß sie nie mehr im Leben eine Schwangerschaft zulassen würde. Und doch wollte sie das Kind noch immer behalten. Es war Wahnsinn – sie bot ihre gesamte innere Kraft auf, um es loszuwerden, dennoch wollte sie es, egal was passierte oder was Steven sagte, ohne Rücksicht auf seine kindheitsbedingten Komplexe.

»Adrian?« Der Arzt steckte den Kopf durch den Türspalt und sah sie mit verständnisvollem Lächeln an. »Alles klar?« Sie nickte, brachte jedoch kein Wort über die Lippen, während sie ihn mit unverhohlenem Entsetzen anstarrte. Er trat ein, schloß die Tür und sagte ganz ruhig: »Sind Sie sicher, daß Sie den Eingriff wollen?«

Erst nickte sie, dann schossen ihr Tränen in die Augen, und sie schüttelte verneinend den Kopf. Sie war total durcheinander und tief unglücklich, und sie wollte gar nicht hier sein. Sie wollte zu Hause bei Steven sein und auf ihr Kind warten. »Sie müssen es nicht tun. Sie sollten es nicht tun, wenn Sie es nicht möchten. Ihr Mann wird sich an den Gedanken gewöhnen. Viele Ehemänner spielen anfangs verrückt, und dann sind sie vor Begeisterung aus dem Häuschen, wenn das Kind da ist. Sie sollten sich die Sache wirklich gründlich überlegen, ehe Sie sich dazu entschließen.«

»Ich kann nicht«, stieß sie heiser hervor. »Ich kann einfach nicht.« Sie schluchzte hemmungslos. »Ich kann es nicht.«

»Ich auch nicht.« Er lächelte. »Also, fahren Sie schön nach Hause und raten Sie ihrem Mann, sich eine Zigarre zu kaufen und sie aufzusparen, bis ...« Er warf einen Blick auf ihre Karteikarte, »na, ich würde sagen bis Anfang Januar, und dann wollen wir ihn mit einem niedlichen runden Baby überraschen. Wie hört sich das an, Adrian?«

»Wunderbar.« Sie lächelte unter Tränen, und der nette alte Doktor legte einen Arm um ihre Schultern. »Fahren Sie nach Hause, Adrian. Ruhen Sie sich aus, weinen Sie sich aus. Alles wird wieder gut, Sie werden schon sehen. Und Ihr Mann wird sich auch dreinfügen.«

Er klopfte ihr auf die Schulter und ging hinaus, damit sie sich anziehen und nach Hause fahren konnte – mit ihrem Baby. Unter Tränen lächelnd zog sie sich an. Sie spürte, daß etwas Wunderbares passiert war. Es war ihr erspart geblieben und sie wußte nicht einmal, warum. Sie wußte nur, daß ihr Arzt ihren Zwiespalt gespürt und entsprechend reagiert hatte.

Sie setzte sich ins Auto, mit der Absicht, nach Hause zu fahren, aber dann überlegte sie es sich anders und fuhr lieber ins Büro. Sie fühlte sich besser als seit Tagen und wollte jetzt arbeiten und ihre persönlichen Probleme vergessen. Auf der Fahrt ins Studio ließ sie sich den Wind durch die Haare wehen, atmete tief durch und lächelte wie befreit. Das Leben war plötzlich wunderbar, und sie würde ihr Kind bekommen. Mit leichtem Schritt betrat sie ihr Büro, obwohl sie das Gefühl hatte, einen Zehn-Meilen-Lauf hinter sich zu haben. Der Morgen war so schwierig verlaufen wie die letzten Tage, und ihr stand noch der Kampf mit Steven bevor, wenn er aus Chicago zurückkam. Aber jetzt wußte sie wenigstens, was sie tat. Sie war entspannter als seit Tagen, das bedrückende Gefühl der Depression war von ihr genommen.

»Hallo, Adrian.« Zelda steckte den Kopf durch die Tür. »Na, alles in Ordnung?«

»Ja, warum?« Adrian, die einen Stift hinter dem Ohr stecken hatte, wirkte zerstreut. Es war ungewöhnlich, daß Adrian in alten Sachen und ungeschminkt ins Büro kam.

»Na, ehrlich gesagt, hast du schon besser ausgesehen. Du siehst aus, als seist du in die Wäscheschleuder geraten«, was der Sache sehr nahe kam. »Fühlst du dich nicht gut?« Zeldas Blick war geübter, als Adrian ahnte. Sie hatte recht. Alles war ziemlich schlimm gewesen.

»Ich war erkältet.« Sie lächelte dankbar, weil Zelda so aufmerksam war. »Jetzt geht es mir wieder besser.«

»Ich dachte, du hättest dir die ganze Woche freinehmen wollen.« Zelda sah sie so prüfend an, als müsse sie sich erst ein Urteil bilden, ob ihr zu glauben sei. Aber Adrian erschien ihr glücklich und unbeschwert, wie sie inmitten des Papierkrams in ihrem Büro saß.

»Das alles hat mir zu sehr gefehlt.«

»Du bist wohl nicht zu retten.« Zelda lächelte.

»Wahrscheinlich nicht. Gehen wir später ein Sandwich essen?«

»Sehr gern.«

»Komm vorbei, wenn es dir paßt.«

»Mach' ich.« Sie verschwand, und Adrian stürzte sich in die Arbeit – besser gelaunt als seit Tagen. Die Vorstellung, ein Kind zu bekommen, ängstigte sie zwar ein wenig, aber das war etwas, von dem sie glaubte, sie würde sich daran gewöhnen können. Es war besser als die Alternative. Sie wußte, daß sie damit nicht hätte leben können, und sie nahm es Steven noch immer übel, daß er versucht hatte, es zu erzwingen. Und immer wieder fragte sie sich, ob sie sich jemals von den seelischen Verletzungen erholen würde, die sie einander in den letzten Tagen zugefügt hatten, und ob sie das Vorgefallene vergessen konnten. Dann arbeitete sie weiter und versuchte, nicht an Steven zu denken. Sie würde sich später zurechtlegen, was sie ihm sagen wollte.

8. Kapitel

Ein paar Türen weiter saß Bill Thigpen in einem Studio auf einem Hocker und besprach sich mit dem Regisseur.

»Woher soll ich wissen, wo sie steckt? Sie hat vor einer Woche ihr Hotelzimmer aufgegeben. Ich weiß nicht, mit wem sie zusammen ist. Ich weiß auch nicht, wohin sie verschwunden ist. Sie ist erwachsen, und es geht mich nichts an ... es sei denn, sie macht meine Serie kaputt.« Sylvia Stewart war sonntags nicht aus Las Vegas zurückgekommen. Sie hatte am Montagmorgen ihr Hotelzimmer aufgegeben – genau vor neun Tagen –, wie das Hotel erklärte, aber sie war nicht zur Arbeit zurückgekehrt, und Bill, dem die Sache nicht geheuer vorkam, war zu ihrer Wohnung gefahren, hatte sie aber auch dort nicht angetroffen.

Für die vergangene Woche hatten sie das Drehbuch geändert, aber ohne Sylvia wurde die Lage immer komplizierter.

Noch ein paar Tage, und man würde sie ersetzen müssen, hatte Bill dem Regisseur zu verstehen gegeben. Da sie nicht einmal angerufen hatte, um zu erklären, was passiert war, hatte sie sich eindeutig eines Vertragsbruches schuldig gemacht.

»Wenn sie nicht vor der morgigen Folge auftaucht, müssen Sie mir Ersatz besorgen«, sagte Bill zum Regisseur und zu einem der Produktionsassistenten. Heute hatte man bereits Kontakt zu einer Agentur aufgenommen, aber einen Ersatz in der Serie zu repräsentieren, ohne den Unmut der Zuschauer zu erregen, war fast ein Ding der Unmöglichkeit.

»Haben alle heute das neue Material bekommen?« fragte der Regisseur. Was Bill ihm gerade ausgehändigt hatte, bewog ihn zu einem Stirnrunzeln. Es war ein ganz neues Drehbuch. Bill mußte die Drehbuchschreiber in Sylvias Abwesenheit Tag und Nacht auf Trab gehalten haben. Es war eine geradezu heroische Leistung. Die Story wurde damit während Sylvias Abwesenheit am Leben erhalten. Es ereigneten sich so viele Mini-Dramen zugleich, daß das neuntägige Ausbleiben von Vaughn Williams gerade noch plausibel erschien. Sie war noch immer hinter Gittern, weil man ihr den Mord in die Schuhe schob, den ihr Schwager vor neun Tagen, am Freitag, begangen hatte.

Bill blieb im Büro, bis sie auf Sendung gingen, und behielt die gesamte Folge im Auge. Zum Glück kamen alle mit den neuen Wendungen und mit dem neuen Drehbuch zurecht. Nach der Sendung, nachdem er sich bei allen bedankt hatte, ging er zurück in sein Büro. Eine Stunde später meldete sich seine Sekretärin per Sprechanlage. Jemand wollte ihn sprechen.

»Ist es jemand, den ich kenne? Oder ist es ein Geheimnis?« Er war müde nach den vielen Nächten, die er durchgearbeitet hatte, gleichzeitig aber froh, daß alles glattlief. Das hatte er einer einmaligen

Besetzung, zwei großartigen Autoren und einem erstklassigen Regisseur zu verdanken. »Wer ist es denn, Betsey?«

Eine längere Pause.

»Es ist Miß Stewart.«

»Unsere Miß Stewart? Die Miß Stewart, die wir in ganz Nevada wie eine Stecknadel gesucht haben?« Er zog interessiert die Brauen hoch.

»Genau diese.«

»Sie soll reinkommen. Ich kann es kaum erwarten, sie zu sehen.« Betsey öffnete die Tür, und Sylvia trat ein wie ein verängstigtes Kind, aber schöner als je zuvor. Das lange schwarze Haar ließ sie aussehen wie Schneewittchen, und ihre Augen, die ihn reumütig anblickten, waren riesengroß. Bill stand auf und starrte sie an, als wäre sie eine Fata Morgana.

»Wo zum Teufel hast du gesteckt?« fragte er in drohendem Ton. Sie wußte nicht, was sie zu erwarten hatte, und brach in Tränen aus, ohne den Blick von ihm zu wenden. »Wir sind fast verrückt geworden und haben dich in ganz Las Vegas gesucht. Die Leute von ›Mein Haus‹ sagten, du seist mit irgendeinem Kerl abgehauen. Wir wollten schon die Polizei verständigen und dich als vermißt melden.« Er hatte sich die ganze letzte Woche Sorgen um sie gemacht und tausend Ängste ausgestanden.

Sylvia ließ ein Schluchzen hören und setzte sich auf die Couch, nachdem sie sich von ihm ein Papiertaschentuch hatte geben lassen. »Es tut mir leid, ehrlich«, brachte sie heraus.

»Da tust du gut daran. Eine Menge Leute haben sich deinetwegen große Sorgen gemacht.« Er kam sich vor, als spräche er zu einem ungezogenen Kind. Daß sie wenigstens in einer Hinsicht nicht mehr sein Problem war, registrierte er mit Erleichterung. »Wo warst du?« Nicht daß es eine Rolle gespielt hätte, da sie ja wohlbehalten wieder erschienen war. Nur das hatte ihm Sorgen gemacht. In Las Vegas konnten sehr häßliche Dinge geschehen, und häufig passierten sie Mädchen, die aussahen wie Sylvia Stewart. Und die mit Fremden ins Bett gingen.

Sie starrte ihn an und heulte von neuem los. »Ich habe geheiratet.«

»Du hast ... was?« Er hätte nicht verdutzter sein können. Alles hätte er vermutet, nur das nicht. »Wen denn? Den Kerl, der auf deinem Zimmer war?«

Sie nickte und schneuzte sich. »Er ist aus der Konfektionsbranche. Aus New Jersey.«

»Allmächtiger ...« Bill ließ sich neben sie auf die Couch fallen. Er fragte sich allen Ernstes, ob er sie je richtig gekannt hatte. »Was hat dich denn dazu bewogen?«

»Ich weiß es nicht. Ich ... ach, du hast immer so viel gearbeitet, und ich war so einsam.« Du lieber Gott, sie war dreiundzwanzig, eine hinreißende Schönheit und weinte, weil sie einsam war! Millionen Frauen hätten ihren rechten Arm und mehr dafür gegeben, um so auszusehen wie sie, und sie hatte einen Kleiderfabrikanten geheiratet, den sie nur von einem Wochenende in Las Vegas her kannte! Bill fragte sich plötzlich, ob es seine Schuld war. Wenn er sie nicht so vernachlässigt hätte, wenn er sich nicht so in die Serie verbissen hätte ... es war das alte Lied. In gewisser Weise reichte das alles bis in die Zeit mit Leslie zurück. Aber hatte er denn für sie alle die Verantwortung übernommen? War es wirklich seine Schuld? Warum konnten sie sich nicht seiner Lebensweise anpassen? Warum mußten sie ausreißen und etwas Verrücktes anstellen? Und jetzt hatte dieses dumme Ding einen Wildfremden geheiratet. Aus Bills Blick sprach fassungslose Verwunderung.

»Und was hast du jetzt vor, Sylvia?« Er konnte kaum erwarten, es zu hören.

»Ich weiß es nicht. Vermutlich werde ich nächste Woche nach New Jersey ziehen. Er heißt Stanley und muß am Dienstag in Newark sein.«

»Ich kann es nicht fassen.« Bill warf den Kopf zurück und lachte. Betsey hörte ihn sogar noch draußen an ihrem Schreibtisch, und sie war erleichtert, daß er nicht brüllte. Das tat er zwar nur selten, aber Sylvias Verschwinden wäre ein triftiger Grund gewesen. »Du und Stanley, ihr müßt am Dienstag in Newark sein ...?«

»Tja ...« Es war ihr sehr peinlich. »Wenn es geht. Ich weiß natürlich, daß ich einen Vertrag habe, der noch eine Saison läuft.« Insgeheim hatte sie damit gerechnet, daß er sie nach seinem überraschenden Anruf in Vegas aus der Serie werfen würde, und in ihrer Panik hatte sie Stanley geheiratet, ohne die leiseste Ahnung, worauf sie sich eingelassen hatte.

Aber Stanley war reizend zu ihr gewesen und hatte ihr in Las Vegas einen ansehnlichen Diamantring gekauft und ihr versprochen, sich auch in Newark um sie zu kümmern. Er wollte ihr als Model Arbeit verschaffen, und wenn sie wollte, sollte sie sich in New York als Schauspielerin betätigen – in Werbespots oder wie hier in einer Fernsehserie. Für sie taten sich völlig neue Horizonte auf, und in gewisser Hinsicht war Sylvia Stewart für die Rolle der Frau eines Konfektionärs aus Newark keine Fehlbesetzung. »Und was mache ich jetzt mit meinem Vertrag?« Sie sah Bill so flehentlich an, daß er beinahe wieder in Gelächter ausgebrochen wäre. Das alles war von unüberbietbarer Absurdität und unmöglich ernst zu nehmen. Es war eine auf die Spitze getriebene Imitation der Kunst durch das Leben, und er war noch nicht so blasiert, daß er die Komik der Situation nicht erfaßt hätte.

»Weißt du, was du mit deinem Vertrag machst? Du gönnst mir noch zwei Tage Dreharbeiten, heute und morgen, und wir werden dich am Freitag in einer Szene von höchster Dramatik aus dem Weg schaffen. Danach bist du frei und kannst gehen. Du kannst mit Stanley nach Newark ziehen und zehn Kinder bekommen, wobei ich mir ausbitte, daß du das erste nach mir nennst. Ich entlasse dich aus deinem Vertrag.«

»Wirklich?« Ihre Verblüffung entlockte ihm ein Lächeln.

»Ja. Weil ich ein netter Kerl bin und weil ich dir mit meiner Arbeitswut das Leben schwer gemacht und dir nicht genug Aufmerksamkeit geschenkt habe. Heute bekomme ich die Rechnung präsentiert.« Er war heilfroh, daß sie überhaupt aufgetaucht war. Jetzt konnte man ihr Verschwinden sinnvoll in die Handlung einbauen. John würde Vaughn töten, weil sie Zeugin seines Mordes an dem Dealer geworden war. Und von diesem Punkt an konnte die Saga fortgesetzt werden – bis in alle Ewigkeit. »Es tut mir leid, Baby«, sagte er aufrichtig und liebevoll. »Ich schätze, ich bin wohl kein guter Fang gewesen. Ich bin mit der Serie verheiratet.«

»Ach, schon gut.« Sylvia sah ihn fast scheu an. »Du bist mir nicht allzu böse, weil ich es getan habe? Weil ich geheiratet habe?«

»Nicht, wenn du glücklich wirst.« Es war sein voller Ernst.

Ihre Affäre mit Bill war nichts Ernstes gewesen, wie beide wußten. Es hatte beiden nicht viel bedeutet. Der beste Beweis dafür war das Wochenende mit einem Fremden in Vegas. Bill vermutete ganz richtig, daß dieser Mann der Grund gewesen war, weshalb sie überhaupt hingefahren war.

»Darf ich die Braut küssen?« Er stand auf und sie auch, noch immer ganz verwundert, daß er es so locker nahm. Sie hatte erwartet, er würde außer sich sein und sie aus der Serie werfen, ohne ihren Vertrag zu lösen, aber so würde sie in New York viel leichter Arbeit finden. Sie wandte sich ihm zu, auf eine leidenschaftliche Umarmung um der alten Zeiten willen gefaßt, aber er gab ihr nur einen sachten Kuß auf die Wange, und einen kurzen Moment lang wußte er, daß sie ihm fehlen würde. Sie hatte etwas Liebreizendes an sich, das ihn anzog, eine gewisse Weichheit, und sie hatten viel Spaß miteinander gehabt. Sie war ihm vertraut gewesen, sie waren gute Freunde geworden, und jetzt war er wieder allein. Er würde sich in Zukunft hüten, mit jemandem aus der Serie eine Affäre anzufangen. Es war ein Fehler, der ihm nicht wieder unterlaufen würde – eine Folge von Bequemlichkeit und Genußsucht. Es gab keine Frau in seinem Leben mehr, und im Moment war er gar nicht sicher, ob es ihm etwas ausmachte. »Was hast du mit den Sachen vor, die noch bei mir in der Wohnung sind?«

»Ja, die werde ich wohl besser holen.« Das hatte sie vergessen. Viel war es nicht, aber immerhin ein Koffer voll Kleider, die sie in seinem Schrank gelassen hatte.

»Jetzt gleich?«

»Ja. Um vier treffe ich mich mit Stanley im Beverly Wilshire. Aber ich habe genügend Zeit.« Ihr Ton deutete etwas an, das er zu überhören vorgab. Für ihn war es aus. Sie hatte getan, was sie gewollt hatte, und er trug es ihr nicht nach, aber er begehrte sie nicht mehr.

Gemeinsam mit ihr verließ er das Büro, überzeugt, alle wären der Meinung, sie würden zu ihm auf eine schnelle Nummer fahren. Einfach lachhaft. Er fuhr sie zu seiner Wohnung und half ihr, alle Sachen in Kartons zu verstauen. Dann fuhr er sie nach Malibu.

»Möchtest du mit raufkommen?« Sie schenkte ihm einen traurigen Blick, als sie den letzten Karton aus seinem Kombi holte. Er schüttelte nur den Kopf. Und gleich darauf fuhr er davon. Dieses Kapitel seines Lebens war abgeschlossen.

9. Kapitel

Als Adrian nach den Sechs-Uhr-Nachrichten nach Hause kam, schrillte das Telefon, und sie hob in dem Moment ab, als der Anrufbeantworter sich einschaltete. Sie hielt den Hörer in der einen Hand, in der anderen Tasche und Zeitung und ein paar Sachen, die sie unterwegs gekauft hatte. Um sie herum schien alles stillzustehen, als sie seine Stimme hörte. Es war Steven.

»Alles in Ordnung?« Das klang beklommen und angespannt. Sie wußte sofort, warum. »Ich rufe schon den ganzen Nachmittag bei dir an. Warum hast du nicht abgehoben?« Den ganzen Tag über war er in höchster Sorge gewesen und hatte seit Mittag bei ihr angerufen, um immer nur an den Anrufbeantworter zu geraten. Um sieben, als sie endlich zu Hause ankam, war er schon halbverrückt. Auf die Idee, in der Redaktion anzurufen, war er nicht gekommen.

Und Adrian hatte ihn nicht anrufen wollen. Sie brauchte Zeit, um sich zurechtzulegen, wie sie ihm beibringen sollte, daß sie den Abbruch nicht hatte vornehmen lassen.

»Ich war nicht da«, sagte sie fast reumütig. Sie mußte schnell den Gang wechseln, soviel stand fest. Seit heute morgen hatte sie ihr gemeinsames Leben in eine neue Bahn gelenkt. Er aber wußte nicht, was sie getan oder vielmehr nicht getan hatte und ging noch immer davon aus, daß der Abbruch durchgeführt worden war.

»Wo warst du? Hat man dich den ganzen Tag beim Arzt festgenagelt? Ist etwas schiefgegangen?« Seine Verzweiflung rief ihr Mitgefühl auf den Plan, aber auch ihren Zorn. Er hatte ihr zugemutet, den Eingriff ganz allein über sich ergehen zu lassen, indem er ihr weiszumachen versuchte, daß es sich um eine Bagatelle handelte, was nicht stimmte. Und deswegen war sie noch immer wütend auf ihn.

»Nichts ist schiefgegangen.« Eine lange Pause trat ein – ein geradezu endloses Schweigen –, und sie entschied sich, es ihm rundheraus zu sagen. »Ich habe es nicht machen lassen.«

Es folgte ein Augenblick stummer Ungläubigkeit, ehe er explodierte.

»Was? Warum nicht? War etwas nicht in Ordnung mit dir, so daß er es nicht machen konnte?«

»Ja«, sagte sie leise, während sie sich setzte. Plötzlich fühlte sie sich sehr alt und sehr müde und die Empfindungen, die sie den ganzen Tag unterdrückt hatte, überfielen sie mit aller Macht, so daß sie sich völlig ausgelaugt vorkam. »Ja, etwas hat nicht geklappt. Ich wollte es nicht.«

»Du hast gekniffen?« Er war entsetzt und außer sich vor Wut, was Adrian noch mehr erbitterte.

»Nun, wenn du es so formulieren möchtest. Ich habe mich entschlossen, unser Kind zu bekommen. Die meisten Leute würden sich dadurch geschmeichelt fühlen oder sich freuen oder irgendeine menschliche Regung zeigen.«

Aber beide wußten, daß er in diesem Punkt nicht menschlich war.

»Ich gehöre nicht zu ihnen, Adrian. Ich bin nicht gerührt ... ich halte dich für völlig hirnverbrannt. Und außerdem glaube ich, daß du es nur tust, um mir irgendwie zu schaden. Aber ich habe dir dazu nur dies zu sagen: Ich werde es nicht zulassen.«

»Wovon sprichst du da? Du redest dummes Zeug. Das ist keine Vendetta, um Himmels willen. Es geht um ein Baby ... du weißt schon, ein winziges Menschlein, von dir und mir geschaffen, blau oder rosa, schreit gelegentlich. Die meisten Menschen können sich damit abfinden und tun nicht so, als sei ihr Leben durch einen Mafia-Killer bedroht.«

»Adrian, dein Humor ist alles andere als amüsant.«

»Und ich finde deine Wertvorstellungen noch weniger amüsant. Was ist denn in dich gefahren? Wie kannst du mich allein lassen und erwarten, ich würde einen Abbruch vornehmen lassen? Das ist kein unbedeutender Vorgang, wie du glaubst, kein ›Nichts‹. Es ist etwas. Es ist eine große Sache ... und einer der Gründe, weshalb ich es nicht tun wollte, ist meine Liebe zu dir.«

»Das ist Unsinn, und du weißt es.« Das klang, als sei er voller Angst und fühlte sich bedroht von allem, was sie sagte. Adrian war nun klar, daß sie am Telefon zu keiner Lösung gelangen würden, daß sie sich wahrscheinlich in naher Zukunft überhaupt nicht würden einigen können. Er mußte sich erst beruhigen und selbst einsehen, daß das Kind sein Leben nicht ruinieren würde. Aber zuallererst mußten sie beide aufhören, sich im Zorn Dinge an den Kopf zu werfen.

»Warum besprechen wir das alles nicht in Ruhe, wenn du nach Hause kommst?« fragte sie vernünftigerweise, er aber geriet noch mehr in Rage.

»Es gibt nichts zu besprechen. Es sei denn, du kommst zur Vernunft und läßt den Abbruch vornehmen. Ehe das nicht geschieht, diskutiere ich mit dir nicht mehr. Ist das klar?« Er schrie sie übers Telefon an wie ein Irrer.

»Steven, hör auf! So nimm dich doch zusammen!« Sie sprach zu ihm, wie zu einem unbeherrschten Kind, aber er war nicht imstande, sich zu beruhigen.

Er zitterte in seinem Hotelzimmer in Chicago vor Wut.

»Du wirst mir jetzt nicht sagen, was ich zu tun habe, Adrian. Du hast mich hereingelegt!«

»Das habe ich nicht.«

Fast hätte sie gelacht, so absurd hörte es sich an, doch in Wahrheit war es gar nicht komisch.

»Es war eine Panne. Ich weiß nicht, wie es passieren konnte oder wessen Schuld es war. Das spielt auch keine Rolle mehr. Ich gebe nicht dir oder mir oder irgendwem die Schuld. Ich möchte nur das Kind bekommen.«

»Du hast den Verstand verloren, und du weißt nicht, was du redest ...« Sie glaubte, einen Wildfremden zu hören, und schloß die Augen, um die Beherrschung nicht zu verlieren.

»Wenigstens bin ich nicht hysterisch. Warum vergessen wir das Ganze nicht und sprechen darüber, wenn du zurück bist?«

»Ich habe dir nichts mehr zu sagen, ehe du die Sache nicht erledigst.«

»Was soll das heißen?« Sie öffnete die Augen. Aus seinen Worten klang etwas heraus, das sie noch nie gehört hatte, eine Kälte, die ihr so große Angst einjagte, daß sie sich in Erinnerung rufen mußte, daß Steven, ihr Mann, diesen Ton anschlug.

»Es soll genau das heißen, was ich sage. Ich oder das Baby. Sieh zu, daß du es loswirst. Jetzt, Adrian. Ich möchte, daß du morgen zum Arzt gehst und einen Abbruch vornehmen läßt.« Momentan glaubte sie, eine Hand drücke ihr Herz zusammen, und sie fragte sich, ob es ihm ernst war. Sie wußte, daß es nicht sein konnte. Er konnte sie nicht vor die Wahl stellen, das war Wahnsinn. Sie wußte, daß er es nicht meinen konnte. »Liebling ... bitte ... sei doch nicht so ... ich kann nicht noch einmal dorthin. Ich kann nicht!«

»Du mußt!« Das hörte sich an, als sei er den Tränen nahe, und sie hätte am liebsten die Arme um ihn gelegt, ihn getröstet und ihm gesagt, daß alles gut werden würde. Und eines Tages, nachdem das Kind geboren worden war, würde er selbst darüber lachen, daß er anfangs so außer sich gewesen war. Aber im Moment war er wie von einer fixen Idee besessen. »Adrian, ich will kein Kind.«

»Noch haben wir es nicht. Warum nimmst du es nicht von der lockeren Seite und vergißt es ein paar

Tage?« Sie war noch immer total fertig, aber schon viel ruhiger, seit sie ihre Entscheidung getroffen hatte.

»Ich werde es nicht locker nehmen, ehe du es nicht losgeworden bist. Ich möchte, daß du den Abbruch vornehmen läßt.« Sie saß wortlos da und hörte ihm zu. Seit nahezu drei Jahren war es das erste Mal, daß sie nicht imstande war, ihm das zu geben, was er wollte. Sie war dazu nicht fähig und sie war nicht gewillt, es zu tun, was ihn noch mehr erboste. Sie konnte ihm nicht einmal versprechen, daß sie seinen Wunsch erfüllen würde.

»Steven ... bitte ...« Plötzlich traten ihr Tränen in die Augen, zum erstenmal seit dem Morgen. »Ich kann nicht. Verstehst du das nicht?«

»Ich verstehe nur, was du mir antust. Du weigerst dich böswillig, auf meine Gefühle Rücksicht zu nehmen.« Er wußte noch genau, wie sein Vater auf die Schwangerschaft der Mutter reagiert hatte. Er war wie am Boden zerstört gewesen. Jahrelang hatte er zwei Jobs gehabt, und schließlich sogar drei, bis ihn die Leberzirrhose fast ins Grab brachte. Und inzwischen waren die Kinder aus dem Haus und sein Leben vorbei. »Adrian, meine Gefühle sind dir schnuppe. An mir liegt dir überhaupt nichts. Du willst nur dein gottverdammtes Baby.« Jetzt fing er zu heulen an, und Adrian fragte sich, was sie verbrochen hatte. Sie konnte es nicht fassen. Er hatte einmal davon gesprochen, daß er vielleicht mit der Zeit Nachwuchs in Erwägung ziehen würde – später, wenn sie einigermaßen ›situiert‹ waren, aber er hatte nie erkennen lassen, daß er Kinder haßte, und ihr nie gestanden, daß er auf keinen Fall eines wollte. »Gut, du sollst meinetwegen dein Kind haben, Adrian. Du sollst es haben ... aber dann kannst du mich nicht haben ...« Er schluchzte am Telefon, und sie weinte mit, als sie es hörte.

»Steven, bitte ...« Doch er hängte schon auf, und sie hielt den Hörer noch lange in der Hand. Für sie war es unfaßbar, wie sehr er sich aufgeregt hatte, wie verzweifelt er gewesen war, und die nächsten zwei Stunden quälte sie sich mit der Frage, ob sie den Abbruch nicht doch vornehmen lassen sollte, wenn es ihm so viel bedeutete und es ihn zutiefst beunruhigte. Aber welches Recht hatte sie, das Baby zu töten, nur weil ein erwachsener Mann vor der Aussicht, Vater zu werden, zurückschreckte? Steven würde sich der Situation anpassen, er konnte lernen, damit fertig zu werden, er würde mit der Zeit sogar entdecken, daß sie ihn nicht weniger liebte – vielleicht würde sie ihn sogar mehr lieben – und daß sein Leben durch das Kind nicht bedroht würde. Ich kann das Kind nicht aufgeben, sagte sie sich immer wieder. Sie dachte daran, was es für sie bedeutet hatte, zum Arzt zu gehen, auf einen Eingriff gefaßt, und sie wußte, daß sie dazu jetzt nicht mehr fähig war. Sie würde das Kind bekommen, und Steven mußte sich damit abfinden. Sie wollte die volle Verantwortung dafür übernehmen, er brauchte nur in aller Ruhe zu warten und darauf zu achten, daß ihn nicht wieder die Nerven verließen.

Um elf fuhr sie zur Arbeit, und als sie um Mitternacht nach Hause kam, ließ sie den Anrufbeantworter ablaufen, um festzustellen, ob Steven angerufen hatte. Er hatte nicht. Am nächsten Tag hatte sie ihre Ruhe noch nicht wiedergefunden, als sie in seiner Firma anrief und fragte, mit welcher Maschine er kommen würde. Es paßte ideal. Er würde um zwei Uhr eintreffen, sie hatte also genug Zeit, um ihn abzuholen. Hoffentlich würden sich dann bis zum Abend die Wogen glätten, damit das Leben wieder seinen normalen Gang nehmen konnte. So normal wie möglich – wenigstens eine Zeitlang, denn früher oder später mußten sie sich der Tatsache ihrer Schwangerschaft stellen, wie andere Paare auch, die Kinderbettchen kauften, Kinderzimmer einrichteten und sich auf die Ankunft ihrer Sprößlinge vorbereiteten. Allein der Gedanke daran ließ sie lächeln, als sie sich wieder in die Arbeit vertiefte, und sich zwang, nicht an Steven zu denken.

Alles war nachmittags auf dem Set versammelt und wollte miterleben, wie Sylvia in dieser Folge von John umgebracht wurde, der sich als ihr Anwalt ausgibt und sie im Gefängnis besucht. ›Vaughn‹ wird durch sein Erscheinen völlig überrascht, und Augenblicke später legt er ihr die Hände um den Hals. Sie stirbt, ohne daß der Wärter, der sie in der Besuchszelle allein gelassen hat, etwas merkt. Eine großartige Szene, die zu Bills Zufriedenheit ausfiel. Und dann kam der Moment des Abschieds von Sylvia, nachdem ihr Auftritt gelaufen war. Plötzlich waren alle in Tränen aufgelöst. Sylvia war seit einem Jahr dabei und würde eine Lücke hinterlassen. Sie war eine angenehme Kollegin gewesen, die sogar bei den Frauen beliebt war. Der Regisseur hatte Champagner kommen lassen, und auch Bill bekam einen Plastikbecher, während er aus dem Hintergrund beobachtete, wie die Seifenoper zum Leben erwachte. Nur Sylvias Stanley stand da und schien sich in seiner Haut nicht ganz wohl zu fühlen. Schließlich versuchte Bill, sich davonzustehlen, aber Sylvia bemerkte es, ehe er verschwinden konnte. Sie ging unauffällig zu ihm und sagte etwas, das nur er hören konnte. Er lächelte und hob sein Glas auf sie. Dann drehte er sich um und trank auch Stanley zu.

»Viel Glück, euch beiden. Laßt es euch gutgehen drüben in Newark. Und vergiß ja nicht, mir zu schreiben«, zog er Sylvia auf und küßte sie auf die Wange. Sie brach wieder in Tränen aus, obwohl sie wußte, daß sie mit Stanley einen großartigen Fang gemacht hatte. Er hatte für die Fahrt vom Studio zum Flughafen eine weiße, überlange Limousine gemietet. Sie wollten die Nachtmaschine nach Newark nehmen, ihre Koffer waren bereits gepackt und im Auto verstaut. Ihre Wohnung hatte sie schon aufgegeben. Sie warf Bill einen sehnsüchtigen Blick zu, als sie vom Set ging, doch er verschwand in seinem Büro, ohne sich umzudrehen. Hinter ihm lag eine lange Woche, aber alles hatte schließlich doch eine glückliche Lösung gefunden, und er konnte sich das Wochenende freinehmen und sich entspannen. Als Bill unmittelbar nach der Sendung heimfuhr, befand sich Adrian auf dem Weg zum Flughafen. Ihre Gedanken kreisten einzig und allein um das, was sie Steven sagen würde.

Als sie Steven von Bord gehen sah, fiel ihr als erstes sein Blick auf, als er sie bemerkte. Er hielt direkt auf sie zu, ohne ein Wort zu sagen. Aus seiner Miene sprachen Feindseligkeit und viele Fragen.

»Warum bist du hier?« fuhr er sie an, noch immer von dem am Vorabend geführten Gespräch erbittert.

»Ich möchte dich abholen«, antwortete sie leise. Sie wollte ihm seinen Aktenkoffer abnehmen und ihm helfen, aber er ließ es nicht zu.

»Das war nicht nötig. Mir wäre lieber, du hättest es nicht getan.«

»Ach, komm Steven, sei nicht unfair ...«

»Unfair?« Er blieb unvermittelt stehen. »Du redest von fair und unfair? Nach allem, was du mir angetan hast?«

»Ich tue dir nichts an. Ich tue mein Bestes, um ein Problem zu bewältigen. Es ist uns beiden passiert. Und ich halte es für unfair, von mir etwas so Schreckliches zu verlangen.«

»Was du tust, ist viel schlimmer.« Er setzte sich wieder in Bewegung, und sie lief ihm nach, ratlos, wohin er wollte. Sie hatte ihren Wagen in der Garage gelassen, und er strebte zu den Taxis vor dem Eingang.

»Steven, wohin willst du?« Er war bereits vor dem Flughafengebäude und hatte eben die Tür eines Taxis geöffnet. »Was hast du vor?« Plötzlich wurde sie von Panik erfaßt. Er benahm sich wie ein Wildfremder, so abweisend und schroff, daß sie es mit der Angst zu tun bekam. Sein Verhalten war ihr unbegreiflich. »Steven ...«

Der Taxifahrer beobachtete sichtlich verärgert die Szene.

»Ich will nach Hause ...«

»Ich auch. Deshalb bin ich gekommen ... um dich nach Hause zu fahren.«

»... um meine Sachen abzuholen. Ich habe mich in einem Hotel eingemietet, bis du wieder zur Vernunft kommst.« Er erpreßte sie. Er wollte sie verlassen, solange sie nicht das Kind aus der Welt geschafft hatte.

»Um Gottes willen ... Steven ... bitte ...« Er knallte ihr die Tür vor der Nase zu, drückte den Innenknopf und gab dem Fahrer die Adresse an. Im nächsten Moment fuhr das Taxi los, und Adrian stand da und starrte dem Auto fassungslos nach.

Was er ihr antat, war unglaublich, ebenso unglaublich war für sie, daß er sie wirklich verlassen wollte. Als sie zu Hause ankam, hatte er bereits drei Koffer gepackt, Tennisschläger, Golfausrüstung und ein Aktenkoffer voller Papiere waren ebenfalls vorbereitet.

»Ich kann nicht glauben, daß du das tust.« Sie ließ den Blick entgeistert durch den Raum wandern. »Das kann nicht dein Ernst sein.«

»Oh, doch«, lautete seine kühle Antwort. »Es ist mir sogar sehr ernst. Laß dir nur Zeit mit deiner

Entscheidung, du kannst mich jederzeit im Büro erreichen. Ich komme zurück, sobald du das Kind losgeworden bist.«

»Und wenn nicht?«

»Dann hole ich meine restlichen Sachen, sobald du mir deine Entscheidung mitteilst.«

»So einfach ist das für dich?« Tief in ihrem Inneren fing etwas zu glühen an, doch ein anderer Teil ihres Wesens hätte sich am liebsten verkrochen, wäre am liebsten gestorben. Von ihrer Angst war ihr nichts anzusehen, als sie ihren Mann anschaute. »Du benimmst dich wie ein Irrer. Hoffentlich ist dir das klar?«

»Keineswegs. Was mich betrifft, so hast du jede Grundlage für Vertrauen und Anständigkeit in unserer Ehe zerstört.«

»Weil ich unser Kind bekommen möchte?«

»Weil du dich gegen etwas wendest, von dem du weißt, daß mir sehr daran liegt«, erklärte er mit so viel Überheblichkeit und Anmaßung, daß sie ihn am liebsten geohrfeigt hätte.

»Na, schön. Ich bin ein menschliches Wesen und somit Veränderungen unterworfen. Ich glaube, wir können es schaffen. Wir haben einem Kind viel zu bieten, und ich meine, daß jeder normaldenkende Mensch das auch so sehen würde.«

»Ich will kein Kind.«

»Und ich möchte keinen Abbruch, nur weil du dir einbildest, keine Kinder zu mögen, und weil du nicht möchtest, daß deine Europareise ins Wasser fällt.«

»Das ist ein Schlag unter die Gürtellinie.« Er zog ein beleidigtes Gesicht. »Die Europareise hat nichts damit zu tun. Es geht um das Ganze. Ein Kind würde uns den Lebensstil kosten, für den wir uns jahrelang abgerackert haben. Ich bin nicht willens, dies alles einer Laune wegen aufzugeben, oder weil du Angst vor einer Abtreibung hast.«

»Ich habe keine Angst«, schleuderte sie ihm entgegen. »Es geht darum, daß ich das Baby bekommen möchte. Hast du das noch nicht kapiert?«

»Ich habe nur kapiert, daß du das alles nur tust, um mir eins auszuwischen.« In seinen Augen grenzte ihr Verhalten an Verrat – es war der größte Vertrauensbruch.

»Warum sollte ich dir eins auswischen wollen?« fragte sie, als er noch einmal in seinen Schrank sah, um sicherzugehen, daß er nichts von dem vergessen hatte, was er mitnehmen wollte. »Das weiß ich nicht«, gab er zur Antwort. »Ich bin noch nicht dahintergekommen.«

»Und du willst mich endgültig verlassen, wenn ich das Kind behalte?« Er nickte und sah ihr dabei in die Augen. Adrian konnte nicht anders, als ihren Kopf zu schütteln und sich auf der Treppe niederzulassen, während er seine Koffer hinausschleppte. »Du gehst wirklich?« Wieder fing sie zu weinen an, den Blick auf Steven gerichtet, der mit seinem Gepäck kämpfte. Es war für sie unfaßbar, daß er sie verlassen wollte. Nach zweieinhalb Jahren Ehe ließ er sie sitzen, weil sie ein Kind bekam – unglaublich, ja unverständlich. Während sie ihn wie betäubt anstarrte, schleppte er den letzten seiner Koffer zum Auto und kam noch einmal zurück, um sie von der Tür aus anzusehen.

»Gib mir Bescheid, wie du dich entschieden hast.« Seine Augen waren wie Eis, seine Miene gelassen, als sie schluchzend auf ihn zuging.

»Bitte, tu mir das nicht an ... Ich werde mich sehr bemühen ... ich verspreche es ... ich werde aufpassen, daß es nicht schreit ... verlaß mich nicht ... ich brauche dich.« Sie klammerte sich an ihn wie ein Kind, und er wich einen Schritt zurück, als wäre sie abstoßend. Das bewirkte, daß ihre Panik noch wuchs.

»Adrian, so beherrsche dich doch. Es liegt bei dir. Du kannst dich entscheiden.«

»Nein, das kann ich nicht.« Sie schluchzte hemmungslos. »Du verlangst etwas, was ich nicht tun kann.«

»Du kannst alles, was du willst«, meinte er kühl, worauf sie ihn zornig anschrie:

»Das kannst du auch. Du könntest dich anpassen, wenn du nur möchtest.«

»Genau das ist der Punkt«, stimmte er zu. »Ich sagte schon, daß ich nicht möchte.« Er griff nach seinen Tennisschlägern und schloß mit einem letzten Blick wortlos die Tür, während Adrian dastand und die Stelle anstarrte, wo er eben noch gestanden hatte. Nicht zu fassen, daß er dazu imstande war. Er hatte sie verlassen.

10. Kapitel

Als sie an diesem Sonntagmorgen erwachte, roch es nicht nach Speck. Kein Frühstückstablett erwartete sie. Kein liebevoll zubereitetes Omelette. Es gab keine guten Gerüche, keine vertrauten Geräusche. Es gab nichts. Nur Stille. Sie war allein. Es war eine Erkenntnis, die sich ihr beim Erwachen wie ein Stein aufs Herz legte. Sie bewegte sich im Bett, tastete nach Steven und dann fiel ihr plötzlich alles ein. Er hatte sie verlassen.

Am Abend zuvor hatte sie sich für die Spätnachrichten krank gemeldet. Sie war zu aufgewühlt gewesen, um noch außer Haus zu gehen. Auf dem Bett liegend hatte sie geweint, bis sie bei Licht eingeschlafen war. Um drei Uhr morgens war sie wieder aufgewacht, hatte sich aus ihren Sachen geschält, das Licht ausgeknipst, ihr Nachthemd angezogen, und als sie nun erwachte, fühlte sie sich wie ein Alkoholiker nach zweiwöchiger Zechtour. Ihre Augen waren verschwollen, ihr Mund wie ausgedörrt, ihr Magen revoltierte, ihre Glieder waren schwer. Hinter ihr lag ein höllischer Tag, eine höllische Woche. Ach, es waren schreckliche zehn Tage gewesen, seit sie ihre Schwangerschaft entdeckt hatte. Und ihre Entscheidung konnte noch umgestoßen werden. Sie konnte den Abbruch über sich ergehen lassen, und er würde zurückkommen, aber wenn sie sich dazu entschließen konnte, was würde die

Folge sein? Gegenseitige Vorwürfe, Wut, schließlich Haß. Sie wußte, daß sie ihn hassen würde, wenn sie das Kind ihm zuliebe aufgab. Wenn sie sich jedoch für das Kind entschied, würde er sie immer von sich stoßen. In einer einzigen kurzen Woche hatten sie es geschafft, ihre Ehe zu zerstören, die sie für glücklich gehalten hatte.

Lange blieb Adrian so im Bett liegen, dachte an Steven und fragte sich immer wieder, warum er sich so verhielt. Seine Kindheitserinnerungen mußten viel schlimmer sein, als sie angenommen hatte. Die Aussicht, Kinder zu bekommen, war für ihn nicht nur abstoßend, sie hatte bei ihm geradezu traumatische Dimensionen angenommen. Das war nichts, was sich über Nacht ändern würde, falls es sich überhaupt jemals änderte. Und er selbst hätte auf diese Änderung bewußt hinarbeiten müssen, was aber nicht der Fall war.

Das Telefon läutete, und einen verzweifelten Moment lang betete sie darum, daß es Steven sein möge. Er hatte seine Meinung geändert, er wollte sie ... und das Baby. Mit hoffnungsvollem »Hallo« und mutloser Miene hob sie ab. Es war ihre Mutter, die sie im Abstand von einigen Monaten anrief. Die Gespräche bereiteten Adrian unweigerlich Unbehagen. Es ging dabei meist um die Großtaten ihrer Schwester, die sich in Adrians Augen hingegen eher lächerlich ausnahmen, und um unangenehme Anspielungen auf Steven. Aber am liebsten erging sich ihre Mutter in der Auflistung von Adrians Fehlleistungen. Sie hatte nicht angerufen, war über

Weihnachten seit Jahren nicht nach Hause gekommen, hatte den Geburtstag des Vaters und das Ehejubiläum der Eltern vergessen, war nach Kalifornien gezogen, hatte jemanden geheiratet, den die Familie nicht ausstehen konnte, und dann hatte sie allem die Krone aufgesetzt, indem sie keine Kinder wollte. Wenigstens hatte ihre Mutter es aufgegeben, ständig zu bohren, ob sie und Steven einen Arzt aufgesucht hätten.

Adrian versicherte ihr nun, daß alles bestens sei, wünschte ihr verspätet alles Gute zum Muttertag – wieder eine Fehlleistung und entschuldigte sich, daß sie vor lauter Arbeit vergessen hätte, was für ein Tag es war. Ganz zu schweigen von der Tatsache, daß sie ihre eigenen Probleme hatte.

»Wie geht es Dad?« brachte sie noch heraus, nur um zu hören, daß er alt wurde, aber daß ihr Schwager sich einen neuen Cadillac gekauft hätte. Welchen Wagen fuhr übrigens Steven? Einen Porsche? Was denn das wäre? Ach, ein ausländisches Fabrikat … und ob Adrian noch die lächerliche kleine Karre besäße, die sie auf dem College gefahren hatte? Ihre Mutter zeigte sich schockiert, daß Steven ihr kein anständiges Auto kaufte. Ihre Schwester besaß gleich zwei. Einen Mustang und einen Volvo. Es war ein Gespräch, das sie in jeder Hinsicht ärgern sollte, und das tat es dann auch. Adrian versicherte ihr wieder, daß alles wundervoll sei und Steven im Moment Tennis spiele. Wie schön wäre es gewesen, wenn sie eine Mutter gehabt hätte, mit der sie sich hätte aussprechen können, an deren Schulter sie sich ausweinen könnte, die ihr Mut machte, und ihr wieder auf die Sprünge half. Aber das einzige Interesse ihrer Mutter war es, auf- und abzurechnen, und als sie genug gehört hatte, bat sie Adrian, Steven ›alles Beste‹ auszurichten und legte ohne ein liebes Wort auf.

Danach läutete das Telefon noch einmal, aber Adrian hob nicht ab. Sie ließ den Anrufbeantworter laufen und hörte, daß es Zelda war. Aber sie hatte keine Lust, mit ihr zu sprechen. Sie wollte allein sein und ihre Wunden lecken. Der einzige Mensch, nach dem sie sich sehnte, war Steven. Doch er rührte sich den ganzen Tag nicht. An jenem Abend saß Adrian allein in seinem Bademantel vor dem Fernsehapparat und vergoß Tränen des Selbstmitleids.

Wieder läutete das Telefon und sie ging ohne Überlegung dran. Es war Zelda, die sie von der Redaktion aus anrief, weil sie etwas wissen wollte. Mit ihrem unerträglichen Gespür merkte sie sofort, daß etwas passiert war. Adrian klang ganz schrecklich.

»Bist du krank?«

»Mehr oder weniger ...« murmelte Adrian und wünschte, sie hätte gar nicht abgehoben. Nachdem sie Zeldas Frage, die sich auf die Arbeit bezog, beantwortet hatte, schien ihre Kollegin zu zögern, ehe sie fragte, ob alles in Ordnung sei. In letzter Zeit war ihr Adrian irgendwie verstört vorgekommen.

»Kann ich etwas für dich tun, Adrian?«

»Nein ... ich ...« Adrian war gerührt. »Mir geht es wunderbar.«

»Aber es hört sich nicht so an«, sagte Zelda liebevoll besorgt, und Adrian fing prompt zu weinen an, als sie diese Worte hörte.

»Ja«, schnüffelte sie laut und kam sich sehr albern vor, weil sie so plötzlich die Fassung verloren hatte, doch sie war nicht mehr imstande, sich zu verstellen. Nun, da Steven sie verlassen hatte, war alles zu schwer und zu schrecklich. Sie konnte noch immer nicht glauben, daß er so etwas tat, und sie wünschte, jemand wäre zur Stelle, der sie in die Arme nahm. »Mir geht es doch nicht so gut.« Sie lachte unter Tränen und erstickte fast an einem Schluchzer. Dann aber entschied sich Adrian für Aufrichtigkeit. Es gab ja sonst niemanden, dem sie sich anvertrauen konnte, und sie und Zelda waren während ihrer langen Zusammenarbeit immer sehr gut miteinander ausgekommen. »Steven und ich ... er ... wir ... er hat mich verlassen ...« Die letzten Worte waren kaum mehr als ein Schluchzen, als sie wieder zu weinen anfing. Zelda wurde sofort von Mitleid übermannt. Sie wußte, wie schwer einem diese Dinge zu schaffen machten, und hatte das alles längst hinter sich. Schon seit langem ging sie nur noch mit ganz jungen Männern aus, um sich ein bißchen Vergnügen, ohne Herz und Schmerz zu gönnen.

»Adrian, das tut mir leid ... echt leid. Kann ich etwas für dich tun?«

Adrian schüttelte den Kopf, während ihr die Tränen über die Wangen strömten. »Nein, schon gut.« Aber wann würde er zurückkommen ... wenn überhaupt? Sie betete darum, daß er zur Vernunft kommen würde.

»Klar, alles wird wieder gut«, meinte Zelda in ermutigendem Ton. »Auch wenn wir uns noch so einbilden, wir könnten nicht ohne sie leben, so können wir es doch. In ein paar Monaten wirst du vielleicht froh sein, daß es so gekommen ist.« Aber Zeldas Worte ließen die Tränen nur noch heftiger fließen.

»Das bezweifle ich.«

»Na, abwarten«, erwiderte Zelda überzeugend, aber Adrian wußte etwas, das Zelda nicht wußte. »In einem halben Jahr hast du vielleicht eine heiße Romanze mit jemandem, den du jetzt noch gar nicht kennst.«

Diese Worte brachten Adrian plötzlich zum Lachen. Die Vorstellung war bestenfalls komisch. In einem halben Jahr war sie im siebten Monat. »Das bezweifle ich.« Wieder putzte sie sich die Nase und seufzte dann schwer.

»Wie kannst du nur so sicher sein?«

Da wurde Adrian wieder ernst. »Weil ich ein Kind bekomme.«

Ein Augenblick der Stille am anderen Ende, während Zelda das Gehörte verdaute. Dann ertönte ein langgezogener, leiser Pfiff. »Das läßt alles in einem anderen Licht erscheinen. Weiß er es?«

Adrian zögerte, aber nur einen Sekundenbruchteil. Sie mußte sich mit jemandem aussprechen und wußte, daß die kluge und erfahrene Zelda verschwiegen war.

»Deswegen ist er ja auf und davon. Er will keine Kinder.«

»Ach, der kommt schon wieder«, behauptete Zelda im Brustton der Überzeugung. »Das ist nur eine Panikreaktion. Wahrscheinlich hat er Angst.« Sie hatte recht. Steven war zu Tode erschrocken, aber Adrian bezweifelte, daß er jemals wieder zur Vernunft kommen würde. Sie wollte es, sie wünschte es sich mehr als alles andere, aber es ließ sich schwer voraussehen, wie er sich verhielt. Es war derselbe Steven, der seiner Familie für immer den Rücken gekehrt und nie wieder einen Blick zurück getan hatte. Sie war sogar sicher, daß er seine Familie nie vermißt hatte. Stand sein Entschluß einmal fest, dann war er imstande, eine Bindung zu durchtrennen, wenn es ihm in den Kram paßte, auch wenn die Beziehung ihm einmal viel bedeutet hatte.

»Na, hoffentlich stimmt es.« Wieder stieß Adrian einen Seufzer aus, und sie atmete bebend wie ein Kind nach einem Weinkrampf. Dann fiel ihr etwas ein. »Sag bloß niemandem im Büro ein Wort.« Sie wollte nicht, daß es publik wurde. Erst mußte mit Steven alles geklärt werden. Wenn er zurückgekommen war und sich alles beruhigt hatte, würde alles leichter sein. Dann konnte sie offen von ihrer Schwangerschaft reden. Sie wollte unbedingt vermeiden, daß in der Redaktion Unruhe entstand, weil sie noch nicht sicher war, ob sie bleiben oder kündigen würde.

»Keine Silbe«, beruhigte Zelda sie. »Was hast

du vor? Wirst du kündigen oder nur Urlaub nehmen?«

»Das weiß ich nicht ... Ich habe es mir noch gar nicht überlegt. Urlaub nehmen, vermutlich.« Aber wenn Steven für immer fort war? Wenn sie allein und auf sich gestellt war? Wie würde sie Beruf und Kind unter einen Hut bringen? Sie hatte nicht einmal in Ansätzen darüber nachgedacht. Aber was immer auf sie zukommen sollte, sie würde es schaffen, das wußte sie.

»Es ist noch Zeit. Und du hast recht ... man soll die Leute nicht nervös machen.« Adrian hatte einen sehr guten Job, nein, sogar einen großartigen. Es war ein Job, an den Zelda sich nie herangewagt hätte, weil zuviel Verantwortung und zuviel Hektik damit verbunden waren, aber sie wußte, daß Adrian der Sache gewachsen war und sich mit Feuereifer in ihre Arbeit kniete. Eigentlich war der Job in der Nachrichtenredaktion ja Stevens Idee gewesen, aber Adrian hatte Gefallen daran gefunden, wenn sie sich hin und wieder auch nach einem künstlerisch angehauchten Arbeitsgebiet sehnte. Die tägliche Konfrontation mit den Nachrichten konnte zuweilen brutal sein, wie alle in der Redaktion wußten. Schreckensmeldungen von Verbrechen oder Naturkatastrophen waren in der Überzahl, Nachrichten, die Anlaß zur Freude gegeben hätten, hingegen sehr rar. Blieb nur die Befriedigung über gute Arbeit, die vom Nachrichtenteam, dem Adrian angehörte, geleistet wurde. »Immer mit der Ruhe, Adrian«, tröstete Zelda sie. »Laß diese Sorgen erst gar nicht an dich heran. Die Sache mit dem Job wird sich von selbst lösen, das Kind wird kommen, wenn es kommen soll, und Steven wird in zwei Tagen mit einem riesigen Rosenstrauß und einem Geschenk wieder auftauchen und so tun, als hätte er dich nie verlassen.«

»Na, hoffentlich hast du recht.« Und als sie nach einigen Minuten auflegte, hoffte Zelda selbst, daß sie recht behalten würde. Sie war nämlich nicht sicher, was Steven tun würde. Bei den spärlichen Begegnungen hatte er ihr zwar irgendwie imponiert, aber so richtig gefallen hatte er ihr nicht, weil sie spürte, daß er kalt und berechnend war. Er schaute durch einen hindurch, als könne er es kaum erwarten, zum nächsten überzugehen. An Warmherzigkeit und Anständigkeit konnte er es mit Adrian nicht aufnehmen. Sie hatte etwas an sich, das sie auf den ersten Blick sympathisch machte. Deswegen tat sie Zelda um so mehr leid. Es war schon ein Tiefschlag ... schwanger zu sein, und der Mann lief einem davon. Zelda schäumte insgeheim ... es war unfair, und Adrian hatte es weiß Gott nicht verdient.

Verdient hatte sie es nicht, dennoch war sie machtlos. Sie konnte nichts tun, um ihn zurückzuholen oder seine Einstellung zu ändern. Spätabends saß Adrian noch tränenblind vor dem Fernsehgerät. Schließlich schlief sie auf der Couch ein, und es war vier Uhr morgens, als sie zu den feierlichen Klängen der Nationalhymne erwachte. Sie schaltete den Apparat aus und drehte sich auf der Couch um.

Hinaufgehen und sich ins leere Bett legen, wollte sie nicht. Es wäre zu niederschmetternd gewesen. Und am Morgen erwachte sie, als die ersten Sonnenstrahlen durchs Fenster fielen. Sie hörte draußen die Vögel zwitschern. Es war ein herrlicher Tag, doch als sie auf der Couch liegend an Steven dachte, hatte sie das Gefühl, eine zentnerschwere Last säße auf ihrer Brust. Warum tat er ihr und sich selbst das alles an? Warum brachte er sie beide um etwas, das von so großer Bedeutung war? Sonderbar, daß sie nun willens war, alles für dieses eine Kind zu opfern, nachdem sie sich schon abgefunden hatte, nie Kinder zu haben. Es ist alles höchst sonderbar, dachte sie, als sie sich langsam aufrichtete und auf der Couch sitzen blieb. Sie fühlte sich, als hätte sie über Nacht Prügel bezogen. Ihr ganzer Körper schmerzte, ihre Augen waren geschwollen von den am Abend vergossenen Tränen. Und als sie in den Badezimmerspiegel schaute, prallte sie entsetzt zurück.

»Kein Wunder, daß er dich verlassen hat«, murmelte sie ihrem Spiegelbild zu, und als sie kurz lachte, füllten sich ihre Augen wieder mit Tränen. Es war hoffnungslos. Sie kam aus dem Weinen nicht mehr heraus. Sie wusch sich das Gesicht, putzte sich die Zähne, bürstete sich ihr Haar und zog Jeans und dazu eine uralte Jacke von Steven an. Es war eine Möglichkeit ihm nahe zu sein. Wenn sie ihn schon nicht bei sich haben konnte, dann konnte sie wenigstens seine Sachen tragen.

Widerwillig toastete sie eine Scheibe Brot und

wärmte den Kaffee vom Vortag auf. Er schmeckte scheußlich, aber das war einerlei. Sie trank nur einen Schluck und saß dann da und starrte vor sich hin, wieder in Gedanken versunken und über die Frage grübelnd, warum er sie verlassen hatte. Ihr ganzes Bewußtsein schien von diesem Thema erfüllt zu sein, und als das Telefon läutete, machte sie fast einen Luftsprung und lief wie der Blitz hin, um abzuheben, atemlos, aufgeregt ... er würde wieder zurückkommen. Er mußte. Wer sonst würde an einem Sonntag um acht Uhr morgens anrufen? Doch als sie sich meldete, hörte sie ein paar chinesisch gefärbte Worte, worauf sofort wieder aufgelegt wurde. Jemand hatte die falsche Nummer gewählt.

Die nächste Stunde schleppte sie sich in der Wohnung herum, nahm Dinge zur Hand und stellte sie wieder hin, sortierte Wäsche, aber das meiste waren Stevens Sachen, so daß ihr wieder Tränen in die Augen stiegen. Alles wurde immer schwieriger, alles schmerzte, alles war eine Erinnerung an das Geschehene. Sogar das Alleinsein in der Wohnung bedeutete Schmerz. Um neun konnte sie es nicht mehr aushalten und entschloß sich, ein Stück zu laufen. Sie wußte zwar nicht, welche Richtung sie einschlagen sollte, aber sie wollte hinaus und frische Luft schnappen, damit sie nicht ständig seine Sachen, ihre gemeinsamen Dinge und die leeren Räume vor Augen hatte, die das Gefühl trostloser Einsamkeit noch verstärkten. Sie nahm ihre Schlüssel, schloß die Tür hinter sich und hielt auf die Vorderfront des Komplexes zu. Seit zwei Tagen hatte sie keinen Blick mehr in den Briefkasten geworfen, und im Grunde war ihr die Post egal, aber es war eine Sache, die sie im Vorübergehen erledigen konnte. Sie blieb bei ihrem Briefkasten stehen und sah, an die Wand gelehnt durch, was gekommen war: Rechnungen und zwei Briefe für Steven. Für sie war nichts dabei. Sie legte alles wieder in den Briefkasten zurück und ging langsam zu ihrem Auto. Vielleicht war eine kleine Autofahrt jetzt genau richtig. Sie hatte ihren Wagen am Vortag vor dem Block stehen lassen, und jetzt sah sie, daß ein alter Kombi mit Holzaufbau daneben parkte. Im Näherkommen bemerkte sie, daß ein Mann ein Fahrrad heraushob, erhitzt und verschwitzt wie nach einer morgendlichen Radtour. Plötzlich drehte er sich um und bemerkte sie. Er starrte sie an, als müsse er überlegen, und dann lächelte er. Ihm war eingefallen, wo er sie gesehen hatte. Er verfügte über ein phantastisches Gedächtnis für Dinge wie diese, nutzlose Bagatellen, Gesichter, die er einmal gesehen hatte, Namen von Menschen, denen er niemals wieder begegnen würde. Ihren Namen kannte er nicht, deswegen konnte er ihm auch nicht einfallen, doch er erinnerte sich sofort, daß sie die hübsche Person war, der er vor einigen Tagen im Supermarkt über den Weg gelaufen war. Und er hatte sich auch gemerkt, daß sie verheiratet war.

»Ach, hallo.« Er stellte sein Rad neben sie, und sie sah in blaue Augen, die sie offen, voller Wärme und Freundlichkeit anschauten. Sie schätzte ihn auf

Anfang Vierzig, nicht zuletzt seiner Augenfältchen wegen, die auf Humor schließen ließen. Er sah aus wie ein Mensch, der sich seines Lebens freute und mit sich und seiner Umgebung im Einklang war.

»Hallo.« Ihre Stimme war leise, und ihm fiel auf, daß sie sich stark verändert hatte. Sie sah müde und blaß aus, so daß sich ihm unwillkürlich die Frage aufdrängte, ob sie zuviel gearbeitet hatte oder etwa krank gewesen war. Ihre Niedergeschlagenheit ließ an einen schweren Schicksalsschlag denken, der sie getroffen hatte. Damals im Supermarkt, mitten in der Nacht, war sie ihm frischer, elastischer, energiegeladener erschienen, aber schön war sie noch immer, und er freute sich über das Wiedersehen.

»Wohnen Sie hier?« Er wollte ein Gespräch anknüpfen und etwas über sie erfahren. Es war sonderbar, daß ihre Wege sich wieder kreuzten. Vielleicht ist es unsere Bestimmung, daß sich unsere Wege kreuzen, dachte er spaßeshalber, während sein Blick voller Bewunderung auf ihr ruhte. Nichts wäre ihm lieber gewesen, wenn man davon absah, daß damit auch das Schicksal ihres Mannes berührt wurde, wie er sich in Erinnerung rief. »Ja.« Sie lächelte andeutungsweise. »Wir bewohnen eine der Maisonette-Wohnungen am anderen Ende. Normalerweise parke ich nicht hier, aber Ihr Wagen ist mir schon aufgefallen. Ich finde ihn großartig.« Sie hatte den Kombi des öfteren bewundert, ohne zu ahnen, wem er gehörte.

»Danke, ich liebe ihn über alles. Ihr MG hat aber auch schon meinen Neid erregt.« Da er jetzt wußte, wem er gehörte, gefiel er ihm noch besser, aber der zerbeulte alte Sportwagen hatte ihm immer schon in die Augen gestochen, und jetzt fiel ihm ein, daß er sie hier im Wohnkomplex schon einmal gesehen hatte – von weitem, in Begleitung eines großen, gutaussehenden, dunkelhaarigen Mannes. Sie waren damals in einem langweiligen Wagen wie einem Mercedes oder Porsche davongefahren. Das mußte wohl ihr Mann gewesen sein. Ein hübsches Paar, wie er zugeben mußte, doch sie hatte auf ihn einen viel größeren Eindruck gemacht, als er ihr allein im Supermarkt begegnet war. Aber Frauen ohne Begleitung erweckten naturgemäß mehr Interesse bei ihm als hübsche junge Paare. »Nett, Sie wiederzusehen«, sagte er plötzlich verlegen, und dann lachte er über sich. »Diese Begegnungen versetzen einen in die Kindheit zurück ... Hi ... ich bin Bill ... wie heißt du ... Sag, gehst du auch hier zur Schule?« Das brachte er im Schuljungenton vor, und beide lachten, weil er recht hatte. Verheiratet oder nicht, sie war ein schönes Mädchen, und er war ein Mann, und beiden war klar, daß sie ihm gefiel. »A propos ...« Er streckte ihr die Rechte entgegen, während er sein Mountain-Bike mit der Linken festhielt. »Ich bin Bill Thigpen, wir sind uns vor etwa zwei Wochen zu mitternächtlicher Stunde im Supermarkt begegnet. Ich habe versucht, Sie mit meiner Einkaufskarre umzufahren, und Sie haben ein Dutzend Rollen Küchentücher fallen gelassen.«

Die Erinnerung ließ sie lächeln, als sie seine dargebotene Hand ergriff. »Ich bin Adrian Townsend.« Sie schüttelte ihm ein wenig feierlich die Hand. Wie sonderbar, ihm zufällig über den Weg zu laufen. Jetzt konnte sie sich wieder an ihn erinnern, wenn auch nur undeutlich. Ihr ganzes Leben hatte sich seither geändert. Alles ... Hallo, ich bin Adrian Townsend, und mein ganzes Leben liegt in Schutt und Asche ... mein Mann hat mich verlassen ... ich bekomme ein Kind ... »Nett, Sie wiederzusehen.« Sie wollte höflich sein, doch ihre Augen blickten noch immer so traurig. Wenn er sie so ansah, hätte er sie am liebsten in die Arme genommen. »Wohin fahren Sie mit dem Rad?« Sie suchte verzweifelt nach einem Thema, da er den Eindruck machte, als wolle er das Gespräch noch nicht beenden.

»Ach ... mal dahin, mal dorthin ... heute war ich in Malibu. Einfach herrlich war es da. Manchmal fahre ich nur hin und mache einen Strandspaziergang, damit ich den Kopf wieder klar bekomme, wenn ich die Nacht durchgearbeitet habe.«

»Kommt das oft vor?« Sie versuchte, ihre Frage interessiert klingen zu lassen, obwohl sie nicht sicher war, aus welchem Grund. Sie wußte nur, daß er einen netten Eindruck machte und freundlich zu sein schien. Sie wollte seine Gefühle nicht verletzen, und er hatte etwas an sich, was in ihr den Wunsch weckte, in seiner Nähe zu bleiben, und über Belangloses zu plaudern. Sie hatte das Gefühl, seine Gegenwart verleihe ihr für eine kleine Weile Sicherheit, so daß ihr nichts Schlimmes mehr passieren konnte – er wirkte wie jemand, der immer

Herr der Lage blieb. Während sie mit ihm sprach, beobachtete er ihre Augen. In den letzten Wochen mußte mit ihr etwas vorgegangen sein, davon war er überzeugt. Er hatte keine Ahnung, was es war, doch sie hatte sich spürbar verändert. Sie wirkte tief verletzt, und das machte ihn traurig.

»Ja ... ich arbeite hin und wieder sehr lange. Bis spät in die Nacht. Und Sie? Besorgen Sie sich Ihre Lebensmittel immer um Mitternacht?«

Die Frage brachte sie zum Lachen, doch es traf zu, wenn sie etwas vergessen hatte. Sie kaufte sehr gern nach den Spätnachrichten ein. Dann war sie entspannt, aber noch hellwach von der Arbeit, und der Laden war dann immer leer. »Ja, das kann schon mal vorkommen. Ich arbeite bis halb zwölf ... wenn ich für die Spätnachrichten eingeteilt werde. Eine gute Zeit, um einzukaufen.«

Er schien belustigt zu sein. »Wo arbeiten Sie?« Als sie es ihm sagte, lachte er wieder. Vielleicht waren ihre Schicksalsfäden wirklich miteinander verknüpft. »Dann arbeiten wir ja im gleichen Gebäude.« Er hatte sie noch nie gesehen, obwohl seine Serie nicht weit von ihrem Büro entfernt aufgenommen wurde. »Ich arbeite an einer Seifenoper ... in einem Studio, das in der Nähe Ihrer Redaktion liegt.«

»Wie komisch.« Auch sie fand den Zufall amüsant, faßte ihn aber nicht wie er als Ermutigung auf. »Welche Serie?«

»›Lebenswertes Leben‹«, sagte er beiläufig, ohne zu verraten, daß die Serie sein Werk war.

»Eine ausgezeichnete Serie. Ich habe sie mir immer gern angesehen, ehe ich in die Redaktion wechselte.«

»Seit wann arbeiten Sie dort?«

Sie weckte seine Neugierde, und es behagte ihm, neben ihr zu stehen.

Fast konnte er sich vorstellen, das Shampoo in ihrem Haar zu riechen. Sie sah so sauber und intelligent und anständig aus, und plötzlich ertappte er sich bei der dummen Frage, ob sie Parfum benutzte, und wenn, welche Sorte, und ob diese ihm zusagen würde.

»Drei Jahre schon«, beantwortete sie seine Frage. »Vorher habe ich Specials und Zwei-Stunden-Filme gemacht. Ich war in der Produktion. Dann bot sich mir die Chance in der Nachrichtenredaktion ...« Sie ließ den Satz unvollendet, und ihr Ton war so, als sei sie ihrer Sache noch immer nicht sicher, deshalb fragte er sich, was dahinterstecken mochte.

»Gefällt es Ihnen dort?«

»Hin und wieder. Manchmal ist es ganz schön zermürbend, und das macht mir zu schaffen.« Sie ließ ein Achselzucken folgen, als müsse sie sich für eine persönliche Schwäche entschuldigen.

»Mir würde es auch auf die Nerven gehen. Ich glaube, ich könnte es gar nicht. Da erfinde ich lieber alles selbst ... Mord, Vergewaltigung und Inzest. Das ganze deftige Zeug, nach dem Amerika giert.« Wieder grinste er und lehnte sich an sein Fahrrad, als sie lachte. Einen Moment, ganz kurz nur, sah sie unbekümmert und glücklich aus, so wie bei ihrer ersten Begegnung.

»Sind Sie Drehbuchautor?« Sie wußte gar nicht, warum sie das fragte, aber es war so einfach, mit ihm zu sprechen, und sie hatte so zeitig am Sonntagmorgen nichts zu tun.

»Ja«, gab er zur Antwort. »Aber ich schreibe nicht mehr viel selbst. Ich behalte aus den Kulissen heraus alles im Auge.« Daß er der geistige Urheber der Serie war, wußte sie nicht, und er wollte es ihr nicht sagen.

»Das muß großen Spaß machen. Vor langer Zeit wollte ich auch schreiben, aber in der Redaktion bin ich wohl besser aufgehoben.« Zumindest hatte Steven das behauptet, aber sobald sie an ihn dachte, wurde ihr Blick wieder ganz traurig, was Bill nicht entging.

»Jede Wette, daß Sie sich großartig machen würden, wenn Sie es nur versuchen. Die meisten Menschen sind der Meinung, Schreiben sei ein großes Geheimnis wie Mathe, aber das ist es nicht.« Während er mit ihr redete, konnte er fast sehen, wie sie ihm entglitt und in ihre anfängliche Traurigkeit verfiel. Einen Moment sagte keiner von beiden ein Wort, während er sie beobachtete. Dann schüttelte sie den Kopf und zwang sich, wieder an das Schreiben zu denken, um Steven aus ihren Gedanken zu verbannen.

»Ich glaube nicht, daß ich schreiben könnte.« Sie sah ihn dabei so traurig an, daß er am liebsten nach ihr gefaßt und sie berührt hätte.

»Sie sollten es vielleicht versuchen. Manchmal kann es sehr viel freisetzen ...« Was immer dir zu schaffen macht. Er war mit allen seinen guten Gedanken bei ihr, doch er konnte nichts sagen. Schließlich waren sie Fremde, und er konnte sie kaum fragen, was sie so unglücklich machte.

Da öffnete sie die Tür ihres Wagens und warf noch einen Blick zu ihm, ehe sie in ihren MG stieg. Fast war es, als bedaure sie, ihn verlassen zu müssen, aber sie wußte nicht, was sie noch sagen sollte. Das belanglose Geplauder war ohnehin schon so substanzlos, daß sie es für besser hielt, das Gespräch zu beenden, obschon sie es eigentlich nicht wollte. »Na, dann bis zum nächsten Mal ...« sagte sie leise, und er nickte.

»Hoffentlich.« Er lächelte trotz ihres Eherings. Sie war ein seltenes Mädchen. Ohne sie näher zu kennen, wußte er es.

Und als sie losfuhr, stand er da, hielt sein Rad fest und blickte ihr nach.

11. Kapitel

Zwei Tage später rief Steven sie endlich an, ehe sie in die Redaktion fuhr. Inzwischen lechzte sie danach, von ihm etwas zu hören, und ihre Lebensgeister hoben sich jäh, als sie seine Stimme hörte, um sofort wieder abzusacken, als er ihr mitteilte, daß er seinen zweiten Rasierapparat brauchte.

»Wenn du ihn heute ins Büro mitnimmst, hole ich ihn morgen vor Arbeitsbeginn. Mein guter Apparat ist kaputt.«

»Wie schade.« Sie zwang sich zu einem gleichmütigen Ton, damit er nicht merkte, wie es um sie stand. »Und wie geht es dir sonst?«

»Gut.« Er hörte sich kühl an. »Und dir?«

»Auch gut. Du fehlst mir.«

»Aber offenbar nicht genug. Es sei denn, es ist etwas geschehen, von dem ich noch nichts weiß.« Er kam sofort zum springenden Punkt. Es gab keinen Kompromiß, keine Veränderung, kein Anzeichen von Nachgiebigkeit, und Adrian fragte sich plötzlich, ob Zelda sich geirrt hatte und ihre Ehe tatsächlich gelaufen war. Es war nicht zu fassen, aber ebenso unfaßbar war es, daß er wegen des Kindes ausgezogen war.

»Es tut mir leid, daß du noch immer so denkst, Steven. Möchtest du nicht übers Wochenende kommen, damit wir uns aussprechen können?«

»Es gibt nichts zu besprechen, wenn du von deiner Meinung nicht abgehst.« Fast war es kindisch, wie er auf dem Eingriff beharrte und ihr Konsequenzen androhte.

»Was nun? Leben wir so weiter, bis ich dir die Geburtsanzeige schicke?« Sie gab sich witzig, ihm aber war nicht danach zumute.

»Ja, vielleicht. Ich dachte, wir sollten eine Weile warten, um zu sehen, ob du in den nächsten Wochen deine Haltung änderst. Und wenn du dich entscheidest, weiterzumachen, werde ich mir eine Wohnung suchen.«

»Im Ernst?«

Sie konnte ihren Ohren nicht trauen.

»Und ob. Und ich glaube, du weißt das. Du kennst mich gut genug, um zu wissen, daß ich nicht lange herumfackele, Adrian. Überleg dir alles gut und teile mir deine Entscheidung mit, damit jeder von uns über sein Leben verfügen kann. Dieser Zustand tut keinem von uns gut.« Nicht zu fassen! Er wünschte, baldmöglichst verständigt zu werden, damit er Bekanntschaften machen und sich eine Wohnung suchen konnte. Für sie war es nach wie vor unglaublich.

»Nein, es tut uns nicht gut. Dies deiner Tochter oder deinem Sohn beizubringen, könnte dereinst interessant werden.« Doch diese Stichelei verfehlte ihr Ziel. Es war ihm offensichtlich egal, was sie ihrem Kind einmal sagen würde.

»Warum lassen wir nicht alles ein paar Wochen auf sich beruhen? Dann kannst du mich noch immer wissen lassen, wie du die Sache siehst. Nächste

Woche bin ich in New York und anschließend in Chicago. In nächster Zeit werde ich überhaupt sehr viel auf Achse sein. Warum warten wir nicht bis Mitte Juni? Du hast dann einen Monat Zeit, um dir darüber Klarheit zu verschaffen, was du willst.« Sie wollte sich umbringen, das war es, was sie wollte ... oder ihn umbringen ... sie hatte keine Lust, bis Juni zu warten, während er schwankte, ob er sich scheiden lassen wollte, oder nicht.

»Willst du wirklich wegen einer vorübergehenden Marotte mehr als zweieinhalb Jahre einfach wegwerfen?«

»Ach, so siehst du das? Adrian, es fehlt dir offenbar jegliches Verständnis. Es handelt sich um eine Frage des Lebenszieles, und offenbar unterscheiden sich meine Zielsetzungen beträchtlich von den deinen.«

»Richtig ... ich bin nicht gewillt, meine Seele oder mein Kind für eine neue Stereoanlage und eine Europareise zu verkaufen. Wir sprechen nicht von einer Glücksspiel-Show. Es geht um unser Leben und um unser Kind. Das sage ich dir dauernd, aber ich habe nicht den Eindruck, daß du mich hörst.«

»Adrian, ich höre dich sehr wohl, aber ich bin mit dem, was du sagst, nicht einverstanden. Wir sprechen uns in ein paar Wochen wieder. Wenn du inzwischen deine Meinung geändert haben solltest, dann ruf mich früher an.«

»Wie kann ich dich erreichen?« Wenn ein Notfall eintrat oder sie ihn brauchte? Auf dem Papier war er ihr nächster Angehöriger. Auch das war ein

Punkt, der Panik in ihr aufkommen ließ. So wie alles andere. Sie kam sich nun völlig verlassen vor.

»Ruf in meinem Büro an, dort wird man wissen, wo ich bin.«

»Die Glücklichen«, versetzte sie sarkastisch.

»Vergiß meinen Rasierapparat nicht.«

»Nein, bestimmt nicht ...« Er legte auf, und sie saß lange in ihrer Küche und dachte an das, was er gesagt hatte, und fragte sich, ob sie ihn je richtig gekannt hatte. Langsam begann sie daran zu zweifeln.

Sie brachte den Rasierapparat noch am gleichen Tag im Büro vorbei, und am nächsten Tag war er weg. Steven hatte ihn am Abend abgeholt und nicht einmal eine kurze Notiz für sie hinterlassen, aber sie sprach mit niemandem darüber. Nicht einmal mit Zelda. In der Redaktion wußte noch niemand, daß Steven sie verlassen hatte. Es war zu peinlich. Und wenn in einigen Wochen zwischen ihnen alles wieder im Lot war, würden ihr alle Peinlichkeiten erspart bleiben, wenn außer Zelda niemand etwas gewußt hatte.

Als Zelda von dem Anruf erfuhr, beruhigte sie Adrian mit der Versicherung, daß er in kürzester Zeit zur Besinnung kommen würde.

In der Zwischenzeit aber zogen sich die Wochenenden endlos hin. Er rief kein einziges Mal an, und Adrian merkte bald, daß sie ohne ihn mit sich nichts anzufangen wußte, weil sie sich an seine Nähe so gewöhnt hatte. Zelda führte ein ausgefülltes Leben. Ihr neuester Freund war vierundzwanzig und arbeitete als Model. Mochte Zelda sich auch noch so teilnahmsvoll zeigen, sie wurde von ihrem Leben und ihrer Liebe in Trab gehalten, und Adrian wollte ihr nicht zur Last fallen.

Es wurde sehr still um Adrian, und in gewisser Weise empfand sie es als sehr friedlich. Sie hörte auf, in ständiger Erwartung zu leben, in Erwartung seines Anrufes oder in Erwartung, ihm über den Weg zu laufen. Sie lag nicht mehr im Bett in der Hoffnung, er würde kommen, um etwas zu holen, oder er würde im Büro auftauchen und ihr erklären, daß er ein Idiot gewesen war und es ihm leid täte. Sie wußte, daß er in Chicago sein mußte, obwohl sie seit Wochen nichts mehr von ihm gehört hatte. Nach seiner Rückkehr würden sie vielleicht alle Differenzen aus der Welt schaffen und das gemeinsame Leben wieder aufnehmen können.

Unterdessen aber hatte sie das Gefühl, daß alles in der Schwebe war. Sie arbeitete, sie aß, sie schlief, und sie ging nicht aus. Nicht einmal ins Kino. Einmal war sie beim Arzt gewesen, der ihr versicherte, die Schwangerschaft mache gute Fortschritte, alles verliefe normal. Alles, bis auf den Umstand, daß mein Mann mich verlassen hat, dachte sie. Doch sie war erleichtert, daß sich das Kind gut entwickelte. Es bedeutete ihr mittlerweile alles, es war auch alles, was ihr geblieben war ... ein winzig kleines Wesen zum Liebhaben ... ein Wesen, das noch nicht auf der Welt war. Ein- oder zweimal überfiel die Einsamkeit sie mit solcher Macht, daß sie sogar versucht war, ihre Eltern anzurufen, aber sie widerstand der Versuchung. Ab und zu ging sie in der Mittagspause mit Zelda essen. Sie war wenigstens eingeweiht, so daß Adrian mit ihr über das Baby sprechen konnte.

Auch mit Bill Thigpen kreuzte sich ihr Weg bei der Arbeit einige Male. Seit sie sich nun offiziell kannten, schien die Häufigkeit der Begegnungen zuzunehmen. Sie trafen im Lift, auf dem Parkplatz, sogar noch einmal im Supermarkt aufeinander. Auch im Wohnkomplex war sie ihm schon begegnet. Bill verschwieg ihr, daß er vor einigen Wochen beobachtet hatte, wie ihr Mann mit auffallend viel Gepäck aus dem Haus gegangen war. Daß er verreist war, stand fest, doch er fragte nicht, wohin, und Adrian erwähnte es nicht, wenn sie sich am Pool zufällig trafen. Statt dessen unterhielten sie sich angeregt über ihre liebsten Bücher und Filme, und er erzählte ihr von seinen Kindern, die sein ein und alles waren, wie klar herauszuhören war. Seine Art, von ihnen zu sprechen, verriet Liebe und Stolz und rührte sie tief.

»Die Kinder müssen Ihnen unendlich viel bedeuten.«

»Ja, sie sind das Wichtigste in meinem Leben.« Er lächelte Adrian voller Bewunderung an, als sie eine weitere Schicht Sonnenöl auftrug. Sie wirkte glücklicher als noch vor kurzem, auch zugleich irgendwie gelöster, aber ihre ernste Zurückhaltung überwog. Er fragte sich, ob dies für sie typisch war oder ob sie in Gesellschaft von Fremden eine gewisse Schüchternheit an den Tag legte.

»Sie haben keine Kinder?« Er ging davon aus, daß sie keine hatte, weil sie nie mit Kindern zu sehen gewesen war und auch weil sie nie Kinder erwähnt hatte, was ungewöhnlich gewesen wäre, wenn sie welche gehabt hätte. Die meisten Bewohner des Wohnkomplexes waren kinderlos. Wenn sich bei einem Paar Nachwuchs einstellte, zog es meist in eine größere Wohnung um.

»Nein.« Ihre Antwort kam zögernd. Er horchte auf, denn es steckte mehr hinter der Geschichte. »Nein, wir haben keine Kinder. Ich ... wir beide sind mit unserem Beruf ziemlich ausgefüllt.«

Er nickte und fragte sich, wie es wohl wäre, mit ihr befreundet zu sein. Es war lange her, seit ihn eine rein platonische Freundschaft mit einer Frau verbunden hatte. Sonderbar, aber sie erinnerte ihn mit ihrer Ernsthaftigkeit, ihrer Eindringlichkeit und ihren Wertvorstellungen irgendwie an Leslie. Und Bill fragte sich immer öfter, ob er ihren Mann auch sympathisch finden würde. Vielleicht könnte sich eine Freundschaft zu dritt entspinnen. Er brauchte nur zu vergessen, daß sie sensationell aussah und sehr sexy wirkte.

Er zwang sich, ihr in die Augen zu sehen und über ihre Zukunft in der Redaktion zu diskutieren. Es war eine Möglichkeit, ihn vergessen zu lassen, wie sie in ihrem Badeanzug aussah, und die Tatsache zu ignorieren, daß er alles dafür gegeben hätte, sich über sie beugen und küssen zu können.

»Wann kommt Ihr Mann zurück?« erkundigte er sich im Plauderton – eine Frage, auf die sie mit leichtem Erschrecken reagierte. Sie hatte nicht geahnt, daß Bill von Stevens Abwesenheit wußte. Vielleicht ist mir unwissentlich etwas entschlüpft, dachte sie verwundert.

»Sehr bald«, gab sie zur Antwort. »Er ist in Chicago.« Und sobald er zurück war, mußten sie ein für allemal ihre Ehe in Ordnung bringen. Das war keine Kleinigkeit, und die Aussicht darauf bewirkte, daß sich in ihr Freude auf seine Rückkehr Angst mischte. Sie verzehrte sich danach, ihn zu sehen, fürchtete sich aber, ihm zu sagen, daß sie ihre Absicht nicht geändert hatte. Das Kind war nun ein Teil von ihr, und daran würde sich bis zur Geburt nichts ändern. Daß Steven das nicht gern hören würde, war vorauszusehen.

Am zweiten Montag im Juni meldete sich Steven schließlich, kaum daß sie in die Redaktion gekommen war. Ihre Sekretärin sagte, er sei am Telefon, und sie stürzte sich förmlich auf den Apparat. Fast einen ganzen Monat hatte sie auf seinen Anruf gewartet, und als sie nun seine Stimme hörte, standen ihr Tränen des Glücks in den Augen, obwohl sein Ton nicht der freundlichste war. Als er sich nach ihrer gesundheitlichen Verfassung erkundigte, wußte sie, wie es gemeint war, und sie entschied sich für die ungeschminkte Wahrheit.

»Steven, ich bin noch immer schwanger, und daran wird sich nichts ändern.«

»Das dachte ich mir. Sehr bedauerlich.« Es war grausam, was er sagte, aber zumindest war es ehrlich. »Du hast deine Meinung nicht geändert?«

Sie schüttelte den Kopf. Tränen liefen ihr über die Wangen. »Nein. Aber ich würde dich gern sehen.«

»Das halte ich für keine gute Idee. Es würde uns beide nur in Verwirrung stürzen.« Warum hatte er Angst vor ihr? Warum verhielt er sich so? Sie verstand es noch immer nicht.

»Was ist schon ein bißchen Verwirrung zwischen Freunden?« Sie lachte unter Tränen und versuchte, alles locker zu nehmen, doch es fiel ihr nicht leicht.

»In den nächsten Tagen werde ich meine Sachen holen. Ich möchte mir eine Wohnung suchen.«

»Warum? Warum tust du das? Warum kommst du nicht wenigstens für eine Weile zurück? Versuch es wenigstens.« Nie hatte es Anpassungsprobleme zwischen ihnen gegeben, nie Streitigkeiten. Nur dies. Ihr Kind. Plötzlich war alles aus und vorbei.

»Adrian, es hat keinen Zweck, sich zu quälen. Du hast deine Entscheidung getroffen, jetzt wollen wir nach bestem Wissen und Gewissen die Trümmer auflesen und unseren Weg fortsetzen.« Er tat so, als hätte sie ihn hintergangen, als läge die Schuld allein bei ihr und als hätte er sich anständig und vernünftig verhalten. Ob er sich tatsächlich an einen Anwalt wenden würde? »Was hast du mit der Wohnung vor?« Was meinte er damit? Was sollte ich damit vorhaben? Sie wollte darin wohnen, während sie das Kind erwartete.

»Ich wollte eigentlich darin wohnen. Hast du etwas dagegen?«

»Noch nicht. Aber das müssen wir noch klären. Jeder von uns sollte sein Geld herausbekommen, damit er sich etwas anderes kaufen kann, es sei denn, du möchtest mir meine Hälfte abkaufen.« Beide wußten, daß sie sich das nicht leisten konnte.

»Wie rasch muß ich ausziehen?«

Er setzte sie auf die Straße, nur weil sie schwanger war.

»Das eilt nicht. Ich verständige dich, sobald ich etwas in dieser Richtung unternehmen möchte. Im Moment suche ich nur eine Mietwohnung.« Wie nett. Wunderschön für ihn. Ihr wurde übel, als sie ihn so reden hörte. Jetzt konnte sie sich nichts mehr vormachen. Er wollte sie verlassen. Es war aus. Falls er nicht nachher ... nach der Geburt des Kindes zurückkam und zur Einsicht gelangte, was für einen großen Fehler er begangen hatte. An diese kleine Hoffnung klammerte sie sich immer noch. Sie würde erst glauben, daß er wirklich gegangen war, nachdem er ihr Kind gesehen und ihr gesagt hatte, daß er es nicht wollte. Bis dahin wollte sie warten, mochte er in der Zwischenzeit auch verrückt spielen. Auch wenn er sich scheiden ließ, konnten sie später wieder heiraten.

»Tu, was du möchtest«, erwiderte sie ihm ganz ruhig.

»Am Wochenende möchte ich alles holen.«

Schließlich kam er in der Woche darauf, weil er erkältet gewesen war. Adrian mußte tiefbekümmert mit ansehen, wie er alle seine Habseligkeiten in Kartons verstaute.

Er brauchte mehrere Stunden, um alles zu packen. Er hatte einen Kleinlaster gemietet, und ein Kollege aus seiner Firma half ihm beim Aufladen. Für sie war es sehr peinlich, das alles mit ansehen zu müssen. Das Wiedersehen war für sie ein beglückender Augenblick gewesen, er aber hatte ihr die kalte Schulter gezeigt.

Am Nachmittag, als der Wagen beladen wurde, unternahm sie eine Ausfahrt, damit ihr der Anblick erspart blieb und sie sich von ihm nicht verabschieden mußte. Die Seelenpein, die sie durchlitt, wurde immer unerträglicher, und Steven legte es sichtlich darauf an, ihr aus dem Weg zu gehen.

Nach sechs kam sie wieder nach Hause. Der Laster war fort. Sie sperrte auf, und als sie um sich blickte, stockte ihr der Atem. Als er gesagt hatte, er wollte ›alles holen‹ hatte er es wörtlich gemeint. Er hatte alles mitgenommen, was auf dem Papier ihm gehörte, alles, was er in die Ehe mitgebracht hatte, und alles, was er im Laufe der Ehe bezahlt oder wofür er ihr einen Teil des Kaufpreises gegeben hatte. Es war ein Anblick, bei dem Adrian in Tränen ausbrach. Die Couch samt Sesseln war weg, der Cocktailtisch, die Stereoanlage, der Frühstückstisch, die Küchenstühle, jedes einzelne Bild, das an den Wänden gehangen hatte. Im Wohnzimmer stand kein einziges Möbelstück mehr, und als sie hinauf ging, sah sie, daß im Schlafzimmer nur das Bett zurückgeblieben war. Alle ihre Sachen aus der Kommode waren sorgfältig zusammengelegt und in Kartons verstaut. Die Kommode selbst war weg wie auch sämtliche Lampen und der bequeme lederbespannte Liegesessel. Dazu sein gesamter Kleinkram und die technischen Geräte. Sie besaß nun keinen Fernsehapparat mehr, und als sie ins Bad ging, um sich die Nase zu putzen, entdeckte sie, daß er sogar ihre elektrische Zahnbürste mitgenommen hatte. Die Absurdität der Situation brachte sie zum Lachen. Das war Irrsinn pur. Er hatte alles mitgenommen, ihr war nichts geblieben. Alles war weg, bis auf ihr Bett, ihre Kleider, den Teppich im Wohnzimmer, ein paar Kleinigkeiten, die er auf dem Boden aufgereiht hatte, und das Porzellanservice, das sie in die Ehe mitgebracht hatte und von dem der Großteil zerbrochen war.

Es hatte keine Diskussion, keinen Streit, kein Gespräch darüber gegeben, was wem gehörte oder wer was haben wollte. Er hatte einfach alles genommen, weil er das meiste bezahlt hatte und weil er das Gefühl hatte, es gehörte ihm und es sei sein gutes Recht. Als sie die Räume im Erdgeschoß wieder durchwanderte, langte sie in den Kühlschrank nach einem Getränk und entdeckte, daß er auch alle Soda-Dosen mitgenommen hatte. Da fing sie wieder zu lachen an. Es blieb ihr auch nichts anderes übrig. Sie war noch immer dabei, sich von ihrer schmerzlichen Überraschung zu erholen, als das Telefon läutete. Es war Zelda.

»Was gibt es?«

»Nicht viel.« Adrian ließ wehmütig den Blick durch den Raum schweifen. »Ehrlich gesagt, gar nichts.«

»Was soll das heißen?« fragte Zelda, ohne sich groß etwas dabei zu denken, weil Adrian sich besser anhörte als seit langem. Heute klang sie fast glücklich. Aber sie war es nicht. Sie war über den Zustand der Niedergeschlagenheit einfach hinaus. Die Grenze des Erträglichen war weit überschritten, deshalb war ihr jetzt nur mehr das Lachen geblieben.

»Attila der Hunnenkönig war da. Er hat geplündert und geraubt.«

»Wie ... waren Einbrecher da?«

Zelda erschrak.

»Ja, so könnte man sagen.« Adrian ließ sich lachend neben dem Telefon auf dem Boden nieder. Das Leben hatte sich unendlich vereinfacht. »Steven hat heute seine Sachen abgeholt. Mir hat er den Teppich und das Bett gelassen, alles andere hat er sich genommen, samt meiner Zahnbürste.«

»Hat man Worte ... wie konntest du das nur zulassen?«

»Was hätte ich denn tun sollen? Ihm mit einer Flinte nachrennen? Was hätte ich machen sollen ... um jede Tischdecke und jede Haarklammer kämpfen? Zum Teufel damit. Wenn er das Zeug will, kann er es haben.« Und falls er je zurückkommen sollte, was sie für möglich hielt, würde er den ganzen Kram ohnehin wieder mitbringen, obwohl es ihr einerlei war. Sie war über Kämpfe um Kaffeetischchen und Couches erhaben.

»Brauchst du etwas?« fragte Zelda aufrichtig besorgt, und Adrian mußte wieder lachen.

»Aber sicher. Hast du zufällig eine Wagenladung Möbel übrig? Dazu Geschirr, Tischwäsche, Handtücher ... ach, nicht zu vergessen, die Zahnbürste.«

»Mir ist es ernst damit.«

»Mir auch. Zelda, es spielt keine Rolle mehr. Er will die Wohnung ohnehin verkaufen.« Zelda konnte es nicht glauben, und Adrian auch nicht. Er hatte alles mitgenommen. Aber sie hatte das einzige behalten, worauf es ihr ankam. Ihr Kind.

Trotz allem war sie erstaunlich guter Dinge. Erst am nächsten Tag traf sie die volle Wucht des Geschehenen. Sie lag lange am Pool, dachte an ihn und fragte sich, wie es gekommen war, daß ihr gemeinsames Leben so rasch ein Ende gefunden hatte. Etwas mußte von Anfang an nicht richtig gewesen sein, etwas ganz Grundlegendes mußte immer schon gefehlt haben, ihm und vielleicht ihrer Ehe. Sie dachte an die Eltern und Geschwister, denen er vor Jahren den Rücken gekehrt hatte, an den Freund, den er verraten hatte, ohne sich jemals wieder um ihn zu kümmern. Vielleicht war einem Teil seines Wesens unbekannt, was Liebe ist. Sonst hätte nicht alles auf diese Weise in die Brüche gehen können. Es hätte nicht so kommen können ... und doch war es so gekommen. Innerhalb weniger Wochen war ihre Ehe kaputt gegangen. Darüber nachzudenken, war zutiefst bedrückend, aber es war eine Tatsache, der sie sich stellen mußte. Sie war einunddreißig und nach zweieinhalb Jahren Ehe schwanger. Eine Frau für Verabredungen war sie wohl kaum, und zudem hatte sie keine Lust, mit jemandem auszugehen. Sie wollte auch niemandem gegenüber zugeben, daß Steven sie verlassen hatte. Deshalb blieb sie bei der Version, daß ihr Mann auf Reisen sei. Das Eingeständnis, daß er sie verlassen hatte, war zu kränkend und demütigend. Und als an jenem Nachmittag Bill Thigpen mit fragender Miene am Pool auftauchte und sich bei ihr erkundigte, ob sie umziehen würden, zuckte sie merklich zusammen und erwiderte, daß sie die Einrichtung verkaufen und sich neue Sachen anschaffen wollten. Jedoch so, wie sie es sagte, klang es für sie selbst wenig glaubhaft.

»Na, die Sachen haben aber noch toll ausgesehen«, sagte er wachsam, ohne sie aus den Augen zu lassen. Stevens Miene hatte ihn irgendwie an Leslie erinnert, als sie ihn verlassen hatte. Aber Adrian wirkte zufrieden und glücklich, als sie am Rand des Pools lag, ein Buch in Händen, das sie verkehrt herum hielt, während jeder Gedanke an Steven ihr Herz mit Wehmut erfüllte.

12. Kapitel

In der Woche, in der Steven auszog, hatte Adrian das Gefühl, einen Traum zu durchleben. Sie stand auf, ging zur Arbeit, fuhr abends nach Hause, und jedesmal erwartete sie, ihn daheim anzutreffen. Steven mußte inzwischen zur Vernunft gekommen sein. Er würde von Reue geplagt zu ihr kommen, mit Entschuldigungen, entsetzt über sein Verhalten, und beide würden lachen, hinauf gehen und alles wiedergutmachen. In zehn Jahren würde er ihrem Kind erzählen, wie blödsinnig er sich aufgeführt hatte, als er erfuhr, daß er Vater werden sollte.

Aber wenn sie nach Hause kam, war er nicht da. Er rief auch nie an. Sie verbrachte ihre Abende auf dem Wohnzimmerteppich sitzend, bemüht, etwas zu lesen oder sich mit dem Durchsehen von Papieren zu beschäftigen.

Sie hatte erwogen, sich eine neue Einrichtung anzuschaffen. Aber sie verwarf diesen Plan wieder, für den Fall, daß er zurückkäme, eine Möglichkeit, an die sie noch immer glaubte. Und welchen Sinn hätte es gehabt, alles doppelt zu besitzen?

Sie schaltete den Anrufbeantworter meist ein, aber die Anrufe kamen nie von Steven, sondern von Freunden oder vom Büro und immer wieder von Zelda. Aber Adrian hatte keine Lust, sich mit den Menschen zu unterhalten. Ihr einziges Zugeständnis an die Normalität war die Fahrt in die Redaktion und wieder zurück. Wie ein Roboter kam sie sich vor, wenn sie täglich aufstand, in die Redaktion raste, dann nach Hause kam, sich etwas kochte, und zu den Elf-Uhr-Nachrichten zurückfuhr. Alles erschien ihr wie eine endlose Tretmühle, und Tag für Tag war der Schmerz in ihrem Blick zu lesen. Es tat Zelda bis in die Seele weh, es mitansehen zu müssen, aber auch sie konnte ihr nicht helfen. Sie konnte noch immer nicht glauben, was Steven ihr angetan hatte und daß es endgültig war. Doch immer wenn Adrian versuchte, ihn anzurufen, erklärte seine Sekretärin, er sei nicht da. Adrian war nicht überzeugt, daß es stimmte. Noch überwältigte sie beinahe die Panik, wenn sie sich ausmalte, was passieren würde, wenn sie ihn wirklich brauchte, aber im Moment war es nicht der Fall, und sie wußte ja, daß es nur eine Frage der Zeit war, bis er zur Besinnung kam.

Am Freitag des Vierten-Juli-Wochenendes lief sie Bill Thigpen wieder im Supermarkt über den Weg. Es war nach den Spätnachrichten, und ihr war eingefallen, daß für die nächsten Tage nichts im Haus war und sie das ganze Wochenende frei hatte. Er schob zwei Einkaufswagen vor sich her, in denen sich Holzkohle, zwei Dutzend Steaks, etliche Packungen Hot dogs, Hackfleisch, Brötchen, Salzgebäck und anderes Zeug häufte, lauter Sachen, die auf ein Picknick schließen ließen.

»Hi«, sagte er, als sie in einem Gang zusammenstießen, in dem er eben zwei große Ketchup-Flaschen vom Regal holte. »Ich habe Sie ja die ganze

Woche über nicht gesehen«, zog er sie auf, und als er sie ansah, spürte er, wie sehr sie ihm gefehlt hatte. Ihr Gesicht war so frisch und anziehend, daß man sie allein deswegen gern ansah, und ihr Lächeln hatte etwas Strahlendes an sich. »Was bringen die Nachrichten an Neuigkeiten?«

»Immer dasselbe. Kriege, Erdbeben, Explosionen, Flutwellen, das Übliche eben. Und wie läuft es bei ›Lebenswertes Leben‹?« Die Vorstellung, daß er an einer Seifenoper mitarbeitete, war für sie noch immer Grund zur Belustigung.

»Dasselbe wie in den Nachrichten ... Kriege, Erdbeben, Explosionen, Scheidung, Mord, das übliche spannende Zeug. Vielleicht sind wir beide doch in derselben Branche tätig.«

Sie lächelte ihm zu. »Na, bei Ihnen scheint es aber mehr Spaß zu machen.«

»Stimmt ... manchmal ...« Seit Sylvia nicht mehr dabei war, fühlte er sich vereinsamt, mußte aber zugeben, daß es ein törichtes Gefühl war. Das gelegentliche Beisammensein mit ihr war amüsant gewesen, und sie hatten etwas sehr Bequemes und Angenehmes geteilt. In Wahrheit aber hatte sie sein Leben nicht bereichert und er nicht das ihre. Mit ihrem Textilfabrikanten aus New Jersey war sie viel besser dran. Sylvia hatte dem Team eine Postkarte geschickt, auf der sie von dem Haus schwärmte, das Stanley ihr gekauft hatte. Rückblickend kam Bill sich reichlich dämlich vor, weil er sich überhaupt mit ihr eingelassen hatte, ein Gefühl, mit dem er an die meisten Frauen dachte, mit denen er Affären gehabt hatte. Diese Empfindung hatte dazu geführt, daß er sich endlich aufraffte, eine neue Seite aufzuschlagen, und sich vornahm, sich nur mehr mit Frauen einzulassen, die ihm wirklich etwas bedeuteten. Das Schwierige dabei war, daß die Frauen, denen er begegnete, ihm gar nichts bedeuteten. Durch seine Arbeit kam er mit vielen Schauspielerinnen zusammen – mit Frauen, die für eine große Rolle oder eine kleine Chance in seiner Serie bereit waren, mit ihm ins Bett zu gehen. Es war für sie ein fairer Handel, nicht mehr. Diese Einstellung war einer romantischen Affäre nicht eben zuträglich, und deshalb hatte er über einen Monat keine Verabredung, ohne daß ihm etwas gefehlt hätte. Um so mehr fehlte es ihm, mit jemandem spätabends noch plaudern zu können, jemanden zu haben, mit dem er seine Ideen besprechen konnte, der mit ihm Freud und Leid teilte. Aber mit Sylvia hatte er dies ohnehin nicht gehabt – eigentlich seit Leslie nicht mehr.

»Kommen Sie morgen zum Grillfest?« fragte er Adrian hoffnungsvoll. Er unterhielt sich gern mit ihr und war neugierig auf ihren Mann. Von ihr wußte er, daß er aus der Werbebranche kam, aber Bill hätte ihn eher für einen Schauspieler gehalten. Er hatte ihn fast zwei Wochen nicht gesehen – seit er die gesamte Einrichtung auf einen Laster verfrachtet hatte und damit davongefahren war. »Zu Ehren der alljährlich am vierten Juli vom Wohnblock veranstalteten Grillparty laufe ich zur kulinarischen Höchstform auf. Das dürfen Sie nicht versäumen.«

Er deutete mit einem Grinsen auf die Sachen in seinem Einkaufswagen. »Ich mache es alle Jahre wieder, anfangs auf allgemeinen Wunsch hin, jetzt aus Gewohnheit. Aber meine Steaks können sich sehen lassen.« Er lächelte wieder. »Waren Sie letztes Jahr dabei?« Er konnte sich nicht erinnern, die beiden gesehen zu haben. Und ein weibliches Wesen wie sie hätte er nicht vergessen – aber vielleicht war er abgelenkt worden.

Sie schüttelte den Kopf. »Meist verreisen wir zum vierten Juli. Ich glaube, letztes Jahr waren wir in La Jolla.«

»Und in diesem Jahr verreisen Sie auch?«

Er wirkte enttäuscht.

Sie schüttelte den Kopf. »Nein ... ich ... Steven ... mein Mann ist nicht da. Er ist in Chicago.« Das hörte sich irgendwie verlegen an, und Bill machte ein erstauntes Gesicht.

»Am vierten Juli? Das ist ja ein Ding ... und was machen Sie, wenn er nicht da ist?« Er wollte nicht aufdringlich erscheinen, es war nur freundlich gemeint. Sie hatten sich einige Male am Pool sehr angeregt unterhalten. Da er wußte, daß sie verheiratet war, übte er Zurückhaltung.

»Nicht viel«, sagte sie vage und ein wenig nervös.

»Na, dann dürfen Sie die Grillparty nicht versäumen. Ihnen ist ein köstliches Steak à la Thigpen sicher.« Sein begeisterter Ausdruck entlockte ihr ein Lächeln. Er gefiel ihr sehr.

»Ich ... ich bin bei Bekannten eingeladen.« Trotz ihres Lächelns entging ihm nicht, daß ihre Augen einen melancholischen Ausdruck hatten. »Nächstes Jahr vielleicht.«

Er nickte. Dabei fiel sein Blick auf die Uhr hinter ihr. Es war halb ein Uhr morgens, und sie schwatzten, als sei es zehn Uhr vormittags. »Ich glaube, ich muß jetzt alles übrige noch zusammensuchen«, meinte er bedauernd. »Kommen Sie einfach vorbei, falls Sie doch noch Ihre Absicht ändern sollten. Und bringen Sie Ihre Bekannten einfach mit. Meine Vorräte reichen für eine ganze Armee.«

»Ich will's versuchen.« Doch während sie ihren Einkauf machte, festigte sich ihre Absicht, nicht hinzugehen. Ihr fiel ein, daß sie schon vor Wochen unter ihrer Post eine Ankündigung der Grillparty gefunden hatte, aber der Zettel lag längst im Papierkorb. Schließlich plagten sie andere Sorgen, und sie verspürte kein Bedauern. Am allerwenigsten hatte sie Lust, mit einem Haufen von Singles aus dem Wohnblock herumzuhängen. Sie mußte ihr eigenes Leben leben und war an neuen Beziehungen oder an Verabredungen nicht interessiert. Sie war verheiratet und brauchte nur zu warten, bis Steven zur Besinnung kam. Und sie war sicher, daß dies nur eine Frage der Zeit war. Wenn er wieder bei ihr war, konnten sie sich ganz auf die Geburt des Kindes konzentrieren. In der Zwischenzeit aber hatte sie auch diesen Gedanken in den Hintergrund verdrängt. Sie hatte ihre Entscheidung gefällt und an ihrer Schwangerschaft festgehalten, nun aber versuchte sie, nicht daran zu denken. Im Moment fiel ihr das noch leicht, denn ohne das gelegentliche flaue Gefühl, den größeren Appetit und die leichtere Ermüdbarkeit hätte sie glatt vergessen können, daß sie schwanger war. Man merkte noch nichts, da sie erst im dritten Monat war. Ihr ganzes Denken kreiste um ihre Arbeit und um Stevens Rückkehr. Als er ausgezogen war, hatte sie geglaubt, alles sei vorüber, er würde nie zurückkehren, und wenn, dann hätte ihre Beziehung einen bleibenden Schaden davongetragen. Doch in den vergangenen zwei Wochen war es ihr gelungen, sich einzureden, daß es nur eine vorübergehende Phase war, ein Augenblick des reinen Wahnsinns in einer ansonsten intakten Ehe. Sie weigerte sich, die Tatsache, daß er nicht anrief und für sie nie zu sprechen war, seit er alle seine Sachen aus der gemeinsamen Wohnung geholt hatte, als Anzeichen dafür zu sehen, daß für ihn die Ehe zu Ende war.

Sie entdeckte Bill wieder, als er sich an der Kasse anstellte, drei hochbeladene Wagen hinter sich. Ihr eigener spärlicher Einkauf, den sie zum Auto trug, machte sie traurig. Sie brachte den gesamten Wocheneinkauf jetzt in zwei Tüten unter. Seit Steven aus ihrem Leben gegangen war, schien alles in ihrem Leben zusammengeschrumpft zu sein, und als sie zu Hause ankam, kam ihr die Wohnung so lächerlich leer vor. Sie verstaute die Sachen im Kühlschrank, löschte die Lichter und ging hinauf, wo das Bett und die Kartons mit ihren Sachen auf dem Boden lagen und standen, wie Steven sie zurückgelassen hatte. Adrian lag lange wach im Bett, dachte an ihn und fragte sich, was er übers Wochenende unternehmen mochte. Sie war versucht, ihn anzurufen und zu bitten, er solle nach Hause kommen. Sie würde alles tun ... nur keinen Abbruch vornehmen lassen. Aber das war nicht mehr der Punkt. Jetzt ging es darum, ein Leben ohne Ehemann zu führen. Noch immer war es für sie Grund zur Verwunderung, wie verloren und verlassen sie sich fühlte. Nach zweieinhalb Jahren Ehe konnte sie sich nicht einmal mehr erinnern, womit sie sich vor ihrer Hochzeit die Zeit vertrieben hatte. Es war, als hätte es vor Steven kein Leben für sie gegeben.

Erst nach drei Uhr morgens konnte sie einschlafen, und sie schlief bis kurz vor elf am nächsten Morgen – etwas, was ihr jetzt öfter passierte. Wann immer sich die Möglichkeit bot, schlief sie den ganzen Tag über. Der Arzt schob ihr Schlafbedürfnis auf das Baby. Das Baby. Noch immer erschien es ihr ganz unwirklich. Das winzige Wesen, das sie ihre Ehe gekostet hatte. Und doch wollte sie es bekommen. Irgendwie hatte sie nach wie vor das Gefühl, daß es sich lohnte.

Sie stand auf, duschte und machte sich zu Mittag Rührei, dann füllte sie ein paar Banküberweisungen aus und kümmerte sich um ihre Wäsche. Das leere Wohnzimmer reizte sie auch jetzt noch zum Lachen, aber so machte der Haushalt nicht viel Arbeit. Es gab nichts zurechtzurücken, nichts abzustauben, keine Flecken auf der Couch, keine Pflanzen, die gegossen werden mußten, denn auch die hatte er mitgenommen. Sie brauchte nur ihr Bett zu machen und staubzusaugen. Um halb drei ging sie an den Pool und sah, daß Bill schon eifrig mit den Vorbereitungen für das Grillfest beschäftigt war. Er war mit zwei anderen Männern, die Adrian vom Sehen kannte, in ein Gespräch vertieft. Zwei Frauen stellten eine große Blumenschale auf einen langen Picknicktisch. Offensichtlich wurde die Grillparty als Ereignis größeren Formats aufgezogen. Fast tat es ihr leid, daß sie nicht dabei sein würde. Sie hatte nichts zu tun und wußte nicht, wohin mit sich. Zelda war mit einem Freund in Mexiko, und mehr als ein Kinobesuch wollte Adrian nicht einfallen.

Als sie auf den Pool zuging, winkte sie Bill zu. Dann trieb sie lange auf einer Matratze auf dem Wasser in der prallen Sonne und anschließend legte sie sich auf eine Liege. Nach einer Weile kam Bill zu ihr und setzte sich neben sie, glücklich, aber ziemlich erschöpft.

»Erinnern Sie mich daran, daß ich nächstes Jahr die Finger davon lasse«, fing er an, als seien sie alte Freunde. Tatsächlich wurden sie dank ihrer regelmäßigen Begegnungen immer vertrauter. Sie lebten und arbeiteten am gleichen Ort und kauften sogar ihre Lebensmittel im gleichen Supermarkt. »Aber das sage ich jedes Jahr.« Und im gedämpften Verschwörerton setzte er hinzu: »Diese Typen treiben mich glatt in den Wahnsinn.«

Seine Miene entlockte ihr ein Lächeln. Er war ungewollt komisch. Mochte er den Streßgeplagten noch so überzeugend mimen, es war ihm anzusehen, daß es ihm Freude machte. »Ich möchte wetten, Sie haben ihren Spaß dabei.«

»Und wie. Sherman hatte sicher auch seinen Spaß am Marsch auf Atlanta. Aber der war wahrscheinlich einfacher zu koordinieren als die Grillerei hier.« Er beugte sich zu ihr, damit niemand ihn hören konnte. »Die Burschen dachten wohl, ich würde diesmal Hummer besorgen, denn Steak, Burgers und Hot Dogs hatten wir die letzten drei Jahre. Das Zeug steht ihnen bis oben. Und die Frauen sind der Meinung, man sollte sich die Sachen fertig liefern lassen. Herrgott, haben Sie als Kind je ein Picknick erlebt, bei dem das Essen fertig gebracht wurde? Wer hat schon mal von einem Party-Service gehört, der Hot Dogs zum vierten Juli liefert?« Er schien außer sich zu sein, und sie lachte, weil sie sich köstlich amüsierte. »Hat es in Ihrer Kindheit auch Picknicks zum vierten Juli gegeben?«

Sie nickte. »Wir haben immer auf Cape Cod gegrillt. Und später dann auf Martha's Vineyard. Es war herrlich. Etwas Schöneres kann ich mir nicht vorstellen. Diese kleinen Städtchen im Sommer ... die herrlichen Strände ... und die Kinder, mit denen man jeden Sommer spielte und auf die man sich das ganze Jahr über freute. Einfach unübertrefflich.«

»Ja.« Seine eigenen Erinnerungen brachten ihn zum Lächeln. »Bei uns ging es immer nach Coney Island. Dort fuhren wir Berg-und-Tal-Bahn und sahen uns das Feuerwerk an. Und abends am Strand veranstaltete Vater immer eine große Grillorgie. Als ich älter war, hatten sie ein Haus auf Long Island, und meine Mutter veranstaltete richtige Picknicks im Garten. Aber für mich war Coney Island das

Größte.« Die Erinnerung an die Dinge, die er mit seinen Eltern unternommen hatte, war herrlich. Als einziges Kind hatte er sehr an seinen Eltern gehangen.

»Und jetzt ... machen sie es noch immer?«

»Nein.« Er schüttelte den Kopf und dachte an seine Eltern. Jetzt, da der Schmerz vergangen war, waren alle Erinnerungen von warmen Gefühlen geprägt. Der Schock des Verlustes war längst überwunden. Er schaute Adrian an, und was er in ihren Augen sah, gefiel ihm, und ebenso gefiel ihm, wie ihr das dunkle Haar über die Schultern fiel. »Sie sind schon lange tot. Sie starben, kurz nachdem sie das Haus auf Long Island gekauft hatten. Das ist schon lange her ...« Sechzehn Jahre. Beim Tod seines Vaters war er zweiundzwanzig gewesen, seine Mutter war ein Jahr später gestorben. »Vermutlich mache ich ihnen zuliebe diesen Wirbel am vierten Juli. Vielleicht ist es meine Art des Erinnerns.« In seinem Lächeln lag Wärme. »Mir scheint, hier haben die meisten Leute keine Familie. Man hat Freundinnen und Kinder und Hunde, aber unsere Tanten und Onkel und Eltern und Großeltern und Cousins sind alle irgendwoanders. Ganz im Ernst, sind Sie jemals jemandem begegnet, der in L. A. aufgewachsen ist? Ich meine jemandem, der stinknormal ist, nicht aussieht wie Jean Harlow und seine Schwester über alles liebt?«

Sie lachte. Er war so natürlich, solid und zugleich gutgelaunt und lustig.

»Woher kommen Sie?«

Aus L. A. lag ihr auf der Zunge, doch sie sagte: »Aus New London in Connecticut.«

»Ich bin New Yorker. Aber ich komme kaum mehr hin. Sind sie öfter in Connecticut?«

»Nicht, wenn es sich vermeiden läßt.« Sie schmunzelte. »Es hörte auf, ein Spaß zu sein, als wir nicht mehr auf Martha's Vineyard Picknick machten und ich aufs College ging. Aber meine Schwester lebt noch immer dort.« Sie, ihre Kinder und ihr unglaublich langweiliger Ehemann. Es war so schwierig, mit ihnen eine Beziehung aufrechtzuerhalten, und seit sie mit Steven verheiratet war, war es gänzlich unmöglich. Sie wußte, daß sie ihnen in nächster Zeit von ihrer Schwangerschaft Mitteilung machen mußte, aber sie wollte warten, bis Steven wieder zu Hause und zur Vernunft gekommen war. Es wäre zu kompliziert gewesen, zu erklären, daß sie schwanger war und daß er sie verlassen hatte – ganz zu schweigen von seinen Gründen.

»Schade, daß Sie heute nicht mitfeiern können«, murmelte er ganz unglücklich. Sie nickte, obwohl ihr die Lüge peinlich war, aber es war einfacher für sie, nicht zu dieser Party zu gehen. Sie sprang ins Wasser und schwamm ein paar Längen, während er sich wieder an seine Vorbereitungen machte und nach einer Weile in seine Wohnung ging, um die Steaks zu marinieren. Die Grillparty würde wohl eine ganz große Sache werden.

Um fünf Uhr ging Adrian nach Hause, legte sich aufs Bett und versuchte zu lesen. Aber sie konnte sich nicht konzentrieren. Neuerdings passierte ihr das immer öfter – sie hatte einfach zu viele Dinge im Kopf. Und während sie auf dem Bett lag, drangen die ersten Partygeräusche an ihr Ohr. Um sechs trudelten die ersten Gäste ein. Man hörte Musik und Gelächter. Das Stimmengewirr ließ auf mindestens fünfzig Personen schließen. Nach einer Weile ging sie auf ihre Terrasse, von der aus sie den Lärm hörte und die Düfte riechen konnte, ohne selbst etwas zu sehen oder gesehen zu werden. Aber alles hörte sich sehr festlich und hochgestimmt an. In das Gläsergeklirr mischten sich alte Beatles-Melodien und andere Musik aus den Sechzigern. Das alles klang so verlockend, daß sie schon bedauerte, abgesagt zu haben. Aber es wäre zu peinlich gewesen, erklären zu müssen, weshalb Steven nicht da war, obwohl sie schon erklärt hatte, daß er sich wegen einer geschäftlichen Angelegenheit in Chicago aufhielt. Zudem war es ihr nicht geheuer, allein auszugehen. Sie hatte es noch nicht versucht und war im Grunde auch noch nicht bereit dafür. Doch der Duft, der ihr verlockend in die Nase stieg, weckte ihren Hunger immer mehr. Schließlich ging sie ins Erdgeschoß und sah im Kühlschrank nach, aber nichts sah so gut aus wie das, was sie roch, und die Zubereitung wäre ihr zu mühsam gewesen. Plötzlich hätte sie ihr Leben für einen Hamburger gegeben. Es war halb acht, und sie war am Verhungern. Seit dem Frühstück hatte sie nichts mehr zu sich genommen. Schon überlegte sie, ob sie sich nicht einfach unter die Gruppe mischen, sich einen Happen schnappen und wieder verschwinden sollte. Später konnte sie Bill Thigpen immer noch einen Scheck für das Konsumierte schicken. Ganz einfach und nicht der Rede wert. Es wäre ja kein richtiges Ausgehen. Sie wollte ja nur essen wie in einem Schnellimbiß. Sie konnte sich einen Hamburger besorgen und ihn hier in der Wohnung verzehren, ohne auf der Party herumzuhängen.

Wieder lief sie hinauf, sah in den Badezimmerspiegel, kämmte sich, strich das Haar zurück und faßte es mit einem weißen Seidenband zusammen. Dann zog sie ein weißes mexikanisches Spitzenkleid an, das sie gemeinsam mit Steven in Acapulco gekauft hatte. Es war hübsch und sehr weiblich, vor allem aber verbarg es ihre kleine Wölbung, die das Tragen von Hosen und Jeans inzwischen erschwerte. In Kleidern sah man noch gar nichts. Sie zog silberne Sandaletten an und schmückte sich mit großen baumelnden Silberohrringen. Ehe sie hinunterging, zögerte sie kurz. Was, wenn dort unten nur Paare waren oder wenn sie niemanden kannte? Aber selbst wenn er in Begleitung war, so konnte sie wenigstens mit Bill Thigpen, der stets freundlich und ungezwungen war, sprechen. Endlich faßte sie sich ein Herz und ging hinunter. In nächsten Moment stieß sie zur Schar der Gäste, die einen der großen Picknicktische umlagerten, die sich unter der Last der vollen Schüsseln und Platten bogen. Überall hatten sich Gruppen zusammengefunden, es wurde gelacht und geplaudert. Einige saßen direkt am Pool, mit den Tellern auf dem Schoß, oder sie hielten ein Glas Wein in der

Hand und standen nur da, entspannten sich und genossen die Party. Alle schienen sich blendend zu unterhalten, während Bill Thigpen mit einer blauen Schürze über dem gestreiften Hemd und der weißen Hose das Grillen überwachte.

Adrian blieb zögernd stehen und sah ihm zu, wie er die Steaks professionell austeilte und mit allen, die kamen und gingen, ein paar Worte wechselte. Es sah aus, als sei er ohne Begleitung hier, aber das war ohnehin unwichtig. Adrian fiel ein, daß sie nicht einmal wußte, ob er eine Freundin hatte, aber auch das spielte keine Rolle. Aber irgendwie war sie davon ausgegangen, daß er ungebunden war. Er machte einen so unbelasteten, freien Eindruck. Sie schlenderte gemächlich in seine Richtung, und als er sie bemerkte, stutzte er, ehe ein breites Lächeln seine Miene erhellte. Er registrierte alles ganz genau, das weiße Spitzenkleid, ihr schimmerndes schwarzes Haar, die großen blauen Augen ... wunderschön sah sie aus, und er freute sich riesig, sie zu sehen. Fast kam er sich vor wie der Junge, der sich in das Mädchen von nebenan verknallt hat. Wochenlang sieht man sie nicht, dann biegt man plötzlich um eine Ecke, und da steht sie und sieht umwerfend aus. Man kommt sich vor wie ein Idiot, hat auf einmal zwei linke Füße, und dann ist sie wieder verschwunden. Man glaubt, die Welt ginge unter –, bis zum nächsten Mal. Und neuerdings wuchs in ihm das Gefühl, als bestünde sein ganzes Leben, oder zumindest der einzig wichtige Teil, aus einer Reihe zufälliger Begegnungen.

»Ach, hallo!« Er lief rot an und hoffte inständig, sie würde sein Erröten auf die Hitze vom Grill zurückführen. Er wußte nicht, wie es kam, aber sie war die erste verheiratete Frau, für die er sich ernsthaft interessierte. Es war nicht allein ihr Aussehen, das ihn anzog, er genoß es auch, sich mit ihr zu unterhalten. »Na, haben Sie Ihre Freunde mitgebracht?«

»Sie haben in letzter Minute angerufen und gesagt, daß sie es nicht schaffen.« Die Lüge kam ihr glatt über die Lippen und war von einem strahlenden Lächeln begleitet.

»Das freut mich ... ich meine ... ja, tatsächlich, es freut mich.« Und dann deutete er auf das Fleisch. »Was darf ich Ihnen anbieten? Ein Hot dog, Hamburger, Steak? Ich könnte Ihnen die Steaks empfehlen.« Er versuchte, seine Gefühle mit banalem Geplauder über seine Kochkünste zu übertünchen. Aber immer wenn er sie sah, kam er sich wie ein kleiner Junge vor. Und sie wie ein kleines Mädchen. Das Komische war, daß sie eigentlich nur mit ihm reden wollte. Er war so umgänglich, und man konnte so gut mit ihm plaudern.

Eben noch hatte sie nach einem Hamburger gelechzt, aber plötzlich sahen die Steaks viel verlockender aus. »Ich möchte ein Steak, bitte, durchgebraten.«

»Bitte sehr, bitte gleich. Dort drüben auf dem Tisch gibt es jede Menge andere Köstlichkeiten. Vierzehn verschiedene Salate, ein kaltes Soufflé, Lachs aus Neuschottland, Käse ... aber dafür bin ich nicht zuständig. Ich bin der Grillspezialist. Gehen Sie ruhig hin, und sehen Sie sich alles an. Wenn Sie wiederkommen, ist Ihr Steak fertig.« Sie befolgte seinen Rat, und er sah, daß sich auf ihrem Teller Salate und Krabben und andere Dinge türmten, die sie am Buffet entdeckt hatte. Angesichts ihrer Zierlichkeit ein gesunder Appetit. Das ließ darauf schließen, daß sie sehr sportlich sein mußte.

Er legte ein Steak auf ihren Teller und bot ihr Wein an, den sie ablehnte. Dann setzte sie sich an den Pool, und er hoffte, sie würde noch da sein, wenn er seine Pflicht am Grill erfüllt hatte. Eine halbe Stunde später meinte er, genug getan zu haben. Jeder hatte etwas bekommen, die meisten sogar eine zweite Portion. Ein Nachbar bot ihm an, seine Stelle einzunehmen, und Bill nahm zu gern an und machte sich auf die Suche nach Adrian, die schon glücklich bei ihrem Nachtisch angelangt war. Sie saß allein da und lauschte den Gesprächen der anderen.

»Na, wie war es? Es kann nicht so übel gewesen sein.« Das Steak war mit sämtlichen Beilagen verschwunden.

Fast war es ihr peinlich, wie ihr verlegenes Lachen verriet. »Es war köstlich. Und ich war am Verhungern.«

»Sehr gut. Nichts ist mir widerwärtiger, als für Leute zu kochen, die nicht essen. Kochen Sie gern?« Er war ganz einfach neugierig, wie sie war, was sie trieb, wie glücklich sie mit ihrem Mann war. Eigentlich hätte es ihm gleichgültig sein müssen, das war es aber nicht. Er hörte Alarmglocken in seinem Kopf schrillen, die ihn mahnten, innezuhalten, aber eine andere, stärkere Stimme drängte ihn, weiterzufragen.

»Hin und wieder. Ich bin nicht sehr begnadet und habe auch nicht viel Zeit zum Kochen.« Und niemanden, für den sie kochen konnte. Im Moment zumindest. Aber Steven war ohnehin kein großer Esser. Am liebsten war ihm immer Salat gewesen.

»Nicht, wenn sie bei beiden Abendnachrichten eingespannt werden. Fahren Sie zwischen den Sendungen nach Hause?« Er wollte alles über sie wissen.

»Meist schon, falls sich nicht etwas ganz Dramatisches tut, und ich nicht aus der Redaktion kann. Aber gewöhnlich komme ich um sieben nach Hause und fahre um zehn oder halb elf wieder in die Redaktion. Um Mitternacht bin ich dann endgültig dienstfrei.«

»Ich weiß.« Er lächelte. Das war meist die Zeit ihrer Begegnungen im Supermarkt.

»Sie müssen auch bis in die Nacht arbeiten.« Adrian lächelte, während sie mit dem Apfelkuchen auf ihrem Teller herumspielte, weil es ihr peinlich war, ihn vor seinen Augen zu verschlingen.

»Stimmt. Es kann auch vorkommen, daß ich auf der Couch in meinem Büro übernachte.« Damit gab er einen großartigen Partner ab, wie eine Anzahl von Frauen ihr bereitwillig versichert hätten. »Unsere Drehbücher sind manchmal so raschen Änderungen unterworfen, daß die ganze Besetzung durcheinandergewürfelt wird. Eine Art Welleneffekt, mit dem man oft nur mit Mühe Schritt halten kann. Aber es macht auch Spaß. Sie müssen sich ab und zu mal eine Folge ansehen.« Sie sprachen eine Weile über die Serie, von ihren Anfängen in New York vor zehn Jahren und wie er damit nach Kalifornien gekommen war. »Das Schlimmste am Umzug war der Umstand, daß ich meine zwei Söhne zurücklassen mußte«, gestand er leise. »Es sind prächtige kleine Jungen, und sie fehlen mir sehr.« Er hatte schon einige Male von ihnen gesprochen, aber es gab noch vieles, was sie nicht wußte.

»Sind Sie oft mit ihnen zusammen?«

»Längst nicht so oft, wie ich möchte. Sie kommen während der Schulferien und im Sommer einen ganzen Monat. In zwei Wochen ist es wieder soweit.« Seine Miene erhellte sich zusehends – ein Anblick, der sie rührte.

»Und was fangen sie mit den Kindern an?« Bei seiner Arbeitswut war es bestimmt nicht einfach, mit zwei kleinen Jungen fertig zu werden.

»Ach, ich rackere wie besessen, ehe sie kommen, und dann nehme ich mir vier Wochen frei. Dann und wann schaue ich im Büro vorbei, zur Kontrolle sozusagen, aber im Grunde genommen läuft die Serie auch ohne mich großartig, so ungern ich es eingestehe.« Es war ein Eingeständnis, das ihm ein fast albernes Lächeln entlockte. »Wir planen eine zweiwöchige Campingtour, anschließend lungern wir zwei Wochen in meiner Wohnung herum. Sie sind begeistert, aber ich käme gut ohne die Campingtour aus. Eine Woche im Bel Air wäre mir lieber. Aber den Kindern gefällt es, wenn sie Strapazen auf sich nehmen und im Wald übernachten können. Auf die harte Tour geht es allerdings nur eine Woche, die zweite Woche bleiben wir in einem Hotel im Ahwahnee im Yosemite Park, oder wir fahren an den Lake Tahoe. Mehr als eine Woche mit Zelt und Schlafsack ist bei mir nicht drin, aber es tut uns allen sehr gut und hilft mit, daß bei mir die Bäume nicht in den Himmel wachsen.« Er lachte, und Adrian aß ihren Apfelkuchen auf, während sie ihm zuhörte. Diesmal herrschte zwischen ihnen Nervosität – oder besser gesagt, eine gewisse Erregung. Es war das erste Mal, daß sie sich bei einem geselligen Anlaß begegnet waren.

»Wie alt sind die beiden?«

»Sieben und zehn. Prächtige Kinder. Sie werden die beiden hier am Pool kennenlernen können. Für sie besteht Kalifornien nur aus Swimmingpools. Es ist hier so ganz anders als in Great Neck bei New York, wo sie mit ihrer Mutter leben.«

»Sehen sie Ihnen ähnlich?« fragte Adrian mit einem Lächeln. Sie konnte sich ihn ganz gut mit zwei kleinen Ebenbildern vorstellen.

»Keine Ahnung ... im allgemeinen heißt es, der Jüngere sei mir ähnlich, aber ich finde, beide sind eher ihrer Mutter nachgeraten.« Und dann setzte er ein wenig wehmütig hinzu: »Adam ist sehr rasch nach unserer Heirat auf die Welt gekommen. Das hat uns ziemlich hart getroffen. Leslie, meine Frau, mußte aufhören zu arbeiten ... sie war damals Tänzerin am Broadway. Und ich hatte als Autor schwer zu kämpfen. Manchmal dachte ich, wir würden verhungern, aber es ist immer irgendwie weitergegangen. Das Baby war das Beste, was uns passieren konnte. Ich glaube, das ist einer der wenigen Punkte, über den wir uns jetzt noch einig sind. Adam und die Serie erblickten praktisch gleichzeitig das Licht der Welt. Ich hatte immer das Gefühl, die Vorsehung hätte uns geschickt, was wir für ihn und uns brauchten. Die Serie hat sich für mich zu einem sehr erfolgreichen Dauerbrenner entwickelt.« Das hörte sich an, als hätte er das Gefühl, unverdient Glück gehabt zu haben. Und Adrian fiel während des Zuhörens auf, wie stark er sich von Steven unterschied. Seine Kinder bedeuteten ihm sehr viel, und er war trotz seines Erfolges bescheiden geblieben. Die zwei Männer hatten sehr wenig gemeinsam. »Und was ist mit Ihnen?« fragte er sie. »Glauben Sie, daß Sie den Nachrichten treu bleiben?«

»Das kann ich nicht sagen.« Sie selbst hatte sich diese Frage schon gestellt. Während des Mutterschaftsurlaubes würde sie vielleicht Zeit haben, sich darüber den Kopf zu zerbrechen, was sie mit dem Rest ihres Lebens anfangen sollte ... von ihrem Dasein als Mutter abgesehen.

»Hin und wieder denke ich daran, eine neue Serie anzufangen, aber nie bleibt mir ausreichend Zeit, etwas zu entwerfen, geschweige auszuarbeiten. ›Lebenswertes Leben‹ nimmt noch immer meine gesamte Zeit in Anspruch.«

»Und woher beziehen Sie die Ideen?« fragte sie zwischen zwei Schlucken an einem Glas Limonade, das ihr jemand eingeschenkt hatte.

»Tja, ich hole sie mir Gott weiß woher.« Er lächelte. »Aus dem Leben, aus meiner Phantasie. Ich greife nach allem, was mir einfällt und annähernd paßt. Es geht ja immer wieder um die Dinge, die im Leben der Menschen passieren ... alles in einen Topf geschüttet und fest umgerührt. Die Menschen tun die unwahrscheinlichsten Dinge und geraten in die unglaublichsten Situationen.« Sie nickte nachdenklich. Sie wußte genau, was er meinte, und er beobachtete ihre Miene. Als sie wieder aufsah, begegnete sie seinem Blick, und es sah aus, als wollte sie etwas sagen. Es blieb unausgesprochen.

Inzwischen waren schon viele Gäste gegangen, nachdem sie sich bei Bill bedankt hatten. Er schien alle zu kennen und war zu allen freundlich und nett. Das Zusammensein mit ihm war für Adrian angenehmer denn je. Es verwirrte sie, daß sie sich in seiner Gesellschaft so wohl fühlte, und beinahe konnte sie sich vorstellen, ihm alles zu erzählen. Fast. Nur nicht von Steven. In gewisser Weise empfand sie es als persönliches Versagen, daß er sie verlassen hatte.

»Möchten Sie einen Drink?« fragte er. Bill selbst hatte sich den ganzen Abend an ein einziges Glas Wein gehalten, und als sie ablehnte, stellte er sein Glas ab und schenkte sich eine Tasse Kaffee ein. »Ich trinke nicht viel«, erklärte er. »Wenn ich es täte, könnte ich nicht so viel arbeiten.«

»Ich auch nicht.«

Sie lächelte. In der Nähe saßen einige junge Paare, die händchenhaltend lachten und scherzten, so daß sich Adrian ganz vereinsamt vorkam. Das führte ihr plötzlich deutlich vor Augen, daß sie wieder allein war. Nachdem sie fünf Jahre alles in die Gemeinschaft mit Steven investiert hatte, war sie allein und hatte niemanden, der sie in die Arme nahm und liebte.

»Na, und wann wird Ihr Mann wieder zurück sein?« fragte Bill leichthin und empfand fast Bedauern darüber, daß sie ihren Ehemann bald zurückerwartete. Dieser Mann war ein Glückspilz, und Bill hätte sich gewünscht, daß Adrian noch frei gewesen wäre.

»Nächste Woche«, sagte sie beiläufig.

»Und wo ist er jetzt?«

»In New York«, sagte sie rasch – für Bill ein Grund sie überrascht und fragend anzusehen.

»Ich dachte, Sie hätten gesagt, er wäre in Chicago.« Er war echt erstaunt, ließ das Thema aber fallen, als er die Panik in ihrem Blick las. Etwas mußte sie sehr verstört haben, und er wechselte rasch das Thema.

»Es war eine tolle Party«, sagte sie, als sie aufstand und nervös um sich sah. »Ich habe mich wunderbar unterhalten.« Sie wollte gehen, Grund genug für ihn, in Verzweiflung zu versinken. Er hatte sie ungewollt vertrieben. Ohne zu überlegen faßte er nach ihrer Hand. Er wollte sie unbedingt in seiner Nähe halten.

»Bitte gehen Sie nicht, Adrian ... der Abend ist herrlich, und es ist so schön, einfach da zu sein und mit Ihnen zu plaudern.« Er sah sehr jung und verletzlich aus, und seine Worte rührten ihr Herz an.

»Ich dachte nur ... vielleicht ... haben Sie etwas anderes vor ... ich wollte Sie nicht langweilen ...« Sie wirkte sehr verlegen, als sie sich wieder setzte. Er hielt ihre Hand noch immer fest und fragte sich, was er da machte. Sie war verheiratet, und ein gebrochenes Herz war das Allerletzte, was er brauchte.

»Sie langweilen mich nicht. Sie sind wundervoll, ich unterhalte mich prächtig. Erzählen Sie ein wenig von sich. Was tun Sie am liebsten? Was ist Ihr Lieblingssport? Welche Musik lieben Sie?«

Sie lachte. Seit Jahren hatte ihr niemand solche Fragen gestellt, aber es machte Spaß, mit ihm zu reden, solange er ihr keine Fragen über Steven stellte. »Ach, ich mag alles ... Klassik ... Jazz ... Rock ... Country ... ich liebe Sting, die Beatles, U2, Mozart. Früher bin ich viel Ski gelaufen, aber das liegt schon Jahre zurück. Ich liebe Strände ... heiße Schokolade ... und Hunde ...« Plötzlich lachte sie, »und rotes Haar. Immer habe ich mir rotes Haar gewünscht.«

Plötzlich machte sie ein nachdenkliches Gesicht. »Und Babys. Die habe ich auch schon immer gemocht.«

»Ich auch.« Er lächelte ihr zu und wünschte, ein ganzes Leben und nicht nur einen Abend mit ihr verbringen zu können. »Meine Söhne waren als Babys so niedlich. Ich ging fort, als Tommy nicht mal ein Jahr alt war. Damals glaubte ich, ich würde es nicht überleben.« Aus seinem Blick sprach echter Schmerz. »Sie müssen die beiden kennenlernen, wenn sie kommen. Vielleicht könnten wir alle einen Abend zusammen verbringen.« Er wußte, daß er sich auch mit ihrem Mann anfreunden mußte, wenn er sich mit Adrian anfreundete. Es war die einzige Art von Beziehung, die ihnen offenstand, und er war gewillt, sich darauf einzulassen, nur um sie kennenzulernen. Vielleicht war ihr Mann netter, als sein Aussehen vermuten ließ, aber Bill hielt es für unwahrscheinlich.

»Ja, ich würde sie gern kennenlernen. Wann gehen Sie auf Campingtour?«

»In zwei Wochen.« Er lächelte. »Wir fahren über Santa Barbara, San Francisco und das Napa Valley zum Lake Tahoe. Dort zelten wir fünf Tage.«

»Na, das ist ja ziemlich zivilisiert.« Sie hatte sich etwas viel Strapaziöseres vorgestellt.

»Anders schaffe ich es nicht. Zuviel frische Luft könnte sich auf meinen Kreislauf wie ein Schock auswirken.«

»Spielen Sie Tennis?« fragte sie ein wenig zögernd. Sie wollte nicht vergleichen, aber neugierig war sie doch. Bei Steven war Tennis zur Besessenheit geworden.

»Na ja, wenn man mein Spiel Tennis nennen darf«, meinte er entschuldigend. »Ich bin nicht sehr gut.«

»Ich auch nicht.« Sie lachte. Es gelüstete sie nach einem zweiten Stück Apfelkuchen, nur wagte sie nicht, sich noch eines zu holen. Er würde sie für verfressen halten, wenn sie noch mehr in sich hineinstopfte, aber das Essen war zu köstlich gewesen. Der ›Aufräumtrupp‹ war bereits eifrig am Werk und während sie am Pool saßen, war es dunkel geworden. Die Zahl der Gäste hatte sich verringert, aber Adrian wollte noch nicht gehen, weil ihr Bills Nähe so behagte. Plötzlich fing das Feuerwerk an, das in einem nahen Park veranstaltet wurde, und alles blieb stehen und starrte zum Himmel, der in allen Farben erstrahlte. Auch Adrian betrachtete wie ein entzücktes Kind den Feuerregen. Bill beobachtete es lächelnd. Mit emporgewandtem Gesicht sah sie aus wie ein kleines Mädchen, wie ein sehr hübsches allerdings, und er verspürte den überwältigenden Drang, sie zu küssen. Er hatte dieses Verlangen schon zuvor verspürt, aber es wurde mit jeder Begegnung drängender.

Das Feuerwerk dauerte eine halbe Stunde und fand seinen Höhe- und Schlußpunkt in einem dichten, nichtendenwollenden Schauer in Rot, Weiß und Blau. Dann wurde der Himmel wieder schwarz, und die funkelnden Sterne waren zu sehen. Schwarzes Pulver vom Feuerwerk und kleine Rauchwölkchen schwebten langsam zur Erde, als Bill nahe bei Adrian saß und ihr Parfüm roch. Chanel Nr. 19, wie er angenehm berührt feststellte.

»Haben Sie für das Wochenende schon etwas vor?« fragte er schüchtern, weil er nicht sicher war, ob sich seine Frage schickte. Aber es sprach nichts dagegen, daß sie Freunde sein konnten. Solange er sich beherrschte, gab es keinen Grund, sich nicht zu treffen. »Vielleicht hätten Sie Lust, an den Strand zu fahren oder sonst etwas zu unternehmen.« Ihre Vorliebe für Strände hatte sie eingestanden.

»Ich ... hm ... ich weiß nicht recht ... mein Mann könnte kommen ...« Sie war verlegen und wäre gern mitgekommen, aber sie wußte nicht, wie sie auf die Einladung reagieren sollte.

»Ach, ich dachte, er wäre in New York ... oder Chicago ... bis nächste Woche. Sicher hätte er nichts dagegen. Ich bin hochanständig. Und es ist besser, als das ganze Wochenende hier zu hocken, falls Sie nicht arbeiten. Wir könnten nach Malibu fahren, ich habe Freunde, zu deren Haus ich Zutritt habe. Sie leben in New York und halten sich das Haus hier nur zum Spaß. Ich spiele dort ein wenig Hauswart. Es wird Ihnen gefallen.«

»Na schön.« Sie lächelte ihn unsicher an. Warum ließ sie sich darauf ein? Bill Thigpen hatte etwas unwiderstehlich Angenehmes und Anziehendes an sich. Sie stand auf, bereit nach Hause zu gehen. »Ich freue mich.«

»Wie wär's um elf Uhr?«

Sie nickte. Es klang perfekt, zugleich aber auch ein wenig angsteinflößend. »Ich bringe Sie an Ihre Tür.« Seine Schürze hatte er längst abgelegt und sah sehr gut aus, als er sie zu ihrem in den Komplex integrierten Haus begleitete. Vor der Haustür angekommen sperrte sie vorsichtig auf und öffnete nur einen Spalt, ohne Licht zu machen. Er sollte nicht sehen, wie leer es bei ihr war.

»Vielen Dank, Bill. Es war wunderbar. Nochmals danke, daß Sie mich heute eingeladen haben.« Es war besser, als zu Hause zu sitzen, im Selbstmitleid zu versinken und sich ständig zu fragen, was Steven jetzt treiben mochte.

»Für mich war es auch schön.« Er lächelte glücklich, entspannt und zufrieden. »Also, ich komme dann morgen um elf vorbei.«

»Nicht nötig. Wir könnten uns am Pool treffen.«

»Nein, ich hole Sie ab«, erklärte er sehr nachdrücklich, und sie war nicht wenig nervös, als sie sich daranmachte, durch die Tür zu schlüpfen, ehe er einen Blick ins Innere werfen konnte. »Nochmals vielen Dank.« Dann war sie verschwunden wie eine Geistererscheinung. Eben hatte sie noch vor ihm gestanden, und im nächsten Moment war sie im Haus, und die Tür war zu, so schnell, daß er gar nicht wußte, wie sie dies zuwegegebracht hatte. Es war eine der schnellsten Verabschiedungsszenen, die er je erlebt hatte, ging es ihm durch den Sinn, als er mit einem Lächeln zu seiner Wohnung ging.

13. Kapitel

Am nächsten Tag holte Bill Adrian um Punkt elf ab. Sie erwartete ihn draußen, in Jeans, einem losen Hemd, mit Sonnenhut und Turnschuhen. In einer Strandtasche hatte sie Handtücher, Sonnenöl, Bücher und eine Frisbeescheibe dabei. Ihre Aufmachung brachte Bill zum Lachen.

»So sehen Sie aus wie ganze vierzehn.«

Das Hemd, das Steven gehörte, hatte sie immer schon gern getragen, und jetzt verhüllte es die Tatsache, daß ihre Jeans schon etwas knapp wurden, aber Bill schien es nicht aufzufallen.

»Soll das ein Kompliment oder eine Rüge sein?« fragte sie gutgelaunt. Als sie ihm über das Gelände des Wohnblocks zum Parkplatz folgte, war sie schon in Freizeitstimmung.

»Ein Kompliment, ganz eindeutig.« Plötzlich blieb er stehen und drehte sich zu ihr um. »Haben Sie nicht ein paar Flaschen Sprudel zu Hause? Mir sind sie ausgegangen.« Und alle Geschäfte hatten geschlossen. Es war Sonntag.

»Klar.«

»Dann sollten wir lieber ein paar mitnehmen, für den Fall, daß uns der Durst plagt.« Sie machte kehrt und strebte ihrem Haus zu. Er folgte ihr. Vor der Haustür angekommen, hielt sie inne und warf ihm einen Blick über die Schulter zu.

»Ich lauf rasch hinein und hole die Flaschen.

Bleiben Sie hier draußen bei den Sachen?« Sie tat so, als müsse sie befürchten, jemand würde mit ihrer Strandtasche das Weite suchen.

»Ich komme mit und helfe Ihnen.«

»Nein, schon gut. Es ist nicht aufgeräumt. Ich hatte keine Zeit sauberzumachen, seit Steven ging ... seit gestern, meine ich ... als er nach New York flog ...« Ist er in New York oder Chicago? fragte sich Bill, sagte aber nichts, weil er spürte, daß sie ihn nicht im Haus haben wollte.

»Ich warte hier draußen«, sagte er an der Tür, obwohl er sich dabei ein wenig albern vorkam. Sie ließ die Tür angelehnt, so daß er nicht hineinsehen konnte, fast so, als hätte sie etwas in ihrer Wohnung zu verbergen. Im nächsten Moment hörte er ein lautes Poltern. Ohne lange zu überlegen, stürzte er hinein, um ihr zu helfen. Sie hatte zwei Sprudelflaschen fallengelassen, und der Küchenboden war mit Wasser und Scherben bedeckt. »Haben Sie sich verletzt?« fragte er mit besorgtem Blick. Sie schüttelte den Kopf, als er schon nach einem Lappen griff und ihr beim Aufwischen half.

»Wie dumm von mir«, sagte sie. »Ich muß sie geschüttelt haben, ohne es zu merken, und dann habe ich sie fallenlassen.« Es dauerte nur ein paar Minuten, bis sie alles in Ordnung gebracht hatten. Bill war nichts Ungewöhnliches aufgefallen, bis sie noch ein paar Sprudelflaschen holte und er sehen konnte, daß die Küche merkwürdig kahl war. Der für den Tisch vorgesehene Platz war leer. Ein einsamer Hocker stand neben einem Telefonapparat am anderen Ende. Und als sie das Wohnzimmer durchschritten, überkam ihn fast ein unheimliches Gefühl. Auch hier keine Möbel. An den Wänden Spuren, wo Bilder gehangen hatten. Plötzlich fiel ihm ein, daß er Steven vor zwei Monaten beim Verladen von Einrichtungsgegenständen gesehen hatte. Sie hatte behauptet, sie wollten alles verkaufen, um sich neue Sachen anzuschaffen. Bis dahin mußten die beiden mit einer kahlen und bedrückend wirkenden Wohnung vorliebnehmen. Aber Bill enthielt sich jeglicher Bemerkung, und Adrian war flink mit einer Erklärung zur Hand. »Wir haben viele neue Sachen bestellt. Aber Sie wissen ja, wie das ist. Die Lieferzeit beträgt meist zehn bis zwölf Wochen. Es wird sicher August, ehe es hier wieder einigermaßen wohnlich aussieht.« In Wahrheit hatte sie kein einziges Stück bestellt. Sie wartete noch immer, daß Steven mit den alten Sachen zurückkehrte.

»Ja, natürlich, ich kenne das.« Aber irgendwie klang ihm das alles falsch in den Ohren, aber er hätte nicht zu sagen gewußt, was so falsch war ... Vielleicht waren sie zu knapp bei Kasse, um sich neue Möbel zu kaufen, oder sie hatten die noch nicht abbezahlten Sachen zurückgeben müssen. In Hollywood war so etwas keine Seltenheit. Er hatte viele Bekannte, denen es so ergangen war. Es war nicht zu übersehen, daß Adrian sehr verlegen war. »Ein netter, ordentlicher Look«, zog er sie auf. »Und so pflegeleicht.« Wieder wirkte sie sehr verlegen, deswegen sagte er beschwichtigend: »Ach, vergessen Sie es. Wenn die neuen Sachen da sind, wird es sicher toll aussehen.« Aber bis dahin war von toll keine Rede. Die Wohnung sah unbewohnt und kahl aus.

Kaum waren sie draußen, vergaßen sie alles und verbrachten am Strand einen herrlichen Tag. Sie blieben bis nach fünf Uhr, bis es kühl wurde, sprachen vom Theater, über Bücher, von New York, Boston und Europa. Sie unterhielten sich über Kinder, Politik und über die Philosophien, auf die sich Endlosserien sowie Nachrichtenmagazine gründeten, sie sprachen auch von den Sachen, die er schreiben wollte, und über die Kurzgeschichte, die er auf dem College verfaßt hatte. Sie redeten über Gott und die Welt, und sie redeten auch noch, als er sie in seinem Kombi mit dem Holzaufbau nach Hause fuhr.

»Übrigens, ich bin verliebt in Ihr Auto.« Er bewunderte den MG, seit er ihm zum ersten Mal aufgefallen war.

Das Kompliment schien sie zu freuen. »Ich auch. Alle reden mir seit Jahren zu, ich solle ihn aufgeben, aber ich kann nicht. Ich liebe ihn zu sehr. Er ist ein Teil von mir.«

»So wie mein Kombi.« Er strahlte. Dies war eine Frau, die verstand, was es bedeutete, einen Wagen zu lieben. Dies war eine Frau, die sehr vieles verstand und wußte, was Anteilnahme und Verlust, Anständigkeit, Liebe und Respekt zu bedeuten hatten. Sie teilte sogar seine Vorliebe für alte Filme. Der einzig störende Punkt – von ihrer Gewohnheit, unmäßig viel zu essen, abgesehen – war die

Tatsache, daß sie verheiratet war. Doch er hatte beschlossen, dies zu ignorieren und nicht verrückt zu spielen. Statt dessen wollte er die Freundschaft mit ihr pflegen, eine Rarität, denn zwischen Mann und Frau war Freundschaft ohne Hoffnung auf eine sexuelle Beziehung sehr selten. Und wenn sie es schafften, eine echte Freundschaft miteinander zu pflegen, durfte er sich glücklich schätzen. »Möchten Sie auf der Rückfahrt zu Abend essen? In Santa Monica Canyon gibt es einen fabelhaften Mexikaner, falls Sie das Lokal einmal ausprobieren möchten?« Er behandelte sie wie eine alte Bekannte, wie jemanden, den er schon lange kannte und schätzte.

»Ach, wissen Sie was ... mir sind noch ein paar Steaks von gestern geblieben. Wir wär's, wenn Sie zu mir kämen und ich das Abendessen mache?«

»Wir könnten die Steaks auch bei mir braten.« Sie hatte schon zu einer Ausflucht greifen und sagen wollen, daß sie nach Hause müßte, aber es gab keinen Grund für sie, nach Hause zu gehen, und eigentlich wollte sie es gar nicht, da sie einen einsamen Sonntagabend vor sich sah und sich noch nicht von ihm trennen wollte.

»Na, ich bin nicht sehr scharf darauf, vom Boden zu essen«, neckte Bill sie. »Oder gibt es noch ein paar Möbelstücke, die mir entgangen sind?« Nur ihr Bett, aber das ließ sie unausgesprochen.

»Snob«, schalt sie ihn. »Aber gut, gehen wir zu Ihnen«, sagte sie kokett und kam sich dabei wie ein halbes Kind vor. Es war viel Zeit vergangen, seit sie so etwas zu einem Mann gesagt hatte. Sie und Steven waren mehr als zwei Jahre miteinander ausgegangen, ehe sie geheiratet hatten. Und da war sie nun, fünf Jahre später, und wollte in der Wohnung eines Mannes zu Abend essen. Doch sie mußte zugeben, daß sie es gern tat. Bill Thigpen war großartig. Er war klug, interessant, liebenswürdig, und er vermittelte ihr in allem, was sie tat, das Gefühl, um sie besorgt zu sein. Immer war er aufmerksam um sie bemüht, fragte sie, ob sie hungrig oder durstig war, ob sie ein Eis wollte oder ein Soda, ob sie einen Hut brauchte, ob sie fror, ob sie sich gut und glücklich fühlte, und die ganze Zeit über amüsierte er sie mit seinen Geschichten über die Serie, über die Leute, die er kannte, oder über seine Söhne Adam und Tommy.

Beim Betreten seiner Wohnung lernte sie eine neue Dimension Bill Thigpens kennen. An den Wänden hingen aufregend moderne Bilder, interessante Skulpturen, die er im Verlauf seiner Reisen erworben hatte, waren geschickt über die Räume verteilt. Die Ledersitzmöbel waren bequem und ein wenig abgenutzt, aber riesig, weich und einladend. Im Eßzimmer bewunderte sie einen wunderschönen Tisch aus einem italienischen Kloster und einen aus Pakistan stammenden Teppich, und überall sah man Bilder seiner Kinder. Es waren Räume, die sehr anheimelnd wirkten, mit Wänden voller Bücher, die zum Schmökern einluden, mit einem gemauerten Kamin und einer großen gemütlichen Küche im Landhausstil. Man hatte eher das Gefühl, in einem richtigen Haus zu sein und nicht nur in einer Etagenwohnung. Er hatte auch ein urgemütliches Arbeitszimmer mit einer alten Schreibmaschine, die fast so alt war wie seine Royal. Auch dort gab es Bücher und einen großen behaglichen, schon ziemlich ramponierten Lehnsessel, der von ihm heiß geliebt wurde, weil er seinem Vater gehört hatte. Das Gästezimmer sah aus, als sei es nie benutzt worden – ganz in Beige, mit einem großen Schafwollteppich und einem modernen Himmelbett, während das große und farbenfrohe Kinderzimmer mit einem grellroten, einer Lokomotive nachgebildeten Stockbett ausgestattet war. Bills Schlafzimmer, das in warmen Erdtönen gehalten war, hatte große Fenster, die auf einen Garten blickten, von dessen Existenz innerhalb des Komplexes Adrian gar nichts gewußt hatte. Einfach vollkommen. So wie er. Angenehm, warm und liebevoll und von der vielfachen Berührung schon ein wenig abgenutzt. Es war eine Wohnung, in der man gern länger verweilte, nur um sich umzusehen und alles kennenzulernen, ein schreiender Gegensatz zu der kostspieligen Sterilität, die sie mit Steven geteilt hatte, bis er mit allem auf und davon war und ihr nur das Bett und einen Teppich gelassen hatte.

»Bill, ich finde die Wohnung einmalig«, sagte sie mit aufrichtiger Bewunderung.

»Ja, ich lebe sehr gern hier«, gestand er. »Haben Sie das Bett der Kinder gesehen? Ich habe es von einem Schreiner in Newport Beach anfertigen lassen. Er fertigt im Jahr zwei Betten dieses Typs an. Ich hatte die Wahl zwischen diesem und einem Doppeldeckerbus. Den hat ein Engländer gekauft, und ich bekam die Lokomotive. Ich hatte schon immer eine Schwäche für Züge. Sie sind so groß und altmodisch und behaglich.« Das hörte sich an, als liefere er eine Selbstbeschreibung, und Adrian lächelte.

»Ich bin hingerissen.« Kein Wunder, daß ihre leere Wohnung ihm lachhaft vorgekommen war, wenn seine eigene so viel Charakter und Wärme ausstrahlte. Ein herrlicher Ort zum Wohnen und zum Arbeiten.

»Seit Jahren schon versuche ich mich zum Kauf eines Hauses durchzuringen, aber ich hasse Umzüge, und hier läßt es sich herrlich hausen. Es läuft ohne Komplikationen, und die Jungen sind gern hier.«

»Das kann ich mir denken.« Er hatte ihnen das größte Zimmer überlassen, obwohl sie immer nur kurz bei ihm waren, aber das war es ihm wert.

»Ich hoffe sehr, daß sie mehr Zeit hier verbringen, wenn sie älter sind.«

»Davon bin ich überzeugt.« Wer würde nicht gern hier sein, bei diesem Vater, in dieser Wohnung. Nicht weil die Wohnung so groß oder besonders luxuriös gewesen wäre, das war gar nicht der Fall. Sie war warm und einladend und vermittelte einem das Gefühl liebevoller Geborgenheit. Adrian spürte es, als sie auf der Couch sitzend den Blick durch den Raum wandern ließ, ehe sie in die Küche ging, um ihm zu helfen. Er hatte die Küche größtenteils selbst zusammengebaut, und Adrian merkte sofort, daß er sich beim Kochen sehr geschickt anstellte.

»Gibt es etwas, was Sie nicht können?« fragte sie neugierig.

»Ich bin total unsportlich. Wie ich schon sagte, spiele ich ein lausiges Tennis, und ich könnte in der Wildnis kein Feuer zustande bringen, auch wenn mein Leben davon abhinge. Wenn wir zelten, muß Adam immer das Feuermachen übernehmen. Und ich stehe beim Fliegen Todesängste aus.« Eine kurze Fehlerliste angesichts seiner zahlreichen Pluspunkte.

»Na, wenigstens tut es gut zu wissen, daß Sie auch nur ein Mensch sind.«

»Und wie steht es mit Ihnen, Adrian? Wo liegen Ihre Schwächen?«

Es war immer interessant, wie die Menschen sich selbst einschätzten. Er stellte ihr die Frage, während er sorgfältig frisches Basilikum für den Salat kleinhackte.

»Ach, ich kann sehr vieles nicht. Skilaufen habe ich verlernt. Im Tennis bin ich höchstens mittelmäßig, beim Bridge unter aller Kritik. Überhaupt bin ich ganz jämmerlich bei Gesellschaftsspielen, ich kann mir die Regeln nicht merken, und überdies läßt es mich kalt, ob ich gewinne. Und Computer ... ich hasse Computer.« Sie überlegte ernsthaft. »Und Kompromisse. Ich kann keine Kompromisse machen, wenn es um grundsätzliche Dinge geht.«

»Nun, das ist in meinen Augen eher eine Tugend als ein Fehler.«

»Manchmal kann es ein Fehler sein«, sagte sie nachdenklich. »Es kann einen sehr viel kosten.« Sie dachte dabei an Steven. Sie hatte einen hohen Preis für ihre Prinzipientreue bezahlt.

»Aber lohnt es sich denn nicht?« kam leise sein Einwand. »Ist es nicht besser, man bezahlt einen Preis und hält an seinen Grundsätzen fest? Ich habe es immer so gehalten.« Aber auch er war nun allein ... eine Tatsache, mit der er sich längst abgefunden hatte.

»Manchmal ist es nicht leicht, zu entscheiden, was man tun soll.«

»Man tut sein Bestes. Man entscheidet nach bestem Wissen und Gewissen und hofft, daß es richtig ist. Und wenn es den anderen nicht paßt«, fuhr er mit einem philosophischen Achselzucken fort, »na, dann sollen sie es doch besser machen.« Leicht gesagt. Sie konnte noch immer nicht fassen, was ihr zugestoßen war, nachdem sie Steven gegenüber auf ihrem Standpunkt beharrt hatte. Aber ihr war keine andere Wahl geblieben. Sie hätte gar nicht anders handeln können. Ganz ausgeschlossen. Dafür gab es auch keinen Grund. Es war ihr gemeinsames Kind, und sie liebte Steven. Damit war es unmöglich, das Kind aus der Welt zu schaffen, einfach so, nur weil Steven Angst hatte. Und deshalb hatte sie ihn verloren.

»Würden Sie denn an einem Grundsatz festhalten, ohne Rücksicht auf die Gefühle eines anderen?« fragte sie, als sie sich zu den großen, saftigen Steaks setzten, die er vor ihren Augen zubereitet hatte. Adrian hatte den Tisch gedeckt und den Salat gemacht, während er für alles andere gesorgt hatte.

Es sah köstlich aus – Steaks, Salat, Knoblauchbrot. Zum Nachtisch gab es Erdbeeren, in Schokolade getunkt. »Würden Sie auf Ihrem Standpunkt beharren, ohne Rücksicht auf die Folgen?«

»Kommt darauf an … Sie meinen, wenn es auf Kosten eines anderen ginge?«

»Könnte ja sein.«

Er überlegte kurz, während sie Salat auf ihren Teller häufte. »Ich glaube, das würde von der Intensität meiner Gefühle abhängen. Wahrscheinlich. Falls ich wirklich der Meinung wäre, meine Integrität stünde auf dem Spiel – oder die Integrität der Situation. Manchmal spielt es keine Rolle, wie unbeliebt man sich macht, man kann einfach nicht von seinen Grundsätzen lassen. Mit zunehmendem Alter soll man ja nachgiebiger werden, und in gewisser Weise trifft das auch auf mich zu. Ich bin jetzt neununddreißig und sicher toleranter als früher, aber trotzdem nehme ich in Dingen, die mir wichtig sind, eine unbeugsame Haltung ein. Damit konnte ich zwar nicht viele Lorbeeren ernten, andererseits wissen aber meine Freunde, daß man auf mich bauen kann. Und das ist auch etwas wert, denke ich.«

»Ja, das glaube ich auch«, sagte sie leise.

»Und wie denkt Steven darüber?« Er war neugierig auf ihren Mann. Adrian sprach so selten von ihm, daß er sich schon fragte, wie die beiden miteinander auskommen mochten … wieviel sie gemeinsam hatten. Allein vom äußeren Eindruck her wirkten sie sehr verschieden.

»Ich glaube, er ist auch sehr prinzipientreu. Das

geht so weit, daß er sich in andere Menschen nur schwer hineindenken kann.«

Das klassische Beispiel für eine Untertreibung.

»Hat er sich Ihnen einigermaßen angepaßt?« Ihre Ehe reizte seine Wißbegierde. Er wollte unbedingt beide kennenlernen, da er sie nicht für sich allein haben konnte, so sehr er es sich auch gewünscht hätte.

»Nicht immer. Wir führen ein ...« Sie suchte nach den passenden Worten, »... ein Leben, das in parallelen Bahnen verläuft ... ja, so kann ich es am besten beschreiben. Er macht, was er will, und läßt einen tun, was man selbst möchte, ohne sich einzumischen.« Solange man das tat, was er für das Vorwärtskommen richtig hielt. Wie die Arbeit in der Nachrichtenredaktion.

»Und das klappt?«

Es hatte geklappt, bis er aus ihrem Leben verschwunden war, weil es ihm nicht paßte, was sie wollte. Nach einem tiefen Atemzug versuchte sie es Bill Thigpen zu erklären. »Eine funktionierende Ehe braucht aber mehr Gemeinsamkeit, in jeder Hinsicht. Es genügt nicht, den anderen einfach in Ruhe zu lassen, man muß einige gemeinsame Berührungspunkte haben.« Sehr vernünftige Ansichten, die er in seiner Ehe mit Leslie selbst entdeckt hatte. »Aber das weiß ich erst seit kurzem.«

»Tja, der springende Punkt ist, daß dies das ganze Geheimnis einer Ehe darstellt. Die meisten Menschen lassen den Partner einfach gewähren. Nur sehr wenige haben das Verlangen nach Gemeinsamkeit und wollen dasselbe, wie man selbst will. Ich selbst habe noch niemanden gefunden, obwohl ich zugeben muß, daß meine Suche in den letzten Jahren nicht sehr intensiv ausfiel. Dazu fehlt mir die Zeit und die Neigung«, setzte Bill hinzu.

»Wieso?« Auch sie war auf ihn neugierig. Er machte den Eindruck, für die Ehe wie geschaffen zu sein.

»Ich glaube, ich hatte zuviel Angst. Die Trennung war zu schmerzhaft ... besonders weh hat die Trennung von den Kindern getan. Etwas ähnliches möchte ich nie wieder durchmachen müssen. Ich wollte nie wieder so viel Gefühl investieren und wieder verletzt werden, und ich wollte keine Kinder haben, die man mir wieder wegnehmen kann, falls es mit der Ehe nicht klappt. Mir ist das immer sehr unfair vorgekommen. Warum muß ich meine Kinder verlieren, nur weil meine Frau mich nicht mehr liebt? Aus diesem Grund wurde ich sehr vorsichtig.« Und träge. Er hatte sich seit langem bewußt nicht um eine ernsthafte Beziehung bemüht, und sich weisgemacht, er sei nicht bereit dafür.

»Meinen Sie, Ihre Ex-Frau wird Ihnen die Kinder jemals ganz überlassen oder mehr als nur ein paar Wochen alljährlich?«

»Das bezweifle ich sehr. Sie ist der Meinung, sie hätte ein Recht auf die Kinder. Wenn sie mir die beiden überläßt, dann hält sie es für eine reine Gefälligkeit. In Wahrheit habe ich dasselbe Recht, mit ihnen zusammenzusein, wie sie. Es ist eben mein Pech, daß ich in Kalifornien lebe. Ich könnte jederzeit nach New York ziehen, damit ich sie öfter sehen kann, aber das würde für mich alles nur erschweren. Ich möchte nicht jeden Abend zehn Blocks von ihnen getrennt sein und mich fragen, was sie machen. Ich möchte in ihr Zimmer gehen, wenn sie am Telefon sitzen, ihre Aufgaben machen oder mit Freunden zusammen sind. Ich möchte dastehen und sie mit Tränen der Rührung in den Augen schlafen sehen. Ich möchte zur Stelle sein, wenn sie krank sind, wenn sie sich den Magen verdorben haben oder ihnen die Nase läuft. Ich möchte da sein, wenn es um den Alltag geht und nicht nur um ein paar Wochen Disneyland oder Lake Tahoe im Sommer.« Er hob resigniert die Schultern, nachdem er ihr sein Herz ausgeschüttet hatte. Adrian registrierte es mit Rührung. »Aber mehr ist für mich wohl nicht drin. Deshalb mache ich das Beste daraus. Und die meiste Zeit nehme ich alles, wie es kommt und lasse mir deswegen keine grauen Haare wachsen. Früher habe ich mir immer noch ein paar Kinder gewünscht, damit ich es diesmal ›richtig machen‹ kann, aber inzwischen habe ich eingesehen, daß es so am besten ist. Ich möchte nicht noch einmal Seelenqualen leiden müssen, falls wieder einmal jemand entdecken sollte, daß er mich nicht mehr liebt.«

»Vielleicht dürfen Sie nächstes Mal die Kinder behalten.« Sie lächelte bekümmert, und er schüttelte den Kopf. Er wußte es besser.

»Vielleicht ist es klüger, erst gar nicht zu heiraten und Kinder in die Welt zu setzen.« Und genau nach diesem Grundsatz lebte er seit Jahren, obwohl er im tiefsten Grunde seines Herzens wußte, daß es nicht das Wahre war. »Und wie steht es mit Ihnen? Werden Sie und Steven sich Kinder anschaffen?« Eine indiskrete Frage, die er nur zu stellen wagte, weil er sich mit Adrian so gut verstand.

Sie zögerte lange, weil sie unschlüssig war, wie sie reagieren sollte. Momentan erwog sie sogar, ihm die Wahrheit zu sagen, verwarf den Gedanken dann aber. »Vielleicht. Aber erst später. Steven ist Kindern gegenüber ... nervös.«

»Wieso das?« Für Bill ein Grund zur Verwunderung. Kinder waren für ihn das Beste an einer Ehe. Aber er konnte nur aus eigener Erfahrung sprechen.

»Er hatte keine glückliche Kindheit. Seine Eltern waren bettelarm. Deswegen setzte sich bei Steven früh die Meinung fest, Kinder wären die Wurzel allen Übels.«

»Ach, du liebe Güte ... so einer ist er. Und was sagen Sie dazu?«

Als sie seinem Blick begegnete, seufzte sie. »Es ist für mich nicht immer leicht, aber ich hoffe, er wird eines schönen Tages zur Vernunft kommen.« Im Januar vielleicht.

»Adrian, warten Sie nur nicht zu lange. Sie würden es sehr bereuen. Kinder sind die größte Freude, die einem im Leben widerfahren kann. Bringen Sie sich nicht um diese Freude, wenn es sich irgendwie einrichten läßt.« Kinderlosigkeit erschien ihm als beklagenswerter Zustand.

»Ich will es an Steven weitergeben.« Sie lächelte,

und Bill erwiderte ihr Lächeln und wünschte Steven zur Hölle. Es wäre so schön gewesen, wenn sie frei gewesen wäre. Er berührte ihre Hand, nicht aufdringlich, sondern sehr herzlich.

»Adrian, für mich war es ein herrlicher Tag. Hoffentlich wissen Sie das.«

»Für mich war es auch ein schöner Tag.« Mit glücklichem Lächeln verzehrte sie den letzten Bissen des Steaks, während Bill mit seinem Salat beschäftigt war.

»Für ein so dünnes Mädchen langen Sie aber kräftig zu.« Da er seine offenen Worte in scherzhaftem Ton vorbrachte, lachten beide.

»Ich muß mich entschuldigen. Das macht die frische Luft.« Sie kannte den wahren Grund, verriet ihn aber mit keinem Wort.

»Na, Sie können es sich glücklicherweise leisten.« Adrian besaß eine fabelhafte Figur, und es gefiel ihm, daß sie mit seinen Kochkünsten zufrieden war.

Sie unterhielten sich bis zehn, und dann half sie ihm, die Küche in Ordnung zu bringen. Schließlich begleitete er sie, ihre Strandtasche in der Hand, zu ihrer Tür. Es war wieder ein herrlicher Abend ohne Smog, die Sterne funkelten hell an einem klaren Himmel. Die Aussicht, am nächsten Tag wieder arbeiten zu müssen, war alles andere als verlockend, denn es war Montag, der letzte Tag eines verlängerten Wochenendes. Sie hatte in der Redaktion angekündigt, sie würde kommen, weil sie sonst nichts zu tun hatte, als auf Stevens Anruf zu warten. Und das Nachrichtenmagazin stand auch an langen Wochenenden auf dem Programm. Bill hatte ebenfalls im Studio zu tun.

»Wie wär's, wenn Sie mich morgen besuchen?« schlug er aufgeräumt vor. »Ich werde ab elf in meinem Büro sein.«

»Ja, das klingt verlockend.«

»Die Sendung beginnt um eins. Kommen Sie doch, wenn es sich einrichten läßt. Sie können im Studio dabei sein, die morgige Folge ist wirklich gut.« Die Aussicht ließ sie lächeln, und als sie diesmal ihre Tür aufschloß, war sie viel unbefangener. Ihre leere Wohnung hatte er schon gesehen. Es gab nichts, was sie vor ihm zu verbergen hatte. Bis auf die Tatsache, daß Steven sie vor zwei Monaten verlassen hatte und sie schwanger war.

»Möchten Sie noch auf eine Tasse Kaffee hereinkommen?« Er wollte schon ablehnen, besann sich aber anders, nur um den Abend noch ein wenig zu verlängern. Sie holte den Hocker und bot Bill Platz an, während sie Kaffee machte. Dann gingen sie mit ihren Tassen ins Wohnzimmer und setzten sich auf den Boden, weil es sonst keine Sitzgelegenheiten gab. Ein himmelschreiender Gegensatz zu seiner behaglichen Wohnung!

Auf dem Boden sitzend fiel ihm auf, daß sie nicht einmal ein Fernsehgerät oder ein Radio besaß. Und dann sah er, daß Stereo-Boxen vorhanden gewesen sein mußten. Plötzlich ging ihm auf, daß sie diese Dinge wohl kaum verkauft hatte. Ihre Wohnung war völlig kahl bis auf Glühbirnen, Türknäufe, einen Teppich im Wohnzimmer und einen Anrufbeantworter auf dem Boden neben dem Telefon. Sogar das Tischchen, auf dem das Telefon gestanden hatte, war fort. Es sah hier aus wie bei einem Umzug, und kaum war ihm dieser Gedanke gekommen, als ihm auch schon klar war, daß genau dies eingetreten sein mußte. Er sah sie an, als hätte er die Worte laut ausgesprochen, erschrocken über diese Idee, aber zu fragen wagte er nicht.

»Erzählen Sie mir doch, was Sie sich an neuen Sachen angeschafft haben«, sagte er mit gespielter Beiläufigkeit, während er aufstand und um sich blickte. »Was haben Sie bestellt?«

»Ach, das Übliche«, antwortete sie vage und fuhr fort, ihm von der Arbeit in der Nachrichtenredaktion zu erzählen, in der Hoffnung, ihn abzulenken.

»Ihr Grundriß ist so anders als der meiner Wohnung, daß man gar nicht meinen möchte, sie gehöre dem gleichen Wohnkomplex an.«

»Ich weiß. Komisch, nicht? Mir ist das schon aufgefallen, als ich bei Ihnen drüben war.« Sie lächelte. Nach diesem herrlichen Tag fühlte sie sich völlig entspannt, wenn auch ein wenig müde.

»Wieviel Platz ist oben?«

»Nur ein Schlafzimmer und ein Bad«, gab sie zurück. »Wir haben hier unten noch einen Schlafraum, den wir aber nicht benutzen.

»Darf ich mir alles ansehen?« Er hatte sie seine ganze Wohnung besichtigen lassen, so daß es unfreundlich gewirkt hätte, wenn sie es ihm nicht auch gestattete, deshalb nickte sie nach kurzem Zögern. Er ging ungezwungen ins Obergeschoß, nicht ohne sie um eine zweite Tasse Kaffee gebeten zu haben. Und während sie in der Küche verschwand, fegte er wie ein Wirbelwind durch ihr Schlafzimmer. Wie erwartet, war es leer. In Sekundenschnelle öffnete er beide Schränke, sah in den Wandschränken des Badezimmers nach, durchsuchte die Kartons, in denen sie ihre Sachen aufbewahrte und entdeckte, was er geahnt, sie ihm aber verschwiegen hatte ... es sei denn, Stevens Sachen waren im Erdgeschoß, was Bill brennend interessiert hätte, aber er getraute sich nicht zu fragen. Sein sechster Sinn sagte ihm, daß es einen Grund gab, weshalb Steven Townsend sämtliche Habseligkeiten zusammengepackt hatte, und der Grund war nicht eine neue Einrichtung. Sogar das Hochzeitsbild im silbernen Rahmen stand mit der einzigen Lampe des Raumes auf dem Schlafzimmerboden, da Steven die Kommode und alle Beistelltische mitgenommen hatte.

»Die Einteilung gefällt mir«, sagte er, als er wieder unten ankam, beruhigt, daß seine hastige Durchsuchung unbemerkt geblieben war, und dann fragte er sie, ob er das Bad benutzen dürfe. Im Erdgeschoß gab es zwei in Frage kommende Türen, und er wählte mit Absicht jene, von der er annahm, daß sich ein Einbauschrank dahinter verbarg. Er öffnete diese Tür und sah, daß der Schrank bis auf ein paar Kleiderbügel leer war. Dann machte er die rechte Tür auf und schloß sie hinter sich, als er das Badezimmer betreten hatte. Er öffnete rasch alle Schränkchen, ganz leise, dann betätigte er die Wasserspülung und ließ Wasser ins Waschbecken laufen. Und als er sich wieder zu ihr und dem Kaffee setzte, beobachtete er, ob ihre Augen eine Antwort auf seine Fragen lieferten. Er sah keine. Sie hatte ihm nichts verraten. Seit Wochen schon hatte sie vorgegeben, Steven sei geschäftlich unterwegs und würde bald zurückkommen, sie hatte getan, als ob alles in Ordnung sei, obwohl sie bei Tisch immerhin zugegeben hatte, daß es nicht immer einfach war. Sie war eine schöne Frau und verheiratet. Sie trug noch immer ihren Ehering. Aber nachdem er alle Schränke geöffnet hatte, wußte er noch etwas. Steven Townsend lebte nicht mehr mit seiner Frau zusammen und hatte, als er ausgezogen war, alles mitgenommen – was immer die Gründe dafür sein mochten.

Bill bedankte sich und ging nach einer Weile, nachdem er ihr noch gesagt hatte, daß er am nächsten Tag bei ihr in der Nachrichtenredaktion vorbeisehen wollte. Auf dem Weg zu seiner auf der anderen Seite des Wohnkomplexes gelegenen Wohnung war er in Gedanken noch bei ihr. Er konnte aus allem, was er nun wußte, nicht klug werden. Vergeblich rätselte er herum. Was stimmte nicht mit ihr? Und warum? Warum gab sie vor, alles wäre in bester Ordnung? Warum hatte sie nicht zugegeben, daß sie allein lebte? Was hatte sie zu verbergen? Und aus welchem Grund? Doch der Gedanke an die leeren Schränke weckte in Bill Thigpen Freude und Erleichterung.

14. Kapitel

Die überraschenden Wendungen der Handlung, die er immer wieder zu erfinden imstande war, schienen die Serie für eine endlose Laufzeit vorzuprogrammieren. Im Moment war Helens Mann John wegen des Mordes an Helens Schwester Vaughn, gespielt von einer großartigen Sylvia, ehe diese nach New Jersey zog, und an einem jungen Drogendealer namens Tim McCarthy, in Haft. Vaughns Drogensucht war offenkundig geworden, ebenso ihr Leben als Callgirl, das zu einigen peinlichen Enthüllungen führte.

Ein Politiker, der zu ihrer Klientel gehörte und dessen Kind sie abgetrieben hatte, wurde öffentlich bloßgestellt, als der Skandal von der Presse aufgegriffen und ausgeschlachtet wurde. Was aber noch wichtiger war – Helens Schwangerschaft sollte in dieser Woche enthüllt werden. Und der eigentliche Skandal bestand darin, daß das Kind nicht von ihrem Mann stammte. In diesem Fall war das aber ein wahrer Segen und Grund für viel Rätselraten in unzähligen Küchen im ganzen Land. Wer mochte der Vater des Kindes sein? Die Ehe von John und Helen würde in die Brüche gehen, während er die zwei Morde mit einer lebenslänglichen Kerkerstrafe büßte, und die Identität des Vaters von Helens Kind würde aufgedeckt. Und bis dahin stand Bill viel Freude an der Arbeit bevor.

Auf der Fahrt ins Büro dachte er wieder an Adrian und an die Gründe, die sie bewogen haben mochten, ihm zu verschweigen, daß Steven sie verlassen hatte. Die Sache kam ihm wie eines seiner Drehbücher vor, nur waren die Gründe zweifellos weniger kompliziert. Zudem bestand immer die Möglichkeit, daß er sich irrte, aber eigentlich war er seiner Sache ziemlich sicher. Im ganzen Haus kein einziges männliches Kleidungsstück, keine Toilettensachen, die einem Mann gehörten, kein After-shave, kein Rasierapparat. Nach seiner Blitzinspektion war er dessen absolut sicher. Aber was versuchte sie zu verbergen? Und warum hatte sie ihm nichts gesagt? Vielleicht war es ihr peinlich, oder aber sie war noch nicht bereit, wieder Verabredungen zu treffen und auszugehen.

Im Büro angelangt, hatte er keine Zeit mehr für Überlegungen in diese Richtung. Einer der Darsteller war erkrankt, und die zwei wichtigsten Drehbuchschreiber der Serie waren sich in die Haare geraten. Es war fast Mittag, ehe er wieder zu Atem kam. Er wollte Adrian in der Redaktion abholen, damit sie die Live-Sendung von ein Uhr an miterleben konnte.

Adrian wiederum sah sich in der Redaktion der Tatsache gegenüber, daß der Sohn eines Senators entführt und vergangene Nacht ermordet worden war. Es war ein grauenhaftes, aufsehenerregendes Verbrechen, das die Familie des Opfers als schwerer Schicksalsschlag traf. Der Junge war nicht älter als neunzehn gewesen, ein Umstand, der in der

Redaktion alle zutiefst erschütterte. Als Adrian die Filme zu sehen bekam, wurde ihr übel. Man hatte ihn seinen Eltern mit durchgeschnittener Kehle vor die Haustür gelegt.

Sie war dabei, ihrem Team die einzelnen Meldungen zur Ausarbeitung zuzuteilen und Reporter loszuschicken, die Freunde der Familie interviewen sollten, als ihr mitgeteilt wurde, daß ein Anruf für sie gekommen sei. Der Name sagte ihr nichts, als sie zum Hörer griff. Sie hatte keine Ahnung, wer der Mann namens Lawrence Allmann war, der sie sprechen wollte.

»Ja?« Sie war in Gedanken bei anderen Dingen und machte sich eilig Notizen, während sie auf seine Reaktion wartete.

»Mrs. Townsend?«

»Ja.«

»Ihr Mann hat mich gebeten, Sie anzurufen.« Adrians Herz drohte auszusetzen.

»Was ist ...? Hat er einen Unfall gehabt? Wie geht es ihm?«

Ihre Reaktion erregte sein Mitgefühl. Das war nicht die Frau, die ihrem Mann mit Gleichgültigkeit gegenüberstand, mochte Steven auch das Gegenteil behauptet haben. »Nein, ihm ist nichts passiert. Ich bin sein Anwalt und vertrete ihn.« Adrians Verwirrung wuchs. Warum rief ein Anwalt sie an? Warum hatte Steven ihn damit beauftragt?

»Ist etwas passiert?«

Momentan war er ratlos, was er sagen sollte. Sie schien so völlig unvorbereitet ... richtig gemein kam er sich vor. »Hm, ich dachte, Ihr Mann hätte schon etwas angedeutet. Aber ich sehe, daß das nicht der Fall ist.« Oder vielleicht spielte sie ihm nur etwas vor, was aber wenig wahrscheinlich schien. Es klang so gar nicht danach. »Ihr Mann will die Scheidung einreichen und möchte, daß ich einige Punkte mit Ihnen kläre, Mrs. Townsend.« Sie hatte das Gefühl, den ganzen Tag auf einer Berg- und Talbahn verbracht zu haben, die eben angehalten und sie aus dem Sitz geschleudert hatte, wobei ihr Herz weit zurückgeblieben war. Sie rang um Atem, während sie ihm zuhörte. Steven wollte ... was?

»Verzeihung, ich ... ich verstehe wohl nicht ganz. Worum geht es eigentlich?«

»Um eine Trennung, Mrs. Townsend.« Er sagte es so behutsam wie möglich. Er war ein anständiger Mensch, und er hatte den Fall nur ungern übernommen. Steven war Vernunftgründen nicht zugänglich gewesen, als er die Sache mit ihm durchgesprochen hatte. »Eine Scheidung. Ihr Mann will die Scheidung.«

»Ich ... ich verstehe ... kommt das nicht etwas übereilt?«

»Ich fragte ihn, ob er nicht mit Ihnen eine Eheberatungsstelle aufsuchen wollte, aber er beharrte darauf, daß unvereinbare Gegensätze vorlägen.«

»Kann ich denn ablehnen ...? Die Scheidung, meine ich ...« Sie schloß die Augen und kämpfte um Fassung, um nicht loszuheulen. Sie mußte ganz ruhig bleiben, aber allein das Zuhören brachte sie beinahe um den Verstand. Sie konnte es nicht glauben, Steven wollte die Scheidung, ohne sich mit ihr darüber auszusprechen. Er hatte einen Wildfremden beauftragt, sie anzurufen.

»Nein, sie können nichts dagegen unternehmen«, erklärte der Anwalt. »Diese Gesetze gelten schon lange nicht mehr. Sie oder Mr. Townsend haben das Recht, eine Scheidung einzureichen, ohne Rücksicht auf das Einverständnis des Ehepartners nehmen zu müssen.« Sie wollte ihren Ohren nicht trauen, aber das war noch längst nicht alles, was er zu sagen hatte. »Da wären noch ein paar zusätzliche Papiere, von denen Mr. Townsend möchte, daß Sie ihnen Beachtung schenken.«

»Er möchte die Wohnung verkaufen, so ist es doch?« Tränen brannten ihr in den Augen, während sie spürte, daß die Welt um sie herum zusammenbrach.

»Nun ja, das auch, aber er ist bereit, Ihnen ein Vierteljahr Zeit einzuräumen, ehe er Verkaufsgespräche führt, es sei denn, Sie möchten ihn zu einem fairen Preis ausbezahlen.« Ein Schwächeanfall drohte sie zu überwältigen, als sie sich das alles anhören mußte. Steven wollte die Scheidung. Und er wollte ihr gemeinsames Heim verkaufen. »Aber das war es eigentlich nicht, was ich meinte. Mr. Townsend ist bereit, wegen des Hauses mit sich reden zu lassen. Ich meinte ...« Er schien zu zögern. Er hatte versucht, Steven davon abzubringen und konnte nur annehmen, daß Zweifel an der Vaterschaft bestehen mußten, weil Steven sich Vernunftargumenten unzugänglich gezeigt hatte. »Er bat mich, ein paar zusätzliche Dokumente aufzusetzen. Ich möchte, daß sie sich diese ansehen.«

»Um was geht es dabei?« Tief durchatmend versuchte sie, ihre Fassung wiederzuerlangen, während sie sich mit zitternden Fingern die Tränen abwischte.

»Um ihr Baby. Mr. Townsend möchte schon vor der Geburt auf sämtliche Rechte als Vater verzichten. Mir kommt das alles ein wenig überstürzt vor, und ich muß Ihnen sagen, daß ich ihm dringend abgeraten habe. Es ist eine höchst ungewöhnliche Vorgangsweise. Doch er zeigte sich leider unnachgiebig. Ich habe nur die Papiere aufgesetzt, nichts ist endgültig, nur damit Sie sich informieren können. Darin wird bestätigt, daß er sich aller Rechte auf das Kind entäußert. Daraus folgt, daß er kein Besuchsrecht hat und auch sonst keine Ansprüche irgendwelcher Art. Das Kind wird nicht seinen Namen tragen. Sie werden aufgefordert, Ihren Mädchennamen wieder anzunehmen und ihn dem Kind zu geben. Sein Name wird auf der Geburtsurkunde nicht aufgeführt, und Sie und das Kind werden keine rechtlichen oder finanziellen Forderungen an Mr. Townsend stellen. Er war zwar bereit, sich finanziell irgendwie erkenntlich zu zeigen, aber ich mußte ihm eröffnen, daß dies nach den in Kalifornien geltenden Bestimmungen nicht rechtmäßig wäre. Der Verzicht auf elterliche Rechte darf nicht mit finanziellen Transaktionen verknüpft werden, da andernfalls die Verzichtserklärung später für ungültig erklärt werden kann.«

Nun ließ sie ihren Tränen freien Lauf, ohne Rücksicht darauf, daß der Anwalt sie hören konnte.

»Was wollen Sie von mir? Warum rufen Sie mich heute an?« schluchzte sie. »Wir haben Feiertag ... wie kommt es, daß Sie heute arbeiten?«

Steven hatte ihm gesagt, daß sie aller Wahrscheinlichkeit nach in der Nachrichtenredaktion war, und hielt den Zeitpunkt für günstig, deshalb rief er sie von zu Hause aus an. Er kam sich wie ein richtiges Scheusal vor, weil er ihr alle diese Dinge sagte, noch schlimmer wäre es aber gewesen, wenn sie seinen Brief samt allen Dokumenten in ihrer Post gefunden hätte. Steven hatte behauptet, es hätte keinen Streit gegeben, sie sei eine gute Ehefrau und er sei mit ihr auch glücklich gewesen, er hätte aber das Kind nicht gewollt, und sie hätte sich geweigert, es abtreiben zu lassen.

Für Steven war es ganz logisch, während Larry Allmann sich ernsthaft fragte, ob Townsend in diesem Punkt ganz zurechnungsfähig war. Es war jedoch nicht seine Aufgabe, dies mit ihm auszudiskutieren. Er hatte versucht, ihn zu überreden, es mit einer Eheberatung zu versuchen, hatte ihn gedrängt, sich alles gründlich zu überlegen und auf seine Rechte als Vater nicht zu verzichten, ehe er nicht wenigstens einen Blick auf das Baby geworfen hätte. Aber Steven hatte davon nichts hören wollen.

»Mrs. Townsend, es tut mir aufrichtig leid«, sagte Allmann leise. »Für mich ist es alles andere als angenehm, Sie über das alles informieren zu müssen. Ich dachte, ein Anruf wäre ...«

»Es ist nicht Ihre Schuld«, schluchzte sie. Sie wünschte sich noch immer, Steven zu einem Sinneswandel zu bewegen, aber sie wußte, daß sie es nicht konnte. »Geht es ihm gut?« fragte sie dann zu Allmans Verwunderung.

»Ja. Und geht es Ihnen gut?« Das erschien ihm viel wichtiger.

Sie nickte, während ihr neue Tränen über die Wangen liefen. »Mir geht es gut.«

Er lächelte bekümmert. »Es tut mir leid, das sagen zu müssen, aber diesen Eindruck habe ich ganz und gar nicht.«

»Ach, es war ein lausiger Tag ... der Sohn des Senators und jetzt dies.« Alles war schrecklich. Und das Wochenende war so schön gewesen. »Glauben Sie ...« Sie kam sich dumm vor, weil sie es fragte, aber sie wollte wissen, ob er glaubte, daß Steven seine Meinung ändern könnte, wenn das Kind zur Welt gekommen war und er es sich ansah. Sie war noch immer überzeugt, daß dann alles anders werden würde. Schließlich war er der Vater. »Glauben Sie, er wird es sich anders überlegen? Später, meine ich ...«

»Möglich wäre es. Er unternimmt im Moment sehr drastische Schritte, ungerechtfertigte Schritte, aber er scheint entschlossen zu sein, die Trennung zu vollziehen, um seines eigenen Seelenfriedens willen. Er möchte, daß alles schriftlich festgehalten und gesetzlich geregelt wird.«

»Wann wird die Scheidung rechtskräftig?« Als ob das von Bedeutung gewesen wäre. Was machte es schon aus? Nur wäre es nett gewesen, bei der Geburt des Kindes verheiratet zu sein.

»Er hat die Scheidung vor zwei Wochen eingereicht. Das heißt, daß sie ... sagen wir mal, Mitte Dezember rechtskräftig wird.« Wunderbar. Zwei Wochen vor der Entbindung. Ohne Namen des Vaters auf der Geburtsurkunde. Eine großartige Nachricht. Sie war froh, daß er sie angerufen hatte.

»Ist das alles?«

»Ja ... ich schicke Ihnen morgen alles zu.«

»Danke.« Wieder wischte sie sich mit zitternden Fingern die Augen trocken.

»In einigen Monaten werde ich mich mit Ihnen wegen der Wohnung in Verbindung setzen. Selbstverständlich kann Ihr Anwalt Antrag auf Unterhaltszahlung stellen.«

»Ich habe keinen Anwalt. Und ich möchte keinen Unterhalt.«

»Mrs. Townsend, Sie sollten sich in diesem Punkt beraten lassen. Nach kalifornischem Recht haben Sie Anspruch auf Unterhalt.«

Seiner Meinung nach war sie schön dumm, wenn sie auf Unterhalt verzichtete. Der ganze Fall war ihm äußerst unangenehm, deshalb hätte er es gern gesehen, wenn sie wenigstens Geld von Steven bekommen hätte. Steven stand in ihrer Schuld, und er als sein Anwalt hatte sich diesbezüglich kein Blatt vor den Mund genommen. »Also, wir sprechen uns noch.«

»Danke.« Sie hörte das Klicken, als er auflegte, nachdem er sich verabschiedet hatte. Sie blieb stehen, den Hörer am Ohr, als würde eine Stimme ihr mitteilen, alles sei ein Irrtum, Steven und sein Anwalt hätten sich mit ihr einen Scherz erlaubt. Doch es war kein Scherz. Steven hatte die Scheidung eingereicht und wollte auf seine väterlichen Rechte verzichten. Das war das Schlimmste, was ihr je zu Ohren gekommen war. Sie zitterte am ganzen Körper, während sie dastand und überlegte, was sie nun unternehmen sollte. In Wahrheit hatte sich nichts geändert. Sie besaß noch immer ihr Zuhause, für eine Weile wenigstens, er wiederum hatte die ganze Einrichtung, und sie hatte das Baby. Aber trotzdem war alles anders geworden. Ihre Hoffnung war zunichte gemacht worden, nur noch ein wildes Hirngespinst. Steven würde nicht mehr zurückkehren und sein Herz an sein Kind verlieren. Sie mußte sich damit abfinden, das Kind allein auf die Welt zu bringen, ihren Job zu behalten, eine neue Wohnung zu finden und sich wenigstens eine Couch anzuschaffen, auf der sie sitzen konnte. Aber wichtiger noch, sie mußte sich der Tatsache stellen, daß er sich scheiden ließ und das Kind keinen gesetzlichen Vater haben würde. Es war ein schwerer Schlag, und ihre Schultern bebten, als sie schluchzend den Hörer auflegte. Sie stand mit dem Rücken zur Tür und hatte überhört, daß jemand eingetreten war. Da er nur ihren Rücken sah, merkte er nicht, daß sie weinte. Langsam drehte sie sich um, tränenüberströmt, und sah ihn wie durch einen Schleier. Es war Bill Thigpen.

»O mein Gott ... verzeihen Sie ... ich wollte

nicht ... der Zeitpunkt ist wohl nicht der günstigste ...« Das war gelinde gesagt eine Untertreibung, und sie versuchte ein Lächeln unter Tränen, während sie in ihrem Schreibtisch nach einem Taschentuch suchte.

»Nein ... ich eigentlich ... schon gut ...« Dann brach sie auf ihrem Stuhl zusammen und heulte hemmungslos, die Hände vors Gesicht geschlagen. »Nein ... es ist schrecklich.« Sie konnte es ihm nicht erklären, und sie wollte es auch nicht. »Es ist nur ... ich bin nicht ... ich kann nicht ...« Sie brachte nur sinnloses Zeug über die Lippen. Er trat näher und umfaßte ihre Schultern.

»Adrian, beruhigen Sie sich. Alles wird wieder gut. Was immer es ist, früher oder später wird es wieder gut ...« Hat man sie entlassen, oder ist jemand gestorben? überlegte er. Sie zitterte wie Espenlaub und war aschfahl im Gesicht. Einen Augenblick befürchtete er schon, sie würde in Ohnmacht fallen. Doch er riet ihr, tief durchzuatmen und brachte ihr ein Glas Wasser. Gleich darauf sah sie schon besser aus. »Hm, sie müssen ja einen schrecklichen Morgen hinter sich haben.«

Er blickte voller Mitgefühl auf sie nieder, und sie versuchte ein Lächeln, das ziemlich kläglich ausfiel.

»Ja, der Tag hat's in sich.« Wieder putzte sie sich die Nase. Dann blickte sie mit einer Mischung aus Verlegenheit und Wertschätzung zu ihm auf. »Erst wird der Sohn des Senators entführt und getötet, und wir bekommen fünftausend Meilen Film mit

Großaufnahmen seiner durchgeschnittenen Kehle.« Der Gedanke daran schnürte ihr die Kehle zu. »Und dann ...« Sie zögerte und kämpfte mit sich, ob sie es ihm sagen sollte oder nicht. Aber es war sinnlos, die Sache weiterhin geheimzuhalten, und auch wenn die Schuld für die Trennung bei ihr lag, so war es nicht ihre Entscheidung. »Und dann ... dann bekam ich diesen dummen Anruf vom Anwalt meines Mannes.« Wieder füllten sich ihre Augen mit Tränen, und ihre Stimme bebte, als sie die Worte aussprach.

»Anwalt? Weshalb hat er sie angerufen? Und außerdem haben wir heute Feiertag.«

»Das habe ich auch gesagt.«

»Und was wollte er?« Bill machte ein besorgtes Gesicht, da er plötzlich das Gefühl hatte, sie brauche Schutz.

Wieder atmete sie tief durch und zerknüllte das Taschentuch in ihrer Hand, während sie seinem Blick auswich.

Sie konnte Bill nicht ansehen, als sie es aussprach. »Er hat mich angerufen, um mir mitzuteilen, daß mein Mann ...« Ihre Stimme sank zu einem kaum hörbaren Flüstern herab, »... die Scheidung eingereicht hat. Schon vor zwei Wochen.«

Bill war zutiefst erschrocken – mehr über die Art, wie sie es aufnahm, als über die Tatsache an sich. Es war ihr tiefer Kummer, der ihn anrührte. Daß sie getrennt lebten, hatte er sich schon gestern ausrechnen können, und jetzt war er erleichtert, daß es kein Geheimnis mehr war. Aber sie tat ihm leid, weil es sie sehr tief zu treffen schien wie ein ganz unerwarteter Schlag.

»Adrian, ist es für Sie ein großer Schock?« fragte er leise.

»Ja.« Seufzend blickte sie zu ihm auf. Bill stand an den Schreibtisch gelehnt da, den Blick auf sie gerichtet. »Ich hätte nie gedacht, daß er es wirklich tut. Er hat zwar gesagt, daß er die Absicht hätte, aber ich habe ihm nicht geglaubt.«

»Wie lange geht das schon so?«

»Ein paar Wochen etwa ... vor einiger Zeit hat er seine Sachen abgeholt. Und auch meine.« Sie lächelten, als beide an die leere Wohnung dachten ... »Das ist mir gleichgültig. Ich hätte nur nicht gedacht ... ich wollte nicht ...«

»Kann ich gut verstehen. Mir ging es ähnlich, als Leslie sich scheiden ließ. Ich selbst habe die Scheidung nie gewollt. Aber urplötzlich faßte sie den Entschluß und behauptete, es sei alles aus. Es kommt einem so unfair vor, wenn der andere eine solche Entscheidung trifft.«

»So ähnlich war es auch bei ihm.« Sie fing wieder zu weinen an, obwohl es ihr vor Bill sehr unangenehm war. Er hingegen schien es gelassen zu nehmen. »Es tut mir leid ... ich bin total durcheinander.«

»Dazu haben Sie jedes Recht. Können Sie nicht nach Hause gehen und sich den Nachmittag frei nehmen? Ich würde Sie fahren.«

»Glaube ich nicht. Wir haben vor den Nachrichten eine Sondersendung anberaumt.«

»Warum hat er Sie nicht selbst angerufen?«

»Ich weiß es nicht.« Sie schien ziemlich am Ende zu sein, als sie sich an ihren Schreibtisch setzte, auf dessen Ecke er hockte. »Ich nehme an, er möchte mit mir kein Wort mehr wechseln.«

»Wenn man keine Kinder hat, ist das wohl das Härteste an einer Scheidung. Hat man aber Kinder, dann ist man gezwungen, miteinander zu reden, bis sie erwachsen sind zumindest. Manchmal macht es einen wahnsinnig, aber es ist wenigstens eine Art fortgesetzter Kontakt.« Sie nickte. Wir haben ja ein Kind, dachte sie. Oder zumindest hatte sie eines. Steven hatte sich seiner ›entäußert‹. »Kennen Sie den Grund? Oder geht mich das nichts an?«

Sie lächelte traurig.

»Ich kenne den Grund. Und eigentlich spielt er keine Rolle. Steven hat einen Standpunkt eingenommen, und ich ebenso. Ich war einfach nicht imstande, das zu tun, was er von mir erwartete. Wir beide hatten wohl das Gefühl, daß unsere Persönlichkeit auf dem Spiel stand, deshalb hat sich jeder unbeugsam gezeigt. Und er hat gewonnen, denke ich. Oder wir beide haben verloren. So irgendwie. Sobald sein Entschluß feststand, hatte ich keine Chance mehr.«

»Hm, das war mit Leslie ähnlich. Doch damals spielte ein Dritter eine Rolle, von dessen Existenz ich nichts wußte. Glauben Sie, daß er eine andere Beziehung hat?«

»Mag sein. Aber eigentlich glaube ich es nicht. Ich denke vielmehr, es hängt mit dem zusammen, was er vom Leben erwartet und was nicht, und plötzlich strebten unsere Wege auseinander.«

»Ein ziemlich brutaler Schritt, den er unternimmt, weil ›die Wege auseinanderstreben‹.« Aber die Menschen waren nun einmal sonderbar und taten sonderbare Dinge. Das wußten sie beide. »Ich wollte Sie zu einer Tasse Kaffee ins Studio einladen, aber es ist wohl nicht der richtige Zeitpunkt.« Sie tat ihm leid. »Vielleicht ein andermal.« Er strich ihr teilnahmsvoll über die Wange.

Sie nickte, von dem Gefühl erfüllt, Allmanns Worte wären wie Prügel auf sie niedergesaust. »Ich muß mich an die Arbeit machen. Wir stellen eben einen Bericht zusammen ... über die Familie des Senators. Der Junge gehörte dem Football-Team der UCLA an, war schon auf der High-School in der Auswahlmannschaft und hatte sich in der Sozialarbeit engagiert. Seine Freundin war die Nichte des Gouverneurs. Die Story wird allen das Herz zerreißen.« Sie hatte ihr das Herz zerrissen, und Steven hatte den Rest zertrampelt. Sie fühlte sich, als hätte sie kurz vor Mittag ihr Leben beendet. »Ich werde bis ein Uhr morgens hier sein, vielleicht bis zwei.«

Sie sah jetzt schon abgespannt aus.

»Können Sie nicht eine Pause einlegen? Wenigstens einen Sprung hinausgehen und etwas essen.«

»Das bezweifle ich. Ich werde dafür morgen später anfangen.« Jetzt fehlte noch, daß sie das Kind verlor. Aber daran konnte sie jetzt keinen einzigen Gedanken verschwenden. Sie mußte den Tag durchstehen, dann noch einen Tag und einfach weitermachen.

»Ich arbeite heute auch bis spät in die Nacht. In der Serie bahnen sich eine Menge neuer Entwicklungen an. Morde, Prozesse, Scheidungen, illegitime Babys. Das übliche Verwirrspiel. Das hält mich ziemlich auf Trab. Und ich möchte sicher sein, daß unsere Autoren ihre Drehbücher fertig haben, ehe meine Söhne kommen.«

»Das klingt ja wie die Story meines eigenen Lebens.« Sie lächelte matt, und er gab ihr einen Kuß aufs Haar, als er aufstand und gehen wollte.

»Bleiben Sie hier. Ich komme später noch mal vorbei. Wenn Sie etwas brauchen, dann lassen Sie es mich wissen. Unsere Studioküche ist heute mit Vorräten vollgestopft, weil alle Restaurants in der Umgebung geschlossen haben.«

»Danke, Bill.« Sie sah ihn dankbar an, und er ging mit einem Winken und ließ sie allein zurück. Eine Weile saß sie da und starrte aus dem Fenster. Was für eine verrückte Welt! Steven hatte sie verlassen, sie und ihr Kind. Und ein Neunzehnjähriger mit goldenem Herzen, der das ganze Leben noch vor sich hatte, war ermordet worden – in einem einzigen Augenblick ausgelöscht.

Sie machte sich wieder an die Arbeit und versuchte ihre eigenen Probleme zu vergessen, aber Bill schlich sich immer wieder in ihre Gedanken ein, und sie war dankbar, daß er ihr seine Hilfe angeboten hatte.

Die Sondersendung, die sie zusammengestellt hatte, ging um fünf Uhr auf Sendung und war so bewegend, daß sogar in der Redaktion die Tränen flossen. Dann kamen die Sechs-Uhr-Meldungen, und anschließend sah sie sich noch einen Film an, um für die Sondersendung, die um Mitternacht wiederholt werden sollte, noch etwas Neues zu haben. Es war ein endloser Tag, und es wurde neun Uhr, ehe sie das Dinner entdeckte, daß Bill ihr geschickt hatte. Um Mitternacht, während sie im Studio saß und die Sendung sah, bemerkte sie, daß er hereinkam. Sie deutete auf den Stuhl neben sich. Er setzte sich leise und sah sich die Sendung offensichtlich angerührt mit ihr an.

»Was für eine grauenhafte Geschichte«, sagte er nachher. Der Senator hatte in aller Öffentlichkeit vor der Kamera Tränen vergossen. Und es war die Rede von Gott und seiner Liebe für alle gewesen, von seinem Glauben an ihn, doch damit würde der Schmerz über das Geschehene nicht gelindert. Und dann betrachtete Bill ihr Gesicht. Sie sah noch schlimmer aus als zu Mittag. Hinter ihr lag ein endloser Arbeitstag.

»Wie fühlen Sie sich?«

»Müde.« Das Wort gab nicht annähernd wieder, was sie empfand, und in sie dringen wollte er nicht. Vielmehr wollte er ihr helfen. Sie sah zu erschöpft aus, um selbst nach Hause fahren zu können, deshalb bot er ihr an, sie mitzunehmen.

»Warum fahren Sie nicht mit mir? Morgen können Sie ein Taxi nehmen. Lassen Sie Ihr Auto einfach hier stehen. Oder ich fahre es für Sie und lasse meines hier.« Er traute ihren Fahrkünsten nicht mehr. Sie war so erschöpft, daß man den Eindruck hatte, sie würde am Steuer einschlafen, und sie hatte auch nicht mehr die Energie, mit ihm zu streiten.

»Ich werde mein Auto hier lassen. Ach, übrigens vielen Dank für den Imbiß.« Er schien an alles zu denken, mochte er selbst auch noch so lange arbeiten. Beide meldeten sich beim Pförtner ab, und als Adrian in dem bequemen alten Kombi auf die Beifahrerseite rutschte, stöhnte sie: »O Gott ... ich bin halbtot.«

»Nicht ausgeschlossen, wenn Sie sich nicht ausschlafen.«

Er setzte sich hinters Steuer, und sie war einfach zu müde, um sich auf der Heimfahrt über den Santa Monica Freeway auch nur mit ihm zu unterhalten.

Vor dem Wohnblock parkte er seinen Wagen und brachte sie an die Tür, ohne ein Wort zu äußern. Kaum hatte sie aufgesperrt und sich zu ihm umgedreht, fragte er: »Kommen Sie allein zurecht?«

Ihr Nicken wirkte nicht sehr überzeugend. »Ich denke schon.« Sie war nie trauriger und einsamer gewesen. Sie hatte das Gefühl, daß Steven sie heute noch einmal verlassen hatte.

»Rufen Sie an, falls Sie mich brauchen. Ich bin in der Nähe.«

Er berührte ihren Arm, und sie lächelte und schloß dann die Tür. Sie war wie ausgelaugt. Langsam ging sie die Treppe hinauf, ohne Licht zu machen. Sie wollte die kahlen Wände und leeren Räume nicht sehen. In ihrem Schlafzimmer warf sie sich aufs Bett und lag schluchzend da, bis sie in ihren Kleidern einschlief.

15. Kapitel

In den nächsten Tagen hatte Adrian das Gefühl, einen Traum zu durchleben. Die Papiere, die Lawrence Allmann angekündigt hatte, waren gekommen, und sie setzte ihre Unterschriften an die richtigen Stellen. Sie kreuzte das Kästchen an, das besagte, daß sie keinen Unterhalt wollte, und sie war einverstanden, ab ersten Oktober einen Käufer für die Wohnung zu suchen. Mit Bill sprach sie darüber nur wenig, obwohl er fast täglich bei ihr im Büro vorbeisah. Er drängte sie nicht, mit ihm auszugehen, da er spürte, daß der Schock über die Trennung noch nicht überwunden war. Sie hatte zuviel mitgemacht. In der Redaktion war es ziemlich hektisch zugegangen, und er selbst hatte mit den Script-Änderungen alle Hände voll zu tun. Dazu bemühte er sich, seinen Schreibtisch vor dem vierwöchigen Urlaub leer zu bekommen.

Trotzdem hatte er Zeit gefunden, Adrian eines Nachmittags ins Studio mitzunehmen, wo sie fasziniert zusah, wie eine Folge live ausgestrahlt wurde. Sofort erwachten in ihr Erinnerungen an die Zeit, als sie selbst an Serien mitgearbeitet hatte. Und nachher machte er sie mit allen bekannt. Als sie in sein Büro zurückging, bewunderte sie seine Emmys, und er erläuterte ihr das Handlungsgerüst der Serie. Er hatte die Handlung der nächsten Monate skizziert und Alternativlösungen für allfällig auftauchende Probleme vorgesehen. Auf seinem Schreibtisch lag ein ganzer Stapel von Drehbüchern, die er noch absegnen mußte. Während er ihr alles erklärte, erwachte in ihr der Wunsch, an einer Serie wie dieser mitzuarbeiten statt in der Nachrichtenredaktion, und als sie seine Notizen las, hatte sie einige sehr interessante Bemerkungen dazu zu machen.

»Warum gehen Sie mir nicht hin und wieder beim Weiterspinnen des Handlungsfadens zur Hand? Die Autoren freuen sich über ein wenig Hilfe, weil man neue Ideen immer gebrauchen kann. Es ist gar nicht so einfach, fünf Folgen wöchentlich auf die Beine zu stellen.«

»Kann ich mir denken ...« Als sie ihn ansah, blitzte Erregung und Interesse in ihrem Blick. »Meinen Sie das ernst, Bill? Soll ich wirklich ein paar Ideen beisteuern?«

»Aber sicher. Warum nicht? Wenn Sie wollen, können wir uns einmal beim Abendessen zusammensetzen und alles besprechen. Ich liefere Ihnen dann das Hintergrundmaterial über die handelnden Personen. Sie werden sehen, es macht Spaß.« Er schien es für eine großartige Idee zu halten, und Adrian teilte insgeheim seine Meinung. Sie waren noch immer in ihr Gespräch vertieft, als sie zurück in ihre Redaktion gingen. Und auch am nächsten Abend war die Rede davon, als sie schließlich, zwei Wochen nach dem Grillfest, mit ihm ausging.

Es war ein Samstagabend, und sie waren sich am Morgen beim Pool über den Weg gelaufen. Sie sah besser aus als seit Tagen und schien endlich den Schock einigermaßen überwunden zu haben. Noch immer schwärmte sie begeistert von den Aufnahmen zu seiner Serie, die sie tags zuvor gesehen hatte. Und während sie davon sprachen, erschien sie ihm begehrenswerter als je zuvor.

»Ob ich es schaffe, bei Ihnen heute abend Interesse für eines der berühmten Thigpen-Steaks zu wecken? Oder wie wäre es mit etwas Großartigerem, einem Abendessen bei Spago beispielsweise?« Es war das Lieblingslokal der Fernseh- und Filmgrößen, das sein Besitzer Wolfgang Puck dank seiner köstlichen Pastagerichte, seiner phantasievollen Pizza-Kompositionen und anderer Kreationen der *›nouvelle cuisine‹* zu einem Treffpunkt der verwöhntesten Feinschmecker gemacht hatte.

In den letzten zwei Wochen hatte Adrian es geschafft, sich mit den Tatsachen ihres Lebens einigermaßen abzufinden, so daß ihr die Aussicht auf einen Abend außer Haus sehr verlockend erschien. Und Bill hatte unendliche Geduld bewiesen. Er hatte sie unauffällig im Auge behalten, ohne je aufdringlich zu werden. Während der Arbeit war er öfter bei ihr aufgetaucht, hatte ihr spätabends etwas zu essen geschickt und ihr ein- oder zweimal angeboten, sie im Auto mitzunehmen. Niemals aber hatte er ihr eine Verabredung oder einen Abend in seiner Gesellschaft aufgedrängt, weil sie dafür offensichtlich noch nicht bereit war. Er hatte ihr sogar einen Anwalt empfohlen, der sich ihrer Angelegenheit annahm und mit Lawrence Allmann schon einige

Male gesprochen hatte. Doch nach vierzehn Tagen tiefsten Kummers und Seelenschmerzes hatten sich ihre Lebensgeister wieder gehoben, und Bills Vorschläge erschienen ihr äußerst verlockend.

»Was immer Sie wollen.« Sie lächelte voller Dankbarkeit. Er war ihr in kurzer Zeit ein guter Freund geworden.

»Na, dann das Spago?«

»Himmlisch!« Sie lächelte, und beide gingen in ihre Wohnungen, um all jene Dinge zu erledigen, die unumgänglich waren, die Wäsche, die Rechnungen ... die Zahlungen schienen kein Ende zu nehmen, seit Steven sich nicht mehr daran beteiligte. Ihr Gehalt deckte alle Bedürfnisse, aber neuerdings versuchte sie, soviel wie nur möglich auf die Seite zu legen, weil sie Geld für das Baby brauchen würde. Da Steven nichts mehr zum Haushalt beitrug, mußte sie ihre Ausgaben sehr vorsichtig kalkulieren.

Bill holte sie um acht ab, fein gemacht, in khakifarbenen Hosen, weißem Hemd und einem blauen Blazer, während sie ein Kleid aus weicher, fließender, pfirsichfarbener Seide, die ihr locker von den Schultern fiel, ausgewählt hatte. Auf der Fahrt zum Sunset plauderten sie von der Arbeit und davon, wie hektisch es in den letzten Wochen für sie beide gewesen war. Adrian merkte ihm an, wie sehr er sich auf seine Söhne freute, die am Mittwoch eintreffen sollten. Sie würden zwei Tage mit ihm in der Stadt verbringen, ehe sie zu ihrem großen Abenteuer aufbrachen.

Bill bestellte sich eine Pizza mit Ente, und sie entschied sich für Cappelletti mit frischen Tomaten und Basilikum. Als Dessert teilten sie sich ein Riesenstück Schokoladenkuchen, der mit einer verlockenden Haube aus Schlagsahne serviert wurde. Wie immer aß sie alles auf, und Bill zog sie wieder einmal mit ihrem Appetit auf, dem sie fröhnen konnte, ohne zuzunehmen, doch als er es sagte, reagierte sie etwas nervös.

»In letzter Zeit habe ich mich beim Essen gehenlassen, das muß aufhören.« Ihm fiel auf, daß sie nicht mehr bleistiftdünn war, ohne daß man sie als füllig hätte bezeichnen können. Als einziges war ihm aufgefallen, daß ihr Brustumfang sich fast täglich zu vergrößern schien, aber er war nicht sicher, ob dies nicht auf ungenaue frühere Beobachtung seinerseits zurückzuführen war. »Ich werde mich in nächster Zeit nur von Salat ernähren.«

»Das sind ja trübe Aussichten.« Er hielt die Luft an und tat so, als zöge er seinen Bauch ein. Bill war zwar solid gebaut, aber beileibe nicht übergewichtig. »Mir stehen in den nächsten vierzehn Tagen Hamburger und Pommes frites in Schnellimbißrestaurants bevor. Wenn ich mich daraufhin nicht zurückentwickle und mit Jugendakne ende, wird es ein wahres Wunder sein.« Beide lachten, worauf er sie mit einem merkwürdigen Blick ansah. Schon seit Wochen hatte er sie etwas fragen wollen, schon seit dem Zeitpunkt, als er von Stevens Scheidungsabsichten erfahren hatte, er hatte die Frage jedoch nicht zu früh stellen wollen. Und er war auch jetzt nicht sicher, ob sie schon dazu bereit war. »Adrian, ich möchte Ihnen eine komische Frage stellen.«

Kaum hatte er die Worte ausgesprochen, machte sie ein erschrockenes Gesicht. »Werden Sie bloß nicht nervös ... es ist nichts ausgesprochen Persönliches, und meine Gefühle werden nicht leiden, falls Sie nicht darauf eingehen. Ich frage nur, weil vielleicht doch die Chance besteht, Sie überreden zu können.« Er hielt inne, als warte er auf Trommelwirbel. »Nun, wie stehen die Chancen, daß Sie sich ein, zwei Wochen von der Redaktion loseisen können?«

Sie ahnte, was er sie fragen wollte, und lächelte. Adrian fühlte sich sehr geschmeichelt. Sie wußte, wieviel seine Kinder ihm bedeuteten. Die Tatsache, daß er gewillt war, sie mit ihr zu teilen oder sie gar nur mit ihnen bekanntzumachen, bedeutete ihr sehr viel. »Ausgeschlossen wäre es nicht. Vier Wochen Urlaub stehen mir ohnehin zu. Ich habe mir die Zeit für eine Europareise im Oktober zusammengespart.« Eine Reise, die sie nun ganz gewiß nicht unternehmen würde. Sie würde im Herbst nirgends hinfahren, mit niemandem. Um diese Zeit würde sie im sechsten Monat sein.

»Glauben Sie, daß man Ihnen kurzfristig freigeben könnte? Mich bewegt die Frage, ob Sie an unserer Tour nach Norden teilnehmen möchten. Hätten Sie Interesse? Wenn nicht, dann zeugt das von Ihrer Vernunft und Urteilsfähigkeit. Eine bequeme Fahrt wird es nicht. Den lieben langen Tag mit zwei kleinen Jungen im Auto, endloses zänkisches

Geplänkel, ungenießbares Essen von einem Ende Kaliforniens zum anderen und zu guter Letzt die Nächte in einem Schlafsack auf hartem Boden am Lake Tahoe.« Er liebte diese Art, Ferien zu machen, wie sie ihm anmerkte, und es war eigentlich eine Auszeichnung, daß er sie einlud mitzukommen.

»Es klingt großartig.« Ihre Antwort war von einem Lächeln begleitet.

»Meinen Sie, daß Sie Urlaub bekommen könnten?«

»Das weiß ich nicht, aber man kann ja fragen.« Sie hatte keine Ahnung, wie man in der Redaktion reagieren würde, aber es war gut möglich, daß man sie für eine, wenn nicht gar für zwei Wochen entbehren konnte, und es war genau das, was sie jetzt dringend nötig hatte.

»Falls man Ihnen die erste Woche nicht freigibt, könnten Sie direkt nach Reno fliegen und in der zweiten Woche am Lake Tahoe zu uns stoßen. Aber auch der erste Teil wird ein großer Spaß. Wir wollen auf der San Ysidro Ranch unweit von Santa Barbara Station machen und später in San Francisco in einem urgemütlichen alten Hotel, das wir sehr lieben, absteigen. Dann geht es weiter ins Nappa Valley. Dort gibt es ganz bezaubernde kleine Landgasthäuser, und ich dachte mir, es wäre eine hübsche Zwischenstation auf dem Weg zum Lake Tahoe.«

»Das macht einem ja richtig Lust.« Sie lächelte ihn an. Zum erstenmal seit Wochen war jegliche Anspannung von ihr gewichen. »Ich glaube, ich muß mich bei Ihnen entschuldigen. Die letzten zwei Wochen habe ich wie unter Schockeinwirkung verbracht. Seit dem Anruf von Stevens Anwalt.« Ihr Eingeständnis lieferte ihm den Vorwand für eine Frage, die er ihr schon längst hatte stellen wollen.

»Warum haben Sie mir nie gesagt, was vorher passiert ist?«

»Bill, ich weiß es nicht. Vermutlich war es mir peinlich. Als Steven mich verließ, kam ich mir wie der größte Versager vor.«

Er nickte, da er sie nur zu gut verstehen konnte, aber es hätte ihm viel Kummer erspart, wenn sie ihm gegenüber offen gewesen wäre. Zum erstenmal im Leben hatte er ernsthaft erwogen, es bei einer verheirateten Frau zu versuchen, und er mußte tagelang Kämpfe mit sich selbst ausfechten. Das hätte sie ihm ersparen können, aber jetzt war das alles unwichtig geworden. Adrian schien nun in viel besserer Verfassung zu sein. Die Wirkung des Schocks war von ihr gewichen, und er hatte sie seit jenem ersten Tag nicht mehr weinen gesehen. Sie war aus hartem Holz geschnitzt. Viel härter, als er ihr zugetraut hatte.

»Nun, was halten Sie von der Tour? Glauben Sie, daß Sie Urlaub bekommen?«

»Das will ich gleich am Montag als erstes herausfinden. Ich halte es nicht für ausgeschlossen. Im Moment läuft alles gemächlicher, und es sind nicht zu viele Kollegen in Urlaub. Die meisten ziehen Frühjahr und Herbst vor, wenn nicht alles so überfüllt ist.«

»Das würde ich auch gern so halten, aber ich muß Urlaub nehmen, wenn die Jungen kommen.«

Als sie ihn anschaute, schoß ihr die Frage durch den Kopf, wie das alles praktisch ablaufen sollte. Sie wollte keinesfalls ein Zimmer mit ihm teilen, andererseits kannte sie die Jungen ja gar nicht. Die beiden würden wahrscheinlich nicht erbaut sein, mit einer wildfremden Frau in einem Raum schlafen zu müssen. Beim Zelten würde alles einfacher sein, aber in einem Hotel konnten Komplikationen auftauchen, wenn sie nicht auf einem eigenen Zimmer und auf getrennter Rechnung bestünde. Sie war nahe daran, mit diesem Vorschlag herauszurücken, als Bill in schallendes Gelächter ausbrach.

»Was ist denn so komisch?«

»Sie sind es. Ich kann direkt beobachten, wie sich in Ihrem Kopf die Rädchen drehen. Machen Sie sich am Ende Gedanken wegen der Schlafordnung?«

»Ja.« Sie lächelte. »Es ist ja nicht so, daß ich Ihnen nicht trauen würde, im Gegenteil, aber ...«

»Sie sollten mir nicht trauen«, gestand er. »Ich bin gar nicht sicher, ob ich mir selbst traue. Aber daneben habe ich eine gehörige Portion Angst vor meiner Ex-Frau. Also, es wird alles hochanständig verlaufen, das verspreche ich. Wahrscheinlich werde ich mit den Jungen schlafen, wie gewöhnlich, die sind nämlich begeistert davon. Sie können mein Zimmer haben.«

»Ist das für Sie nicht sehr unbequem?«

»Nein, es würde mir viel bedeuten, Sie bei uns zu haben«, sagte er leise. »Es wäre sehr schön, wenn Sie mit mir und den Kindern Urlaub machen.« Er hätte ihr zu gern mehr von seinen Gefühlen erzählt, aber er wußte, daß dies nicht der geeignete Zeitpunkt war. Sie mußte sich noch von dem Schlag erholen, den Steven ihr versetzt hatte. Und der Ober wartete schon geduldig, ob ihr Tisch frei würde. Es war ein sehr hektischer Samstagabend, die Leute standen Schlange die ganze Treppe entlang und bis vor die Tür. Als sie gingen, sah Adrian Zelda in der Reihe warten in Gesellschaft eines ganz jungen Mannes, dem Star einer TV-Serie. Er war ein Bild von Mann, und Zelda selbst hatte nie glücklicher und besser ausgesehen.

Zelda entging auch nicht, daß Adrian mit Bill zusammen war, Anlaß für sie, der Freundin ihre Billigung mit einer entsprechenden Geste zu signalisieren. Adrian registrierte es mit einem Lachen und folgte Bill hinaus zu seinem Kombi. Sie dankte ihm mit ernstem Blick für die Einladung.

»Ich möchte mich auch bedanken, daß Sie mich auf Ihre Urlaubstour einladen. Es bedeutet mir sehr viel, da ich weiß, wie wichtig die Kinder für Sie sind, Bill.«

»Ja, das sind sie«, sagte er mit einem Nicken. Dann schaute er sie eindringlich an und fuhr, alle Förmlichkeiten außer acht lassend, fort: »Und du auch. Du bist ein ganz besonderer Mensch, Adrian.« Sie sah beiseite, ratlos, wie sie auf diese vertrauliche Anrede reagieren sollte. Versprechen konnte sie ihm nichts. In ihrem Leben herrschte noch zuviel Verwirrung. Wenn Steven sie mit ihrem

Kind nicht wollte, dann würde ein anderer sie noch weniger wollen, das stand für sie fest.

»Ich weiß alles zu schätzen, was du für mich getan hast«, griff sie seinen Ton auf und stieg ein, ohne ihn anzusehen. Nicht auszudenken, was er empfinden würde, wenn er die Sache mit dem Baby entdeckte ... ihn an der Nase herumführen war das allerletzte, was sie wollte.

»Adrian, stimmt etwas nicht?« Er griff behutsam nach ihrer Hand. Sie standen noch immer vor dem Restaurant, da er noch nicht losgefahren war. Ganz plötzlich flammte in ihm wieder Sorge um sie auf. Immer wieder gab es Augenblicke, in denen sie unglücklich und verhärmt wirkte. Die Scheidung mußte ihr noch sehr schwer zu schaffen machen. Er hätte ihr zu gern über ihre Tiefpunkte hinweggeholfen.

»Mein Leben ist im Moment ziemlich kompliziert«, gab sie rätselhaft von sich, und er lächelte.

»Du redest wie eine der Personen aus meiner Serie. Ehrlich gesagt, habe ich gerade gestern diese Zeile ins Drehbuch geschrieben. Und du willst von Sorgen sprechen ... meine Heldin erwartet ein außereheliches Kind.« Seine Worte bewirkten, daß sie sich fast verschluckte. Als er den Wagen startete, versuchte sie ein Lachen, das aber als mattes Kichern auf der Strecke blieb. Wieder einmal zeigte sich die Kunst als Imitation des Lebens ... in letzter Zeit für ihren Geschmack zu häufig.

Sie fuhren direkt nach Hause, und Bill bat sie noch auf eine Tasse Kaffee zu sich. Adrian bewunderte seine ausgefallene Espresso-Maschine, und dann saßen sie noch lange in seiner gemütlichen Küche beisammen.

»Bevor die Jungen zu mir kommen, habe ich immer das Gefühl, ich müßte noch einen letzten Blick auf die ganze Wohnung werfen.« Er grinste. »Vom Augenblick ihrer Ankunft bis zum Abschied herrscht hier totales Chaos, der Fernsehapparat läuft ununterbrochen, auf jedem Stuhl liegen Kleidungsstücke, auf dem Tisch liegen Socken, die Badezimmer sehen aus wie nach einem Wirbelsturm und auf sämtlichen Gegenständen kleben Süßigkeiten und Kaugummi. Die beiden sind wirklich hoffnungslos.«

»Klingt aber lustig und glücklich.« Sie lächelte ihm zu.

»Eine sehr gefährliche Haltung.« Er erwiderte ihr Lächeln. Nach allem, was er bislang von ihr gesehen hatte, war sie in seinen Augen die vollkommene Frau. Schon längst war er zu der Meinung gelangt, Steven Townsend müsse entweder ein Ekel oder ein Vollidiot sein, weil er sie verlassen hatte und die Scheidung wollte. »Ich kann es kaum erwarten, daß du sie kennenlernst.«

»Ich auch nicht«, sagte sie, als sie ihren Cappuccino schlürfte.

»Ich hoffe sehr, daß du mitkommen kannst.«

»Ich auch.« Es war aufrichtig gemeint. »Und wenn ich keinen Urlaub bekomme, könnte ich vielleicht über ein Wochenende an den Lake Tahoe fliegen.«

»Das wäre nett. Aber ich wünschte mir viel mehr.« Zwei Wochen mit ihr und seinen Söhnen zusammen – für ihn der Inbegriff des Glücks. Es war ein Leben, wie er es sich in den vergangenen sieben Jahren ersehnt hatte, ein Leben, das er verloren und von dem er geglaubt hatte, er würde es nie wieder finden. Aber Adrian war eine ganz besondere Frau. Irgendwie ängstigten ihn seine Gefühle für sie, andererseits aber genoß er sie sehr.

Um Mitternacht brachte er sie bis an ihre Haustür, und sie kam sich wie ein Teenager vor, als sie im Eingang stehenblieb. Er wünschte sich nichts sehnlicher, als ihr endlich näherkommen zu können, doch er spürte instinktiv, daß sie dazu nicht bereit war. Auch am Lake Tahoe würde sein Verlangen keine Erfüllung finden, da er auf einer mit den Kindern gemeinsam unternommenen Tour keinen Annäherungsversuch wagen würde. Er hatte ja keine Ahnung, ob sie sich zu ihm hingezogen fühlte, und wollte es nicht darauf ankommen lassen, jedenfalls nicht zu rasch, denn es bestand immer Gefahr, daß er sich eine Abfuhr holte. Adrian war dankbar, daß er sie nicht drängte. Sie hauchte ihm einen keuschen Kuß auf die Wange, und als er zurück zu seiner Wohnung ging, machte ihn das Verlangen nach ihr fast wahnsinnig.

Am nächsten Tag unternahm er mit ihr eine kleine Spritztour, auf der sie in Laguna Niguel im Ritz-Carlton den Sonntagslunch einnahmen. Anschließend mußten sie zurück, weil er zu tun hatte. Die Arbeit half ihm wie immer über seinen konstanten Frust hinweg. Sylvia war schon eine ganze Weile fort, und seit Adrian in sein Leben getreten war, hatte er keine andere gewollt. Doch nun wurde er von Träumen verfolgt, in denen sie die Hauptrolle spielte.

Am Montag kurz vor Mittag tauchte sie in seinem Studio auf, mit Siegesmiene und sichtlich aufgekratzt, während er sich mit Änderungen in letzter Minute abplagte.

»Ich kann mitkommen. Ich habe zwei Wochen Urlaub bekommen!« verkündete sie frohlockend. Zwei Darstellerinnen konnten sich ein Kichern nicht verkneifen. Bill sah sie mit bangem Entzücken an und bat sie, zu bleiben, bis er die letzten Anweisungen gegeben hatte, bevor sie auf Sendung gingen. Dann lud er sie ein, die Aufnahmen von der Regiekabine aus zu beobachten.

Es war eine mit Handlung vollgepackte Folge, konfliktreich und gefühlsträchtig. Helen hatte ihre Schwangerschaft eingestanden, verriet aber nicht, wer der Vater des Kindes war. John war im Gefängnis und würde in Kürze vor Gericht stehen. In dieser Folge rief Helen einen Unbekannten an und drohte ihm für den Fall, daß er verriete, daß er der Vater ihres Kindes war, mit Selbstmord. Die Darstellerin der Helen, eine routinierte Schauspielerin, lieferte die vom Drehbuch geforderte Gefühlsskala sehr überzeugend. Sie war seit Jahren dabei und stellte eine der Stützen von ›Lebenswertes Leben‹ dar. Bill entging nicht, daß Adrian alles mit größtem Interesse verfolgte. Für sie war es eine herrliche

Abwechslung, bei den Dreharbeiten dabeisein zu dürfen. Sie fand alles großartig.

»Bill, die Serie ist einmalig.« Ihre Zustimmung bedeutete ihm sehr viel. Und sie diskutierten noch immer über einige Einzelheiten, als sie die Regiekabine verließen. Er machte sie mit den Darstellern bekannt, denen sie noch nicht begegnet war, und sie gratulierte ›Helen‹ zu ihrem glänzenden Auftritt. Dann mußte Adrian zurück in ihre Redaktion.

Nun hatte sie etwas, auf das sie sich freuen konnte, nämlich auf die Fahrt und auf die Begegnung mit seinen Kindern. Hoffentlich passe ich dann noch in meine Jeans, dachte sie ein wenig bang, als sie wieder bei ihrer Arbeit saß.

16. Kapitel

Zwei Tage darauf kamen die Kinder. Es war ein Mittwochnachmittag, und Bill holte sie vom Flughafen ab. Er hatte Adrian gebeten mitzukommen, aber sie wollte sich nicht aufdrängen. Die Jungen hatten ja keine Ahnung, wer sie war, und sie waren seit den Osterferien nicht mehr bei ihrem Vater gewesen. Außerdem war Adrian an diesem Tag beim Arzt bestellt. Zum erstenmal hörte sie die Herztöne des Babys. Der Arzt hielt ihr das Stethoskop an die Ohren, während er mit einem kleinen mikrophonähnlichen Ding über ihren Leib fuhr. Das erste laute Dröhnen, das sie vernahm, war der eigene Herzschlag oder vielmehr die Plazenta, die das Baby mit Blut versorgte. Doch daneben, viel leiser und schneller, war der Herzschlag des winzigen Kindes zu hören. Sie lauschte voller Verwunderung und mit Tränen in den Augen.

»Hm, das klingt tadellos«, bemerkte der Arzt, als sie sich aufsetzte. Ihr Blutdruck war in Ordnung, auch ihr Gewicht, obwohl sie schon ziemlich zugenommen hatte.

Kein Zweifel, ihr Körper zeigte Anzeichen der Veränderung. Wenn sie sich im Spiegel von der Seite betrachtete, sah sie eine deutliche Wölbung. Sie war nun gezwungen, lose Kleider zu tragen, aber wer es nicht wußte, hätte nie vermutet, daß sie im vierten Schwangerschaftsmonat war.

»Gibt es Probleme, Adrian?« fragte der Arzt noch. Sie war seit ein paar Wochen nicht mehr bei ihm gewesen. Kurz nach ihrem letzten Besuch war Steven ausgezogen und hatte ihr später die schicksalsträchtigen Dokumente zuschicken lassen.

»Mir ist nichts aufgefallen«, sagte sie. »Ich fühle mich wunderbar.« Das stimmte auch für die meiste Zeit, nur wenn sie ab und zu sehr lange arbeitete oder erst spätabends nach Hause kam, war sie total am Boden zerstört.

»Und wie hat Ihr Mann sich auf die Situation eingestellt?« fragte er sie, während er sich die Hände wusch. Er hatte nichts anderes erwartet, als daß Steven zur Besinnung kommen würde. Von den Vorgängen der letzten Zeit wußte er nichts, und Adrian wollte ihm nichts sagen. Es war zu peinlich, und das Eingeständnis, daß er sie verlassen hatte, löste bei ihr immer das niederschmetternde Gefühl aus, versagt zu haben. In der Redaktion hatte sie es auch noch niemandem erklärt. Die einzige, die es wußte und die sie zum Schweigen verpflichtet hatte, war Zelda, die behauptete, es sei dumm von Adrian, daß sie nicht offen darüber spräche, weil sie ja nichts Schlimmes getan hatte. Es wäre eher an Steven gewesen, sich zu schämen. Aber Adrian tat vor allen so, als sei alles in schönster Ordnung, und gab vor, Steven sei beruflich viel unterwegs. Auch ihrer Mutter gaukelte sie dies vor, wenn sie, selten genug, anrief. Und außer Zelda hatte sie keiner Menschenseele anvertraut, daß sie ein Baby erwartete.

»Ach, ganz gut«, antwortete Adrian auf die Frage des Arztes in aller Unschuld. »Im Moment ist er nicht da.« Als ob der Arzt hätte wissen müssen, daß Steven weg war. Sie stand auf und zog ihr Kleid nach der Untersuchung herunter. Von nun an würde er sie allmonatlich nur wiegen, ihren Blutdruck messen und die Herztöne des Kindes abhören. Dies hatte er schon im Vormonat versucht, aber es war noch zu früh gewesen.

»Haben Sie sich für den Sommer etwas vorgenommen?« erkundigte er sich liebenswürdig, und ihr war es sehr peinlich, daß sie ihn wieder belügen mußte.

»In ein paar Tagen wollen wir an den Lake Tahoe – campen.«

»Wie schön. Aber übertreiben Sie es nicht mit der Höhe, und muten Sie sich insgesamt nicht zuviel zu. Sie tun gut daran, die Fahrt alle zwei Stunden zu unterbrechen, ein bißchen zu laufen und die Beine zu strecken. Dann fühlen Sie sich sofort besser.« Bislang war die Schwangerschaft ohne Komplikationen verlaufen, von der Tatsache abgesehen, daß ihr Mann die Scheidung eingereicht hatte.

Anschließend fuhr sie ins Büro und fand wie immer einen Berg Arbeit vor. Von Bill hörte sie nichts, nahm aber an, daß die Jungen wohlbehalten eingetroffen waren. Am Abend rief er sie in der Redaktion an – kurz vor den Spätnachrichten. Die Jungen waren im Bett, er klang glücklich und erschöpft.

»Ich habe das Gefühl, daß ein Wirbelsturm über die Wohnung hinweggefegt ist«, seufzte er. Dennoch war herauszuhören, daß er diese Situation genoß.

»Sicher sind die Jungen glücklich, bei dir zu sein.«

»Das will ich hoffen. Ich jedenfalls bin froh, sie bei mir zu haben. Morgen bringe ich sie mit ins Studio, damit sie dort alles durcheinanderbringen können, Adam findet beim Drehen alles faszinierend und möchte später Regisseur werden, aber Tommy wird immer ein wenig zappelig. Ich dachte, wir könnten vorbeikommen, dich begrüßen oder zum Lunch ausführen, wenn es deine Zeit erlaubt. Kommt darauf an, wie du es dir einteilen kannst. Die Jungen würden dich gern kennenlernen.«

»Ich kann es selbst kaum erwarten.« Sie lächelte trotz ihrer Nervosität. Die Kinder besaßen für ihn einen so großen Stellenwert, daß sie der ersten Begegnung mit einer gewissen Bangigkeit entgegensah.

Was, wenn die Jungen sie nicht mochten? Gewiß, sie und Bill hatten keine tiefgehende Beziehung, aber er gefiel ihr sehr gut, und sie spürte, daß er sie mochte. Wenn schon sonst nichts, so hoffte sie auf erste Ansätze einer ernsthaften Freundschaft. Und dazu gab es Untertöne, die auf mehr hindeuteten, auf etwas, das beide ihrer besonderen Umstände wegen nicht handhaben konnten. In letzter Zeit war zuviel über sie hereingebrochen. Zuviel war vorgefallen. In Erwartung des Kindes und der Scheidung war sie für eine engere Beziehung nicht bereit. Und doch fühlte sie sich immer mehr zu Bill hingezogen. Sie mußte entdecken, daß sie ihn oft ganz unerwartet brauchte, und in gewisser Weise fürchtete sie, sie würde ihn noch mehr brauchen, wenn sie ihren Gefühlen freien Lauf ließe.

»Möchtest du morgen nach der Sendung ins Studio kommen oder sollen wir in der Redaktion vorbeischauen?« fragte er. Er hatte seinen Kindern von ihr erzählt, ohne daß sie mit Erstaunen reagierten, da sie schon zuvor seine Freundinnen kennengelernt hatten und diese Situation für sie nicht neu war. Meist nahmen sie kein Blatt vor den Mund und sagten ihm, was sie von den Frauen hielten, von denen einige sie auch auf die Urlaubsfahrten begleitet hatten. Nun fiel es ihm schwer, ihnen zu erklären, daß dieser Fall anders gelagert war. Dies war eine Frau, die er achtete und schätzte, jemand, den er lieben könnte, wie er argwöhnte. Aber davon sagte er ihnen nichts.

»Ich schaue im Studio vorbei. Ich möchte sehen, was du dir für deine armen Darsteller ausgedacht hast. Wie geht es der Frau mit dem illegitimen Baby?«

»Sie trinkt zuviel – verständlicherweise. Alle wollen wissen, wer der Vater des Kindes ist. Soviel Post haben wir noch nie bekommen. Erstaunlich, wie diese Probleme die Zuschauer faszinieren. Zweifelhafte Vaterschaft scheint für die meisten von uns ein Thema von allergrößtem Interesse zu sein. Oder vielleicht überhaupt Babys.« Wieder hatte er fast ins

Schwarze getroffen, und sie reagierte mit Nervosität. Der Vater ihres Kindes war für sie Grund für viel Kümmernis. Seufzend nahm sie zur Kenntnis, daß sie in der Regiekabine gebraucht wurde.

»Also, bis morgen. Richte ihnen meine Grüße aus.«

»Mach' ich«, sagte er mit einer Wärme, die allein ihr galt, wie sie spürte. Sie lächelte versonnen, als sie auf dem Weg zur Regiekabine mit Zelda zusammenstieß.

»Na, wie geht's?« fragte Zelda mit besonderer Betonung. Hin und wieder erwachte ihre Sorge um Adrian, sie waren jedoch beide viel zu beschäftigt, um mehr Kontakt miteinander zu pflegen. Zelda fragte sie von Zeit zu Zeit, ob sie etwas von Steven gehört hatte, und sie war immer entsetzt, wenn sie erfuhr, daß es nicht der Fall war.

»Sehr gut«, sagte Adrian lächelnd. Sie wußte, daß ihre Geheimnisse bei Zelda sicher waren.

»Gestern habe ich dich mit Bill Thigpen gesehen.« Das hatte Zeldas Neugierde auf den Plan gerufen. Sie wußte, wer er war und wie erfolgreich seine Serie lief, und sie hätte zu gern gewußt, ob sich zwischen ihm und Adrian etwas anbahnte, aber sie vermutete, daß Adrian sich noch immer Illusionen über Steven hingab.

»Läuft da etwas?« fragte sie unverblümt, und Adrian kränkte diese Unverfrorenheit.

»Ja, eine schöne Freundschaft.« Sie lief zur Regiekabine weiter, und um Mitternacht fuhr sie nach Hause und fiel ins Bett. Sie war zu müde, um noch einen klaren Gedanken zu fassen, und in den kommenden zwei Tagen, ehe sie in Urlaub fahren wollte, gab es noch viel zu tun.

Am nächsten Tag, als sie einen Besuch in Bills Studio machte, kam sie gerade noch rechtzeitig zum Sendetermin. Fasziniert erlebte sie mit, wie die schwangere Heldin in Tränen ausbrach, als sie von ihrem Kind sprach. Ihr Mann war noch hinter Gittern, und sie wurde von einer Frau erpreßt, die zu wissen vorgab, wer der Vater des Kindes war. Der Prozeß gegen ihren Mann hatte schon begonnen, dazu kam, daß Helen noch den Tod der Schwester betrauerte. Daß die Zuschauer sich davon so mitreißen ließen, war verständlich. Alles war so absurd, so übertrieben – und doch wieder nicht. Es war übertrieben, so wie das wirkliche Leben mit all seinen unerwarteten Drehungen und Wendungen und seinen plötzlich hereinbrechenden Katastrophen. Menschen fielen Unfällen zum Opfer, kamen ums Leben, betrogen einander, verloren ihre Arbeit und bekamen Kinder. In der Serie ging es wohl etwas melodramatischer zu als im Leben der meisten Menschen, aber doch nicht so viel, wie man denken könnte, überlegte Adrian, die an ihr eigenes Leben dachte.

Nachdem sie sich auf leisen Sohlen ins Studio geschlichen hatte, entdeckte sie die zwei Jungen neben Bill, die wie gebannt den Schauspielern zusahen. Adam war für sein Alter sehr groß. Er hatte sandfarbenes, blondes Haar, große, blaue Augen und lange Beine, die in Jeans steckten. Dazu trug er ein

T-Shirt und hochgeschnürte Turnschuhe. Tommy, der Kleinere, hatte sich in Cowboyhemd und -hosen neben einem Regiesessel postiert. Er trug genau denselben Ausdruck zur Schau wie Bill, wenn er sich auf etwas konzentrierte. Die beiden sahen einander ähnlich wie Zwillinge, nur daß der eine viel kleiner war. Tommys Anblick allein genügte, um das Verlangen zu wecken, ihn in die Arme zu nehmen. Er hatte weiche braune Locken, und seine blauen Augen waren noch größer als die seines Bruders.

Er war es, der sie zuerst bemerkte, und er starrte sie neugierig an, statt der Live-Sendung zuzusehen. Sie lächelte ihm zu und winkte, und er reagierte mit einem Grinsen und zupfte seinen Vater am Ärmel. Als er Bill etwas zuflüsterte, drehte dieser sich um. Er begrüßte sie erst, als eine Werbeeinschaltung kam und machte sie ganz rasch miteinander bekannt, bevor wieder absolute Stille herrschen mußte. Adam schüttelte ihr ernst die Hand, und Tommy fragte feixend, ob sie die sei, die mit an den Lake Tahoe käme. Sie hatte nur Zeit für ein geflüstertes Ja und ertappte sich dabei, daß sie wiederholt über seine weichen Löckchen strich, während sie den Rest der Folge ansah. Er schien nichts dagegenzuhaben.

»Dad, das war sehr gut«, meinte Adam, kaum, daß die Scheinwerfer erloschen waren. Bill stellte ihn allen Darstellern vor. Die meisten kannte er schon, aber es waren wieder ein paar neue Gesichter dabei.

Adrian war gerührt, als sie sah, wie stolz er auf seine Kinder war. Bill mußte ein wunderbarer Vater sein.

Tommy kletterte vor Adrians Augen auf eine der Kameras, und sie bemerkte, daß er sie verstohlen beobachtete, während er so tat, als sähe er sie nicht. Schließlich genehmigten sie sich einen Lunch, und Tommy musterte sie bei Sandwiches aufmerksam.

»Wie lange kennen Sie meinen Dad schon?« fragte er, ungeachtet eines mahnenden Blickes, den Adam ihm zuwarf.

»Tommy, sei still! Das fragt man nicht!«

»Schon gut.« Sie bezog in ihr Lächeln beide mit ein und überlegte angestrengt. Es kam darauf an, wann man zu zählen anfing. Von der ersten Begegnung im Supermarkt an oder von dem Moment, als sie sich zum erstenmal unterhielten. Sie war nicht sicher, was sie sagen sollte, und entschied sich für die erstere Variante, damit es aussah, als würden sie sich schon etwas länger kennen. »Ach, seit ein paar Monaten.«

»Und geht ihr viel zusammen aus?« fuhr Tommy fort. Adrian quittierte die Frage mit einem Lächeln, während Adam ihm zurief, er solle den Mund halten.

»Ja, manchmal. Wir sind gute Freunde.« Doch er hatte etwas Interessantes an ihrer linken Hand entdeckt und starrte es an, während sie ihr Sandwich verzehrte.

»Sind Sie verheiratet?«

Nun trat eine lange Pause ein. Sie wich Bills Blick

aus. Sie wollte aufrichtig mit ihnen sein, so schwer es ihr auch fallen mochte.

»Ja.« Sie trug noch immer ihren Ehering, weil sie es nicht übers Herz gebracht hatte, ihn abzulegen. Auch Bill war es schon aufgefallen, er hatte aber nie ein Wort darüber verloren, und er hätte auch nie wie sein jüngerer Sohn den Mut aufgebracht, sie danach zu fragen. »Besser gesagt, ich war es«, berichtigte sie sich.

»Sind Sie geschieden?« Diesmal stellte Adam, dessen Neugierde erwacht war, die Frage.

»Nein«, gab sie leise zurück. »Aber es wird bald soweit sein.«

»Wann?« Seine unschuldige Frage traf sie mitten ins Herz, doch sie tat ihr Bestes, um sich nichts anmerken zu lassen.

»Vielleicht um die Weihnachtszeit.«

»Oh ...«

Wieder war es Tommy, der fragte: »Warum tragen Sie dann noch immer Ihren Ehering? Meine Mom trägt auch einen«, informierte er sie, »nur größer und mit einem Diamanten dran.« Adrians Ring war ganz schmal und schlicht. Sie hatte ihn immer sehr geliebt.

»Wie schön ... ich trage meinen, weil ... nun ja, weil ich daran gewöhnt bin, glaube ich.« Sie hatte im vergangenen Monat erwogen, ihn abzulegen, hatte dann aber doch Abstand davon genommen.

»Wollten Sie geschieden werden?« erkundigte sich Adam, und Bill entschloß sich zum Einschreiten, um ihr aus der Klemme zu helfen. Es reichte.

»He, Jungs, jetzt laßt die Lady endlich in Ruhe. Tommy, gib acht, was du tust, sonst verschüttest du das Zeug.« Er rettete eine Dose Saft vor ihm und warf Adrian einen entschuldigenden Blick zu. Die strenge Befragung war nicht geplant gewesen.

»Ich glaube, wir schulden Adrian eine Entschuldigung. Ihr Privatleben geht niemanden etwas an.«

»Entschuldigung.« Adam sah sie reumütig an. Mit fast zehn Jahren wußte er es besser, aber er hatte sich von der Fragerei seines jüngeren Bruders mitreißen lassen.

»Schon gut. Manchmal ist es besser, man stellt Fragen, als daß man unnötig herumrätselt. Ich hätte euch zu verstehen gegeben, wenn es mir unangenehm gewesen wäre.« Aber seine Frage, ob sie die Scheidung wollte, beantwortete sie nicht. Die Wunde war noch zu frisch. »Und was ist mit euch?« Sie sah die Jungen ernst an. »War einer von euch schon mal verheiratet?« Adam grinste, und Tommy blieb der Mund offen stehen. »Kommt schon, ich habe euch alles gesagt, jetzt seid ihr an der Reihe. Na, wie läuft es bei euch?« Sie sah von einem zum anderen, als beide zu lachen anfingen. Tommy war der erste, der mit einer Antwort herausrückte.

»Nein, aber Adam hat eine Freundin. Jenny heißt sie.«

»Sie ist nicht mehr meine Freundin.« Adam schien verärgert zu sein und versetzte seinem Bruder einen Schubs.

»Ist sie doch!« Tommy verteidigte seine Wahrhaftigkeit. »Er hatte eine Freundin, die hieß Carol, aber die hat ihn sitzengelassen.«

Adrian lachte. Mit einem teilnahmsvollen Blick zu Adam hin sagte sie: »Das passiert auch den Besten von uns.« Sie lächelte. »Und was ist mit dir?« wollte sie von Tommy wissen. »Gibt es bei dir Mädchen, von denen wir wissen sollten? Ich meine, wenn wir schon Freunde werden wollen, dann solltest du mir es sagen.« Sie wendete dieselben Regeln an, denen die Jungen sie unterworfen hatten, und es machte ihr Spaß, sie ein wenig aufzuziehen – vor Bills Augen. Sie war so lieb, warm und unbefangen mit ihnen wie mit ihm. Und wieder war er hingerissen von ihr ... Adrian war einmalig.

Sie unterhielten sich so angeregt, daß Adrian sie sehr ungern verließ und in ihr Büro zurückging. Sie lud sie in die Nachrichtenredaktion ein, bot ihnen aber nicht an, bei der bevorstehenden Sendung zuzusehen. Einige der eingetroffenen Filme waren zu schrecklich, und sie wollte nicht, daß sie das zu sehen bekamen. Dafür zeigte sie ihnen das Studio und die Redaktionsräume und stellte sie allen vor, auch Zelda, die die Jungen und deren Vater eingehend begutachtete. Kaum waren die drei gegangen, und Adrian wieder in ihrem Büro, unterzog Zelda sie einem Verhör.

»Könnte etwas Ernstes daraus werden?«

»Nicht sehr wahrscheinlich«, erwiderte Adrian kühl. Schließlich wußte Zelda, daß sie schwanger war. Aber sie wußte auch, daß Steven sie verlassen hatte. »Unter diesen Umständen.«

»Na, er könnte eine schlechtere Wahl treffen.« Sie sah ihre Kollegin vielsagend an. »Heutzutage gibt es doch so etwas wie eine Jungfrau nicht mehr.« Adrian mußte lachen. Ein Standpunkt, der etwas für sich hatte.

»Ich will daran denken, falls ich je wieder Lust auf eine Romanze haben sollte.« Ihre Freundschaft mit Bill Thigpen sah sie in einem anderen Licht. Sie fand ihn sehr sympathisch, und wenn sie es recht bedachte, dann fand sie ihn auch anziehend, aber sie hatte nie das Gefühl, daß dies eine besondere Rolle spielte. Sie waren gern zusammen und hatten viel gemeinsam. Und seine Kinder waren reizend. Jetzt freute sie sich richtig auf die Fahrt, und sie fand es großartig, daß er sie eingeladen hatte. Es würde herrlich sein, endlich Urlaub machen zu können. Sie erwog, Steven eine kleine Nachricht zu hinterlassen, für alle Fälle, aber die Idee verwarf sie sofort. Es war lächerlich. Er wechselte kein Wort mehr mit ihr, hatte die Scheidung eingereicht und würde wohl kaum versuchen, sie zu erreichen. Und falls er wider Erwarten seine Haltung änderte und wieder nach Hause kam, würde er gewiß ihr Büro anrufen, um zu erfahren, wo sie steckte. Deshalb hinterließ sie bei Zelda und dem Chef der Nachrichtenredaktion die Liste der Hotels, die Bill ihr gegeben hatte, obwohl sie stark bezweifelte, ob jemand sie anrufen würde. Wieder an ihrem Schreibtisch dachte sie an die Fragen, die Adam und Tommy ihr über den Ring und die Scheidung gestellt hatten, und ob sie die Scheidung gewollt hatte oder nicht. Doch als die Abendnachrichten näher rückten und sie keine Zeit mehr hatte, vergaß sie alles.

Am nächsten Tag sah sie die drei wieder, als sie vorbeikamen und Bill sie fragte, ob sie einen Schlafsack besäße. Er hatte eben entdeckt, daß er nur drei hatte, und wollte wissen, ob er ihr einen besorgen sollte.

»Ach, Herrjeh, ich habe keinen«, rief sie betroffen. Daran hatte sie keinen Gedanken verschwendet. Bill versicherte ihr, daß es kein Problem sei. Alles andere hatte er bereits. Er riet ihr, ein hübsches Kleid für die Ausgänge mitzunehmen und eine warme Jacke für die Abende am Lake Tahoe.

»Und das wär's?« zog sie ihn auf. »Sonst nichts?«

»Ganz recht.« Er lächelte. Er genoß das Gefühl ihrer Nähe, und es fiel ihm zunehmend schwerer, Abstand zu wahren. »Nur einen Badeanzug und Jeans.«

»Wenn ich nicht mehr mitnehme, wirst du mich bald satt haben«, warnte sie ihn, aber Bill schüttelte den Kopf und schenkte ihr einen Blick voller Wärme.

»Das bezweifle ich.«

»Wie steht es mit Spielen? Gibt es etwas, was die Herren besonders mögen? Scrabble? Bingo? Karten?« Sie hatte auf eigene Faust eine Liste zusammengestellt und beabsichtigte, einiges gegen allfällige Langeweile mitzunehmen. Tommy nutzte die Chance und orderte Comic-Heftchen und eine Wasserpistole.

»Das schlagt euch aus dem Kopf«, ermahnte Bill

sie, ehe sie gingen. Sie hatten noch ein paar Einkäufe in letzter Minute zu erledigen. Am nächsten Morgen sollte es losgehen.

Adrian packte nach den Abendnachrichten, und als sie noch einmal für die Spätsendung ins Studio fuhr, stand alles fertig an der Haustür. Ihre zwei kleinen Reisetaschen nahmen sich in der leeren Wohnung sehr sonderbar aus. Es sah aus, als wolle nun auch sie endgültig ausziehen. Durch die Leere wirkte die Wohnung noch bedrückender, so daß sie schon erwogen hatte, sich wenigstens ein paar Stücke anzuschaffen, aber irgendwie war sie dazu nicht fähig. Damit hätte sie allem den Stempel der Endgültigkeit aufgedrückt, obschon immer noch die Möglichkeit bestand, daß Steven mit all seinen Sachen zurückkam. In ein paar Monaten mußte sie die Wohnung ohnehin aufgeben. Sie hatte weder Zeit noch Lust für Möbelkäufe.

Gleich nach den Nachrichten rief Bill sie an, und sie plauderten ein paar Minuten über die bevorstehende Tour. Er schien ebenso aufgeregt zu sein wie Adrian, die sich wie ein Kind vorkam, das zum erstenmal zelten darf, und zum erstenmal seit langer Zeit war sie wirklich glücklich. In den letzten zwei Monaten hatten sich so große Schwierigkeiten vor ihr aufgetürmt ... die mit Bill verbrachten Stunden waren die einzigen Lichtblicke gewesen.

»Ich dachte, wir könnten so um acht losfahren. Dann müßten wir um zehn in Santa Barbara sein. Vor dem Essen wäre noch Zeit zum Reiten. Die Jungen sind verrückt danach.« Das war das erste

Mal, daß sie ans Reiten dachte. Es gehörte zu den wenigen Dingen, die ihr verwehrt waren. Hoffentlich würde Bill nicht enttäuscht sein, wenn sie nicht mithalten konnte.

»Ach, ich glaube, ich werde mir eine kleine Pause gönnen, während ich die Herren ausreiten lasse.«

»Bist du denn keine Pferdeliebhaberin?« fragte er erstaunt. Er hoffte, am Lake Tahoe eine Tour hoch zu Roß mit Übernachtung organisieren zu können. Aber wenn es nicht klappte, war es nicht weiter schlimm. Fest vornehmen wollte er sich für den Urlaub nichts.

»Nicht besonders. Und meine Reitkünste sind höchstens mittelmäßig.«

»Uns geht es ähnlich. Na, wir werden sehen, wie du morgen darüber denkst. Um acht holen wir dich ab.« Er konnte es kaum erwarten und sie ebensowenig, während sie im Bett liegend daran dachte. Dabei strich sie gedankenverloren über ihren Leib, der nun nicht mehr ganz so flach war. Zwischen ihren Hüftknochen machte sich eine sanfte Wölbung bemerkbar, die im Stehen noch deutlicher fühlbar war. Manche Kleider saßen nun schon ziemlich knapp, und es würde nicht mehr lange dauern, und man würde es ihr ansehen. Dann würde sich alles für sie ändern – auch ihre Beziehung zu Bill. Sobald ihre Schwangerschaft sichtbar war, würde er mit ihr nicht mehr ausgehen wollen. Aber im Moment konnte sie das Zusammensein noch genießen und freute sich riesig auf den Urlaub. Es bestand kein Grund, ihm jetzt schon alles zu offenbaren, solange sie über den Jeans lose Blusen, Sweatshirts und Jacken trug.

Um Viertel nach acht wurde sie abgeholt. Bill nahm beide Reisetaschen, während sie zusätzlich eine große Schultertasche mitnahm, in der sie neben ihren Schmink- und Toilettenutensilien ein paar Kleinigkeiten zum Naschen für unterwegs und die Spiele für die Kinder untergebracht hatte.

Bill, der glücklich und aufgeräumt wirkte, als er ankam, beugte sich zu ihr, als wolle er sie küssen, aber dann überlegte er es sich anders und ging mit einem scheuen Blick auf Abstand. Dann betrachtete er über die Schulter hinweg die Kinder. Er hatte einen Kleinbus gemietet, in dessen Fond sich Schlafsäcke, Zelte und Koffer stapelten. Sie waren für alle Eventualitäten bestens ausgerüstet.

»Na, alles fertig?« fragte er und strahlte Adrian, die vorn neben ihm saß, an. Dann blickte er sich nach den Kindern um.

»Fertig!« riefen sie einstimmig.

»Gut! Dann nichts wie los mit der ganzen Truppe!« Er startete und fuhr los, Richtung Freeway nach Norden. Adam hörte über Kopfhörer eine Kassette, Tommy spielte mit kleinen Figürchen, Zivilisten und Soldaten, während er versonnen vor sich hinsummte. Bill und Adrian plauderten angeregt – wie eine ganz gewöhnliche Familie auf Sommerurlaub. Als sie daran dachte, mußte Adrian lachen. Sie hatte ihr Haar mit einem blauen Band zurückgebunden. Auch ihr Sweatshirt war hellblau, dazu trug sie uralte Jeans und Turnschuhe. Bill stellte fest, daß sie selbst wie ein Kind aussah, als sie lachend neben ihm saß. »Was ist so komisch?«

»Nichts. Es ist herrlich. Ich habe das Gefühl, eine Rolle in einer Situationskomödie zu spielen.«

»Na, besser als in einer Seifenoper.« Er grinste. »Dann müßtest du nämlich mit einem Trinker verheiratet sein und eine Tochter haben, die vor kurzem ausgerissen ist, und einen Sohn, der insgeheim schwul ist, oder du müßtest von einem anderen schwanger sein oder gegen eine tödliche Krankheit ankämpfen.« Er rasselte die Möglichkeiten herunter und entlockte ihr damit ein Lächeln, obwohl er ungewollt wieder fast ins Schwarze getroffen hatte.

»Das hier ist viel besser.«

»Das meine ich auch.« Er schaltete das Radio ein, und sie fuhren in gemächlichem Tempo nach Santa Barbara. Kurz nach halb elf erreichten sie die San Ysidro Ranch, wo sie ein zauberhaftes Gäste-Cottage erwartete, mit zwei Schlafzimmern, zwei Bädern und einem anheimelnden Wohnzimmer, in dem es einen großen Kamin gab. Alles war wie für Flitterwöchner geschaffen, und Bill brachte seine Sachen wie vereinbart im Zimmer der Jungen unter und überließ Adrian den hübscheren der zwei Schlafräume.

»Bist du sicher?« fragte sie mit schlechtem Gewissen, weil sie das bessere der beiden Zimmer beziehen sollte, aber er bestand darauf und behauptete, er teile sich das Zimmer gern mit den Kindern. »Ich könnte auf der Couch im Wohnzimmer schlafen«, schlug sie vor.

»Gewiß doch. Oder gar auf dem Boden. Warum machen wir es in San Francisco nicht so?«

Sie lachte und half den Jungen, ihre Sachen zu verstauen, und wenig später gingen Bill und die Kinder los, um sich nach Reitpferden zu erkundigen. Sie hatte sich entschuldigt und gesagt, sie wolle sich im Cottage häuslich einrichten, da sie zwei Tage bleiben wollten. Als die drei zurückkamen, war alles fein säuberlich aufgeräumt und alles an seinem Platz.

»Du bist ein Organisationstalent«, lobte er sie mit einem Lächeln.

»Danke. Und wie war der Ausritt?«

»Herrlich. Du hättest mitmachen sollen. Die Pferde sind so gutmütig, daß man mit geschlossenen Augen reiten könnte.« Gut möglich, aber nicht mit ihrem Baby.

»Nächstes Mal vielleicht.« Er spürte, daß da etwas war, vor dem sie zurückscheute, deshalb drang er nicht weiter in sie. Sie bestellten ihren Lunch und legten sich an den Pool. Aber es sollte nicht lange dauern, bis die Jungen Anzeichen von Langeweile erkennen ließen und nach Aktivität lechzten, deshalb organisierte Bill ein Tennismatch. Es gestaltete sich zu einem Mordsspaß, da sie alle ähnlich trainiert waren und so viel lachten, daß sie kaum spielen konnten. Schließlich gewannen Adrian und Tommy, aber nur weil die anderen sich absichtlich drückten und noch schlechter spielten.

Sie nahmen das Abendessen im Speisezimmer des Ranchhauses ein und brachten dann die Kinder sofort ins Cottage, damit sie baden und fernsehen konnten, ehe Bill sie um neun zu Bett brachte und ihnen einschärfte, daß er kein Wort mehr hören wollte, eine Ermahnung, die er bis kurz vor elf des öfteren wiederholen mußte. Die Kinder wisperten und alberten, bis Tommy heulend herauskam, weil er den alten abgenutzten Stoffhasen, den er beim Einschlafen immer dabei haben mußte, nicht finden konnte. Adam hatte ihn unter dem Bett versteckt. Bill war glücklich und erschöpft zugleich, als die Kinder endlich eingeschlafen waren. Er und Adrian saßen noch lange im Wohnzimmer vor dem Kamin und unterhielten sich im Flüsterton.

»Sie sind ganz reizend«, sagte sie und konnte nicht umhin, die Art zu bewundern, wie er mit ihnen fertig wurde, mit mehr Güte als Strenge und mit sehr viel gesundem Menschenverstand, mit Liebe und vernünftigen Argumenten.

»Ja, besonders wenn sie schlafen«, gab er ihr recht. Er wollte ihr sagen, daß auch sie reizend war, getraute sich aber nicht. Eines der Kinder hätte aufwachen und sie belauschen können. »Bist du sicher, daß du nach zwei Wochen nicht total durchgedreht bist?«

»Ja, und wenn ich wieder zu Hause bin, fühle ich mich bestimmt einsam.«

»Ja, mir wird es ähnlich ergehen«, meinte er gedankenverloren. »Es ist zu brutal. Immer wieder stellt sich dann die Erinnerung an die schlechte alte Zeit ein, als ich herkam, nachdem Leslie mich verlassen hatte. Aber jetzt hält mich die Serie in

Schwung, und zudem gewöhne ich mich rasch wieder um.«

Vielleicht war in diesem Jahr das Glück auf seiner Seite, und er würde von Adrian ein wenig in Schwung gehalten werden. Er hoffte es, aber er war sich noch nicht im klaren, was Adrian von ihm erwartete: Distanz oder Nähe. Er war seiner Sache einfach nicht sicher – Freundschaft oder Romanze, oder beides. Er ließ noch immer Vorsicht walten, um sie nicht zu verlieren. Zwar sprach sie von ihrem Mann nur ganz selten, doch er wußte, daß er ihre Gedanken noch beherrschte, das merkte man an Kleinigkeiten, die sie sagte. Und Adam hatte mit der Frage nach dem Ehering einen Treffer gelandet. Warum trug sie den Ring noch?

»Ich kann dir gar nicht genug danken, daß du mich auf diese Fahrt mitgenommen hast.«

»Keine Bange, du wirst mich verfluchen, noch ehe wir zu Hause ankommen.« Er grinste, und beide wußten, daß es nicht stimmte. Die Kinder waren wahre Prachtexemplare.

»Gibt es etwas Besonderes, das ich machen könnte? Wie könnte ich dir mit ihnen helfen?«

»Na, das werden sie dir deutlich zu verstehen geben.«

»Ich habe von Kindern nicht viel Ahnung«, gestand sie ein wenig wehmütig. Sie würde es ganz rasch lernen müssen.

»Die bringen dir alles bei, was du wissen mußt. Ich glaube, am wichtigsten ist ihnen, daß man aufrichtig zu ihnen ist«, sagte er nachdenklich und lehnte sich auf der Couch neben ihr zurück. »Das bedeutet Kindern sehr viel. Die meisten Kinder haben Respekt vor Menschen, die offen und ehrlich sind.«

»Das habe ich auch.« Das war etwas, was sie von Anfang an bei Bill geschätzt hatte.

»Und es gefällt mir an dir!« gestand er im Flüsterton, um die Kinder nicht zu wecken. »Es gibt vieles, was mir an dir gefällt, Adrian.«

Sie schwieg einen Augenblick, dann nickte sie. »In den letzten Wochen war ich wohl ziemlich ungenießbar. Mein Leben wurde von einigen Turbulenzen erschüttert.« Es war die Untertreibung des Jahrhunderts.

»In Anbetracht der Umstände hast du dich tapfer gehalten. Besonders gemein ist es, wenn man selbst die Scheidung nicht will. Aber manchmal glaube ich, daß diese Dinge aus einem bestimmten Grund passieren. Vielleicht hat das Schicksal für dich etwas Besseres auf Lager ... eine Beziehung, die dich viel glücklicher macht als deine Ehe mit Steven.« Das war nur schwer vorstellbar, obwohl sie nicht behaupten konnte, jede einzelne Sekunde glücklich mit ihm gewesen zu sein. Aber im Grunde hatte sie nie ihre Gemeinsamkeit in Frage gestellt. Sie erschien ihr richtig und wie für die Ewigkeit gedacht. »Was haben deine Eltern gesagt, als er auszog?« Daß sie kein besonders gutes Verhältnis zu ihnen hatte, ahnte er, und er konnte sich denken, daß man im prüden Boston ziemlich schockiert gewesen sein mußte.

Sie stutzte zunächst, dann lächelte sie verlegen. »Ich habe es ihnen noch gar nicht erzählt.«

»Im Ernst?« Sie nickte. »Warum nicht?«

»Ich wollte ihnen Kummer ersparen, und dann dachte ich, es wäre viel einfacher, ihnen gar nichts zu erklären, falls er doch noch zurückkommt.«

»Ja, so kann man es auch sehen. Glaubst du denn, er wird zurückkommen?« Sein Herz schlug schneller, als er die Frage stellte.

Sie schüttelte den Kopf, nicht imstande oder nicht willens, ihm die komplizierten Einzelheiten der Situation zu erklären. Sie wollte ihm nicht sagen, daß sie schwanger war. »Nein, aber es gibt da ein paar kleine Komplikationen, die es mir erschweren, meinen Eltern alles zu erklären.«

Vielleicht ist der Kerl schwul, dachte Bill. Eine Möglichkeit, die er zuvor nie in Betracht gezogen hatte. Er wollte jetzt nicht weiter in sie dringen und sie in Verlegenheit bringen. War ihr Mann schwul, dann war damit alles erklärt ... Adrian aber schien sich über die Sache nicht weiter äußern zu wollen.

Sie unterhielten sich noch eine Weile, und schließlich standen sie auf und wünschten sich eine gute Nacht, während Bill ihr einen sehnsüchtigen Blick zuwarf. Lächelnd sah er ihr nach, als sie ihm zuwinkte und die Tür zu ihrem Zimmer schloß. In jener Nacht schloß sie die Tür nicht ab, weil sie ihm vertraute und wußte, daß es nicht nötig war. Beim Erwachen am nächsten Morgen hörte sie, daß die Jungen im Wohnzimmer den Fernsehapparat eingeschaltet hatten. Es war acht Uhr. Und als sie geduscht und in Jeans, rosa Shirt und rosa Turnschuhen herauskam, hatte Bill bereits das Frühstück bestellt.

»Sind dir Pfannkuchen und Würstchen recht?« fragte er mit einem Blick über den Zeitungsrand, und sie reagierte mit einem Stöhnen.

»Großartig. Ich werde dick wie ein Walroß sein, ehe wir den Lake Tahoe erreichen.« Er wußte schon, daß sie gern aß, und er bewunderte sie, weil man es ihr, von ihrer Taille abgesehen, nicht anmerkte.

»Wenn wir wieder zu Hause sind, kannst du Diät machen. Ich mache mit.« Er hatte sich Würstchen, Eier, Toast, Orangensaft und Kaffee bestellt. Adrian aß ihren Teller leer, und die Jungen vertilgten Riesenpfannkuchen. Anschließend wurde wieder geritten, und am Nachmittag unternahmen sie einen Rundgang durch Santa Barbara. Adrian kaufte den Kindern einen Drachen, und sie fuhren an den Strand, um ihn steigen zu lassen. Alle waren tüchtig vom Wind durchgepustet und glücklich, als sie ins Hotel kamen und zum Dinner gingen. Diesmal fielen die Jungen kurz nach sieben total erschöpft ins Bett. Adrian hatte ihnen ein Bad aufgezwungen, was ihr heftigen Protest einbrachte, aber Bill hatte ihren Vorschlag befürwortet.

»Was für Ferien sollen das sein?« fragte Tommy erbost.

»Auf jeden Fall saubere!« Doch als es dann ins Bett ging, hatten sie Adrian schon verziehen, und sie revanchierte sich mit einer ganz langen Geschichte. Es war eine Geschichte, die sie noch aus ihrer Kindheit in Erinnerung hatte, von einem kleinen Jungen, der weit, weit übers Meer gezogen war und eine Zauberinsel entdeckt hatte. Sie schmückte die Geschichte, die ihr Vater ihr früher erzählt hatte, aus, und beide schliefen sofort ein, nachdem Adrian sie zu Ende erzählt hatte.

»Wie hast du das geschafft? Hast du ihnen ein Schlafmittel eingeflößt? So kenne ich die beiden gar nicht, so brav und friedlich«, sagte er voller Bewunderung.

»Das waren der Strand, der Drachen, das Bad und das Dinner. Ich könnte auch glatt ins Bett fallen«, sagte sie lachend, während er zwei Gläser Wein einschenkte. Hinter ihnen lag ein herrlicher Tag, so daß nicht einmal der Anruf des Regisseurs der Serie Bill aus der Ruhe brachte. Ein kleines Problem war aufgetaucht, das sich telefonisch leicht lösen ließ. Bill war ganz locker, als er sich neben Adrian auf die Couch setzte und sie über seine Kinder sprach.

»Hast du immer schon gewußt, daß du Kinder magst?« fragte sie.

»Keine Rede davon.« Er lachte. »Als Leslie mir sagte, sie sei schwanger, war ich starr vor Entsetzen. Ich wußte nicht mal, wo bei einem Baby oben oder unten ist.« Seine Antwort ließ sie lächeln. Genauso war Steven, aber er hatte sich der Situation nicht gestellt, er hatte Reißaus genommen – anders als Bill vor Adams Geburt. Sie war noch immer überzeugt, daß Steven mit der Zeit entdeckt hätte, daß alles nur halb so schlimm war ... wenn er es auf einen Versuch hätte ankommen lassen ... vielleicht würde es noch dazu kommen ... »Du kannst mit Kindern gut umgehen, Adrian. Du solltest dir eines Tages Kinder zulegen. Du würdest eine wunderbare Mutter abgeben.«

»Woher willst du das wissen?« fragte sie besorgt. »Was ist, wenn ich es nicht bin?« Es war eine Frage, die ihr in letzter Zeit viel zu schaffen gemacht hatte.

»Woher weiß man das überhaupt? Man tut sein Bestes. Mehr kann man nicht tun.«

»Es ist ziemlich furchteinflößend.«

Er nickte zustimmend. »Das trifft auf alles im Leben zu. Woher hättest du wissen sollen, daß du dich in der Nachrichtenredaktion bewährst oder das College schaffst oder eine Ehe führen kannst? Du hast es versucht. Mehr kann man nicht machen.«

»Ja.« Sie lächelte wehmütig. »Sehr gut war ich da wohl nicht.«

»Ach, Unsinn, so wie ich es sehe, hat er versagt und nicht du. Nicht du hast ihn verlassen, es war genau umgekehrt.«

»Er hatte seine Gründe.«

»Wahrscheinlich. Aber du hast es immerhin versucht. Jetzt kannst du nicht den Rest deines Lebens mit Selbstvorwürfen oder Schuldgefühlen zubringen.«

»Geht es dir denn anders?« fragte sie unumwunden. »Hast du nicht auch das Gefühl, das Scheitern deiner Ehe sei deine Schuld?«

»Ja, doch.« Er war ebenso ehrlich. »Aber ich weiß, daß es nicht ausschließlich meine Schuld war. Ich hatte mich sehr auf meine Arbeit konzentriert und meine Frau vernachlässigt, aber ich habe sie geliebt und war ein guter Ehemann und hätte sie nie verlassen. Es ist also zum Teil meine Schuld, aber nicht zur Gänze. Ich fühle mich schon viel weniger schuldig als früher.«

»Das ist ja richtig ermutigend. Ich habe noch immer Schuldgefühle.« Sie zögerte und sagte dann: »... und fühle mich wie ein Versager.«

»Das bist du nicht. Du mußt dir nur einreden, daß es einfach nicht geklappt hat. Nächstes Mal läuft es sicher besser«, sagte er zuversichtlich, und sie lachte.

»Ach, was heißt ›nächstes Mal‹. Wieso glaubst du, es würde ein nächstes Mal geben? So dämlich bin ich nicht ... und auch nicht so tapfer.« Und wer würde sie noch wollen, wenn sie ein Kind hatte? Sie konnte sich ihre Zukunft noch immer nicht ohne Steven vorstellen. Aber Bill lehnte sich zurück und lachte. »Im Ernst? Glaubst du wirklich? Du glaubst, mit einunddreißig sei alles vorbei?« Er schien mehr belustigt als mitleidig zu sein. »Das ist doch das Albernste, was ich je hörte.« Besonders für eine Frau, die aussah, die dachte und sich benahm wie sie. Jeder Mann hätte sich glücklich schätzen dürfen, sein Leben mit ihr zu teilen, und er selbst war keine Ausnahme.

»Na, du hast es ja auch nicht noch einmal versucht.« Sie sah ihn fragend an.

»Richtig.« Er lächelte. »Aber ich habe die Richtige eben nicht gefunden.« Er hatte auch alles darangesetzt, sie nicht zu finden.

»Warum nicht?«

»Aus Angst«, gestand er. »Aus Arbeitsbesessenheit, Faulheit, fehlender Motivation. Ich könnte viele Gründe aufzählen. Außerdem war ich bei der Scheidung älter als du. Ich hatte schon zwei Kinder und wußte, daß ich nicht noch mehr Kinder wollte. Damit war für mich der Anreiz, nach jemandem zu suchen, schon viel geringer.«

»Warum nicht? Warum nicht noch mehr Kinder, meine ich?«

»Ich möchte nicht wieder Kinder haben und sie wieder verlieren müssen«, sagte er fast wehmütig. »Einmal reicht mir, ich könnte es nicht noch einmal durchstehen. Immer wenn sie nach New York zurückfliegen, dreht es mir das Herz im Leib um. Dieses Risiko nehme ich nicht noch einmal auf mich.« Sie nickte, weil sie glaubte, verstanden zu haben.

»Das muß hart sein«, sagte sie verständnisinnig.

»Ja, härter, als man es sich vorstellen kann.« Dann lächelte er ihr zu, und einen Moment war das Verlangen, ihm von dem Baby zu erzählen, übermächtig.

»Manchmal ist das Leben komplizierter, als es den Anschein hat«, sagte sie vage.

»Das stimmt.« Er hätte zu gern gewußt, wie es gemeint war, drängte sie aber nicht. Daß hinter Stevens Verhalten mehr steckte, als sie verriet, glaubte er zu wissen. Eine andere Frau, ein Mann ... irgendein Herzenskummer oder eine Enttäuschung.

Sie saßen nebeneinander und redeten noch lange miteinander. Da die Nacht kühl war, hatte Bill im Kamin Feuer gemacht, und es brannte immer noch. Die Kinder rührten sich kein einziges Mal, und sie selbst waren müde, aber keiner schien den anderen verlassen zu wollen. Sie hatten unendlich viel zu besprechen, Erfahrungen auszutauschen, Meinungen zu teilen, und mit dem Fortschreiten des Abends schien Bill unwillkürlich immer näher zu rücken. Es war Ausdruck dessen, was er für sie empfand, und sie schien nichts dagegen zu haben. Plötzlich, es war fast Mitternacht, sah er sie an und konnte sich nicht mehr erinnern, was er gesagt hatte. Er wußte, wie sehr er sie begehrte. Ohne zu überlegen, nahm er ihr Gesicht zwischen beide Hände, raunte leise ihren Namen und küßte sie zärtlich. Sie war darauf nicht gefaßt, und fühlte sich überrumpelt, aber sie stieß ihn nicht von sich und rührte sich auch sonst nicht. Sie erwiderte seinen Kuß und spürte, wie in seinen Armen ihre Sehnsucht erwachte. Schließlich machte sie sich mit wehmütigem Blick los.

»Bill ... nicht ...«

»Es tut mir leid«, sagte er, obwohl er es nicht meinte. Er war nie im Leben glücklicher gewesen, hatte nie eine Frau heftiger begehrt und nie jemanden mehr geliebt als sie. Er liebte sie aufrichtig nach all der Leere der vergangenen sieben Jahre – mit aller Zärtlichkeit und Weisheit seiner fast vierzig Jahre.

»Es tut mir leid, Adrian ... ich wollte dich nicht verstimmen ...«

Langsam stand sie auf und ging durch den Raum, als müßte sie sich von ihm losreißen, um keine Torheit zu begehen. »Du hast mich nicht verstimmt.« Sie drehte sich um und sah ihn bedauernd an. »Es ist nur ... ich kann es nicht erklären ... ich möchte dir keinen Schmerz zufügen.«

»Mir?« Er schien verblüfft. »Wie könntest du mir Schmerz zufügen?« Er ging zu ihr, ergriff ihre Hände und sah tief in die blauen Augen, die er schon so liebgewonnen hatte.

»Mein Wort darauf ... im Moment habe ich nichts, was ich dir geben könnte. Nur Kopfschmerzen.«

Er lächelte. »Na, das klingt ja sehr ermutigend.« Er wollte sie wieder küssen, unterließ es aber.

»Es ist mein Ernst.« Und genauso sah sie auch aus. Es war ihr viel ernster, als er ahnte. Sie wollte niemanden mit der Verantwortung für ihr Kind belasten, wenn Steven das Kind nicht wollte. Das war jetzt ihr Problem und nicht das von Bill.

»Mir ist es auch ernst, Adrian. Ich wollte dich nicht drängen, weil ich weiß, daß die Scheidung für dich ein schrecklicher Schlag ist.« Er blickte auf sie nieder, und alles, was er für sie empfand, erfüllte ihn mit neuer Intensität. »Adrian ... ich liebe dich. Ich weiß, das hört sich albern an, aber es ist so – ich werde dich nicht drängen, und wenn dies nicht der richtige Zeitpunkt ist, dann werde ich warten ... aber gib der Sache eine Chance ... gib mir eine

Chance«, flüsterte er, und dann war es mit seiner Zurückhaltung vorbei. Er küßte sie. Ihr Widerstand war von kurzer Dauer, dann schmolz sie in seinen Armen dahin. Sie wußte, daß auch sie im Begriff stand, sich in ihn zu verlieben. Aber sie durfte es nicht. Es war nicht fair. Sie war ganz außer Atem und wirkte ziemlich durcheinander, als er innehielt. Er lächelte nur und berührte ihre Lippen mit den Fingern. »Ich bin ein großer Junge. Ich kann gut auf mich achtgeben. Du brauchst keine Angst zu haben, daß ich mich vergesse. Ich kann warten, bis sich mit Steven alles geklärt hat.«

»Aber das wäre dir gegenüber nicht fair.«

»Noch weniger fair ist es, dies alles erst gar nicht in Erwägung zu ziehen. Seit unserer ersten Begegnung wurden wir voneinander angezogen wie Magneten. Nenne es Kismet, Bestimmung, Schicksal, was immer. Aber ich habe das Gefühl, daß es uns zugedacht ist. Ich möchte es nicht verlieren. Du kannst davor nicht davonlaufen, und ich werde dich nicht drängen. Ich werde warten – ewig, wenn es sein muß.«

Das war ein Angebot, das sich hören lassen konnte, und sie war gebührend bewegt, nicht zuletzt, weil ihre Empfindungen ähnlich waren, doch das Kind änderte für sie alles. Sie mußte Steven die Chance geben, zurückzukommen, wenn er seine Haltung geändert hatte. Und sie mußte ihre ganze Liebe und Energie dem Kind widmen. Es wäre nicht fair, wenn sie, von ihrem Ehemann schwanger, in Bills Leben trat. Es wäre ganz so gewesen wie in den Drehbüchern für seine Serie, und als sie erwog, es ihm zu erklären, wurde sie von Mutlosigkeit erfaßt. »Ich verspreche, daß ich nichts erzwingen werde. Ich werde dich auch nicht wieder küssen, wenn du es nicht möchtest. Ich möchte nur mit dir zusammen sein und dich kennenlernen.«

»Ach, Bill.« Sie schmiegte sich in seine Arme, und er hielt sie lange fest. Am liebsten wäre sie für immer in seinen Armen geblieben. Er war alles, was sie sich je gewünscht hatte, nur war er nicht ihr Mann und nicht der Vater ihres Kindes. »Ich weiß nicht, was ich darauf sagen soll.«

»Gar nichts. Hab Geduld mit dir selbst und mit mir. Und laß dir Zeit. Dann werden wir ja sehen. Vielleicht werden wir entdecken müssen, daß es nicht richtig ist und nie sein wird. Aber wir wollen uns wenigstens eine reelle Chance einräumen. Ja?« Hoffnungsvoll sah er sie an, während sie sich seinen Vorschlag durch den Kopf gehen ließ.

»Bitte ...«

»Aber du weißt ja nicht ... es gibt so vieles, was du von mir nicht weißt.«

»Was kann es denn so Schreckliches geben? Hast du deinen Mann betrogen? Welche schrecklichen Geheimnisse verbirgst du vor mir?« Er neckte sie, um der Situation eine leichtere Note zu geben, und sie lächelte. Es war kein schreckliches Geheimnis, nur ein großes. Ein Baby. »Ich kann mir nicht vorstellen, daß in deiner Vergangenheit oder gar Gegenwart etwas so Schreckliches lauert, das an meinen Gefühlen etwas ändern könnte.«

Fast hätte sie laut gelacht, weil sie daran dachte, wie unnachgiebig Steven sich im Hinblick auf das Kind gezeigt hatte. Aber das war nicht Steven, das war Bill, und fast glaubte sie, daß er sie wirklich liebte. Aber sie als schwangere Frau zu akzeptieren, wäre zuviel verlangt gewesen, auch von Bill. Das konnte sie nicht tun.

»Warum lassen wir die Dinge nicht einfach laufen ... und erholen uns, genießen unsere Ferien. Zu Hause können wir immer noch ernst an die Sache herangehen und alles durchsprechen. Na, ist das ein Vorschlag? Wir sollten bis dahin alles leicht und locker nehmen? Und ich werde mich gut benehmen, das verspreche ich.«

Er schüttelte ihr die Hand und kämpfte gegen das Verlangen an, sie noch einmal zu küssen.

»Einverstanden?«

Widerstrebend schüttelte sie seine Hand und lächelte. »Du bist sehr hartnäckig im Feilschen.« Aber Adrian war froh. Sie war ganz kurz versucht gewesen, wieder zurück nach L. A. zu fahren, nur um ihrer eigenen Sehnsucht nach ihm zu entfliehen. Jetzt war sie erleichtert, daß sie es nicht getan hatte.

»Aber nicht vergessen!« Er drohte ihr mit dem Finger. »Ich bin auf etwas dauerhaftes aus«, flüsterte er, als er die Lichter löschte. Gleich darauf gingen sie zu Bett, jeder mit seinen eigenen Gedanken und der Erinnerung an die Leidenschaft, die zwischen ihnen beinahe entfesselt worden wäre. Beide wußten, daß sie vorhanden war. Auch wenn sie sich im Moment beherrschten, war sie etwas, dem sie sich früher oder später stellen mußten. Adrian wußte, daß Bill ein ernsthafter Mensch war, eine ernsthafte Kraft, mit der sie es aufzunehmen hatte.

17. Kapitel

Am Tag darauf fuhren sie bis San Francisco. Unterwegs hielten sie in Carmel an, durchstreiften die kleinen Läden, lachend und gutgelaunt. Adrian nutzte die Gelegenheit, um Kleinigkeiten für die Kinder zu kaufen. Aber heute zeigte Bill sich von der stillen Seite. Er dachte an den Vorabend und fragte sich, was ihr wohl so großes Kopfzerbrechen bereitete und warum sie so sicher war, daß er sie zurückweisen würde. Er wußte, daß es mit ihrer Ehe zusammenhing – oder mit ihrer Scheidung. Was immer es war, es reizte ihn, dahinterzukommen.

In San Francisco hatte er wieder zu seiner unkomplizierten Art zurückgefunden und fühlte sich viel besser. Sie sahen sich Fisherman's Wharf an, fuhren mit der alten Straßenbahn, besuchten den Ghirardelli Square, kurzum, sie ließen keine Touristenattraktion aus.

Es wurden zwei anstrengende Tage, und Adrian sah reichlich mitgenommen aus, als sie schließlich mit Ziel Nappa Valley losfuhren.

»Alles klar?« fragte Bill leise am Morgen ihrer Abfahrt. Er saß wieder am Steuer, obwohl sie ihm angeboten hatte, ihn abzulösen, er aber wollte, daß sie sich entspannte und die Fahrt durch Sonoma genoß. Sie fuhren an Blumenwiesen vorüber, an Weingärten, an Herden grasender Rinder, Schafen und Pferden und an schönen, hohen Bäumen, die ihnen auf der sich dahinschlängelnden Straße Schatten spendeten. Und immer sah sie in der Ferne die Hügel vor sich. »Du siehst müde aus«, bemerkte er besorgt. Sie ermüdete rasch und sah blaß aus, dennoch kam ihr selten eine Klage über die Lippen. Alles in allem schien sie aber bei bester Gesundheit, hatte Appetit und war immer bester Laune. Nach ihrem ernsthaften Gespräch am zweiten Abend hatte er sich bemüht, ihr nicht zu nahe zu kommen und keine ernsthaften Themen anzuschneiden. Sie wußte jetzt, was er für sie empfand, und ihm war nicht verborgen geblieben, daß es um ihre Gefühle ähnlich stand, ebenso aber wußte er, daß ein Hindernis vorhanden war. Er wollte ihr ausreichend Zeit und auch Raum geben, es aus der Welt zu schaffen, denn eines stand für ihn unverrückbar fest: er wollte sie nicht verlieren.

Im Umgang mit den Kindern zeigte sie sich unschlagbar. Mit keiner seiner Freundinnen hatten die beiden so leicht Kontakt gefunden. Sie zogen Adrian zwar erbarmungslos auf, und Tommy tat nichts lieber, als sie zu kitzeln, mit ihrem Haar zu spielen und auf ihr herumzuturnen, nur um ihr zu verstehen zu geben, daß er sie mochte. Beide waren richtig versessen auf sie und wie sie so gemächlich durch das Nappa Valley gondelten, wirkten sie wie eine völlig normale Familie. Sie stiegen in einem urgemütlichen Hotel im viktorianischen Stil ab und besuchten mehrere Weingüter. Dann fuhren sie weiter nach einem heißen, sonnigen Nachmittag in Calistoga, den sie zu einem Segelrundflug nutzten. Adrian hielt nicht mit, und Bill drängte sie nicht. Sie ließ auch die Fahrt im Heißluftballon aus, den er mietete, um den Jungen das übrige Nappa Valley bei Sonnenaufgang zu zeigen. Sie beharrte darauf, daß sie an Höhenangst litt, und weigerte sich standhaft. Bill hatte das Gefühl, daß mehr dahintersteckte, aber er sagte kein Wort und fragte sie auch nicht. Die Kinder waren enttäuscht, daß sie bei diesen luftigen Abenteuern nicht mitmachen wollte, aber Adrian gelang es, die Sache locker zu überspielen, so daß sie auf der Weiterfahrt zum Lake Tahoe kein Thema mehr war. Sie wechselte sich am Steuer mit Bill ab und regte an, daß alle paar Stunden gerastet wurde, damit sie sich die Beine vertreten konnte. Sie behauptete, sie würde zu steif, wenn sie ohne anzuhalten zu lange im Auto säße. Deshalb wurde am Nut Tree eine Rast eingelegt, dann in Placerville, und für die Jungen wurde die Fahrt mit der alten Bahn am Nut Tree ein besonderes Erlebnis.

Am Freitagnachmittag erreichten sie den Lake Tahoe und wurden von herrlich frischer Bergluft und einem blauen Himmel empfangen, auf dem kleine Wolkenbällchen einander über die Berge jagten. Die Szenerie war vollkommen.

Der im voraus reservierte Zeltplatz wurde auf Anhieb gefunden, und Bill machte sich an den Zeltaufbau. Er hatte ein größeres für sich und die Kinder dabei und ein kleineres, das eigens für Adrian angeschafft worden war. Er stellte sie Seite an Seite auf, und Tommy verkündete, er wolle bei Adrian schlafen, weil ihr Zelt so gemütlich wäre, und sie zeigte sich sehr geschmeichelt. Alle waren reizend zu ihr, und in gewisser Weise hatte sie das Gefühl, als verdiente sie so viel Zuneigung gar nicht. Sie verzweifelte fast, wenn sie immer wieder alles abwog und ihre Gefühle analysierte – immer unter dem Eindruck der Gewißheit, daß sie sich an einem gewissen Punkt zurückziehen mußte. Sie konnte sich nicht mit Bill einlassen, wenn sie ein Kind erwartete. Und doch konnte sie nicht auf ihn verzichten. Am liebsten hätte sie Tag und Nacht mit ihm Gedanken ausgetauscht, ihn angesehen, seine Gesellschaft genossen, die Wärme seiner Nähe. Immer wieder ertappte sie sich dabei, daß sie ganz dicht bei ihm stand, seine Hand berührte, seine Hände auf ihrem Gesicht spüren wollte, seine Lippen auf den ihren. Und sie konnte nichts anderes tun, als ihn ansehen und wünschen, die Dinge wären anders. Sie bedauerte nicht, daß sie ein Kind unter dem Herzen trug, sie bedauerte vielmehr, daß es nicht sein Kind war, und sie wünschte, das Leben hätte ihnen andere Karten zugeteilt und sie wäre nie mit Steven verheiratet gewesen.

»Na, was hast du eben überlegt?« Sie hatte reglos dagestanden und in den Wald gestarrt. Ihm war das nicht entgangen. Dabei war ihr Ausdruck so traurig gewesen, daß sofort seine Besorgnis erwachte.

»Nichts ...« Sie wollte nicht damit herausrücken. »Ich habe nur vor mich hingeträumt.«

»Ja, du warst in Gedanken versunken. Du hast sehr traurig ausgesehen.«

Er berührte kurz ihre Hand und ging dann rasch wieder auf Distanz. Er mußte sich ermahnen, sie nicht anzufassen, aber das fiel ihm nicht leicht. Er wollte ihr wieder sagen, daß er sie liebte, er wußte jedoch, daß er warten mußte, bis sie bereit war, seine Liebe anzunehmen.

Er fuhr mit dem Aufbau der Zelte fort, und Adam ging ihm dabei fachmännisch an die Hand. Sie machten ihre Sache ausgezeichnet, und anschließend fuhren Adam und Adrian Lebensmittel einkaufen, während Bill und Tommy ›das Lager aufschlugen‹.

Alles war ein großer Spaß, auch für Adrian. Es wurden Steaks eingekauft, die Bill grillen würde, dazu Hot dogs, etwas zum Nachtisch und viele gute Dinge für das Frühstück. Adrian bekam langsam das Gefühl, als würden sie ununterbrochen essen, Tag und Nacht. Ihre umfangreicher werdende Taille trat immer deutlicher in ihr Bewußtsein. In der Woche, in der sie nun unterwegs waren, war sie aus fast allen Sachen herausgewachsen, die sie mitgenommen hatte. Dabei hatte sie nicht so sehr an Gewicht zugenommen, aber ihre Figur hatte sich radikal verändert – fast über Nacht, und an ihrem ersten Abend am See mußte sie sich eine von Bills großen, losen Jacken borgen. Ihn schien der Grund nicht zu kümmern, falls er ihm überhaupt auffiel, und sie war dankbar dafür. Sie wollte nicht, daß er es wußte, und war noch immer unschlüssig, wie sie die Beziehung beenden sollte, wenn sie nach Hause gekommen waren. Es wäre nicht fair gewesen, sich oder ihn zu quälen, und während ihrer Schwangerschaft konnte sie mit ihm keine Liebesbeziehung anfangen. Vielleicht nachher, wenn sie bis dahin Freunde bleiben sollten. Vielleicht später, wenn er von dem Kind wußte, dann wäre es vielleicht eine faire Sache ... ihre Gedanken kreisten ständig darum, und er merkte ihr an, daß sie zutiefst bekümmert war.

»Jetzt tust du es wieder«, flüsterte er, als sie abends nach einem herrlichen Dinner am Lagerfeuer saßen. Die Jungen hatten Lieder gesungen, bis sie eingeschlafen waren, beide in Bills Zelt, aber Tommy schwor, er wolle die nächste Nacht mit Adrian im Zelt verbringen.

»Was tue ich wieder?« sagte sie sinnend und starrte geistesabwesend ins Feuer. Ein wundervoller Abend lag hinter ihr.

»Du hast an etwas viel zu Ernstes gedacht. Ab und zu werden deine Augen ganz traurig. Ich wünschte, du würdest mir sagen, was dich bedrückt.« Es verdroß ihn sehr, daß sie ihn mitunter völlig ausschloß, doch die meiste Zeit hätten sie gar nicht vertrauter sein können.

»Nichts bedrückt mich, gar nichts.« Das hörte sich nicht überzeugend an, und er ließ sich auch nicht überzeugen.

»Ich wünschte, ich könnte dir glauben.«

»Ich war nie glücklicher.« Sie sah ihm in die Augen, und er glaubte ihr, und doch wußte er, daß ihr etwas sehr zu schaffen machte. Adrian machte sich Sorgen wegen des Kindes ... wie sie es schaffen würde, sich um das Kleine zu kümmern. Wie es sein würde, mit dem Kind allein ... wenn sie die Entbindung allein durchstehen mußte. Das Baby wurde für sie immer mehr zur Realität, und ihre Sorgen wuchsen mit dem Kleinen. Sie hatte Angst, Bill zu verlieren, und wußte doch, daß es unvermeidlich war. Sobald er es erführe, war es unausweichlich, wenn nicht schon früher. Und plötzlich, während sie daran dachte, standen ihr Tränen in den Augen. Bill bemerkte es und zog sie wortlos in die Arme und hielt sie fest.

»Ich bin für dich da, Adrian ... ganz nahe ... solange du mich brauchst.«

»Warum bist du so gut zu mir?« fragte sie unter Tränen. »Das verdiene ich gar nicht.«

»Das darfst du nicht sagen.«

Sie litt unter Schuldgefühlen, denn es war nicht fair, ihm nichts von dem Baby zu sagen, und doch konnte sie es nicht. Was hätte sie ihm denn sagen sollen? Daß sie eine Campingtour mit ihm und seinen Kindern machte, da sie sich in ihn verliebt hatte, während sie mit Stevens Kind schwanger war? Wie hätte sie das sagen können? Und plötzlich mußte sie unter Tränen über die Absurdität lachen. Es war eine lächerliche Situation.

»Wo warst du übrigens vor ein paar Jahren?« Sie lachte, und er reagierte auf ihre Frage mit einem Lächeln.

»Ich habe mich wie gewöhnlich zum Narren gemacht. Aber besser spät als nie.« Schlimm war nur, daß er für sie zu spät gekommen war.

Sie nickte, und sie blieben lange so sitzen, hielten sich umfangen und sahen ins Feuer, aber diesmal küßte er sie nicht. Er hätte es gern getan, wollte sie aber nicht wieder durcheinanderbringen.

Schließlich schlug er vor, sich zur Ruhe zu begeben, und half ihr ins Zelt, ehe er sich in seinem Zelt in den Schlafsack verkroch, doch im nächsten Moment hörte er ein Geräusch, und sie stand neben ihm, sichtlich erschrocken.

»Ist etwas?« fragte er verblüfft.

»Ja«, flüsterte sie nervös. »Ich habe dort drüben ein Geräusch gehört.« Sie deutete über sein Zelt hinweg. »Hast du nichts gehört?«

Er schüttelte den Kopf. Er war schon halb eingeschlafen gewesen. »Nein, da ist nichts. Kojoten vielleicht ...«

»Glaubst du nicht, es könnte ein Bär sein?«

Er grinste sie an. Am liebsten hätte er ihr weisgemacht, es lauerten mindestens zehn Bären darauf, und sie täte gut daran, sich in einem Schlafsack in Sicherheit zu bringen, aber er tat es nicht. »Ich glaube nicht. Die Bären hier in der Gegend sind ziemlich zahm.«

Trotz gelegentlicher Unfälle, die sich aber meist nur ereigneten, wenn die Bären gereizt wurden. Ließ man sie in Ruhe, dann griffen sie selten oder nie an, und im Moment reizte Adrian nur ihn, wie sie in ihren Jeans und seiner Jacke vor ihm stand.

»Willst du hier drinnen bei uns schlafen? Mit dem Platz wird es dann zwar knapp, aber die Buben wären begeistert.«

Sie nickte mit der Miene eines Kindes, und er sah lächelnd zu, wie sie sich in ihrem Schlafsack neben ihm niederließ und einschlief. Sie hielt seine Hand ganz fest, während er dalag und sie nicht aus den Augen ließ.

18. Kapitel

Am nächsten Tag erwachten sie zu viert im Zelt, und Tommy nutzte die Gelegenheit sofort, um seinen Vater zu ärgern. Er fing ihn erbarmungslos zu kitzeln an, bis Adam und Bill den Spieß umdrehten und sich über Tommy hermachten. Adrian mußte ihm zu Hilfe kommen, und in Sekundenschnelle gab es ein wildes Durcheinander von Armen und Beinen, dazu Gekreische und Hände, die kitzelten, bis Adrian flehte, man möge ein Ende machen. Sie hatte so sehr gelacht, daß der Reißverschluß ihrer Jeans aufgeplatzt war. Zum Glück hatte sie eine zweite Hose dabei, deshalb geriet sie auch nicht in Panik. Sie lachte so sehr, daß sie kaum aufrecht gehen konnte, und den anderen ging es ebenso, als sie in die Sonne stolperten. Es war eine sehr nette Art zu erwachen, viel besser jedenfalls, als in der einsamen Stille ihrer unmöblierten Wohnung.

»Wie kommt es, daß du bei uns geschlafen hast?« wollte Adam wissen, der sich im Freien drehte und streckte.

»Sie hatte Angst, ein Bär würde sie auffressen«, erklärte Bill ganz sachlich.

»Stimmt nicht.« Sie versuchte sich zu verteidigen, während er mit den Kindern über sie lachte.

»Und ob! Wer tauchte denn in unserem Zelt auf, als wir alle schliefen und sagte, er hätte Geräusche gehört?«

»Ich dachte, du hättest gesagt, es seien Kojoten.«

»Das habe ich ja auch gesagt.«

»Na schön, dann hatte ich eben Angst, von einem Kojoten gefressen zu werden.«

Sie lachte, und alle lachten mit ihr, und als sie mit Adams Hilfe das Frühstück zubereitete, kündigte Bill an, er wolle gleich nach dem Essen mit ihnen angeln gehen.

»Und abends können wir dann unsere Beute verzehren.«

»Klasse ... und wer nimmt den Fisch aus?« beeilte Adam sich zu fragen. Er kannte die Spielregeln von früheren Campingtouren mit seinem Vater. Wenn sein Vater eine Freundin dabei hatte, mußte Adam die Fische ausnehmen, da die Mädchen meist zu zimperlich waren.

»Ich schlage folgendes vor«, sagte Bill, als Adrian das Feuer entfachte. »Jeder nimmt seinen Fisch selbst aus. Na, ist das fair?«

»Und wie«, erwiderte Adrian mit breitem Lächeln. »Ich habe sowieso noch nie im Leben etwas gefangen. Ich begnüge mich mit einem Hot dog.«

»Unfair!« beklagte sich Adam, begierig den Duft des Specks einatmend, den Adrian briet.

»Gibt es Maisfladen?« fragte Tommy. Das gehörte zu den Attraktionen beim Zelten. Maisfladen und den Schlafsack mit dem Vater teilen. Es war, als schliefe man mit einem großen Teddybären, mit dem man die ganze Nacht kuscheln konnte und der einen warm und angenehm festhielt.

»Heute abend werde ich welche machen«, versprach Bill mit einem Blick zum Himmel. Es war ein prächtiger Tag, und die Welt war in Ordnung. Er sah Adrian über die Köpfe der Kinder hinweg an und schenkte ihr ein Lächeln. Sie spürte, wie ihr Herz weich wurde.

»Warum gehen wir heute nicht schwimmen?« schlug Adrian vor, als sie Spiegeleier briet. Es war schon fast warm genug, und in einer Stunde würde die Temperatur genau richtig sein. Im See war das Wasser eiskalt, doch hinter ihrem Zeltplatz floß in einiger Entfernung ein Fluß, wie sie am Tag zuvor gesehen hatten. Stromschnellen machten ihn an manchen Stellen reißend und für Floßfahrten attraktiv.

»Erst gehen wir angeln«, lautete Bills Vorschlag, als sie ihm und den Kindern das Frühstück servierte. Die Jungen waren aber mit Adrian eines Sinnes und bestanden darauf, erst schwimmen zu gehen und die Angeltour auf später zu verschieben.

»Schon gut, schon gut. Also erst schwimmen, und dann besorge ich die Köder. Nach dem Mittagessen kommen wir dann zur Sache. Und wer keinen Fisch fängt, der muß verhungern.« Seine in grollendem Ton vorgebrachte Drohung rief bei allen Heiterkeit hervor.

»Vergiß bloß nicht meinen Hot dog«, ermahnte Adrian ihn übertrieben besorgt.

»O nein, du wirst auch angeln. Und komm mir jetzt nicht damit, daß du dich vor kaltem Wasser fürchtest.« Er hänselte sie, weil sie an dem Segelflug und an der Ballonfahrt im Nappa Valley nicht teilgenommen hatte. Doch Adrian hatte nur dem Baby zuliebe verzichtet, genau wie auf den Ausritt in Santa Barbara, aber das konnte er ja nicht wissen.

»Ich habe keine Angst vor Wasser.« Mit beleidigter Miene machte sie sich über ihre Rühreier her und verdrückte wieder einmal ein gewaltiges Frühstück. Die Bergluft hatte ihren Appetit geradezu unmäßig angeheizt. »In Stanford war ich Captain des Schwimmteams, müßt ihr wissen. Und zwei Sommer lang war ich Rettungsschwimmerin.«

»Kannst du richtig gut tauchen?« erkundigte Tommy sich sichtlich beeindruckt von diesen Referenzen.

»Ja, ziemlich gut.« Sie fuhr ihm lächelnd durchs Haar.

»Wirst du es mir beibringen, wenn wir wieder bei Dad zu Hause sind?«

»Sicher.«

»Mir auch«, forderte Adam halblaut. Er mochte sie sehr und bewunderte sie, obwohl sie die Fahrt im Heißluftballon ausgelassen hatte. »Letztes Jahr hat Dad mir Tauchen beigebracht, aber ich glaube, den Winter über habe ich alles vergessen.«

»Sobald wir zurück sind, wollen wir das Tauchen in Angriff nehmen.« Dann machte sie unter Mithilfe der anderen nach dem Frühstück Ordnung. Sie rollten die Schlafsäcke zusammen und zogen ihre Badesachen an, ehe sie ihre Zelte verschlossen und an den Fluß gingen. Adrian hatte über ihrem

Badeanzug ein T-Shirt an und sah tadellos damit aus, auch in Bills Augen.

Sie entdeckten eine herrliche Stelle, an der sich andere Familien mit Kindern tummelten. Dort sprangen sie unter viel Gelächter und Scherzen ins Wasser und bespritzten sich reichlich mit Wasser. In einiger Entfernung, hinter einer Felsformation, tosten die Stromschnellen, über die sich die Leute auf Flößen dahintreiben ließen.

Über eine Stunde lang vergnügten sie sich an der ruhigen strömungsfreien Stelle, dann stieg Bill aus dem Wasser und kündigte an, er wolle zum Laden fahren, Köder und einige Vorräte besorgen. Adrian und die Kinder wollten unterdessen am Fluß bleiben. Sie hatten großen Spaß im Wasser, und zum Angeln war später auch noch genug Zeit. Bill wollte sich außerdem nach Mietbooten erkundigen und dazu mußte er ebenfalls zu dem Angelausrüstungsladen.

»Wir treffen uns bei den Zelten«, rief er Adrian zu, als er über die Lichtung ging und verschwand, und sie drehte sich wieder zu den Kindern um. Tommy war im Wasser in seinem Element, und Adam versuchte zu tauchen, um festzustellen, wie tief das Wasser an dieser Stelle war. Adrian untersagte es ihm. Man konnte hier nicht auf den Grund sehen und unterscheiden, ob unter Wasser Felsen aufragten. Sie wollte nicht, daß er sich verletzte. Er zeigte sich sehr einsichtig und hörte auf das, was sie ihm sagte. Adrian erklärte ihm geduldig, daß man das Tauchen an Stellen vermeiden sollte, die man nicht kannte, und sie wandte sich um, weil sie Tommy dasselbe ans Herz legen wollte, und nun erst merkte sie, daß der Kleine verschwunden war. Sie ließ ihren Blick wandern ... keine Spur von Tommy. Panik überfiel sie, doch dann erspähte sie ihn auf einem der Felsen. Er beobachtete die Leute, die auf Flößen über die Stromschnellen hinunterschossen. Aufgeregt rief sie ihn. Er hatte eine Strafpredigt verdient, weil er die ruhige, zum gefahrlosen Schwimmen geeignete Stelle verlassen hatte. Er schien sie nicht zu hören. Sie rief ihn noch mal, wieder vergebens. Sie mußte aus dem Wasser und ihn holen und bat Adam, ebenfalls ans Ufer zu gehen und auf sie zu warten, während sie über die Steine kletterte, um Tommy zu holen.

Wieder rief sie seinen Namen. Tommy drehte sich um und grinste ihr spitzbübisch zu. Sie mußte über Geröll klettern. Er stand direkt an der Uferböschung, ganz weit vorgebeugt, als drei Flöße an ihm vorüberschossen. In seinen Augen ein Mordsspaß ... er wollte seinen Vater bitten, ein Floß zu mieten und mit ihnen den Fluß hinunterzusausen. Das war sehr viel spannender als mit einem Boot auf dem Lake Tahoe zu rudern und dort die Angeln auszuwerfen.

»Tommy! Komm her!« rief sie. Adam folgte ihr über das Felsgeröll etwas langsamer, verärgert, weil sein Bruder sie vom Schwimmen abhielt. Doch während er hinsah, verschwand Tommy plötzlich. Er rutschte von der Böschung und fiel ins wild schäumende Wasser. »Tommy!« schrie Adrian erschrocken. Auch sie hatte es mitangesehen, aber er hörte sie nicht, als er rasch flußabwärts zu den Klippen vor dem Wasserfall getrieben wurde.

Adrian hielt verzweifelt nach etwas Ausschau, das sie ihm hinhalten konnte, nach einem Ruder, einer Stange, einem Ast, aber da war nichts, und von den anderen hatte niemand den Unfall beobachtet. Adam lief zu ihr und brüllte den Namen seines Bruders, aber alles, was Adrian sehen konnte, war der Ausdruck von Panik auf Tommys Gesicht, während er weiter flußabwärts trieb. Plötzlich merkten zwei Männer auf einem Floß, was da vor sich ging.

»Faßt ihn! ... Packt den Jungen!« rief der eine den Leuten auf dem Floß zu, doch die hörten über dem Tosen des Wassers nichts, und sie sahen auch die kleine Gestalt in der blauen Badehose nicht, die auf dem Wasser trieb. Wild mit den Armen um sich schlagend, sank er immer wieder unter die Wasseroberfläche, und Adrian wußte sofort, daß etwas Schreckliches bevorstand. Adam, der hysterisch brüllte, wollte ins Wasser springen, aber Adrian bekam ihn zu fassen und stieß ihn rüde beiseite.

»Nicht, Adam, nicht springen!« rief sie ihm drohend zu und schubste ihn zurück. Kaum hatte sie diese Warnung ausgestoßen, fing sie zu laufen an, das Ufer entlang, über Steine, Baumstämme und andere Hindernisse. Sie stieß alle Leute weg, die ihr im Wege standen. Noch nie im Leben war sie so schnell gelaufen. Sie wußte, daß Tommys Leben davon abhing. Inzwischen begleiteten die Leute auf der

Uferböschung die Vorgänge mit lautem Geschrei. Jetzt sahen ihn alle. Aber alle waren sie hilflos. Zwei Männer hielten Tommy von einem der Boote aus ein Ruder hin, aber der Junge war zu klein und zu verängstigt, um sich daran festzuhalten. Die Strömung drückte ihn immer wieder unters Wasser, während Adrian weiterlief, ohne ein einziges Mal innezuhalten. Sie wußte, was sie zu tun hatte, und wohin sie wollte, wenn es nur nicht schon zu spät war. Sie spürte, wie Zweige ihr die Beine aufritzten, etwas schlug gegen ihre Hüfte, ihre Füße waren von den scharfen, kantigen Steinen schon gefühllos, und ihre Lungen brannten, aber sie konnte Tommy noch sehen. Dann sprang sie, mit dem Kopf voran, dicht vor den Klippen in das wildbrodelnde Wasser. Sie tauchte unter die Oberfläche, mit einem Stoßgebet auf den Lippen, sie möge nicht irgendwo aufprallen und es möge ihr gelingen, ihn zu fassen, bevor es zu spät war. Wenn nicht, dann war alles verloren, und das durfte sie nicht zulassen, egal, was es sie kostete.

Fast wurde sie von einem Ruder getroffen, als sie kraftvoll, schnell und sicher weiterschwamm. Von weitem hörte sie Menschen schreien, und aus noch größerer Entfernung das Heulen einer Sirene. Und als die Wucht des Wassers sie hinunterdrückte, stieß sie plötzlich gegen einen Widerstand, das ihr ins Gesicht schlug. Sie faßte danach, und als sie ihn berührte, wußte sie, daß sie ihn hatte. Es war Tommy. Sie hob ihn an die Oberfläche, während sie selbst um Atem kämpfte und die Strömung sie wieder unters Wasser drückte. Dennoch schaffte sie es, ihn über ihrem Kopf zu halten, bemüht, ihn aus dem Wasser zu zwingen. Er spuckte und keuchte und schluckte bei jedem Mal, wenn sie untertauchten, Wasser. Dazu setzte er sich gegen sie mit aller Kraft zur Wehr, trotzdem ließ sie ihn nicht los. Und während die reißende Strömung an ihr zerrte, stieß sie ihn immer wieder nach oben. Dann war er plötzlich fort. Sie spürte sein Gewicht nicht mehr. Er mußte irgendwo sein, aber sie fand ihn nicht mehr. Sie wurde in ein schwarzes Loch gedrückt und fiel in etwas Tiefes und sehr Weiches. Alles war still, während sie immer tiefer sank.

19. Kapitel

Als Bill zurückkam, war die Luft von Sirenengeheul erfüllt. Er stellte seine Tasche vor dem Zelt ab, ließ sich nieder und streckte die Beine in die Sonne, während er auf Adrian und die Kinder wartete. Ein Rettungswagen brauste an ihm vorüber. Er sah ihm erschrocken nach. Einem Instinkt folgend, stand er auf und ging zu der Stelle am Fluß, wo er Adrian und die Kinder zurückgelassen hatte. Dort traf er Adam an, der schreiend am Ufer auf und ab lief.

»O Gott ...« Am ganzen Körper zitternd, lief Bill zu ihm. Einige Erwachsene umstanden den Jungen und versuchten, ihn zu trösten. Adam rief ständig Tommys Namen, und als er seinen Vater entdeckte, stürmte er auf ihn zu. Bill riß Adam an sich, um sofort wieder auf Abstand zu gehen und ihn anzusehen: »Was ist passiert? Was, um Himmels willen?« Er schüttelte ihn, in dem Bemühen, ihn zu beruhigen, damit er ihn verstehen konnte, aber Adam konnte nichts sagen und tun. Er deutete nur in die Richtung, wo der Rettungswagen und zwei Fahrzeuge der Forstverwaltung standen. Bill ließ ihn stehen und rannte zu den Wagen. Die Einsatzfahrzeuge wurden von einer dichten Menschenmenge umringt, Leute von den Flößen riefen etwas, als Bill die Stelle erreichte, wo eine Gruppe von Forstaufsehern beisammen stand, von denen einige ins Wasser gewatet waren. Bill sah, wie sie ein Häufchen Mensch in einer blauen Badehose zu fassen bekamen und erkannte voll Entsetzen, daß es sein Sohn war, bewußtlos, blau angelaufen. Man legte ihn auf den Boden, kontrollierte seine Reaktionen, und einer der Männer begann mit künstlicher Beatmung, während Bill schreckensstarr zusah. Er war tot ... mußte tot sein ... die Menschen registrierten erschrocken, wie Bill sich an ihnen vorbeidrängte und neben dem Jungen auf die Knie fiel.

»Bitte ... o Gott ... bitte ... tu etwas ...« Er konnte nur an den Jungen denken, an das Baby, das er so liebte, und während er ihn wie gebannt beobachtete, hörte man ein schreckliches Gurgeln, gefolgt von einer Wasserexplosion. Der Junge war noch immer grau im Gesicht, aber er bewegte sich, und gleich darauf schlug er die Augen auf und blickte zu seinem Vater empor. Zunächst schien er noch benommen zu sein, und dann fing er zu weinen an, während Bill Tommy in die Arme nahm und schluchzte. »O Baby ... Baby ... Tommy ... ich hab' dich so lieb«, stieß er unter Tränen hervor.

»Es ... ich ...« Wieder würgte Tommy und erbrach Wasser. Er hatte Abschürfungen und Prellungen davongetragen, sein Haar war schlammverklebt, aber er lebte. Sein verzweifelter Blick hing an Bill, und als der Brechreiz vergangen war, sagte er etwas, und seine Worte bewirkten, daß Bills Herz auszusetzen drohte.

»Wo ist ... Adrian?« Adrian. O Gott ... Er drehte sich um. Nun erst wurde er gewahr, daß er sie nirgends gesehen hatte, und als er sich umdrehte, beobachtete er, wie die Männer ihre reglose Gestalt aus dem Wasser hoben.

»Behaltet meinen Jungen im Auge!« rief Bill einem der Männer zu und war in zwei Sätzen bei Adrian. Sie sah aus wie tot ... fahlgrau, und mit einer schrecklichen Wunde an einem Arm und einem Bein. Aber ihr Gesichtsausdruck jagte ihm vor allem Angst ein. Er erinnerte ihn an einen Verkehrsunfall, dessen Augenzeuge er geworden war. Die Frau hatte tot im Wagen gelegen, als er bei ihr angekommen war. »O mein Gott ... können Sie nichts tun?« Niemand hörte ihn. Man versuchte, Adrian zu beatmen, aber sie zeigte keinerlei Reaktion.

»Ist sie Ihre Frau?« fragte jemand ihn hastig, und er wollte schon verneinend den Kopf schütteln, überlegte es sich aber anders und nickte. Es war einfacher, als die Situation langatmig erläutern zu müssen. »Sie hat den Jungen gerettet«, erklärte der Mann. »Noch ein paar Sekunden, und er wäre über die Klippen getrieben worden. Sie hielt ihn an der Oberfläche, bis wir ihn zu fassen bekamen. Sie hat sich den Kopf angeschlagen, glaube ich.« Ihre Armwunde blutete noch immer stark. Überall war Blut, wie Bill mit Entsetzen wahrnahm.

»Atmet sie noch?« fragte Bill, ohne den Blick von ihr zu wenden. Vier Männer beugten sich über sie. Er sah es, während ihm Tränen übers Gesicht liefen. Sie hatte mit dem Leben dafür bezahlt, daß sie seinen Sohn gerettet hatte ... sie hatte ihn gerettet und ... man unternahm Wiederbelebungsversuche, die nichts nützten. Und plötzlich heulte die Sirene wieder und einer der Männer rief dem Fahrer etwas zu.

»Wir haben Herzschlag!« Adrian stieß einen kleinen Seufzer aus, sah aber immer noch grauenvoll aus, während man sie weiter künstlich beatmete. Dann warfen die Männer Bill triumphierende Blicke zu. »Sie atmet wieder ohne Hilfe. Wir bringen sie ins Krankenhaus. Wollen Sie mit uns fahren?«

»Ja. Wird sie es schaffen?« fragte er, während er sich verzweifelt nach Adam umsah.

»Das kann man noch nicht sagen. Wir wissen nicht, welcher Art ihre Kopfverletzung ist. Und sie hat viel Blut verloren.« Er sah Bill an, während er einen Preßverband an ihrem Arm anlegte und Druck darauf ausübte. Adam warf sich weinend seinem Vater in die Arme, als die Sanitäter Tommy auf einer Bahre in den Rettungswagen hoben. Bill sprang hinter ihm hinein, und jemand half Adam beim Einsteigen und gab ihm eine Decke, während zwei vom Sanitätspersonal Adrian hereinhoben. Auf ihrem noch immer totenblassen Gesicht lag eine Sauerstoffmaske.

Bill kniete neben ihr nieder.

»Ist sie tot?« fragte Adam tiefbekümmert, und Tommy starrte sie nur an. In ihrem Haar hatte sich Laub verfangen, und einer der Sanitäter übte ununterbrochen Druck auf den Arm aus, während Bill als Antwort auf Adams Frage den Kopf schüttelte. Tot war sie nicht, aber sie atmete kaum noch.

In knappen zehn Minuten schafften sie es zum Krankenhaus. Bill strich über ihr Gesicht und schickte dabei inbrünstige Gebete zum Himmel. Zweimal bemerkte er, daß die Sanitäter sie aufmerksamer überwachten, und er spürte auch, daß ihnen nicht gefiel, was sie sahen. In Truckee wurden sie von einem ganzen Team empfangen. Tommy wurde herausgehoben, dann stieg Adam aus dem Rettungswagen. Alle sahen aus wie unter Schockeinwirkung, und eine ältere Schwester redete gedämpft auf Bill ein.

»Ich bleibe bei den Buben, damit Sie ungestört bei Ihrer Frau sein können. Den Kindern fehlt nichts. Wir suchen warme Sachen für sie, und der Kleinere muß noch ein wenig unter Beobachtung bleiben, das ist aber auch alles.« Er nickte und sagte den Kindern, daß er gleich wiederkommen würde. Seine Schritte klangen laut auf dem Steinboden, als er in das Gebäude lief, in das man Adrian geschafft hatte.

»Wo ist sie?« wollte er wissen, kaum, daß er das Gebäude betreten hatte. Alle wußten, wen er meinte, sie war im Moment jene Patientin, deren Zustand am kritischsten war, und eine Schwester deutete auf zwei Flügel einer Schwingtür. Er stürmte durch die Tür und fand sich in der mit allen technischen Finessen ausgestatteten Intensivstation wieder, in der es unzählige Schalter und Knöpfe und Skalen gab sowie eine Vielzahl hellaufleuchtender Lichter und ein Dutzend Menschen in grünen Kitteln, die sich an Adrian zu schaffen machten. Sie schienen viele Dinge auf einmal zu tun, während sie ein Dutzend Monitore im Auge behielten und in einem für ihn unverständlichen Geheimcode Informationen austauschten. Fast kam er sich vor wie in einem Science-fiction-Film. Sein Inneres war wie abgestorben. Er hatte noch immer nicht begriffen, was eigentlich vorgefallen war. Er wußte nur, daß Tommy etwas Schreckliches zugestoßen sein mußte und daß sie ihn gerettet hatte, aber um welchen Preis ... falls sie es überlebte, würde er ihr ewig dankbar sein. Doch im Moment war dies wenig wahrscheinlich. Diese Frau, die er kaum kannte, das Mädchen, in das er sich verliebt hatte, lag da wie jemand in einem Alptraum oder in einem Gruselfilm.

»Was ist mit ihr?« fragte er immer wieder, doch man war zu beschäftigt, um ihm zu antworten. Er sah, daß ihre Armwunde genäht wurde, dann bekam sie eine Blutkonserve und eine Infusion, ein EKG wurde gemacht, und noch immer war sie grau und bewußtlos. Er durfte nicht in ihre Nähe. Es waren zu viele um sie herum. Sie war zu schwer verletzt, und man mußte zuviel unternehmen, um sie zu retten.

Als ihm schließlich schon ganz übel war von allem, was er mit ansehen mußte, nahm einer der Ärzte ihn beiseite und bat ihn, mit ihm hinauszugehen.

»Möchten Sie sich setzen?« Dem Arzt war nicht entgangen, wie verzweifelt Bill aussah. Bill ließ sich dankbar in einen Sessel sinken, in Gedanken bei den

Vorgängen im Raum daneben, bei dem verzweifelten Kampf um Adrians Leben, einem Kampf, dessen Ausgang ungewiß war.

»Was ist mit ihr?« fragte er wieder, und diesmal bekam er eine Antwort.

»Wie Sie wissen, war ihre Frau nahe daran zu ertrinken. In ihre Lungen ist viel Wasser gedrungen, sie hat aus der Armwunde viel Blut verloren. Eine Arterie wurde verletzt, allein dies hätte schon zum Tod führen können. Unter der Wasseroberfläche muß sie auf etwas Scharfes gestoßen sein. Dazu muß sie einen ziemlich heftigen Schlag auf den Kopf bekommen haben. Erst befürchteten wir einen Schädelbasisbruch, aber dieser Verdacht ist nicht bestätigt worden. Wir glauben jetzt, daß sie eine Gehirnerschütterung davongetragen hat, und natürlich wird alles durch ihren Zustand noch kompliziert.«

»Welchen Zustand?« Er sah erschrocken und verwirrt aus. Er hatte keine Ahnung, ob sie eine chronische Krankheit hatte – vielleicht litt sie an Diabetes. »Wird sie wieder zu sich kommen?«

»Das kann man noch nicht sagen.« Als er jetzt Bill ansah, wirkte er noch ernster. »Angesichts der Schwere ihrer Verletzungen besteht leider die Möglichkeit, daß sie das Baby verliert.« Bill starrte den Arzt wie betäubt an, als er die Worte hörte.

»Das Baby?« Er wußte nicht aus noch ein. Wie ein richtiger Vollidiot kam er sich vor.

»Natürlich«, fuhr der Arzt fort, der wohl annehmen mußte, daß er noch unter Schockeinwirkung stand, nachdem er beinahe seinen kleinen Sohn verloren hatte und sich nun der Gefahr gegenübersah, auch noch seine schwangere Frau zu verlieren. »Sie ist jetzt ... im vierten Monat oder etwas darüber.«

»Ich ... natürlich ... ich ... ich bin so durcheinander ... ich ...« Es war Wahnsinn, warum tat er überhaupt so, als sei sie seine Frau? Und warum hatte er dieses Gefühl? Warum hatte er tatsächlich das Gefühl, als sei sie seine Frau und das Baby von ihm? Und warum, in Gottes Namen, hatte sie ihm nichts gesagt? Er hatte das Gefühl, einen neuen Schock erlitten zu haben, als der Arzt ihn bat zu bleiben, wo er war. Er wollte wieder zur Patientin gehen, und Bill Bescheid geben, sobald eine Änderung der Lage eintrat.

Bill saß lange allein da und versuchte zu verarbeiten, was geschehen war und was er eben gehört hatte. Er schaffte es zunächst nicht. Es war unverständlich, was vor sich gegangen war – nun paßten plötzlich kleine Teile des Puzzles zueinander. Ihr gewaltiger Appetit, die Tatsache, daß es aussah, als hätte sie ein wenig zugenommen, seitdem er sie kennengelernt hatte. Wichtiger noch war jedoch die Tatsache, daß Steven sie verlassen hatte ... aber warum, wenn sie ein Kind bekam? Er muß ein richtiges Scheusal sein, dachte Bill. Und das war auch der Grund, warum sie immer noch glaubte, er würde zurückkommen, und warum sie ihren Ehering trug, und weshalb sie keine Beziehung mit ihm anfangen wollte. Plötzlich ergab alles einen Sinn.

Bis auf die Gefahr, das Kind zu verlieren. Viereinhalb Monate, das war keine Kleinigkeit ... und sie selbst schwebte in Lebensgefahr, was noch viel ernster war. Er hatte das Gefühl, das Herz würde ihm aus dem Leib gerissen, als ein anderer Arzt langsam auf ihn zukam. Seine Miene verhieß nichts Gutes, als Bill zu ihm empor starrte, voller Angst vor dem, was er hören würde.

»Wir haben alles Menschenmögliche für sie getan. Sie atmet jetzt ohne Hilfe, und sie hat eine Bluttransfusion bekommen. Die Gehirnerschütterung ist schwer, aber nicht unbedingt lebensgefährlich, es ist kein Schädelbruch ... aber man muß warten. Sie ist noch nicht zu sich gekommen.« Bill wußte, daß sie ins Koma verfallen und sterben konnte. Dergleichen kam oft genug vor. »Es liegt kein Grund zu der Annahme vor, daß Dauerschäden zurückbleiben, wenn sie überlebt. Aber die große Frage heißt: Wird sie überleben? Darauf haben wir noch keine Antwort.«

»Und das Baby?« Er fühlte sich jetzt auch für das Kind verantwortlich. Für beide. Er wollte, daß beide am Leben blieben. Er wollte beide ... oder nur sie ... bitte, laß sie am Leben bleiben ... Er sah den Arzt erwartungsvoll an.

»Die Schwangerschaft ist noch aufrecht. Wir haben sie an einen Monitor angeschlossen, und bislang sieht es nicht schlecht aus. Wir hören die fetalen Herzschläge.«

»Gottlob.« Bill stand auf. Eigentlich hoffte er auf mehr Informationen, doch er erfuhr nicht mehr.

Nur die Zeit konnte zeigen, was passieren würde. »Darf ich sie sehen?«

»Natürlich. Wir lassen sie, wo sie ist, bis wir mehr wissen. Sie ist noch immer auf der Intensivstation. Erst wenn ihr Zustand sich bessert, wird sie verlegt.« Nicht zu fassen! Vor wenigen Stunden hatte sie Schinken und Ei zum Frühstück gebraten, und jetzt stand sie an der Schwelle des Todes, nachdem sie Tommy das Leben gerettet hatte.

»Ist mein Sohn außer Gefahr?«

»Ich habe ihn nicht selbst untersucht. Aber nach allem, was ich gehört habe, lassen er und sein Bruder sich das Mittagessen auf der Kinderabteilung schmecken.« Er lächelte Bill an. »Wenn Sie mich fragen, ist ihm nichts passiert. Ein kleiner Glückspilz. So viel ich hörte, ist es nur dem raschen Reaktionsvermögen Ihrer Frau zu verdanken, daß er gerettet wurde. Bei ihrer Zierlichkeit ist es ein Wunder, daß sie ihn so in die Höhe stemmen konnte. Dabei muß sie sich den Arm aufgerissen haben ...« Und ihren Kopf angeschlagen haben ... und fast ertrunken sein ... und fast ihr Baby verloren haben ... und dennoch hatte sie keinen Augenblick gezögert, obwohl sie schwanger war. Er stand tief in ihrer Schuld. Er hoffte nur, sie würde am Leben bleiben, damit er diese Schuld abtragen konnte.

Langsam ging er auf die Tür zur Intensivstation zu, trat ein und setzte sich neben Adrian. Man hatte den Eindruck, jeder einzelne Körperteil sei an einen medizinischen Apparat angeschlossen – die Sauerstoffmaske verdeckte einen Teil ihres Gesichts. Er nahm ihre Hand und küßte ihre mit Abschürfungen übersäten Finger. Unter ihren Fingernägeln sah er Erde. Sie mußte verzweifelt gekämpft haben, um Tommy zu retten.

»Adrian«, flüsterte er der leblosen Gestalt zu. »Ich liebe dich, ich liebe dich, seit ich dich zum erstenmal sah.« Er war entschlossen, es ihr jetzt zu sagen, für den Fall, daß er nie wieder die Chance dazu bekam. Vielleicht konnte sie ihn hören, und es würde ihr helfen. »Ich habe dich von Anfang an geliebt, gleich beim ersten Mal im Supermarkt, als ich dich fast über den Haufen fuhr ... kannst du dich noch erinnern?« Er lächelte unter Tränen und küßte wieder ihre Finger. »Und ich liebte dich noch mehr beim nächsten Mal, als ich dich auf dem Parkplatz vor dem Wohnkomplex sah. Weißt du noch? An einem Sonntagmorgen, glaube ich ... und am Pool ... ich liebe dich ... ich liebe alles an dir ... und auch die Kinder haben dich lieb ... Adam und Tommy. Sie möchten, daß du wieder gesund wirst.« Er redete mit seiner eindringlichen sanften Stimme auf sie ein und hielt ihre Hand fest. »Und ich habe das Baby auch lieb ... ganz recht. Wenn du das Kind möchtest, dann möchte ich es auch ... ich möchte dich und das Kind, Adrian. Euch beide. Das Baby hat keinen Schaden genommen, das hat der Arzt gesagt.« Er behielt ihr Gesicht genau im Auge und glaubte, bemerkt zu haben, wie sie zusammenzuckte, doch als er genauer hinsah, hielt er es für Einbildung. Sie kam ihm wieder so ausdruckslos wie vorher vor. Lange redete er so auf sie ein, flüsterte ihren Namen und sagte ihr, wie sehr er sie und das Baby liebte. Dann legte er die Hand auf das Kind und spürte die kleine Wölbung, die ihm zuvor gar nicht aufgefallen war und von der sie ihm nichts gesagt hatte.

Er sagte auch dem Baby, wie sehr er es liebte, und daß es gut daran täte, sich nicht aus dem Staub zu machen, weil es damit viele Menschen unglücklich machen würde. »Du glaubst doch nicht, daß deine Mutter all das auf sich genommen hat, nur damit du dich jetzt drückst – also, immer mit der Ruhe, nicht wahr, Adrian? Sag dem Baby, es soll sich beruhigen.« Und dann küßte er sie sanft auf die Wange und redete weiterhin auf sie ein, während eine der Schwestern ihn vom Eingang her beobachtete. Sie hatte noch nie jemanden erlebt, der so verzweifelt gewesen war, vor allem aber hatte sie noch nie gehört, daß jemand so mit einer Frau gesprochen hatte. Ihrer Ansicht nach konnte Adrian sich glücklich schätzen, einen Mann zu haben, der sie so liebte. Und während sie die beiden beobachtete, sah sie etwas auf den Monitoren, das ihre Aufmerksamkeit auf sich zog. Sie runzelte die Stirn und betrat den Raum. Als sie näher kam, wandte Adrian sich Bill zu, schlug die Augen auf und schloß sie wieder.

Einen schrecklichen Moment blanken Entsetzens dachte er, sie wäre eben gestorben, so daß er einen fast tierhaften Klagelaut ausstieß, während er aufstand und wieder voller Angst auf sie niederblickte.

Doch sie öffnete die Augen wieder, und die Schwester kontrollierte ihre Werte und lächelte ihr zu. Auch Bill lächelte unter Tränen, ohne ein Wort herauszubringen. Sie hatte ihm den Atem geraubt, und er war so gerührt, daß er am ganzen Leibe zitterte.

»Sie haben großes Glück gehabt«, sagte die Schwester zu ihr. »Ihr kleiner Junge ist unversehrt. Ich habe ihm etwas zum Naschen zugesteckt.« Sie warf Bill einen ermutigenden Blick zu. »Und Ihr Mann ist nicht von Ihrer Seite gewichen und hat unermüdlich auf sie eingeredet, seit Sie hier eingeliefert wurden.« Dann fiel ihr etwas ein, und sie warf einen Blick auf den Monitor des ungeborenen Kindes. »Ihr Baby ist auch in Ordnung«, sagte sie sogleich mit einem Blick zu Adrian hin. »Hm, sieht aus, als würde alles wieder ins Lot kommen. Na, wie fühlen Sie sich, Mrs. Thigpen?«

Adrian bemühte sich, ihre Sauerstoffmaske abzustreifen, und die Schwester kam ihr zu Hilfe. »Nicht besonders«, krächzte sie. Man hatte ihr den Magen ausgepumpt, und jetzt war sie heiser. Dazu kam das Gefühl großer Übelkeit und Erschöpfung. Ihre letzte Erinnerung war das Abgleiten in etwas Weiches, Warmes, als sie mit dem Kopf auf einen Felsen aufgetroffen war und fast ertrunken wäre.

»Kann ich mir vorstellen, daß Sie sich elend fühlen.« Die Schwester schob ihr etwas unter den Kopf. »Sie hatten einen Kampf mit einem Felsen auszufechten und nicht zuletzt mit dem vielen Wasser. Wie ich hörte, haben sie ein Wettrennen gewonnen und Ihren kleinen Jungen gerettet. Sie haben es geschafft!« Sie lächelte ihr zu, und Bill sah Adrian mit angehaltenem Atem und unter Tränen an.

»Adrian, du hast Tommy gerettet.« Er fing wieder zu schluchzen an und beugte sich über sie und küßte ihr Gesicht. »Baby, du hast ihn gerettet.«

»Ich bin ja so froh ... ich hatte solche Angst ... länger hätte ich ihn nicht halten können ...« Bill sah deutlich den leblosen Körper und das graublaue Gesicht vor sich, als man ihr Tommy knapp unter der Wasseroberfläche abgenommen hatte. »Die Strömung war so stark ... und ich hatte Angst, daß ich nicht schnell genug laufen kann.« Auch in ihren Augen standen Tränen, doch es waren Tränen der Erleichterung und des Triumphes. Sie drückte Bills Hand, und die Schwester beeilte sich, die glückliche Wendung dem Arzt zu melden. Bill beugte sich wieder über sie und flüsterte ihr zu: »Warum hast du mir nichts von dem Kind gesagt?«

Langes Schweigen trat ein, als sie ihn ansah, dankbar, daß er da war. Aus ihrem Blick sprach die Liebe zu ihm, gegen die sie so lange angekämpft hatte. »Ich war der Meinung, es wäre dir gegenüber unfair.« Sie fing zu weinen an, und er küßte sie sanft und schüttelte den Kopf.

»Es hätte sich nichts geändert.« Er lächelte und setzte sich neben sie, ohne sie aus den Augen zu lassen. »Ein wenig ungewöhnlich ist es schon, das gebe ich zu, aber was soll's? Für jemanden, der sich sein Geld als Drehbuchschreiber für eine Seifenoper verdient ... hast du wirklich gedacht, ich hätte kein Verständnis für deine Situation?« Sie lächelte und mußte husten, während er sie festhielt und sie dann sanft in das Kissen zurücklegte. »Ehrlich, Adrian, ich bin richtig erleichtert. Ich habe schon befürchtet, dein gewaltiger Appetit sei für dich der Normalzustand.«

Wieder lachte sie und seufzte dann mit besorgter Miene.

»Ist das Kind in Ordnung?«

»Die Ärzte sagen, es hätte nicht gelitten. Ich glaube, du wirst eine ganze Weile kürzer treten müssen. Aber Babys sind meist recht robust.« Er dachte daran, daß Leslie in ihrer ersten Schwangerschaft böse gestürzt war. Ihn hatte fast der Schlag getroffen, als er sie die Treppe hinunterfallen sah, aber ihr war nichts passiert. Und dann fiel ihm etwas ein, was er Adrian fragen wollte. Bei ihm regte sich ein gewisser Argwohn. »Ist das der Grund, weshalb Steven dich verlassen hat?« Das mußte er wissen. Wenn es stimmte, dann war es unentschuldbar. Während sie bewußtlos dagelegen hatte, war ihm eingefallen, daß dies vielleicht der Grund für ihre Trennung war.

Sie nickte bekümmert. »Er will keine Kinder haben und stellte mich vor die Wahl: er oder das Baby.« Die Erinnerung ließ sie in Tränen ausbrechen. Sie klammerte sich verzweifelt an Bill. »Ich habe es versucht ... aber ich brachte es nicht über mich. Ich war beim Arzt, zu einem Abbruch entschlossen, aber ich konnte es nicht. Deshalb hat er mich verlassen.«

»Das muß aber ein reizender Mensch sein.«

»Er hat in diesem Punkt sehr festgefahrene Ansichten«, versuchte sie eine Erklärung, und Bill sah sie voller Bedauern an.

»Das nenne ich eine klassische Untertreibung. Der Mensch läßt sich scheiden, weil du sein Kind bekommst. Weiß er, daß es sein Kind ist, oder hat er die Vaterschaft in Frage gestellt?«

»Nein, er weiß, daß es sein Kind ist. Sein Anwalt hat mir Papiere geschickt ... Steven hat den Verzicht seiner elterlichen Rechte beantragt, so daß weder ich noch das Kind Ansprüche stellen können. Es läuft darauf hinaus, daß das Kind illegitim sein wird«, schloß sie traurig.

»Das ist abscheulich.«

Sie seufzte wieder. »Aber vielleicht ändert er seine Meinung, wenn er das Kind sieht.« Jetzt wurde ihm klar, worin ihr Problem bestand. Sie gab sich noch immer der Hoffnung hin, Steven würde zurückkehren, um des Kindes willen, wenn schon aus keinem anderen Grund. Und dann fragte er sie noch etwas.

»Adrian, liebst du ihn noch immer?« Sie zögerte lange mit der Antwort und schüttelte dann den Kopf, den Blick auf Bill geheftet.

»Nein«, sagte sie leise. »Ich liebe ihn nicht mehr. Aber das Kind hat ein Recht auf seinen leiblichen Vater.«

»Würdest du ihn wieder nehmen, wenn er dich zurückhaben wollte?«

»Möglich ist es schon – dem Kind zuliebe.«

Sie schloß die Augen. Übelkeit und Erschöpfung ergriffen wieder von ihr Besitz. Bill sah sie stumm an, betrübt von ihren Worten, zugleich aber dankbar für ihre Offenheit. Es war eine der Eigenschaften, die er an ihr liebte. Er glaubte nicht daran, daß Steven zurückkommen würde, nicht, wenn er formell auf seine väterlichen Rechte verzichtete und die Scheidung einreichte. Der Kerl mußte glatt den Verstand verloren haben. Ebenso klar war aber, daß sie das Gefühl hatte, ihm und dem Kind etwas schuldig zu sein, und meinte, sie hätten eine Beziehung verdient, auch wenn es bedeutete, daß sie selbst etwas aufgeben mußte. Aber so war sie eben. Bei dem Bemühen, Tommy zu retten, hatte sie ihr Leben und das des ungeborenen Kindes riskiert. Sie war ein Mensch, bei dem es immer alles oder nichts hieß. Adrian lag mit geschlossenen Augen da, und eine ganze Weile fiel kein Wort zwischen ihnen. Dann sah sie Bill wieder an, voller Sorge, was er denken mochte. »Haßt du mich jetzt?«

»Wo denkst du hin? Wie kannst du so etwas sagen? Du hast meinem Kind das Leben gerettet.« Und sie war dabei fast selbst ums Leben gekommen. Er rückte wieder näher an sie heran und berührte ihr von Abschürfungen übersätes Gesicht mit sanften Fingern. »Adrian, ich liebe dich. Es ist hier nicht der Zeitpunkt oder Ort, um es zu sagen, aber ich liebe dich. Ich bin schon seit Monaten in dich verliebt – vielleicht sogar länger.« Dann küßte er ihre Hand und ihre Finger. Er hatte Angst, ihr weh zu tun, wenn er sie richtig küßte.

»Du bist mir nicht böse wegen des Babys?« In ihren Augen standen Tränen.

»Wie könnte ich? In meinen Augen bist du wundervoll, mutig und unglaublich stark. Eine bewundernswerte, anständige Frau. Ich finde es wunderbar, daß du das Kind um jeden Preis bekommen willst.« Es war das erste freundliche Wort, das jemand über ihre Schwangerschaft gesagt hatte, von Zeldas Tröstungen abgesehen. Von Steven hatte sie so viel einstecken müssen, daß Bills liebe Worte sie zu Tränen rührten. Liebevoll wischte er ihr die Tränen weg, während sie schluchzend versuchte, ihm alles zu erklären. Ihre ohnehin sehr labile Gemütslage war nun vollends erschüttert, denn urplötzlich war der Damm gebrochen, nach drei Monaten voller Ausflüchte und Entschuldigungen von ihrem Mann, nach einer Zeit, in der sie mit der Schwangerschaft ganz allein hatte zurechtkommen müssen.

»Jetzt beruhige dich erst mal.« Sie steigerte sich immer mehr hinein, so daß er es schon mit der Angst zu tun bekam. Ihr Kreislauf hatte eben erst einen Schock überstehen müssen. »Alles wird wieder gut, ja?« Er strich ihr das Haar aus dem Gesicht und zog ihr die Decke bis unters Kinn. Sie sah aus wie ein geprügeltes Kind und hatte Schluckauf wie ein kleines Mädchen nach dem Weinen. »Du wirst dein Baby bekommen, und es wird ein prächtiges Kind.« Er beugte sich zu ihrem Gesicht und küßte sie behutsam, ganz behutsam, auf die Lippen. Auch in seinen Augen standen Tränen. »Ich liebe dich,

Adrian ... Ich liebe dich so sehr ... dich und das Baby.« Das Schöne daran war, daß er es ehrlich meinte.

»Wie kannst du das sagen?« Steven hatte sie wegen dieses Kindes verlassen, und jetzt sagte Bill, der sie erst seit kurzem kannte, daß er sie liebte. »Es ist doch nicht dein Kind.«

»Ich wünschte, es wäre meines«, erwiderte er aufrichtig. Und dann wagte er endlich zu sagen, was er empfand. »Und eines Tages, wenn das Glück es sehr gut mit mir meint, wird es vielleicht meines sein.« Da flossen bei ihr von neuem die Tränen. Sie brachte kein Wort über die Lippen, hielt nur seine Hand fest und nickte mit geschlossenen Augen. Dann döste sie eine Weile, ohne seine Hand loszulassen. Bill behielt die Monitore im Auge, während sie schlief. Einige Male kam die Schwester und versicherte ihm, daß alles normal sei. Schließlich wagte er, Adrian eine Weile allein zu lassen, weil er nach seinen Söhnen sehen wollte. Er traf Tommy schlafend an. Der Junge sah wieder ganz normal aus. Er hatte eine Glukose-Infusion bekommen, zudem wurde seine Temperatur regelmäßig kontrolliert. Bill bekam die Auskunft, daß er ihn gegen Abend mitnehmen könnte. Adam sah sich unterdessen die Wiederholung einer alten Fernsehserie an.

»Na, wie geht's, Sportsfreund?« Bill ließ sich im Fernsehraum neben ihm nieder, so daß er zum schlafenden Tommy hinübersehen konnte.

»Wie geht es Adrian?« lautete Adams erste Frage, obwohl Bills erleichterte Miene verriet, daß alles in Ordnung sein mußte. Eine Schwester hatte ihn schon beruhigt, daß es seiner ›Mutter‹ viel besser ging. Er hatte das Mißverständnis nicht aufgeklärt. Schließlich war er alt genug, um sich auszurechnen, daß es so einfacher war.

»Sie schläft, aber es geht ihr besser.« Den ganzen Nachmittag hatte er sich den Kopf zerbrochen, was im Moment die beste Lösung wäre. In Anbetracht ihrer Schwangerschaft erschien es ihm besser, ihre Fahrt nicht fortzusetzen, vor allem nicht als Campingtour. Jetzt war eine Woche Erholung in einem erstklassigen Hotel angesagt, ein wenig Sonne und ein guter Zimmerservice. »Was würdest du davon halten, wenn wir in einem Hotel absteigen, statt zu zelten?« Er wollte seine Söhne nicht enttäuschen, aber er fühlte sich nach allem, was Adrian für Tommy getan hatte, auch für sie verantwortlich. Der Tag hätte mit einer Tragödie enden können. Hätte sie nicht so viel Kraft und Ausdauer an den Tag gelegt, wäre Tommy jetzt nicht mehr am Leben, davon war er überzeugt. Er stand in ihrer Schuld. Aber er mußte auch an Adam denken und sah ihn ein wenig zerknirscht an. »Wärst du sehr enttäuscht, wenn dieser Urlaub nicht ganz rauh und zünftig abläuft?«

Aber Adam schüttelte energisch den Kopf. »Ich bin froh, daß beide es gut überstanden haben. Dad, du hättest Adrian sehen sollen. Sie rannte wie verrückt, als die Strömung ihn erfaßte, und wollte ihn überholen und abfangen, aber als es passiert ist, habe ich gar nichts kapiert. Es hat geklappt.

Aber bis es soweit war ... einfach schrecklich.« Er erstickte fast an seinen Worten. »Dauernd gingen sie unter, und zuerst kam ihnen niemand zu Hilfe. Sie hat Tommy immer wieder nach oben gehalten und durch die Strömung wurde sie immer wieder hinuntergedrückt. Sie hat nicht aufgegeben und es immer wieder versucht, und dann ist sie untergegangen. Es war grauenhaft ...« Er drückte sein Gesicht an Bills Brust, und dieser hielt seinen Sohn lange fest.

»Tommy hätte nie ausreißen dürfen. Was, zum Teufel, hat er denn getrieben?«

»Ich glaube, er wollte die Flöße beobachten. Und dabei hat er das Gleichgewicht verloren.«

»Wenn er aufwacht, müssen wir mit ihm ein Wörtchen darüber reden.« Nach einer Weile ging er zum schlafenden Tommy. Atmung und Temperatur waren völlig normal. Er sah aus wie immer und hatte kaum eine Schramme abbekommen. Unglaublich, daß es dasselbe Kind war, das noch vor wenigen Stunden ganz blau gewesen war – diesen Anblick würde Bill sein Leben lang nie vergessen.

Danach telefonierte er herum und ließ sich eine große Suite in einem Luxushotel reservieren. Anschließend sah er noch bei Adrian vorbei und sprach mit ihrem Arzt. Sie schlief noch immer, und das war auch gut so, wie ihm der Arzt versicherte. Der Wiederherstellungsprozeß brauchte seine Zeit. Wenn keine weiteren Probleme auftauchten, konnte sie am nächsten Tag entlassen werden. Aber man wollte sicher sein, daß sie keine Lungenentzündung bekam und daß Komplikationen mit dem Baby auszuschließen waren. Bislang schien sich alles zum Besseren zu wenden.

Bill versprach, bald wiederzukommen, und ging zu Adam, um ihm alles zu berichten. Dann fuhr er zum Zeltplatz. Dort stand er dann, ließ den Blick schweifen. Er war erschüttert, weil noch am Morgen das Leben sorglos und einfach gewesen war. Und dann plötzlich waren zwei Menschen, die er liebte, beinahe ums Leben gekommen – drei, wenn er das Baby mitzählte. Er war von demütiger Dankbarkeit erfüllt und unendlich erleichtert, nachdem er alles zusammengepackt hatte und zum Hotel fuhr. Er hatte eine schöne Suite mit zwei Schlafzimmern gemietet, und es stand für ihn fest, daß er auf der Couch schlafen würde. Er wollte Adrian die Nacht über im Auge behalten und sicher sein, daß er sie hörte, wenn sie rief ... Am liebsten hätte er im gleichen Raum mit ihr geschlafen, fürchtete aber, die Kinder damit aus dem Gleichgewicht zu bringen.

Kaum hatte er ihr Gepäck in die Suite geschafft, fuhr er wieder ins Krankenhaus und stellte erschrocken fest, daß es sechs Uhr war und die Kinder beim Essen saßen.

»Wo warst du?« fragte Tommy. Sie hatten ihn von der Infusion losgemacht, und er sah aus wie immer, als Adam ihn ermahnte, nicht mit den Fingern ins Kartoffelpüree zu fassen. Die Kinderabteilung war so gut wie leer. Es gab einen Beinbruch, einen Armbruch, eine kleine Unfallverletzung, die mit ein paar Stichen genäht worden war und schließlich

Tommy, der seinen Sturz in den Fluß überlebt hatte. Die anderen Kinder waren meist älter und bezogen ihn bei Tisch nicht in ihre Gespräche ein.

»Ich habe ein Hotelzimmer für uns alle gebucht«, erklärte Bill. »Nachmittags habe ich immer wieder bei dir vorbeigeschaut, aber du hast die ganze Zeit geschlafen.« Er beugte sich über ihn und gab ihm einen Kuß. Erst in diesem Moment merkte Bill, daß er Hunger hatte. Seit dem von Adrian zubereiteten Frühstück hatte er nichts mehr zu sich genommen.

»Geht es Adrian gut?« Tommys Gesicht bewölkte sich besorgt.

»Sie wird bald wieder auf den Beinen sein«, beruhigte Bill ihn. »Sie hat sich um dich große Sorgen gemacht. Um dich zu retten, hat sie einiges abbekommen. Übrigens, junger Mann, was hast du allein abseits der Schwimmstelle getrieben?« Tommys Augen wurden noch größer und füllten sich mit Tränen. Er wußte genau, welche Rolle er bei diesem Ereignis gespielt hatte, und er war alt genug, um zu begreifen, daß er und Adrian beinahe ertrunken wären. Seine Reue war riesengroß.

»Es tut mir ja so leid ... ehrlich.«

»Das weiß ich, mein Sohn.«

»Kann man sie schon besuchen?«

»Morgen vielleicht. Sie ist im Moment ziemlich müde. Hoffentlich entläßt man sie morgen, damit wir sie mit uns ins Hotel nehmen können.«

»Darf ich heute schon raus?«

»Man wird sehen.«

Er wäre gern die Nacht über bei Adrian geblieben, wollte aber die Buben nicht allein im Hotel lassen, und auch im Krankenhaus hätte Tommy erwartet, daß sein Vater bei ihm blieb. Adam durfte ohnehin nicht bei Tommy bleiben, weil er kein Patient war. Bill blieb also nichts übrig, als sie ins Hotel zu bringen und Adrian am Morgen zu holen.

Es schien ihr nichts auszumachen, stellte er fest, als er sie wieder besuchte. Sie war vom gefährlichen Abenteuer des Tages so erschöpft, daß sie nur ein paar Worte mit ihm wechselte und sofort wieder einschlief. Die Krankenschwester riet ihm, sie allein zu lassen.

»Sie wird kaum merken, daß Sie nicht da sind, und ich werde es ihr erklären, wenn sie aufwacht«, versprach die Schwester. »Wenn sie möchte, kann sie Sie ja anrufen.« Er hinterließ die Nummer des Hotels und seines Zimmers, ehe er ging, um die Kinder zu holen. Eine Stunde später hüpften sie auf den Betten herum und sahen fern. Tommy wollte Schokoeis über den Zimmerservice bestellen. Unglaublich, daß er am Morgen in Lebensgefahr geschwebt hatte.

Bill badete ihn und brachte beide zu Bett, und dann streckte er sich in dem Zimmer aus, das Adrian zugedacht war. Er war am Ende seiner Kräfte. Er konnte sich an keinen einzigen Tag in seinem Leben erinnern, der so traumatisch verlaufen war. Immer wieder sah er das schreckliche Bild der zwei leblosen Körper, um die sich die Sanitäter und die Leute von der Forstaufsicht bemühten …

die Sirenen ... die Geräusche ... der Anblick ihrer Gesichter. Er wußte, daß ihn dies noch jahrelang in Alpträumen verfolgen würde, und als er an Adrian dachte, spürte er, wie sie ihm fehlte ... wie gern er sie in seinen Armen gehalten hätte. Es gab so vieles, was er ihr jetzt sagen wollte, so vieles, das sie gemeinsam herausfinden, tun und entdecken mußten ... und dann war da noch das Baby. Er wußte nicht einmal, wie weit fortgeschritten die Schwangerschaft war. Er kannte nur die Vermutung, die der Arzt ausgesprochen hatte, aber er hatte keine Ahnung, wann die Entbindung zu erwarten war. Erstaunlich, wie unvermutet ein neues Menschenleben in sein Leben getreten war – und eine ganz neue glückhafte Zukunftsaussicht. Er hatte sie schon zuvor geliebt, nun aber wußte er, daß er sie doppelt liebte. Und als er auf ihrem Bett liegend darüber nachdachte, läutete das Telefon.

»Hallo?« Seine Stimme klang rauh, nur weil er dagelegen und an die Gefühle des Tages gedacht hatte, aber er lächelte, sobald er ihre Stimme erkannte. Es war Adrian, die ihn vom Krankenhaus anrief. Sie war aufgewacht und hatte ihn nicht gesehen. Er fehlte ihr, so wie sie ihm fehlte, denn seit heute morgen war zwischen ihnen eine neue Bindung entstanden.

»Wo bist du?«

»Hier, in deinem Bett«, sagte er mit einem Lächeln. »Und ich wünschte, du wärest bei mir.« Angesichts der Keuschheit ihrer Beziehung eine kühne Aussage, doch er vermutete, daß sie nach allem, was sie durchgemacht hatte, nichts dagegen hätte. Fast hatte er das Gefühl, als seien sie verheiratet, und sie hätte ihm eben eröffnet, daß sie ein Kind bekommen würde.

»Sind denn heute wieder Bären zu hören?« zog sie ihn heiser, aber schon in viel kräftigerem Ton auf.

»Weder Bären noch Kojoten.« Der stolze Preis der Suite und der herrliche Seeblick, den man von hier aus genoß, garantierten, daß hier nur die Geräusche von Nerzmänteln und Luxuskarossen hörbar waren. »Aber ohne dich ist es einsam«, gestand er.

»Hier auch.« Das Krankenhaus ging ihr schon auf die Nerven, und er fehlte ihr. »Wie geht es den Kindern?«

»Ich hoffe, sie schlafen schon. Vor einer Stunde habe ich sie zu Bett gebracht. Und wenn sie nicht schlafen, möchte ich es nicht wissen.« Er war fast so müde wie sie. »Wie geht es dem Baby?« fragte er mit zärtlichem Lächeln.

»Gut, glaube ich.« Mit ihm darüber zu sprechen, war ihr noch ein wenig peinlich. Für sie war das alles so neu. Monatelang hatte sie das Kind mit Absicht ignoriert, und jetzt stand es plötzlich im Mittelpunkt ihrer beider Aufmerksamkeit. »Es ist alles so merkwürdig. Ich habe mich noch nicht daran gewöhnt.«

»Das kommt noch. Wann soll es zur Welt kommen?«

»Anfang Januar. Um den zehnten herum.«

»Gerade richtig zu meinem vierzigsten Geburtstag. Er fällt auf den Neujahrstag.«

»Klingt lustig.«

»Wie das Baby«, sagte er verhalten. »Es ist so lange her, daß ich mich in Gedanken mit ganz kleinen Babys befaßt habe. Das erinnert mich an die Zeit, als Adam und Tommy winzig waren. Sie waren entzückend. Und das wird dein Baby auch sein, wenn es dir nachgerät.« Sie konnte ihren Ohren nicht trauen. Der Mann, der es gezeugt hatte, war rasend vor Wut davongelaufen, und dieser Mann, praktisch ein Fremder, den sie erst seit einigen Monaten kannte, war vor Freude über das Baby außer sich. Plötzlich kam sie sich geborgen vor, fühlte sich glücklich und viel weniger einsam.

»Warum bist du so gut zu mir?« Was wollte er? Und dann würde er zu einem Schlag gegen sie ausholen? Aber es erschien ihr unmöglich, daß er zu dieser Sorte gehörte. Oder doch?

»Weil du es verdienst.«

Sie lachte. »Du benutzt mich nur zu Studienzwecken für deine Serie.« Und sie hörte nicht auf zu lachen, weil sie an die absurde Parallele zwischen der illegitimen Schwangerschaft in der Serie und ihrem eigenen Baby dachte.

»Sie lassen jedenfalls keine Langeweile aufkommen, Mrs. Townsend. Oder soll ich sie mit einem anderen Namen anreden?« Er war nicht sicher, ob sie den Namen behalten würde.

»Mein Mädchenname lautet Adrian Thompson.« Sie würde ihn wieder annehmen müssen, da das

Kind den Namen Townsend nicht tragen durfte, aber bis dahin war noch lange Zeit. »Ich kann nicht bis morgen warten. Hier ist es so bedrückend.«

»Warte, bis du dein Hotelzimmer siehst.«

»Ich kann nicht warten.« Fast hatte sie das Gefühl, ihr stünden Flitterwochen bevor, wäre da nicht die Infusion gewesen, die an ihrem Arm hing, und dazu die zwei winzigen Röhrchen unter der Nase, durch die sie Sauerstoff bezog. Gesicht, Hände und Arme sahen aus, als hätte sie mit einer Katzenmeute gekämpft. Sie konnte sich noch erinnern, daß Tommy ihr einige der Kratzer zugefügt hatte. Es war ein unglaublicher Tag gewesen, dessen glücklichen Ausgang sie ehrfürchtig als Wunder hinnahm. Und etwas Gutes hatte der Tag auch gehabt. Bill wußte jetzt von dem Baby. Und er hatte sie nicht von sich gestoßen, und – sie lächelte – er hatte ihr sogar gesagt, daß er sie liebte.

»Ich komme morgen zu dir. Und jetzt ruh dich aus«, flüsterte er ihr zu. Es war schon so spät, daß man das Gefühl hatte, die ganze Welt sei zur Ruhe gegangen. »Du fehlst mir ...«

»Du mir auch. Gute Nacht«, flüsterte sie.

»Vergiß nicht, wie sehr ich dich liebe«, ermahnte er sie mit einem Lächeln.

20. Kapitel

Als Bill Adrian am nächsten Tag vom Krankenhaus abholte, nahm er die Buben mit, die mit Blumen, bunten Ballons und einem großen ›Danke‹-Schild anrückten, das Tommy unbedingt allein tragen wollte. Und als sie ihr in den Wagen halfen, sah es aus, als hätten sie den Jackpot im Kasino gewonnen. Bei der Entlassung war Adrian noch ziemlich wacklig auf den Beinen, so daß sie direkt ins Hotel fuhren, damit sie sich sofort wieder hinlegen konnte.

Bill machte ihr auf einem Liegesessel mit vielen Kissen auf der Terrasse ein Ruhelager zurecht. Adrian, die sich von der luxuriösen Umgebung gebührend beeindruckt zeigte, gestand Bill ganz im Vertrauen, daß sie ein Nobelhotel einem Zelt bei weitem vorzog.

Er antwortete mit einem Lachen und schloß die Bemerkung an, daß manche Menschen eben nichts unversucht ließen, um einer Übernachtung im Zelt zu entgehen, und sie gehöre offenbar dazu. An einem einzigen Tag hatte sie es fertiggebracht, fast ums Leben zu kommen, Tommys Leben zu retten und die Tatsache publik zu machen, daß sie schwanger war.

Das Mittagessen ließen sie sich aufs Zimmer bringen, und anschließend ging Bill mit seinen Söhnen angeln. Sie fingen drei Fische, die sie in der Hotelküche ablieferten und ausnehmen und zubereiten ließen. Besser hätten sie es nicht treffen können.

»Diesen Campingurlaub lobe ich mir«, verkündete Adrian, als schließlich die Tabletts heraufgebracht wurden – angeblich mit dem selbstgefangenen Fisch in köstlicher Zitronenbutter. Bill und die Kinder waren überzeugt, daß es sich um ihre Fische handelte, während Adrian ihre Zweifel für sich behielt. Danach sahen sie sich im Fernsehen alte Filme an und gingen früh zu Bett. Die ganze Nacht schreckte Adrian immer wieder auf, weil sie glaubte, Geräusche gehört zu haben, und immer war es Bill, der zu ihr hereinspähte, um sich zu vergewissern, daß es ihr gut ging und daß sie nichts brauchte. Am nächsten Morgen beim Frühstück bedankte sie sich bei ihm dafür.

»Du brauchst dir meinetwegen keine Sorgen zu machen. Mir geht es wieder tadellos.«

»Ich möchte nur ganz sicher sein. Immerhin bist du erst gestern entlassen worden.« Bill führte sich auf wie eine Glucke, und Adrian war zutiefst gerührt von seiner Fürsorge.

»Ich fühle mich großartig.« Doch wenn sie sich im Zimmer hin und her bewegte, fiel ihm auf, daß sie ihren gewohnten Schwung noch nicht wiedergefunden hatte, und sie hatte es nicht eilig, auszugehen. Schließlich dauerte es vier Tage, bis sie wieder zu ihrer gewohnten Energie und Tatkraft zurückgefunden hatte, und da war der Urlaub auch schon fast vorbei. Aber sie hatten sich bei Spaziergängen um den See prächtig erholt. Der

Fluß und die Stromschnellen wurden gemieden, und die Buben ließen von ihrer Forderung nach einer Floßfahrt nichts mehr hören.

Statt dessen statteten sie Sugar Pine Point, dem Nationalpark, einen Besuch ab, außerdem stand ein Ausflug nach Squaw Valley auf dem Programm. Dort fuhren sie mit dem Skilift bis auf den Berggipfel und wieder herunter. Es war wunderschön, und am letzten Abend hätte man meinen können, daß Adrian und die Kinder uralte Freunde seien. Sie hatten schon vor einigen Tagen ihre Mutter angerufen und ihr von Tommys Unfall und Adrians Heldentat berichtet. Leslie hatte darauf bestanden, mit ihr zu sprechen und sich bei Adrian selbst zu bedanken. Sie hörte sich am Telefon sehr nett an, und die Vorstellung, was alles hätte passieren können, hatte ihr reichlich Tränen entlockt.

»Sie scheint eine sehr nette Person zu sein«, sagte Adrian später zu Bill. »Und man hat den Eindruck, daß sie dich noch immer mag.«

»Mir kommt das auch so vor. Ich mag sie auch noch, obwohl wir gelegentlich sehr aneinandergeraten können, wenn wir uns wegen der Kinder nicht einigen können. Ihr Mann muß ein richtig steifleinener Typ sein. Kalifornien ist in seinen Augen unzivilisiert und bar aller Kultur, und ähnlich denkt er wohl über mich, weil ich Autor einer Fernsehserie bin. Aber ich glaube nicht, daß Leslie abschätzige Äußerungen in diese Richtung toleriert. Zumindest behaupten das die Kinder. Leslies Kinder aus der Ehe mit ihm müssen sehr wohlgeraten sein. Die beiden Mädchen sind vier und fünf und spielen schon fleißig Klavier und Geige. Ich glaube, damit können wir uns noch ein paar Jahre Zeit lassen.« Er grinste. »Meinst du nicht auch?«

»Ganz recht.« Sie lächelte. »Aber Leslie ist mir trotzdem sehr sympathisch vorgekommen.«

»Ich glaube, sie hat jemanden gesucht, der völlig anders ist als ich – anders als das, was ich damals war. Sie wollte jemanden, der viel zu Hause ist, jemanden, der sehr beherrscht ist und nicht so impulsiv, vielleicht auch nicht so überschwenglich. Und das hat sie wohl bekommen.«

»Zu schade«, sagte Adrian, ohne zu überlegen, und lachte. »Ich meinte nur, daß mir deine Eigenschaften viel besser zusagen.«

»Danke.«

Damit beugte er sich zu ihr und küßte sie. Aus dem Augenwinkel bemerkte er, daß Tommy sich ein Kichern nicht verkneifen konnte. Dann wandte er sich wieder an Adrian. In den letzten Tagen hatten ihn zu viele Fragen beschäftigt. »Nun Adrian, was soll geschehen, wenn wir nach Hause kommen? Mit uns, meine ich.«

»Ich weiß es nicht.« Sie sah ihm in die Augen. Auch sie hätte es gern gewußt und war ratlos. »Was möchtest du denn?«

Sie glaubte es zu wissen, hätte es aber gern von ihm gehört. Sie mußte auch überlegen, wie sie sich verhalten sollte, falls Steven doch noch zurückkam. Es wäre nicht fair gewesen, eine Beziehung mit jemandem anzufangen, solange sie sich innerlich von

Steven nicht ganz gelöst hatte. Noch immer hatte sie das Gefühl, Steven und dem Kind verpflichtet zu sein. Andererseits konnte sie auch nicht ihr Leben lang nur dasitzen und auf ihn warten ... Im Moment war er nicht gewillt, mit ihr auch nur zu sprechen. Er hatte alles unternommen, um sie für immer zu verlassen, und sie tat gut daran, sich auf ein Leben ohne ihn einzustellen.

»Was ich möchte?« Bill überlegte kurz. Dann lächelte er. »Ich möchte ein Happy-End, dem ein glücklicher Neubeginn vorangeht. Ich glaube, vor uns liegt ein guter Start, meinst du nicht auch?« Sie nickte. »Und ich möchte Zeit mit dir verbringen und in unserer Freizeit viel mit dir unternehmen. Ich möchte dich kennenlernen. Ich glaube, ein wenig kenne ich dich schon, aber das reicht mir nicht. Und ich möchte, daß du mich kennenlernst ... Ich möchte, daß wir ... nun«, er suchte nach den passenden Worten, während er sie unausgesetzt ansah, »daß aus uns etwas Besonderes wird.« Dann lächelte er. »Und im Januar möchte ich ...« Er verschluckte sich fast an den Worten, »das Baby mit dir genießen. Es ist ein Wunder, Adrian ... und das möchte ich mit dir teilen, wenn das Glück mich weiterhin begünstigt und du mich noch immer brauchst.«

»Nicht du bist es, der sich glücklich nennen darf«, sagte sie mit feuchten Augen ... »sondern ich. Warum willst du dies alles für mich tun?« fragte sie noch immer ein wenig ratlos, weil sie vor einem Rätsel stand. Nach allem, was Steven getan hatte, um sie zu verlassen, war es für sie unfaßbar, daß sie jemanden gefunden hatte, der unbeirrt zu ihr halten wollte.

»Weil ich dich liebe«, bekannte er schlicht. »Und du sollst wissen, daß dies für mich ein echter Neubeginn ist. Ich hatte seit Jahren mit niemandem mehr eine ernsthafte Beziehung. Wahrscheinlich nicht mehr seit dem Scheitern meiner Ehe. Und ich habe mir geschworen, nie wieder Kinder in die Welt zu setzen ... ich möchte dein Kind nicht liebgewinnen und es dann verlieren, falls du mich verläßt. Aber ich bin gewillt, die Chance zu nutzen, wenn du mir mit Offenheit begegnest. Und wenn die Offenheit beinhaltet, daß du die Möglichkeit einer Rückkehr Stevens nach der Geburt des Kindes in Betracht ziehst, dann nehme ich dieses Risiko auf mich, denn es ist für meine Begriffe ein redliches Abkommen. Ich sage dir, daß ich gewillt bin, das Risiko auf mich zu nehmen und für dich da zu sein. Aber vergiß ja nicht, mich auf dem laufenden zu halten, so wie du vergessen hast, mir von deiner Schwangerschaft etwas zu sagen.«

»Vergessen habe ich es nicht«, erklärte sie, und er schmunzelte.

»Ja, ich weiß. Du hast deinen Zustand nur nicht erwähnt. Ein kleines Versehen. Und wie hättest du es mir in ein paar Monaten erklärt, nachdem dein ungeheurer Appetit mich um Haus und Hof gebracht hat?« zog er sie auf.

»So viel esse ich gar nicht!« Sie schleuderte eine Serviette nach ihm.

»Doch, das tust du, aber das solltest du auch. Das Baby braucht es.«

Sie wurde wieder ernst. »Du scheust das Risiko also nicht? Und wenn er zurückkommt? Ich schulde ihm ein Leben mit seinem Kind, und ebenso schulde ich dem Kind ein Leben mit seinem leiblichen Vater.«

»Das sehe ich anders. Ich glaube nicht, daß du ihm überhaupt etwas schuldest, nachdem er dich so behandelt hat, aber wenn du dieser Meinung bist, muß ich es respektieren. Ich glaube nur nicht, daß er zurückkommen wird. Wenn jemand so weit geht, auf seine väterlichen Rechte zu verzichten – und dies in einem Staat, in dem sogar ein Massenmörder seine Kinder behalten darf –, hat er nicht die Absicht, nach Hause zu kommen und den Daddy zu spielen. Aber ich kann mich auch irren. Ich sagte schon, ich nehme das Risiko auf mich, weil ich dich liebe.«

Sie stand auf und ging auf ihn zu. In den letzten zwei Tagen hatte sie sich schon sehr viel besser gefühlt, und in ihre gelegentlichen verstohlenen Küsse hatte sich wachsende Leidenschaft eingeschlichen. Sie fragte sich, was auf sie zukommen würde, sobald sie wieder in L. A. waren, aber solange er die Kinder bei sich hatte, war das kein Thema.

Ihren letzten Abend verbrachten sie ganz ruhig auf der Terrasse. Sie hielten sich an den Händen und blickten zu den Sternen empor, und plötzlich mußte er lachen und sah sie von einem geradezu lächerlichen Glücksgefühl beseelt an. »Ist dir auch klar, wie verrückt das ist?« Er grinste. »Ich bin in eine Frau verliebt, die im vierten Monat schwanger ist. Kannst du dir vorstellen, wie komisch das sein wird, wenn du deine eigenen Füße nicht mehr sehen kannst? Das nenne ich eine moderne Romanze!« Sie fiel in sein Gelächter ein – ihre Situation war wirklich absurd. »Fast wie im Kino ... Mann trifft Frau im Supermarkt, verliebt sich wie wahnsinnig in sie, sie treffen sich immer wieder. Die Frau ist verheiratet, doch ihr Mann verläßt sie, als er entdeckt, daß sie schwanger ist ... mit seinem Kind. Der Bursche vom Supermarkt kreuzt wieder auf, und sie verlieben sich ineinander. Dann stolpert das Mädchen mit dickem Bauch durch die Gegend und tanzt mit dem Helden wie Fred Astaire mit Ginger Rogers. Das Baby kommt. Und wenn sie nicht gestorben sind, dann leben sie noch heute. Hübsch, nicht? Vielleicht sollte ich die Geschichte in die Serie einbauen. Aber sie ist zu einfach. Um sie in einer Seifenoper unterzubringen, müßte man Steven umbringen, und das Baby müßte eigentlich das eines anderen sein. Nachher würde es sich herausstellen, daß ich schon mit deiner Schwester verheiratet war, oder noch besser, daß ich eigentlich dein Vater bin. Das wäre ein origineller Einfall. Ich muß versuchen, ihn irgendwo unterzubringen.« Sie kam aus dem Lachen nicht mehr heraus. Er hatte recht. Es war eine lächerliche Situation. Aber er hatte ihr eine ernste Frage zu stellen. »Wann wird deine Scheidung über die Bühne gehen? Vor oder nach dem Baby?«

»So um den Geburtstermin herum. Das genaue Datum ist mir nicht bekannt.«

»Es wäre sicher nett, wenn wir dem Sprößling einen anderen Namen als Thompson verpassen könnten.« Es war ihr Mädchenname. Adrian war gerührt von seinen Worten. Er bot ihr die Ehe an, wenn auch nur, um das Kind zu legitimieren. Sie beugte sich zu ihm und küßte ihn.

»Bill, das brauchst du nicht.«

»Ich weiß. Aber vielleicht will ich es. Und du auch ... wenn ich viel Glück habe.« Er blinzelte sie an, und sie lehnte sich zurück und betrachtete wieder die Sterne. Sie wünschte, sie hätte alle Antworten zur Hand. Aber Bill war bereit, ihr eine Tür offen zu lassen, und mehr konnte sie nicht verlangen. Es war ja viel mehr, als sie je zu hoffen gewagt hatte. Sie hatte sich schon allein und verzweifelter Einsamkeit überlassen gesehen, bis das Baby zur Welt kommen würde. Nie hätte sie gedacht, daß sie vor der Geburt des Kindes dies alles erleben durfte.

Am Tag darauf nahmen sie Abschied vom See und traten die Rückfahrt nach L. A. an. In San Francisco wurde die Fahrt wieder für eine Nacht unterbrochen. Dann ging es auf dem Highway 5 weiter, und sie kamen in Los Angeles gerade noch rechtzeitig vor dem Dinner an. Adrian fabrizierte Käsetoast, während Bill die Kinder fürs Bett zurechtmachte. Sie aßen in ihren Schlafanzügen, während Adrian ihnen komische Geschichten aus der Nachrichtenredaktion auftischte – wie einmal das Schwein aus einem Werbegag sich losgerissen hatte und Amok lief und alles umwarf oder wie es in der Kantine eine Schlägerei gab, die außer Kontrolle geriet, so daß es zwei Wochen dauerte, bis sämtliche Speisereste von der Zimmerdecke gekratzt waren. Adam fand besonderen Gefallen an dieser Geschichte, und Bill grinste ihr verstohlen zu, während sie erzählte. Sie waren alle ein wenig betrübt, weil der Urlaub zu Ende war. Und Adrian ganz besonders, da sie am folgenden Morgen in die Redaktion mußte. Bill wollte noch zwei Wochen Urlaub nehmen, damit er sich den Kindern widmen konnte, bei Adrian war das nicht möglich.

»Werden wir dich jeden Tag sehen?« fragte Tommy besorgt.

»Nach dem Büro komme ich täglich vorbei. Das verspreche ich.«

»Können wir dich in deinem Büro besuchen?« fragte Adam, den die Neugierde plagte.

»Ja, aber sehr lustig geht es bei mir nicht zu.« Und dazu war sie immer sehr beschäftigt, wie Bill wußte. Er schlug fürs Wochenende einen Besuch in Disneyland vor, und Adrian hatte nun etwas, worauf sie sich auch freuen konnte. Daß sie nicht mehr so eng mit ihnen beisammen sein konnte, schmerzte. Sie kam sich plötzlich ausgeschlossen vor und war richtig wehmütiger Stimmung, als sie mithalf, die Kinder zu Bett zu bringen, und ihnen ihre Lieblingsgeschichten vorlas.

»Ich gehe sehr ungern«, sagte sie ganz leise zu Bill, nachdem sie die Küche fertig aufgeräumt hatten. Sie war noch nicht bei sich zu Hause gewesen. Ihre Reisetaschen standen in seinem Flur.

»Dann bleib doch. Du könntest im Gästezimmer schlafen.«

»In den Augen der Kinder würde sich das sehr sonderbar ausnehmen. Schließlich habe ich meine eigene Wohnung in unmittelbarer Nähe.«

»Na und? Sag, du hättest deine Schlüssel verloren.« Die Idee gefiel ihm immer besser und ihr ebenso, daß sie zu guter Letzt mit einem verschämten Kichern ihre Zustimmung gab. Eine halbe Stunde später saßen sie auf seiner Couch, sie im Nachthemd, er in einem seiner Bademäntel.

»Was für ein Spaß«, sagte sie lachend. Er hatte eben eine Schüssel mit Popcorn vor sie hingestellt. »Ich komme mir vor wie in meiner Kindheit, wenn ich bei einer Freundin übernachtete.«

Er schenkte ihr ein Lächeln voller Unschuld. »In meinem Alter nennt man das anders.« Schließlich war er fast vierzig.

»Ach?« Sie ging darauf ein. »Wie denn?«

»Ich glaube, man nennt es Ehe.« Da verstummte sie und machte sich über das Popcorn her. »Man kann sehr glücklich in einer Ehe sein, mußt du wissen. Besonders, wenn es sich um zwei Menschen handelt, die wissen, was sie tun, und die sehr verliebt sind. Vielleicht werden einmal beide Punkte auf uns zutreffen. Wir werden vielleicht sogar ein Baby haben. Unser eigenes meine ich. Na, wäre das nicht etwas?« Plötzlich war er begeistert von der Idee, ungeachtet seiner Jahre währenden Vorbehalte. Aber auch auf ihr Baby freute er sich, seit dem Moment schon, als er davon erfahren hatte, und er redete ständig davon, was sie für das Kind tun mußte.

»Was meinst du ... was würden deine Söhne sagen?«

»Na, die würden aus dem Staunen nicht herauskommen.« Er gab ihr lächelnd eine Handvoll Popcorn. »Kinder denken über diese Dinge nicht nach. Du könntest mit deinem Geständnis bis zum siebten Monat warten und würdest bei ihnen große Verwunderung hervorrufen. Wenn du ihnen nicht den wahren Grund eingestehst, glauben die doch glatt, du wärest einfach so aus dem Leim gegangen.«

»Gar nicht unvernünftig. Mir ging es ähnlich, bis ich den Test gemacht habe.«

»Warst du sehr erstaunt?« wollte er wissen.

»Mehr oder weniger. Vielleicht weniger als mehr. Aber damals redete ich mir ein, ich wäre geschockt. Gut möglich, daß ich es gar nicht war. Ich hatte einfach Angst vor Stevens Reaktion.«

»Wann hast du es ihm gesagt?«

»Als er von einer Reise zurückkam. Sehr erbaut war er nicht.«

Eine gewaltige Untertreibung.

Sie schlief in jener Nacht in seinem Gästezimmer, und am Morgen kamen die Kinder hereingestürmt und balgten sich mit ihr. Sie waren begeistert, daß sie geblieben war – von Schockiertsein konnte nicht die Rede sein. Sie forderten, daß sie für immer blieb, worauf sie sagte, daß sie in ihre Wohnung müsse. Sie mußte tatsächlich gehen, um sich fürs Büro umzuziehen, und Adam und Tommy gingen mit ihr. Als sie sahen, daß sie unmöbliert hauste, waren sie platt. Tommy ließ mit offenkundiger Mißbilligung den Blick durch die leeren Räume wandern.

»Warum wohnst du so?« fragte er. »Du hast ja nicht mal eine Couch!« Das war für ihn die Mindestanforderung, und Adam war richtig außer sich. Er glaubte, daß sie zu arm war, um sich etwas kaufen zu können, und fragte sich, warum Bill ihr nicht aushalf.

Adrian beruhigte ihn sofort.

»Mein Mann hat die Sachen mitgenommen, als er fortgezogen ist«, erklärte sie.

»Das war aber fies von ihm«, meinte Tommy – ein Urteil, das unwidersprochen blieb.

»Warum hast du nicht neue Sachen gekauft?« erkundigte sich Adam.

»Ich bin nicht dazu gekommen. Er ist noch nicht lange weg.«

»Wie lange ist es her?« wollte Tommy wissen.

»Zwei Monate ... nein drei.«

»Du solltest dir ein paar Sachen anschaffen«, riet ihr Thomas Thigpen ernst.

»Ich werde mein Bestes tun. Vielleicht sieht es hier wieder einigermaßen aus, wenn ihr wiederkommt ...« Dann ging sie hinauf, um sich umzuziehen, und als sie wieder herunterkam, stieß Adam einen anerkennenden Pfiff aus. Sie trug ein schlichtes schwarzes, raffiniert geschnittenes Leinenkleid, das ihre Beine sehen ließ –, das einzige, was von ihrer Figur ansehnlich geblieben war.

»Du solltest eine Diät machen«, riet Adam ihr. »Meine Mom hat eine gemacht. Und sie sieht toll aus. Du könntest richtig hübsch sein, wenn du etwas abnehmen würdest ... ich meine, hübsch bist du jetzt auch ... es ist nur ... es wäre günstiger, wenn du am Bauch etwas abnehmen würdest.« Sie wollte erst lachen, dann tat sie aber, als nähme sie es sehr ernst, und in diesem Moment kam Bill herein, um die Kinder abzuholen.

»Wir haben unterdessen alle meine Probleme gelöst«, erklärte sie. »Ich brauche eine Couch und muß dringend abspecken.« Sie konnte kaum ernst bleiben, als er ihre zwei kleinen Freunde strafend musterte.

»Hast du das zu Adrian gesagt?« fragte er Tommy.

»Nein«, sprang sie ein. »Wir sind gemeinsam zu diesem Schluß gelangt. Und sie haben recht.« Natürlich ließ sie unerwähnt, daß sie ihr Zuhause in zwei Monaten verkaufen mußte und ein Baby erwartete.

Sie fuhr in die Redaktion und verbrachte einen Tag, der ihr ohne Bill und die Kinder endlos erschien. Am Abend freute sie sich, nach Hause zu kommen, und schlief in ihrer Wohnung, weil sie der Meinung war, daß Bill die Zeit allein mit den Kindern brauchte. Sie war ohnehin sehr viel mit ihnen zusammen.

Der Ausflug nach Disneyland wurde zu einem einmaligen Erlebnis und ihr letzter gemeinsamer Tag kam viel zu schnell. Bill, der ihnen eine besondere Attraktion bieten wollte, führte sie ins Spago aus, aber es wurde ein von Wehmut begleitetes Dinner. Bill und Adrian tat es unendlich leid, die Jungen verabschieden zu müssen, und den Kindern brach das Herz, weil das Zusammensein ein Ende hatte. Beim Zubettgehen weinten beide.

Und am nächsten Tag fuhr Adrian mit zum Flughafen, damit Bill anschließend die Einsamkeit nicht so quälte. Als die Kinder abflogen, hatte Adrian das Gefühl, als sei jemand gestorben, und Bill sah wirklich aus, als sei er in Trauer. Adam und Tommy hatten bis zum letzten Moment gewinkt, als sie an Bord gingen, und sie hatten versprochen, sofort anzurufen, sobald sie zu Hause eingetroffen waren. Tommy hatte sich beim Abschied noch leise für die Rettung bedankt, und von beiden hatte Adrian einen Kuß bekommen. Tränen waren reichlich geflossen.

»Daran kann ich mich nie gewöhnen«, sagte Bill, als sie zum Auto gingen. Sie waren in seinem geliebten Kombi gekommen. »Früher brachte der Abschied mich jedesmal fast um. Ach, jetzt ist es eigentlich nicht viel anders.«

Im Auto drehte er sich zu ihr um und legte trostsuchend seine Arme um sie. Aber es gab nichts, was sie hätte sagen können, um ihn zu trösten, nichts, was sie tun konnte, um ihm die Kinder vor Thanksgiving wiederzugeben.

»Deshalb wollte ich nie mehr Kinder haben. Ich wollte sie nicht wieder verlieren.« Und doch ... er wollte das Baby mit ihr und es hergeben, falls Steven zurückkehrte. Ein erstaunlicher Mensch, dieser Bill Thigpen.

21. Kapitel

Als sie nach dem Abflug der Kinder ankamen, wirkte die Stille in Bills Wohnung fast ohrenbetäubend. Und Bill sah aus, als hätte er einen schweren Verlust erlitten. Adrian bemühte sich nach besten Kräften, ihn abzulenken. Sie bot sogar an, für ihn zu kochen.

»Warum setzt du dich nicht vor den Fernseher, während ich rasch etwas koche?« schlug sie vor. Er war in Gedanken noch immer bei seinen Söhnen, während sich Adrian in der Küche lautstark zu schaffen machte. Zunächst hörte er es nur mit halbem Ohr, dann erst ging ihm auf, daß ihr praktisch alles aus der Hand fiel. Erst ließ sie die Rührschüssel aus Metall fallen, dann ertönte das Geklapper von Pfannen und das Knallen von Schranktüren. Er lächelte. Adrian war überall von sagenhafter Tüchtigkeit, nur nicht in der Küche.

»Brauchst du Hilfe?« übertönte er den Küchenlärm, und ihre Antwort kam ein wenig zerstreut.

»Nein, ich komme gut zurecht. Aber wo ist die Vanille?«

»Was soll es denn werden?«

»Lasagne«, gab sie zur Antwort, während sie drei weitere Schüsseln fallen ließ und die Backrohrtür zuknallte.

Da erschien er mit breitem Lächeln in der Küchentür.

»Adrian, ich sage es nur ungern, aber zur Lasagne gehört keine Vanille. Nicht in den Rezepten, die ich kenne. Du mußt etwas anderes geplant haben.« Er wirkte höchst belustigt, während sie einen total verwirrten Eindruck machte. Jede Schüssel, jeder Topf, jede Backform und jede Bratpfanne waren aus den Schränken geholt worden und standen aufgereiht auf der Arbeitsfläche. Bill enthielt sich einer Bemerkung.

»Ach, sei still«, sagte sie nach einem Blick in sein Gesicht. Sie strich sich mit dem Unterarm eine Haarsträhne aus den Augen. »Daß in Lasagne keine Vanille gehört, weiß ich. Ich war in Gedanken schon beim Nachtisch«, erklärte sie. »Außerdem gibt es Salat ...«

»Wunderbar. Also, brauchst du Hilfe?«

»Nein, ich brauche einen Koch.« Sie ließ ein hilfloses Lächeln sehen. »Wir wär's mit einem Sandwich?« Er konnte sein Lachen nicht mehr unterdrücken, betrat die Küche und legte die Arme um Adrian. Noch nie war er mit ihr allein gewesen, nicht richtig jedenfalls, nicht seit die Kinder gekommen waren und er ihr gesagt hatte, daß er sie liebte. Die Kinder hatten einen Monat mit ihm verbracht, und in dieser Zeit war sehr viel passiert.

»Möchtest du ausgehen?« fragte er. Der Duft ihres schimmernden schwarzen Haars stieg ihm verlockend in die Nase. »Wir könnten im Spago essen.« Bill, der zur Hollywood-Elite gehörte, bekam dort jederzeit einen Tisch. Die meisten Menschen hätten glatt einen Mord begangen, um ins Spago zu kommen. »Oder soll ich für dich kochen? Was meinst du?« Er wäre gern zu Hause geblieben, da er sich auf einen ruhigen Abend gefreut hatte. Es war Samstag, und sämtliche Lokale der Stadt würden zum Bersten voll sein.

»Nein«, widersprach sie eigensinnig mit einem Blick auf das Durcheinander, das sie angerichtet hatte. »Ich habe gesagt, ich würde kochen, und dabei bleibt es.«

»Und wenn ich dir dabei helfe? Betrachte mich als *›sous-chef‹*.«

»Also gut.« Sie lächelte schelmisch. »Sag mir nur, wie man Lasagne macht.« Er lachte schallend und machte sich daran, das Kochgeschirr wegzuräumen. Gemeinsam wurde ein Salat improvisiert, Bill grillte Steaks, und sie plauderten bei der Arbeit über die Kinder, die Serie und die neue Saison. Bill war vom Saisonwechsel weniger betroffen als die Abendserien, weil es von seiner Serie keine Sommerwiederholungen gab und sie das ganze Jahr über live gesendet wurde. Aber er mußte die Folgen immer in Schwung halten und immer wieder mit frischen Ideen anreichern, deshalb arbeitete er im Moment an der Entwicklung neuer Nebenhandlungen, die sie eingehend besprachen. Adrians Ideen sagten ihm sehr zu, außerdem hatte sie ihm schriftliche Vorschläge gegeben, von denen er sich sehr beeindruckt zeigte. Bei Tisch waren sie wieder bei diesem Thema angelangt.

»Du hast ja recht, Adrian.« Sie hatte eben einen treffenden Einwand vorgebracht. »Aber erst müssen wir Helens Baby auf die Welt bringen«, erklärte er und stellte ihren Standpunkt in Frage. »Danach könnte ich mich mit der Entführungsidee anfreunden. Das Kind verschwindet ... es stellt sich heraus, daß der Entführer John haßt und daß es nichts mit Helen zu tun hat oder ...« Er kniff die Augen zusammen, während er überlegte und sich im Kopf alles notierte. »Oder in Wirklichkeit ist der Entführer der leibliche Vater des Kindes. Es folgt eine Jagd durch mehrere Staaten, die eine Vielzahl von Problemen aufwirft ... und wenn wir den Entführer und das Kind fassen, dann kennen wir auch die Identität des Vaters.«

Er machte ein befriedigtes Gesicht, und sie sah ihn fasziniert an. Ihr war noch immer unbegreiflich, wie all diese Charaktere in seinem Kopf existieren konnten. Bei ihr wuchs das Verständnis dafür erst allmählich.

»Wer ist übrigens der Vater des Kindes?«

»Das habe ich mir noch nicht zurechtgelegt.«

Adrian lachte. »Helen ist schon schwanger, und du weißt nicht, wer der Vater ist? Das ist ja schrecklich?«

»Was soll ich sagen? Eine moderne Romanze.«

»Auf die Spitze getrieben.«

»Mir gefällt die Richtung, die du gestern vorgeschlagen hast, weil wir aus einer plausibel angelegten, sympathischen Rolle, die vom Publikum ins Herz geschlossen wird, unzählige Filmmeter herausschinden können.«

»Wie steht es mit Harry?« schlug Adrian vor.

»Harry?«

Bill war erstaunt. Harry hätte er nie in Betracht gezogen. Er war als Witwer von Helens bester Freundin ein wahrscheinlicher Kandidat – und doch wieder nicht. Der Vorschlag war an sich nicht schlecht, da John für zwei begangene Morde lebenslänglich bekommen hatte, war es sinnvoll, Helen mit jemandem zu verkuppeln, den sie mit der Zeit auch heiraten konnte. »Eine hervorragende Idee.« Und der Darsteller des Harry, ein sehr versierter Schauspieler, würde überwältigt sein, da seine Rolle geschrumpft war, seit dem Tod seiner Frau. »Adrian, du bist ein wahres Genie!«

»Ja.« Sie lächelte liebreizend. »Und eine sagenhafte Köchin, findest du nicht?«

»Absolut.« Er beugte sich über sie und küßte sie. Er war nun in bester Laune. Ihre Gesellschaft war so amüsant und unkompliziert, und er schätzte die Tatsache, daß sie der Serie nicht ablehnend gegenüberstand, ja, daß sie ihr sogar gefiel. »Könntest du dir vorstellen, an einer Serie wie dieser mitzuarbeiten?« Seit sie ihm so viele brauchbare Vorschläge geliefert hatte, dachte er ernsthaft an diese Möglichkeit.

»Ich habe es nie in Erwägung gezogen, da ich mit Vergewaltigungen, Morden und Naturkatastrophen im wirklichen Leben ausgelastet bin. Aber eine Seifenoper wäre natürlich sehr viel amüsanter. Aber warum ... bist du dabei, Leute anzuheuern?«

»Möglich wäre es – zu einem gewissen Zeitpunkt jedenfalls. Hättest du Interesse?«

»Ist das dein Ernst?« Sie sah ihn an. Zu ihrer Verwunderung nickte er. »Ja, ich fände es herrlich.«

»Ich auch.« Die Vorstellung, eng mit ihr zusammenzuarbeiten, war sehr verlockend. Aber beide mußten zuerst vieles andere bedenken. Adrian wußte, was auf sie zukam. Sie war dabei, mit dem Anwalt, den Bill ihr empfohlen hatte, ihre Scheidungsstrategie auszuarbeiten, und im Januar würde sie ihr Baby zur Welt bringen. Ihr Entschluß, Urlaub zu nehmen, stand fest, doch in der Redaktion wußte man noch nichts davon. Vielleicht konnte sie nach der Geburt für Bill arbeiten, statt bei den Nachrichten weiterzumachen – ganz entschieden eine verlockende Vorstellung. Und während sie bei einem Cappuccino, den Bill gemacht hatte, darüber nachdachte, wurde ihr klar, daß es genau das war, was ihr Spaß machen könnte. Es war ziemlich gewagt, Beruf und private Beziehung zu verquicken, aber vielleicht würde es klappen. Zumindest lohnte es sich, darüber nachzudenken. »Gibt es denn etwas, das du nicht kannst?« fragte sie voller Bewunderung. Auf einem Hocker sitzend, beobachtete sie ihn und dachte daran, wie nett es wäre, mit ihm zusammenzuarbeiten.

»Ja«, sagte er mit liebevollem Lächeln und küßte sie zärtlich auf die Lippen. »Babys bekommen. A propos, wie fühlst du dich?« Es war ihr noch immer unangenehm, wenn er sich nach ihrem Befinden erkundigte. Sie war noch nicht so weit, daß sie sich unbefangen mit ihm über ihre Schwangerschaft hätte unterhalten können. Obwohl er reizend zu ihr war, seit er es wußte, waren ihr Gespräche in dieser Richtung nicht geheuer. Es war ihr tiefstes, ihr dunkelstes Geheimnis.

»Ich fühle mich gut«, beruhigte sie ihn. Es war bemerkenswert, daß sie nicht unter Nachwirkungen des gefährlichen Urlaubsabenteuers litt. Gleich nach der Rückkehr hatte sie ihren Arzt konsultiert, und nach ein paar Tagen waren die Fäden ihrer Armverletzung gezogen worden. Die Prellungen und Abschürfungen waren längst verheilt, die Gehirnerschütterung überwunden, das Baby nicht gefährdet. Ein wahres Wunder. Der Arzt war aus dem Staunen nicht herausgekommen und hatte festgestellt, daß sie ein erstaunlich widerstandsfähiges Kind in sich trüge. Bill hörte das mit Erleichterung. Er benahm sich so, als sei es sein Kind, und wann immer er davon sprach, war sie sehr gerührt.

»Macht es dir angst, Adrian? Die Schwangerschaft, meine ich. Ich habe mir immer vorgestellt, daß es ein wenig furchteinflößend sein muß. Es ist schon sonderbar ... man macht mit jemandem Liebe, und der kleine Samen wächst zu einem Menschlein heran, als hätte man ihn verschluckt oder so. Und es wächst und wächst, bis du zum Platzen aussiehst, und dann kommt der schwere Teil. Man muß es aus dem Körper herauspressen. Richtig beängstigend muß es sein. Psychologisch, meine ich. Körperlich geht das schon irgendwie. Mich hat am meisten beeindruckt, wenn eine Frau zwei Stunden nach der Entbindung erklärt, es wäre gar nicht so schlimm gewesen, und sie würde es sofort wieder tun. Das finde ich wirklich erstaunlich. Meinst du nicht?«

»Ja, mir kommt das alles auch ein wenig seltsam vor. Besonders, daß ich niemanden hatte, dem ich meine Empfindungen mitteilen konnte. Deshalb machte ich mir die meiste Zeit vor, daß ich gar nicht wirklich schwanger bin. Erst jetzt kommt mir so richtig zu Bewußtsein, daß ich das Kind nicht mehr ignorieren kann und daß ich mich der Tatsache stellen muß.« Er reichte ihr noch einen Cappuccino. Sie rührte um und schlürfte den mit geriebener Schokolade bestreuten Milchschaum. Bill war in der Küche eindeutig besser als sie.

»Spürst du schon die Bewegungen?« Sie schüttelte den Kopf. »Wenn es so weit ist ... es ist wundervoll. Das Leben ...« Er setzte sich und sah sie voller Liebe an ..., »grenzt an ein Wunder. Wenn ich meine Kinder ansehe, denke ich mir oft, was für ein Wunder sie doch darstellen, auch jetzt, als große Bengel, mit Strubbelhaar, mit zerschundenen Knien, in Jeans und mit dreckigen Turnschuhen ... Für mich sind sie einfach herrlich.« Das war mit ein Grund, weshalb sich ihre Liebe zu ihm entwickelt hatte. Er war so handfest, so gut und lieb und so ernsthaft, wenn es um Dinge ging, die wirklich wichtig waren, wie Freundschaft, Liebe, Familie und Wahrheit. Sie liebte seine Wertmaßstäbe und seine Prinzipien. Anders als Steven, der vor der Herausforderung in Gestalt des Kindes die Flucht ergriffen hatte und nichts geben wollte – es war das Gegenteil von dem, wofür Bill stand. Sie konnte es noch immer nicht fassen, daß sie das Glück gehabt hatte, ihm zu begegnen. Er stellte ihre Tassen in die Spüle und drehte sich mit einem zaghaften Lächeln zu ihr um. Ihre Blicke begegneten sich, und sie fühlte sich unwiderstehlich von ihm angezogen. Er mußte etwas Magnetisches an sich haben, dem sie nicht zu entrinnen vermochte.

»Ja?« Sie wußte, daß er ihr eine Frage stellen wollte. Er lachte, weil sie ihn durchschaut hatte.

»Ich wollte dich etwas fragen, war aber nicht sicher, ob ich es sollte.«

»Was denn? Bin ich denn eine Jungfrau? Ja, ich bin eine.«

»Gott sei Dank.« Er atmete hörbar auf. »Ich kann Frauen, die keine Jungfrauen sind, nämlich nicht ausstehen.«

»Ich auch.«

Er grinste. »In diesem Fall ... möchtest du über Nacht bleiben? Du kannst im Gästezimmer schlafen.«

Es war zu dumm, ihre Wohnung lag am anderen Ende des Blocks. Aber sie war wirklich geneigt zu bleiben. Ihre eigene Wohnung war so leer. Es hatte keinen Sinn, Möbel zu kaufen, wenn sie die Wohnung ja doch verkaufen mußte, sagte sie sich immer wieder.

Bills Gästezimmer hingegen war wie ein warmes, behagliches Nest, ein Ort, der einem vor den Ansprüchen der Welt Zuflucht bot und einen die Wärme von Bills Gegenwart genießen ließ. »Ein bißchen komisch ist es schon, meinst du nicht?«

entgegnete sie verschämt ... »Ich sollte lieber nach Hause gehen.«

»Ich dachte nur ...« Er machte ein trauriges Gesicht. »Es wäre heute so nett ... ohne die Kinder.« Sie wußte, daß es stimmte, und sie wollte ja für ihn da sein. »Wir könnten Popcorn rösten und im Fernsehen alte Filme ansehen.«

»Einverstanden. Ich bleibe.« Ihr Lächeln fiel schüchtern aus, obwohl sie sehr gern mit ihm zusammen war. Bill stellte ihr mit gespielt ernsthaftem Blick noch eine Frage.

»Rein interessehalber ... was hat deine Entscheidung beeinflußt? Die Aussicht auf Popcorn oder die alten Filme? Vielleicht sollte ich es wissen, nur für den Fall, daß ich dich eines Tages noch einmal überreden möchte.«

Sie lachte unbeschwert. »Das Popcorn natürlich. Und das Gratisfrühstück am Morgen.«

»Wer hat etwas von Frühstück gesagt?« zog er sie mit Unschuldsblick auf.

»Sei bloß nett zu mir, oder ich koche Lasagne ... mit Vanille!«

»Das hatte ich befürchtet. Die Vanille-Jungfrau – ein toller Titel für die neue Serie ... oder vielleicht nur für eine Episode ... was meinst du?« Er drehte sich um und stand nun ganz dicht bei ihr.

»Wenn du mich fragst ... du bist wundervoll«, sagte sie ganz leise.

Wieder legte er den Arm um ihre Schultern und küßte sie sanft auf den Nacken. »Das freut mich zu hören ... ich glaube, ich liebe dich.« Sie aber wußte mit Sicherheit, daß sie ihn liebte. Sie wußte es schon seit Wochen, seit sie im Krankenhaus in Truckee zu sich gekommen war und er ihr gesagt hatte, daß er sie und ihr Kind lieb hätte. Und doch berührte es sie merkwürdig, jetzt mit ihm darüber zu sprechen. Er schien über Schwangerschaft und Kinderkriegen mehr zu wissen als sie. In gewisser Hinsicht war dies sehr tröstlich, und sie hatte es sich zur Gewohnheit gemacht, sich immer mehr auf ihn zu verlassen und seine Nähe, die sie als wohltuend empfand, zu suchen. »Was hältst du davon, wenn wir heute in meinem Zimmer fernsehen?« fragte er. Er hatte im Schlafzimmer ein großes Gerät stehen. Mit seinen Kindern hatte er allabendlich vom Bett aus ferngesehen. Einige Male hatte sie ihnen Gesellschaft geleistet, an jenen Abenden, an denen sie im Gästezimmer geschlafen hatte. Aber jetzt war es doch etwas anderes, weil die Buben nicht mehr da waren. Zunächst mutete es sie ein wenig merkwürdig an, allein mit ihm auf seinem Bett zu sitzen, aber sie mußte sich eingestehen, daß es sehr gemütlich war.

Sie stützte sich auf die Kissen des Bettes, und er schaltete den Apparat per Fernbedienung ein, ehe er hinausging, um Popcorn zu machen.

Sie dachte darüber nach, wieviel er ihr bedeutete und wie stark sie sich zu ihm hingezogen fühlte. Merkwürdig war es schon, im fünften Schwangerschaftsmonat sexuell von einem Mann fasziniert zu sein, der nicht der eigene war. Genau in dieser Situation befand sie sich. Sie fühlte sich zu ihm hingezogen, und wußte nicht, wie sie es ihm zeigen sollte.

»Popcorn!« kündigte er an und kam gleich darauf mit einer großen Schüssel aus der Küche. Das Popcorn war noch heiß und geradezu perfekt gebuttert und gesalzen.

»Himmlisch ist das!« lobte sie lächelnd und schmiegte sich an ihn, als er auf der Fernbedienung einen Kanal wählte, der nur alte Filme zeigte. Es lief ein alter Streifen mit Cary Grant, und Adrian bestand darauf, daß er ihn laufen ließ. »Genauso habe ich es gern«, gestand sie und tat sich an dem Popcorn gütlich. Er gab ihr einen sanften Kuß.

»Ich auch.« Es war ehrlich gemeint. Sie war sein bester Freund, und daneben war noch mehr zwischen ihnen. Er entdeckte, daß er nicht aufhören konnte, sie zu küssen, während sie sich an dem Popcorn delektierte und so tat, als sähe sie sich den Film an. Sie lehnte an den Kissen seines Bettes, und Bill nahm ihr die Sicht auf den Fernsehapparat, aber das machte ihr nichts aus. Sie erwiderte seine Küsse, und in ihr wuchs eine Leidenschaft, die sie nie erlebt hatte, als er ihr zuflüsterte: »Nimmst du die Pille!« Sie lachte und küßte ihn.

»Ja«, antwortete sie leise. Zwischen ihnen war Humor, Liebe und Lachen, doch mit wachsender Leidenschaft wurden sie ernster. Die Film-Romanze mit Cary Grant war vergessen. Bill stellte die Schüssel Popcorn ab, löschte das Licht und wandte sich wieder Adrian zu. Sie war so schön, so sexy und so sanft. Sie trug noch immer das weichfallende, pfirsichfarbene Kleid, in dem sie die Kinder zum Flughafen begleitet hatte. Er knöpfte es gemächlich auf, während sie ihre Hände unter seinen Pullover gleiten ließ. Ihre Lippen berührten sich, trennten sich, um sich von neuem zu finden. Es war, als wolle er sie mit seinen Küssen verschlingen, und schließlich lagen sie sich nackt in den Armen, und er vergaß alle Vorsicht, als sie sich in Liebe vereinten und ihre Körper unter seiner Berührung erbebte. Stunden schienen zu vergehen, während sie beisammen lagen und sich ekstatische Wonnen schenkten.

Beide vergaßen die Zeit, als sie Seite an Seite lagen, noch immer Küsse tauschten und in der Finsternis flüsterten.

»Du bist so schön«, sagte er und berührte wieder zärtlich ihr Gesicht mit Fingern, die sofort tiefer glitten. Sie besaß einen sehr reizvollen Körper, dem auch jetzt anzusehen war, wie schlank und zierlich er sein mußte, wenn sie nicht schwanger war. »Alles in Ordnung?« Plötzlich bekam er es mit der Angst zu tun, ob er ihr oder dem Baby geschadet hatte. Sie lächelte nur und drückte ihm Küsse auf Hals und Lippen und strich über seine männliche Brust. Er weckte in ihr das Gefühl, glücklich, sicher und geborgen zu sein.

»Du bist wundervoll.« Aus ihren Augen leuchtete die Liebe, die sie für ihn empfand, und als er sie fasziniert ansah, tastete er über die Wölbung ihres Leibes. Sie runzelte die Stirn und sah ihn fragend an. »Hast du das eben gemacht?«

»Was denn?«

»Ich weiß nicht ... etwas ... ich bin nicht sicher, was es war ...« Es hatte sich wie ein kleines Flattern angefühlt, und zuerst dachte sie, es wären seine Hände gewesen, aber die hatten sich gar nicht bewegt. Ganz plötzlich wußten beide gleichzeitig, was es war. Sie hatte zum erstenmal die Bewegung des Kindes gespürt, so als sei das Kind durch ihre Liebe zum Leben erwacht. Es war jetzt auch sein Baby, ihr gemeinsames, weil er es haben wollte und weil er sie liebte.

»Laß mich fühlen.« Wieder legte er die Hand auf ihren Bauch, aber er spürte nichts, dann aber glaubte er ganz kurz etwas wahrzunehmen, nahezu unmerklich. Es waren so zarte Bewegungen, daß sie kaum zu fühlen waren. Er zog Adrian nahe an sich und umfaßte ihre vollen Brüste. Er liebte alles an ihr. Es war ungewöhnlich, eine Frau in einem solchen Zustand kennenzulernen, er fühlte sich irgendwie an das Baby gebunden, als wäre es auch seines. Es war ein Teil von ihr, auf den er nicht verzichten wollte.

Er deckte sie sorgfältig zu, und sie lagen aneinandergeschmiegt da, flüsternd, lachend und träumend. Immer wieder kam die Rede auf das Kind.

»Komisch«, gestand er, während er Cary Grants Stimme vage im Hintergrund wahrnahm. Popcorn und Film waren längst vergessen. »Ich habe das Gefühl, als sei das Kind zum Teil von mir. Ich weiß nicht ... es erweckt vertraute Gefühle und Erinnerungen an all die Aufregung vor Tommys und Adams Geburt ... ich ertappte mich bei dem Gedanken, ein Kinderbett zu kaufen, dir bei der Einrichtung des Kinderzimmers an die Hand zu gehen, bei der Geburt dabeizusein. Immer wieder muß ich mich ermahnen, zurückzuschalten, weil es ja nicht mein eigenes Kind ist ...« äußerte er bedauernd. Aber er wollte, daß es seines wäre. Auch wenn er sie gerade zum erstenmal geliebt hatte, wünschte er es sich sehnlichst.

»Ehe du in mein Leben getreten bist, war ich so verloren und einsam.« Sie sah ihn betroffen an. Seine Gefühle weckten ihre Besorgnis. »Das Baby stört dich doch nicht? Manchmal komme ich mir so unförmig und häßlich vor.«

Er lachte verhalten, in dem Bett, das sie zu dem ihren gemacht hatten. »Das, meine Liebe, wird noch viel schlimmer. Du wirst aussehen wie ein Ballon, und ich werde hingerissen sein. Du wirst ganz dick und süß sein, und wir werden mit dem Baby viel Spaß und Freude haben.«

»Entsetzlich.« Der Gedanke an den ihr bevorstehenden gewaltigen Umfang ließ sie zurückschrecken. Das war etwas, woran sie noch keinen Gedanken verschwendet hatte. Sie fürchtete sich ein wenig. Ihre Schenkel fühlten sich bereits doppelt so dick an wie noch vor zwei Monaten, und ihre Brüste waren im Vergleich zum Normalzustand riesig. Sie, die sonst sehr zierlich gewesen war, fand sich plötzlich richtig vollbusig. Diese Veränderungen erschienen ihr fremd und merkwürdig, aber sie vermochten die Vorfreude auf ihr Kind nicht zu trüben. Daß Bill sich auch freute, erschien ihr unglaublich. Daß sie ihn gefunden hatte, war für sie noch immer wie ein Wunder.

»Es muß poetische Gerechtigkeit sein«, sagte er, setzte sich auf und sah auf sie hinunter, »daß ich mich mit einer im vierten Monat schwangeren Frau eingelassen habe. Ich hatte Beziehungen mit mehr magersüchtigen Models, als jemand in einem Menschenleben verkraften kann, und urplötzlich bin ich mit einer Frau zusammen, die ich liebe, mit einer Frau in voller Blüte, die in allerkürzester Zeit ihre Zehen nicht mehr sehen kann.«

»Du machst mir richtig angst. Gibt es denn keine Möglichkeit, dieses Ballonstadium zu umgehen?« fragte sie mit besorgtem Blick. Grund für ihn, sie wieder zu küssen.

»Absolut keine Möglichkeit. Es ist ein schönes Geschenk. Erfreue dich daran.«

»Aber wirst du mich auch noch lieben, wenn ich so dick bin?« Es war die für den Mann einer Schwangeren vertraute Wehklage.

»Natürlich. Würdest du mich nicht mehr lieben, wenn ich derjenige wäre, der das Kind austragen müßte?«

Die Vorstellung reizte sie zum Lachen, aber er stellte die Frage so natürlich, daß ihr die Zukunft nicht mehr so schrecklich erschien. So machte er es mit allem – bei Bill wurde alles normal, einfach und simpel. »Doch, natürlich.« Ihrem Lächeln war anzusehen, wie behaglich sie sich in seinem Bett fühlte.

»Damit ist deine Frage wohl beantwortet, oder? Du bist wunderschön schwanger. Mach dir lieber Gedanken darüber, ob du mich begeistern kannst, wenn du wieder dünn bist. Wir wissen, wie du auf mich wirkst, wenn du so bist.« Er grinste boshaft, und sie lachte. Bei ihm fühlte sie sich völlig unbefangen, und vor allem wurde sie geliebt wie nie zuvor. Das Schönste jedoch war, daß auch sie ihn mehr liebte als sonst jemanden auf der Welt ... mehr auch als Steven. Steven war nie so gut zu ihr gewesen, nie so lieb, so gescheit und für ihre Bedürfnisse, Ängste und Stimmungen so offen. Das stand für sie fest. Sie war eine glückliche Frau und Bill Thigpen ein Mensch, wie es nicht viele gab.

»Du machst mich wahnsinnig vor Leidenschaft, Adrian«, sagte er in gespielt verzweifeltem Ton, während er so tat, als wolle er sich auf sie stürzen.

»Hör auf damit«, stieß sie lachend hervor. »Wo ist mein Popcorn?«

»Du hast kein Herz.« Er reichte ihr die Schüssel. »Nur einen Magen.« Er küßte sie laut auf ihre Kehrseite und ging dann eine Flasche Wasser holen, weil er wußte, daß sie durstig war, ohne daß sie es sagen mußte.

»Du kannst Gedanken lesen, weißt du das?«

»Das gehört dazu ...« Er verzehrte sich danach, sie wieder zu lieben, befürchtete aber, daß es zuviel sein und dem Kind schaden könnte. Er war gewillt, Geduld zu zeigen und sie in den nächsten viereinhalb Monaten sehr behutsam zu lieben. Es erschien ihm als gerechtfertigter Preis für das Wunder eines

Kindes, und für das Geschenk, es mit ihr teilen zu dürfen. Er nahm sich vom Popcorn, stellte den Fernseher lauter und betrachtete Adrian. Jetzt hatte er schon das Gefühl, als ob sie zusammengehörten und immer schon verheiratet gewesen wären. Es war unglaublich, daß sie noch mit einem anderen verheiratet war und das Kind dieses Mannes erwartete, eines Mannes, der weder Adrian noch das Kind wollte.

Das Telefon läutete, als Adrian schon fast eingeschlafen war, eng an ihn geschmiegt, während er fernsah und sie gelegentlich mit einem Lächeln bedachte.

Es waren Tommy und Adam, die sich, wohlbehalten in New York angekommen, meldeten.

»Wie war der Flug?«

»Herrlich«, rief Tommy. Die Stewardeß hatte ihm drei Hot dogs zukommen lassen. Bill hatte in L. A. Spezialverpflegung für die beiden bestellt. Das machte er immer. »Wie geht es Adrian? Ist sie da?« fragte Tommy hoffnungsvoll, und Bill nickte mit einem Blick zu ihr.

»Ja, wir sehen fern und essen Popcorn. Ihr fehlt uns. Es war hier richtig traurig, als ihr abgeflogen seid.« Er war zu ihnen immer ehrlich, auch was seine Gefühle betraf. »Wir können Thanksgiving kaum erwarten.« Er gebrauchte bereits das Wörtchen ›wir‹, wenn er von sich und Adrian sprach. Für ihn stand fest, daß sie dann immer noch beisammen sein würden. Nur würden sie den Kindern reinen Wein einschenken müssen. Er wollte es Adrian überlassen, wie sie ihnen beibringen wollte, daß sie ein Kind erwartete. Während er daran dachte, legte er wieder die Hand auf ihren Bauch, um festzustellen, ob er das Baby fühlen konnte. Sein Besitzerinstinkt regte sich, seit er ihm näher war und er ihren Körper an dem seinen spürte. Nie hatte er sich einer Frau mehr verbunden gefühlt.

Dann kam Adam ans Telefon und berichtete von dem Film, den er auf dem Flug gesehen hatte. Etwas über den Vietnamkrieg, das sich ziemlich aufregend anhörte, aber Adam hatte es offenbar gefallen. Dann verlangte er Adrian, und Bill schubste sie sanft und sagte, mit der Hand über dem Hörer:

»Schätzchen, es ist Adam. Er möchte dich sprechen.«

»Na schön.« Sie griff mit verschlafenem Lächeln nach dem Hörer, doch als sie dann mit Adam sprach, bemühte sie sich, normal zu klingen. »Hi, Adam. Na, wie war der Flug? Waren tolle Mädchen da?«

Adam hätte nicht verdutzter sein können. Adrian war die erste, der aufgefallen war, daß sein Interesse an Mädchen allmählich erwachte und er viel Zeit im Bad verbrachte, wo er sich sein Haar mit einer Auswahl entsprechender Produkte zurechtfrisierte. »Eigentlich nicht. Nur eine, direkt hinter uns.«

»Hast du ihre Nummer?« neckte Adrian ihn, aber er antwortete ernst.

»Ja, sie wohnt in Connecticut. Ihr Dad ist Pilot.«

»Hm, schade, daß du dich nicht für sie interessierst ... nicht sehr stark jedenfalls. »Beide lachten, und wenig später sprach sie mit Tommy. Sie sagte beiden, wie sehr sie ihnen fehlten. »Euer Dad und ich, wir haben den ganzen Abend einsam und traurig dagesessen. Sogar das Popcorn schmeckt ohne euch nicht so gut.«

»Vielen Dank.« Bill tat, als schmollte er, während er dem angeregten Gespräch zwischen ihr und den Kindern mit Vergnügen lauschte. Sie war wundervoll zu seinen Kindern, und er würde ihr nie vergessen, daß sie unter Einsatz ihres und des Lebens ihres Kindes Tommy gerettet hatte. Noch nie war er so erschrocken gewesen wie bei dem Anblick des kleinen leblosen Körpers und dann des ihren ... die Erinnerung ließ ihn schaudern.

Sie reichte ihm den Hörer zurück, und er plauderte noch eine Weile mit den Kindern, ehe er das Gespräch beendete, damit sie Zeit für ihre Mutter fanden. Sie hatte die Kinder einen Monat nicht gesehen und war sicher gespannt, was sie zu erzählen hatten.

»Es klingt, als wären sie ganz nahe, und doch sind sie so weit entfernt«, sagte Adrian mit Wehmut. Ein Vierteljahr erschien ihnen als unerträglich lange Wartezeit, und sie fragte sich, wie er das aushielt, zumal er in Kalifornien keine zweite Familie hatte. Sie hatte jetzt einen Begriff davon, wie sehr ihm seine Kinder fehlten. »Bis Thanksgiving dauert es noch sehr lange.«

»Na, jetzt weißt du, wie es ist, annähernd jedenfalls«, sagte er ganz ernst, als er wieder zu ihr ins

Bett kletterte und den Fernsehapparat ausschaltete. »Deswegen wollte ich nie mehr Kinder in die Welt setzen. Ich wollte vermeiden, daß mir das jemals wieder passiert und mir jemand die Kinder wegnimmt. Leslie mag noch so anständig sein, die Tatsache bleibt bestehen, daß die Buben bei ihr leben und ich sie nur sechs oder sieben Wochen im Jahr bei mir habe. Lausig ist das.«

»Ich kann dich verstehen«, sagte sie leise. Sie verstand ihn wirklich. Und sie kannte ihn gut genug, um zu wissen, wie sehr er litt. Und dann sagte sie ganz unerwartet: »Bill, ich würde dir so etwas nie antun.«

»Woher willst du das wissen? Niemand kann seiner Sache sicher sein. Sieh dich doch an ... du fühlst dich noch immer Steven verpflichtet. Was wird aus uns, wenn er nach der Geburt des Babys zurückkommt? Darauf kannst du keine Antwort wissen«, sagte Bill verbittert und unglücklich, weil er sie liebte und weil ihm seine Kinder fehlten.

»Nein, darauf weiß ich keine Antwort. Aber ich möchte dir nie weh tun.« Dessen war sie sicher. Sie wußte zwar nicht, was sie tun würde, wenn Steven zurückkäme, und Bill hatte recht, sie fühlte sich ihrem Mann noch verpflichtet.

Aber sie empfand jetzt auch etwas anderes, eine Bindung an Bill, die sich heute verfestigt hatte, als sie intim geworden waren, und die schon in den vergangenen Monaten, als sie sich angefreundet hatten, herangereift war. Aber es war etwas geschehen, das sie aneinanderband, und sie wußte, daß sie nie imstande sein würde, ihn einfach sitzenzulassen ... oder ihm etwas oder jemanden wegzunehmen. Zumindest hoffte sie es. »Ich liebe dich, Bill«, gestand sie leise, in Gedanken bei ihm, seinen Söhnen und ihrem Kind.

»Ich liebe dich auch«, flüsterte er als Antwort. Seine Gedanken galten freilich allein ihr, und wieder siegte seine Leidenschaft, als er seine Hand über ihre weiche Haut gleiten ließ, bis sie vor Verlangen stöhnte und er sie wieder liebte. Es war eine lange, glückliche Nacht, und als sie am Morgen erwachten, waren sie noch immer eng umschlungen.

Sie öffnete ein Auge und reagierte mit freudigem Erschrecken, als sie Bill sah. Einen Moment lang hatte sie geglaubt, es sei ein Traum. Doch es war keiner. Bill schlief noch und schnarchte leise. Ein paar Minuten später war auch er wach, und als sie sich streckte, verschob er das Gewicht seines Beines auf ihr ein wenig.

»Bist du das?« brummte er verschlafen. »Oder bin ich gestorben und im Himmel gelandet?« Er lächelte selig mit geschlossenen Augen in die Morgensonne.

»Ich bin es. Aber bist du es?« flüsterte sie beglückt. Es war die schönste Nacht ihres Lebens, die vollkommenen Flitterwochen trotz ihrer Schwangerschaft.

»Ich bin es ... bist du noch immer Jungfrau?« neckte er sie, und sie schmunzelte.

»Ich glaube nicht.«

»Gut. Hoffen wir, daß du nicht schwanger wirst.«

»Keine Angst. Ich nehme die Pille.« Sie kicherten und balgten sich und schmiegten sich im zerwühlten Bett aneinander.

»Ich bin erleichtert, das zu hören. Möchtest du mir zum Frühstück Lasagne machen?« Er streckte sich schmunzelnd, und sie nickte.

»Mit Vanille.«

»Großartig. So schmeckt sie mir am besten.« Dann drehte er sich auf den Bauch und küßte sie. »Ich habe eine besondere Idee. Du ruhst dich noch aus, und ich mache das Frühstück. Was hättest du gern? Waffeln oder Pfannkuchen?«

»Sollte ich nicht irgendeine Diät machen?« Sie litt unter Schuldgefühlen. Sie aßen ständig, und doch war sie, von ihrem Bauch abgesehen, nicht dick. Das Baby schien alles irgendwie zu absorbieren.

»Darüber kannst du dir später Sorgen machen. Was wäre nach deinem Geschmack?«

»Du.« Und sie bewies es ihm zu seinem Entzükken noch vor dem Frühstück ausgiebig. Es vergingen zwei Stunden, ehe sie wieder auf das Frühstück zurückkamen, und diesmal stand er auf und machte Rührei mit Schinken und dampfendheißen Kaffee. Sie frühstückten in der Küche, in seine Morgenmäntel gehüllt und in die Sonntagszeitung vertieft.

»Besser kann man einen Sonntagmorgen nicht verbringen«, verkündete sie, und er bedachte sie mit einem Lächeln. Er las eben den Unterhaltungsteil.

»Da gebe ich dir recht.« Es war ein an Vollkommenheit grenzender Zustand.

Nachher duschten sie, zogen sich an und unternahmen eine Fahrt in Adrians MG, den Bill sehr gern fuhr. In Malibu machten sie halt, um einen langen Strandspaziergang zu unternehmen, und bei Sonnenuntergang fuhren sie mit geöffnetem Verdeck und dem Wind im Gesicht nach Hause. Sie wirkten glücklich, gelöst und jung, und die ganze Welt gehörte ihnen.

Beim Supermarkt, in dem sie sich kennengelernt hatten, hielten sie an und kauften ein. Dann fuhren sie zu ihm und machten sich an die Zubereitung des Dinners. Vor dem Essen schenkte Bill zur Feier des Tages Champagner ein.

»Auf die Verbindung zweier Herzen ... mit der Erwartung auf ein drittes«, trank er ihr lächelnd zu. Es folgte ein Kuß. »Ich liebe dich, mein Schatz.« Wieder küßten sie sich. Sie verbrachten einen stillen Abend zu Hause und sahen wieder fern. Adrian deutete an, sie wolle nach Hause gehen, um ihm nicht lästig zu fallen. Sie hatte schließlich ihre eigene Wohnung, er aber wollte nichts davon hören. Bill hatte vor, einige ihrer Sachen herüberzuschaffen. Er sah nicht ein, welchen Sinn es hatte, daß sie die bedrückende Leere ihrer vier Wände ertragen sollte, und sie mußte ihm recht geben. Die Aussicht darauf war nicht sehr verlockend, schon gar nicht jetzt, wenn sie mit ihm zusammensein konnte. Das war alles, was sie sich wünschte.

Bill fuhr sie am nächsten Tag zur Arbeit. Nach den Nachrichten um sechs wollte er sie abholen und für die Spätnachrichten wieder hinfahren. Und als Zelda Adrian lächelnd an ihrem Schreibtisch sah, wußte sie sofort, daß mit ihr etwas vor sich gegangen war. Doch sie drang nicht in sie. Ihre Vermutungen aber gingen in die richtige Richtung, als sie durch den Korridor ging und sich für die Freundin freute. Als Bill zu Mittag kam, wußte Zelda, was passiert war.

»Es hat geklappt!« rief Bill strahlend.

»Was denn?« Im Zoo war ein Kind von einem Bären angefallen worden, und Adrian mußte nun entscheiden, welchen Teil des Filmmaterials sie verwenden wollte – kein Grund, sich über Bills Besuch nicht zu freuen, als sie aufblickte und sein breites Lächeln sah. »Was hat geklappt?« fragte sie etwas gemäßigter. Trotz der morgendlichen Hektik war für sie alles in einen Dunstschleier des Glücks und der Wonne gehüllt.

»Na, deine Idee. Daß Harry der Vater des Kindes sein soll. Es paßt perfekt. Alle Mitarbeiter sind begeistert, besonders der Regisseur. Die Arbeit mit George Orben ist ein reines Vergnügen, und alle freuen sich, daß seine Rolle ausgebaut wurde. Du bist ein Genie!«

»Mit Ihnen kann ich alles, Mr. Thigpen!« Sie lächelte. Sie hoffte tatsächlich, daß eines Tages eine Mitarbeit an seiner Serie möglich sein würde und sie aus der Nachrichtenredaktion hinüberwechseln konnte.

»Kannst du zu Mittag eine Pause machen?« fragte er hoffnungsvoll, sie aber schüttelte den Kopf. Es war zu viel los: der Bär im Zoo, vor einer Stunde war ein Polizist brutal ermordet worden, und in Venezuela hatte es einen Putsch gegeben.

»Ich glaube, heute komme ich hier erst nach sechs weg.« Er nickte, küßte sie, verschwand und war eine halbe Stunde später wieder mit einem Riesenhamburger, einer Tasse Suppe und einem Fruchtsalat zur Stelle.

»Alles, was für dich gut ist. Iß es brav auf.«

»Jawohl, Sir.« Und dann flüsterte sie ihm zu: »Ich liebe dich.« Als sie aus dem Augenwinkel den mißbilligenden Blick ihrer Sekretärin wahrnahm, wurde ihr klar, was sie getan hatte. Ihre Sekretärin hatte keine Ahnung, daß sie und Steven sich getrennt hatten, und nun küßte Adrian im Büro einen anderen Mann! Es gab noch andere sehr interessierte Blicke, und sie wußte, daß noch interessiertere Blicke folgen würden, sobald ihre Schwangerschaft sich nicht mehr verbergen ließ.

»Wer war das?« fragte einer der Kollegen sie unverblümt, nachdem Bill gegangen war.

»Er heißt Harry«, gab sie geheimnisvoll von sich. »Seine Frau ist leider vor einigen Monaten gestorben.« Sie spielte auf seine Serie an, was natürlich niemand ahnen konnte. »... sie war Helens beste Freundin.« Der Kollege zog eine Braue hoch und wandte sich zum Gehen, als Adrian sich wieder über ihre Arbeit beugte. Und als er sich noch einmal umdrehte, ehe er ging, sah er, daß sie lächelte.

22. Kapitel

Der September verflog bei viel Arbeit, glücklichen Nächten und seligen Wochenenden. Gegen Monatsende merkten alle, daß Adrian schwanger war. Sie war fast im sechsten Monat, so daß man trotz der losen Kleider ahnte, was sich darunter befand. Adrian hatte noch nicht um Mutterschaftsurlaub angesucht. Sie war entschlossen, bis zum Schluß zu arbeiten und statt dessen nach der Entbindung Urlaub zu nehmen, weil es ihr einfacher erschien.

»Wenn ich vorher schon zu Hause bleibe, sterbe ich vor Langeweile«, vertraute sie Bill an, und er hatte nichts dagegen einzuwenden. Seiner Meinung nach sollte sie tun, was ihr beliebte, solange der Arzt nichts dagegen hatte. Er hatte seinen Vorschlag wiederholt, daß sie nach der Entbindung bei seiner Serie einsteigen und im Dezember in der Nachrichtenredaktion kündigen sollte.

Sie gingen sehr häufig aus, wobei sie ruhigere Restaurants bevorzugten, wo sie sich richtig entspannen konnte, wie das Ivy, das Chianti oder Bistro Garden. Wenn ihnen gelegentlich nach mehr Wirbel zumute war, gingen sie ins Morton, ins Chasen und natürlich ins Spago. Mindestens zweimal wöchentlich gab es lange Telefonate mit Adam und Tommy, denen es sehr gut ging. Die Einschaltziffern von Bills Serie waren höher als je zuvor. Alles lief glatt, und als der nächste Arzttermin fällig wurde, wollte

Bill Adrian begleiten. Es war jetzt auch sein Baby, ganz egal, wessen Gene beteiligt waren. Sie waren so oft zusammen gewesen und inzwischen miteinander so vertraut, daß er wirklich das Gefühl hatte, der Vater zu sein, und Adrian stritt es nicht ab. Sie hatte seit Monaten nichts mehr von Steven gehört, von seinem Anwalt nicht mehr seit Juli, und sie machte sich deswegen keine Gedanken, weil sie davon ausging, daß das Scheidungsverfahren eingeleitet worden war und alles seinen normalen Lauf nahm. Viel Überlegung verschwendete sie nicht daran. Im Büro gab es zuviel zu tun, und sie war mit Bill zu glücklich. Seit dem Abend, an dem die Kinder abgeflogen waren, hatte sie ihre eigene Wohnung nicht mehr benutzt. Als ihr Anwalt sie am ersten Oktober anrief, war es dennoch eine Überraschung für sie. Er teilte ihr mit, daß Steven die Eigentumswohnung verkaufen wollte. Sie hatte es erwartet, aber das Bewußtsein, eigene vier Wände zu besitzen, hatte ihr eine gewisse Sicherheit gegeben, obwohl sie nicht mehr darin gewohnt hatte.

»Man will sichergehen, daß Sie nicht anwesend sind, wenn Interessenten die Wohnungen besichtigen«, sagte der Anwalt.

»Das soll mir recht sein«, erwiderte sie kühl.

»Außerdem wird erwartet, daß Sie den Schlüssel zur Verfügung stellen und die Wohnung aufgeräumt hinterlassen.«

»Das ist kein Problem. Wissen Sie denn nicht, daß mein Mann alle Möbel mitgenommen hat? Ich besitze nur mehr das Bett, meine Kleider in den Einbauschränken und einen Teppich. Ach ja, und einen Küchenhocker. Ich werde mein Bestes tun, die Wohnung ordentlich zu präsentieren.« So traurig das alles war, es hatte auch etwas Komisches an sich.

»Haben Sie sich nicht neu eingerichtet?« Ihr Anwalt wirkte erstaunt. Sie hatte ganz vergessen, es ihm zu sagen, und Stevens Anwalt hatte auch nichts verlauten lassen, aber es stand zu vermuten, daß es sehr viel mehr gab, als Stevens Anwalt ihm mitgeteilt hatte ... so zum Beispiel den Grund, weshalb er sein eigenes Kind verstieß und seine Ehe mit einer Frau beendete, die einen vernünftigen und anständigen Eindruck machte.

»Nein, das habe ich nicht. Die Wohnung ist leer.«

»Hm, das macht sich nicht sehr gut. Die Gegenseite dürfte der Meinung sein, Sie hätten sich neu eingerichtet.«

»Das hätte Steven bedenken müssen, ehe er alles ausgeräumt hat. Ich denke nicht daran, mir eine neue Einrichtung anzuschaffen, nur damit er die Wohnung besser verkaufen kann.«

»Wären Sie denn daran interessiert, ihn auszuzahlen?«

»Nein. Auch wenn ich daran interessiert wäre, könnte ich es mir nicht leisten.« Der Anwalt hatte ihnen gesagt, welchen Preis Steven erzielen wollte. Sie hielt ihn für stark überhöht. Wenn er aber bekam, was er sich vorstellte, gehörte die Hälfte davon ihr – ein Grund für sie, nicht daran zu rühren. »Macht das Verfahren Fortschritte?« fragte sie wachsam. Die Scheidung war für sie immer noch ein heikles Thema.

»Alles läuft, wie es laufen soll.« Nach kurzem Zögern entschloß sich der Anwalt zu einer Frage, die nicht einmal ihren Mann interessierte. »Wie verläuft Ihre Schwangerschaft?«

»Sehr gut. Hat Stevens Anwalt diesbezüglich Fragen gestellt?«

»Nein«, sagte er bedauernd, und sie nickte nur.

»Sonst noch etwas?«

»Nein. Es geht nur um die Wohnung. Wir setzen uns mit ein paar Maklern in Verbindung und werden Ihnen dann mitteilen, über welche Firma alles abgewickelt wird. Wann könnten die ersten Interessenten kommen?«

Sie überlegte kurz. »Meinetwegen schon morgen.« Es gab für sie nichts zu tun. Sogar die Schränke waren ordentlich aufgeräumt, zumal die Hälfte ihrer Sachen bereits im Einbauschrank von Bills Gästezimmer hingen.

»Wir sprechen uns wieder.« Sie bedankte sich und legte auf. Adrian war noch immer in Gedanken, als Bill sie nach den Nachrichten um sechs Uhr abholte und nach Hause brachte. Das tat er jetzt immer häufiger, und der Klatsch über sie blieb nicht aus. Man wußte, wer Bill war. Aber vor allem erregten die Umstände die Neugierde der anderen, denn Adrian ließ ihre Schwangerschaft noch immer unerwähnt. Als eine Kollegin, die sie nicht ausstehen konnte, sie danach fragte, sah sie ihr offen in die Augen und antwortete: Nein, sie sei nicht schwanger.

»Na, was war heute los?« Bill, der frische Krabben besorgt hatte, spürte ihre Niedergeschlagenheit.

»Ach, nicht viel«, schwindelte sie. Der Anruf des Anwalts machte ihr noch zu schaffen.

»Du bist so in dich gekehrt.«

»Und du bist klüger als dir gut tut.« Sie beugte sich zu ihm und küßte ihn. »Heute hat mein Anwalt angerufen.«

»Was gibt es?« Seine Besorgnis trat sofort auf den Plan.

»Steven möchte die Wohnung verkaufen.«

»Stört dich das?« Bill warf ihr mit gerunzelter Stirn einen Blick zu. Gespräche über Steven waren ihm nicht angenehm. Sie wiederum konnte Erinnerungen an Leslie nicht vertragen.

»Ja, schon. Auch wenn ich nicht dort wohne, ist es beruhigend zu wissen, daß man eigene vier Wände besitzt.«

»Warum? Was macht das schon aus?«

»Tja ... was ist, wenn du mich satt bekommst oder wenn wir uns streiten ... ach, ich weiß nicht. Was machen wir, wenn die Kinder über Thanksgiving kommen?« Es stand zu bezweifeln, daß die Wohnung bis dahin schon verkauft war.

»Dann sagen wir ihnen, daß wir uns lieben und ein Baby erwarten und daß wir zusammen wohnen, so einfach ist das. Wirklich keine große Sache.«

Sie lächelte wehmütig. »Du schreibst schon zu

lange Seifenopern. Für dich mag es normal sein, aber nicht für die meisten anderen Menschen, und auch nicht für Adam und Tommy. Wenn ich ständig hier wohne, wird es ihnen womöglich zuviel, und sie werden sich gegen mich wenden.« Den ganzen Tag hatte sie darüber gegrübelt und sich deswegen Sorgen gemacht.

»Was willst du mir damit zu verstehen geben? Bestehst du auf eine eigene Wohnung?« Er war nicht erbaut von dieser Idee.

»Nein, nein, das käme mir albern vor. Ich will dir damit nur sagen, daß ich über seine Verkaufsabsichten nicht entzückt bin. Es ist einfach nett, eine Wohnung zu haben.«

»Wieviel möchte er für die Wohnung bekommen?« Sie nannte ihm den Betrag, und er stieß einen Pfiff aus. »Na, das nenne ich einen stattlichen Preis, aber wenigstens steht dir die Hälfte davon zu, nehme ich an ... Vielleicht ist es angenehmer, Geld auf der Bank zu haben, statt eine Wohnung, die man nicht benutzt und nur besitzt.«

Sie nickte seufzend. Was er sagte, leuchtete ihr ein. »Wahrscheinlich hast du recht, und es ist ja keine Katastrophe – nur eine Veränderung, an die man sich anpassen muß.« Und Veränderungen hatte es seit Juni reichlich gegeben. Aber auch sehr viele wundersame Wendungen.

»Möchte er mit dir darüber sprechen?« fragte Bill ruhig, als er auf seinen Parkplatz fuhr. Adrian schüttelte den Kopf. Steven wollte nicht mit ihr sprechen.

Aber am nächsten Morgen rief sie Steven in seinem Büro an.

Sie erkannte die Stimme der Sekretärin und verlangte höflich ihren Mann.

»Tut mir leid, Mr. Townsend ist nicht zu sprechen. Er ist in einer Besprechung.«

»Könnten Sie ihn wohl verständigen, daß ich ihn sprechen möchte?« erwiderte Adrian.

»Ich weiß nicht, ob ich ihn stören darf.«

»Bitte, versuchen Sie es«, drängte Adrian mit wachsender Verärgerung. Er mußte seiner Sekretärin Anweisung gegeben haben, daß er für seine Frau nicht zu sprechen war. Das hatte Adrian nicht verdient.

Die Sekretärin verstummte und meldete sich in so kurzer Zeit wieder, daß sie unmöglich jemanden hatte verständigen können. Es war nur eine Farce. »Tut mir leid, Mr. Townsend wird den ganzen Tag beschäftigt sein, aber ich kann gern etwas ausrichten.« Sag ihm, er soll auf der Stelle tot umfallen, hätte Adrian am liebsten ins Telefon gerufen, aber sie hielt sich zurück. Ihr kamen noch andere Varianten in den Sinn, die sie sich alle verkniff.

»Sagen Sie nur, ich hätte wegen der Wohnung angerufen«, fing sie an, und entschied sich dann, ihm zusätzlich etwas Saftiges hinzuknallen, »und wegen des Babys.« Die Bombe hatte eingeschlagen. Stille machte sich breit. »Vielen Dank.«

»Ich werde es sofort weitergeben«, versprach die Sekretärin hastig. Steven würde schäumen, so viel stand fest. Wenn seine Sekretärin Bescheid wußte, würde der Klatsch nicht lange auf sich warten lassen.

Er rief nicht zurück. Dafür tat es eine halbe Stunde später sein Anwalt. Steven hatte ihn sofort verständigt, und der Anwalt hatte prompt versucht, sich mit ihrem Anwalt in Verbindung zu setzen, ihn aber nicht erreicht. Aus diesem Grund rief er Adrian selbst an, damit er Steven sofort zurückrufen und die Panik seines Klienten dämpfen konnte.

»Gibt es Probleme, Mrs. Townsend? Wie ich hörte, haben Sie Ihren ... hm, Mr. Townsend angerufen.«

»Ganz recht. Ich wollte ihn sprechen.« Einen wahnwitzigen Augenblick lang hatte sie Steven fragen wollen, warum er ihr dies antat, warum er ihr alles nahm, was ihnen gehört hatte, und warum er das gemeinsame Kind verstieß. Nun, da es sich bewegte, da es lebte, da sie es fühlte und die Wölbung sah, war es ihr noch unbegreiflicher, daß er sie beide von sich stieß. Da sie keinen Sinn darin sah, wollte sie sich mit ihm darüber aussprechen. Es hatte nichts mit ihrer Liebe zu Bill zu tun. Sie liebte Bill aufrichtig, aber Steven war noch immer der Vater des Kindes.

»Macht es Ihnen etwas aus, mir den Grund Ihres Anrufes zu nennen?« Der Anwalt war um einen freundlichen Ton bemüht. Steven hatte ihm unmißverständliche Anweisungen gegeben.

»Es macht mir etwas aus. Es geht um persönliche Dinge.«

»Tut mir leid.« Er verstummte, und Adrian war alles klar.

»Er will nicht mit mir sprechen, so ist es doch?«

Eine direkte Antwort wollte er nicht geben, doch sein Schweigen war ebenso deutlich. »Er hat das Gefühl ... es würde für Sie beide zu schwierig sein, ganz besonders in Anbetracht der Umstände.« Er befürchtete, sie würde versuchen, ihm das Kind aufzuzwingen. Steven hatte ja keine Ahnung, daß sie mit einem Mann zusammenlebte, der sie innig liebte und ihr Kind voll und ganz akzeptierte. Und er würde es nie verstehen können.

»Gibt es Probleme mit der Schwangerschaft? Etwas, was Mr. Townsend betrifft ... trotz der rechtlichen Schritte, die er unternommen hat?« Am liebsten hätte sie ihm entgegengeschleudert, er solle den Mund halten, sie mit seinem Juristenjargon verschonen und sie wie ein menschliches Wesen behandeln. Aber das Traurige war, daß er sich ohnehin sehr bemühte.

»Ach, es ist unwichtig. Sagen Sie ihm, er soll es vergessen.« Genau das wollte Steven. Er hatte dem Anwalt gesagt, daß er alles vergessen wollte, was mit ihr zusammenhing, aber das hätte der Anwalt ihr natürlich nie anvertraut.

Sie legte auf und zeigte sich nachmittags verschlossener als sonst, und wieder spürte es Bill, vermutete aber, daß sie sich wegen des Wohnungsverkaufs grämte, was in seinen Augen kindisch war. Er hatte ja keine Ahnung, daß sie versucht hatte, Steven zu erreichen, nur um mit ihm zu sprechen und ihn zu fragen, warum er solche Schritte unternahm. Es ging ihr gar nicht mehr darum, ihn umzustimmen, sie wollte nur wissen, warum er sie nicht geliebt hatte und warum er sich weigerte, das Kind anzuerkennen. Es mußte einen Grund geben, eine Ursache, die über eine unglückliche Kindheit hinausging. Aber das wollte sie Bill nicht sagen. Statt dessen war sie ziemlich einsilbig und rückte dann mit dem Vorschlag heraus, nach dem Dinner die Kinder anzurufen. Ein Gespräch mit den beiden heiterte sie immer auf. Und am nächsten Tag rief ihr Anwalt sie an und nannte ihr den Namen des Immobilienmaklers, der den Verkauf der Wohnung übernommen hatte.

Übers Wochenende fuhren Adrian und Bill weg, und am Montag fühlte sie sich merklich besser. Der Wohnungsverkauf erschien ihr nun nicht mehr wichtig, denn sie wußte jetzt, daß sie keine eigene Wohnung brauchte. Sie war glücklich und zufrieden, bei Bill zu wohnen. Die Wohnung, die sie mit Steven geteilt hatte, war es nicht wert, daß sie sich an sie klammerte.

Sie hatten das Wochenende mit Bills Freunden in Palm Beach verbracht, mit einem Schauspieler, der in jüngeren Jahren bei der Serie mitgewirkt und später einige sehr erfolgreiche Filme gedreht hatte. Er war ein interessanter Mensch mit einer reizenden Familie und einer Frau, die Adrian sehr sympathisch fand. Bill war von seinem Bekannten weidlich mit dem Baby geneckt worden. Sie gingen davon aus, daß es sein Kind war, und fanden es überhaupt nicht ungewöhnlich, daß sie nicht miteinander verheiratet waren. Trotzdem bemühten sich ihre Gastgeber, ihnen die Ehe als erstrebenswert hinzustellen, und Janet, die Dame des Hauses, die sich rührend um Adrian kümmerte, wurde nicht müde, von den ›Wundern der Schwangerschaft‹ zu schwärmen.

Zuweilen fragte sich Adrian ernsthaft, ob sie diese Schwangerschaft überhaupt überleben würde, dann wiederum vergaß sie ihren Zustand völlig. Es schien von der Tagesverfassung, von der Stimmung und von allen möglichen Dingen abzuhängen. Aber Janet hatte sie ermahnt, sich stets vor Augen zu halten, daß am Ende des Weges die Belohnung nicht dicke Schenkel waren, sondern das größte Wunder überhaupt, nämlich ein Baby.

Beide waren sie aus dem Wochenende ausgeruht und voller Freude über das Baby heimgekehrt. Bill zog einige der Bücher hervor, die er für sie gekauft hatte und die bis jetzt ungelesen geblieben waren. Daraus las er ihr nun alles mögliche vor, was ihr einen heillosen Schrecken eingejagt hätte, wäre sie nicht so guter Dinge gewesen. Später liebten sie sich wieder, was viel erfreulicher war.

Am nächsten Morgen rief ihr Anwalt im Büro an und sagte ihr, daß bereits ein Angebot für die Wohnung vorläge und daß Steven es akzeptiert hatte. Es entsprach seinen Preisvorstellungen bis auf zehntausend Dollar. Adrian konnte es nicht fassen.

»Was ... schon?« entfuhr es ihr verblüfft.

»Wir haben uns auch gewundert. Der Käufer möchte alles innerhalb von dreißig Tagen unter Dach und Fach bringen, wenn es Ihnen recht ist. Uns ist bewußt, daß die Zeit für Sie vielleicht ein wenig zu knapp wird.« Aber urplötzlich machte es ihr überhaupt nichts mehr aus. Sie mußte die Wohnung also im November, wenn die Buben über Thanksgiving hier waren, räumen. Bill hatte darauf bestanden, daß sie in dieser Zeit bei ihm bleiben sollte, und vorgeschlagen, das Gästezimmer in den nächsten Monaten in ein Kinderzimmer umzufunktionieren – ein Vorschlag, den sie freudig akzeptiert hatte. »Also, was halten Sie von der Monatsfrist?« fragte der Anwalt sie ohne Umschweife.

»Mir soll es recht sein.« Er staunte über ihre Gelassenheit.

»Und der Preis?« Sie saß sekundenlang still da, aber nur, weil sie der Wohnung und Steven im Geiste Lebewohl sagte.

»Auch der soll mir recht sein.«

»Sie gehen also darauf ein?«

»Ja.« Du lieber Gott ... es ging richtig Schlag auf Schlag.

»Ich lasse Ihnen die Unterlagen heute noch zukommen. Sie können alles unterschreiben, und anschließend schicke ich die Papiere unverzüglich an den Anwalt Ihres Mannes.«

»Sehr schön.«

»Wir senden Ihnen alles sofort zu.« Als die Papiere ankamen, war es für sie ein sonderbares Gefühl, Stevens Unterschrift zu sehen, die ihr förmlich ins Auge zu springen schien. Sie hatte ihn so lange nicht zu Gesicht bekommen, daß seine Handschrift ihr wie ein Zeitsprung in die Vergangenheit vorkam. Aber sonst war nichts von ihm zu entdecken, keine Notiz, kein Brief, keine Randbemerkungen. Er hatte sich aus ihrem Leben völlig zurückgezogen und wollte es um jeden Preis dabei belassen. Fast sah es aus, als hätte er aus unerklärlichen Gründen Angst vor ihr. Es erschien ihr völlig sinnlos, aber andererseits spielte es für sie keine Rolle mehr.

Am Abend zeigte sie Bill den Kaufvertrag, und er machte ein paar Vorschläge, den Vorvertrag und die Anzahlung betreffend, vor allem aber riet er ihr, sie solle ihren Anwalt zur Rate ziehen, damit sie den ihr zustehenden Anteil am Verkaufserlös auch wirklich bekam. Und dann fragte er sie etwas, was ihm schon seit einiger Zeit Kopfzerbrechen bereitete. Er hatte das Thema nicht anschneiden wollen, um sie nicht aufzuregen.

»Wie steht es mit Unterhaltszahlungen? Hat er dir nichts angeboten? Und Unterhalt für das Kind?«

»Ich habe ihn nicht darum gebeten«, erklärte sie leise. »Ich habe mein Gehalt. Und daß er für das Kind nicht zahlen will, hat er mir schon zu verstehen gegeben. Du weißt ja, daß er schon vor der Geburt auf alle Rechte verzichtet.« Als sie darüber sprach, regte sie sich von neuem auf. »Ich möchte nichts von ihm.« Wenn er sie und das Kind nicht wollte, dann wollte sie sein Geld auch nicht.

Bill freilich hielt ihre Einstellung für edelmütig und dumm zugleich.

»Und wenn du krank wirst? Wenn dir etwas zustößt?« fragte er liebevoll.

»Ich habe eine Versicherung«, gab sie mit einem Achselzucken zurück. Er drehte sich mit dem Ausdruck stiller Verzweiflung zu ihr um.

»Adrian, warum läßt du den Kerl ungeschoren davonkommen? Liebst du ihn noch immer? Er hat dich verlassen. Er ist dem Kind und dir etwas schuldig.«

Er spürte, wie sein Herz absackte, als sie mit einem Kopfschütteln nach seiner Hand faßte.

»Du mußt doch wissen, daß ich ihn nicht liebe. Aber ich war mit ihm verheiratet. Er war mein Mann und ist es formal immer noch ... und«, sie erstickte fast an dem Wort, nach allem, was Bill für sie getan hatte, aber es war die Wahrheit, »er ist der Vater des Babys.« Sie wollte Bill nicht weh tun, aber es war die Wahrheit, und es bedeutete ihr etwas, wie er genau wußte.

»Dies ist für dich wohl immer noch bedeutsam?«

Sie hielt ihren Blick auf die Hände gerichtet. Dann aber schaute sie auf und nickte. »Ja«, sagte sie fast unhörbar. »Nicht viel. Aber ein wenig. Es ist sein Kind, Bill. Was, wenn er eines Tages zur Besinnung kommt? Er hat ein Recht auf etwas ... auf einen Teil ... ich möchte nicht alle Türen zuschlagen, für den Fall, daß er uns eines Tages doch akzeptiert.«

»Ich kann mir nicht denken, daß dieser Fall je eintreten wird«, gab Bill ebenso leise zurück. Er wollte keinen Streit mit ihr, und während er ihr zuhörte, fragte er sich, ob es überhaupt einen Sinn hatte, den Kampf gegen Steven aufzunehmen. Bill wollte nicht verletzt werden, aber ebensowenig wollte er sie und das Kind verlieren. »Ich glaube, du flüchtest dich in einen Traum, wenn du glaubst, er würde zu dir zurückkommen. Meiner Meinung nach hat er seinen Standpunkt eindeutig klargemacht.«

»Er könnte ihn ja ändern.«

»Möchtest du das, Adrian? Möchtest du ihn wiederhaben?«

Als er ihr in die Augen sah, schüttelte sie den Kopf. Er glaubte ihr.

Wortlos nahm er sie in die Arme. »Wenn ich dich verliere, ist es mein Tod.« Das wußte sie, und für sie galt ähnliches, und doch ... das Gespenst Steven lauerte im Hintergrund.

»Auch ich möchte dich nicht verlieren.«

»Das wirst du nicht.« Dann lächelte er. Da er sie ganz eng umschlungen hielt, spürte er, wie das Baby strampelte.

»Danke, daß du so gut zu mir bist.«

»Sei nicht albern.«

Er küßte sie, und sie saßen noch lange beisammen, aber das Gespräch gab ihm im nachhinein viel Anlaß zur Sorge. Er wußte, wie ausgeprägt ihre Loyalität war. Obwohl sie ihn liebte, war es für sie noch immer von Bedeutung, daß Steven der leibliche Vater des Kinder war. Und Bill wußte, daß er dieser Problematik schutzlos ausgeliefert war. Er mußte das Risiko auf sich nehmen, weil er sie von Herzen liebte.

23. Kapitel

Der Verkauf der Wohnung wurde rasch und reibungslos abgewickelt, so daß in der ersten Novemberwoche alles unter Dach und Fach war. Adrian packte mit Bills Hilfe ihre Sachen zusammen und schaffte sie in seine Wohnung. Alles war ganz unkompliziert und viel weniger gefühlsbefrachtet, als sie befürchtet hatte. Es war nichts da, an dem sie sich hätte festhalten können oder das sentimentale Gefühle in ihr geweckt hätte. Steven hatte vor fünf Monaten alles mitgenommen, sogar das Album mit den Hochzeitsbildern. Was er damit anfangen wollte, war ihr schleierhaft, vermutlich hatte er es weggeworfen. Sonderbar. Alles war wie vom Erdboden verschluckt, alles war verschwunden, als wäre es nie gewesen. Sie versuchte, dies Bill zu erklären, als er den Rest ihrer Habseligkeiten im Gästezimmer verstaute.

»Fast kommt es mir vor, als wären wir nie verheiratet gewesen. Ich habe das Gefühl, ich hätte ihn nie gekannt.« Aber daneben existierte noch immer so etwas wie Loyalität, wie Bill wußte.

»Vielleicht hast du ihn nie wirklich gekannt. Menschen wie ihn gibt es eben.« Er war glücklich, daß sie nicht mehr so niedergeschlagen wirkte. Zwar wurde sie jetzt viel rascher müde, fühlte sich aber im allgemeinen noch recht wohl. Sie war im siebten Monat, und beide freuten sich sehr, daß die

Kinder über Thanksgiving kommen sollten – in zwei Wochen also. In der Woche davor mußte sie zum Arzt, und diesmal kam Bill mit. Er hatte diesen Wunsch schon vor Monaten geäußert, doch sie hatte immer Arzttermine, wenn er sich bei der Serie einer Krise gegenübersah oder eine Sitzung mit den Fernsehbossen hatte. Diesmal aber hatte er seiner Sekretärin Bescheid gesagt, daß er für zwei Stunden verschwinden mußte. Er fuhr Adrian selbst zur Praxis. Kurz nachdem sie Bill kennengelernt hatte, war Adrian zu einer Ärztin übergewechselt, die ihr von einigen Freundinnen empfohlen worden war und die ihr sehr sympathisch war. Und als Bill ihre Bekanntschaft machte, verstand er, warum. Jane Bergman war eine patente Person, die ihren Patientinnen den Eindruck vermittelte, daß es sich beim Kinderkriegen um die normalste und natürlichste Sache der Welt handelte. Sie versicherte ihnen, daß die Geburt aller Wahrscheinlichkeit nach normal und leicht verlaufen würde. Auch die Tatsache, daß Adrian und Bill nicht verheiratet waren, erschütterte die Ärztin keineswegs. Einer der Gründe für den Arztwechsel war, daß Adrians voriger Arzt von Steven wußte und zu viele Fragen gestellt hätte. Dr. Bergman aber hatte keine Ahnung, daß das Kind nicht von Bill war. Sie ließ Bill den Herzschlag des Babys hören, und er strahlte.

»Hört sich an wie ein Hamster«, erklärte er beim Abhören der Herztöne.

»Was Netteres fällt dir wohl nicht ein?« meinte Adrian amüsiert. Aber Bill war bewegt, daß er die

Herztöne hatte hören dürfen, und er war bewegt von ihrer Hilflosigkeit, als sie mit ihrem unförmigen Leib auf der Liege lag. Dr. Bergman erklärte, daß das Kind normal entwickelt sei, und sie empfahl Adrian, einen Lamaze-Kurs zu besuchen. Beide wußten, was das war, aber Adrian war nicht sicher, worum es dabei ging, und seit Bill einen Kurs mit Leslie gemacht hatte, waren acht Jahre vergangen.

»Es könnte die Entbindung sehr erleichtern«, sagte die Ärztin beiläufig. Sie war eine Frau in Bills Alter und erschien sehr kompetent. Er war sehr froh, daß er mitgekommen war und die Ärztin kennengelernt hatte, und das sagte er auch zu Adrian, als sie zurück ins Büro fuhren.

»Ich wünschte, ich könnte das Kind daheim bekommen«, sagte Adrian sehnsüchtig und mit einem Blick aus dem Fenster.

»O Gott«, stöhnte Bill. »Das solltest du nicht mal denken.«

»Warum?« Es hörte sich fast kindisch an und machte ihn sehr nervös. »Es wäre viel netter.«

»Und viel gefährlicher. Sei artig und hör auf Dr. Bergman. Nach dem Besuch der Kinder wollen wir den Lamaze-Kurs anfangen.« Somit hätten sie einen Monat bis zur Entbindung Zeit. Neuerdings war ihm aufgefallen, daß Adrian unter wachsender Nervosität litt. Sieben Monate lang hatte sie es geschafft, dem Problem auszuweichen und so zu tun, als wäre sie nicht schwanger, aber jetzt rückte die Entbindung unausweichlich näher, und sie mußte sich der Tatsache stellen. Sie stellte Bill viele Fragen über die Geburt seiner Söhne, und sie fing an, sich in die einschlägige Literatur zu vertiefen – aus Angst vor Schmerzen und möglichen Komplikationen, wie er vermutete. Ihr Umfang war mittlerweile geradezu beängstigend geworden.

»Ich liebe dich«, rief er ihr in Erinnerung, als sie sich auf dem Korridor vor der Nachrichtenredaktion trennten.

»Hi, Harry!« rief da einer der Redakteure, und Bill starrte Adrian verwirrt an.

»Wer ist denn Harry?« Sie fing zu lachen an, weil ihr einfiel, welche Geschichte sie vor Monaten ihren Kollegen aufgetischt hatte.

»Du bist es. Ich habe ihnen gesagt, du seist Harry ... ein Witwer, und deine Frau sei eine von Helens besten Freundinnen gewesen.« Mit ernstem Gesicht lieferte sie eine Inhaltsangabe seiner Serie, die er mit schallendem Gelächter quittierte.

»Du bist unmöglich. Geh an die Arbeit und hör auf, dir Sorgen um das Baby zu machen.«

»Wer macht sich Sorgen?« Sie gab sich überlegen, aber er wußte, daß sie trotz allem, was sie behaupten mochte, von Sorgen geplagt wurde, was man verstehen konnte, da sie während der Schwangerschaft durch die Scheidung zusätzlich belastet wurde.

»Also bis später, mein Schatz.«

Er küßte sie wieder und beeilte sich, in sein Büro zu kommen, nicht ohne ihr versprochen zu haben, sie nach den Abendnachrichten abzuholen und zum Dinner auszuführen.

Sie gingen ins Le Chardonnay, ließen sich die

Köstlichkeiten schmecken und verbrachten insgesamt einen unterhaltsamen Abend. Bill hatte vor kurzem wieder einen Preis für seine Serie bekommen, und es hatte einigen Presserummel gegeben. Sie teilte seinen Stolz, und Bill behauptete steif und fest, daß der Erfolg ihrer Mithilfe zu verdanken sei.

»Mit deinen verrückten Ideen läßt du die Einschaltziffern emporschnellen.« Sie versorgte ihn mit Unmengen origineller Handlungsvarianten, und er hoffte noch immer, sie würde nach der Entbindung zu einer festen Mitarbeit zu bewegen sein. Sie amüsierten sich und sprachen angeregt von der Serie, als am Nebentisch ein Paar Platz nahm. Bill wußte gar nicht, wie es kam, aber Adrian erbleichte plötzlich und starrte die beiden erschrocken an. Besonders den Mann sah sie an, als wäre ihr ein Gespenst erschienen, während er mit sichtlicher Betroffenheit auf ihre Anwesenheit reagierte, ehe er sich abwandte und das Gespräch mit der Frau fortsetzte, in deren Begleitung er gekommen war. Sie war jung, schlank, sehr attraktiv und wirkte sehr sportlich. Aber sie war nicht halb so hübsch wie Adrian, wenngleich sie ein paar Jahre jünger aussah. Aber Bill sah nicht das Mädchen am Nebentisch an, er beobachtete vielmehr Adrian über den Tisch hinweg. Und dann drehte er den Kopf und erkannte den Mann am Nebentisch. Es war Steven.

Adrian starrte ihn noch immer an und beugte sich, ohne ein Wort zu Bill zu sagen, zum Nebentisch, um ihren Mann anzusprechen.

»Steven ...« Sie vollführte eine Geste, als wolle sie seine Aufmerksamkeit auf sich lenken, aber nur Stevens Begleiterin drehte sich neugierig nach ihr um. Steven kehrte ihr den Rücken zu, indem er so tat, als riefe er den Ober. »Steven ...« Adrian sprach seinen Namen diesmal noch deutlicher aus, und das Mädchen machte ein Gesicht, als wüßte sie nicht, ob sie lächeln oder sich neutral verhalten sollte, Adrians Gesichtsausdruck war so eigentümlich, so erregt, und ihre Schwangerschaft war nicht zu übersehen.

Als wüßte er, daß er ihr nicht länger ausweichen konnte, sagte er bereits im Aufstehen in barschem Ton zu dem Mädchen: »Gehen wir. Die Bedienung hier ist unter aller Kritik.« Er war schon auf halbem Weg zur Tür, ehe das Mädchen ein Wort sagen konnte. Ihr verwirrter und enttäuschter Blick fiel auf Adrian, als wolle sie sich entschuldigen. »Ich glaube, er hat Sie nicht gehört«, stammelte sie.

»Doch, das hat er«, gab Adrian zurück. Sie war totenbleich geworden, und ihre Hände waren feucht. »Er hat mich sehr gut gehört.« Und mit der Bedienung stimmte alles.

»Tut mir leid.« Das Mädchen nickte und lief ihm nach. Adrian sah, daß sie auf Steven einredete, doch er zerrte sie durch die Tür hinaus. Sie waren fort, und Adrian zitterte am ganzen Körper. Bill bezahlte die Rechnung. Ihm war die Szene durch und durch gegangen, er ließ aber kein Wort über die Sache laut werden. Sie traten ins Freie, und in der frischen Luft hielt Adrian plötzlich den Atem an. Ihr war übel geworden und das nach diesem herrlichen Dinner. Auf der Straße konnten sie noch mitansehen, wie Steven mit dem Mädchen in seinem Porsche davonbrauste.

»Warum hast du ihn angesprochen?« fragte Bill, als sie in seinen Kombi stiegen. »Warum hast du dich dazu herabgelassen?« Er wirkte sehr ungehalten. Adrian drehte sich mit flammendem Blick zu ihm um. Sie war nicht in der Stimmung, sich mit ihm oder irgend jemandem anderen zu streiten. Stevens Verhalten hätte nicht unmißverständlicher sein können – wie in der Vergangenheit auch.

»Ich habe ihn seit fünf Monaten nicht gesehen und war zweieinhalb Jahre mit ihm verheiratet. Ist es so unbegreiflich, daß ich mit ihm reden möchte?«

»Wenn man bedenkt, wie er dich behandelt hat, ist es schon unbegreiflich. Oder wolltest du dich bei ihm für all die Nettigkeiten bedanken, die er dir angetan hat?« In Wahrheit war Bill eifersüchtig, und er hätte sich selbst ohrfeigen können, weil er so ein Aufhebens von der Sache machte. Ihr Blick hatte seinen Haß geweckt, ebenso der Schmerz in ihrer Miene, als sie die Hand ausgestreckt hatte. Und er haßte Steven, weil er sie kränkte. Er wollte, daß er für immer aus ihrem Leben verschwand.

»Hack nicht auf mir herum.« Sie brach in Tränen aus. Noch immer geisterhaft bleich fing sie an, im Auto sitzend, ihren Leib zu massieren. Sogar das Baby hatte sich aufgeregt und strampelte kräftig. Sie wollte nur nach Hause, sich hinlegen und Steven vergessen. »Nicht einmal eines Blickes hat er mich gewürdigt!«

»Adrian«, stieß Bill zähneknirschend hervor, »der Kerl ist wirklich das allerletzte. Wie lange wird es dauern, bis du dich damit abfindest? Ein Jahr? Fünf? Zehn? Du wartest noch immer darauf, daß er zurückkommt und dir und dem Baby Rosen streut. Und ich sage dir immer wieder, daß er es nicht tun wird. Hat dir die Szene von vorhin nicht gereicht? Er wollte nicht mal mit dir sprechen, er ist einfach aufgestanden und hat sich verdrückt. Das ist ein Mensch, der sich einen Dreck um dich und dein Kind schert.« Bill argwöhnte, daß Steven sich nie viel aus ihr gemacht hatte, aber das ließ er lieber unausgesprochen.

»Wie kann er das nur tun? Wie kommt es, daß er für sein eigenes Kind kein Gefühl aufbringt? Er unterdrückt es, aber früher oder später wird er sich ihm stellen müssen.«

»Du wirst dich stellen müssen. Er ist fort, Liebes. Vergiß ihn.« Sie gab keine Antwort, und sie legten den Rest der Strecke schweigend zurück. Zu Hause angekommen, fingen sie wieder zu streiten an, und Adrian ging im Gästezimmer in Tränen aufgelöst zu Bett. Auch am nächsten Morgen war sie noch niedergeschlagen. Bill sagte zunächst kein Wort und ließ zu, daß sie sich das Frühstück selbst machte. Bei der Lektüre der Sportseite warf er ihr dann über die Zeitung hinweg einen Blick zu.

»Was erwartest du eigentlich von ihm? Warum erklärst du es mir nicht ein für allemal, damit ich verstehe, was du von ihm möchtest?« Und in welchen Wettstreit er selbst treten mußte.

»Von Steven?« Er nickte. »Ich weiß es nicht. Ich erwarte einfach, daß er sich der Tatsache stellt, daß sein Kind bald auf die Welt kommt. Er weiß ja noch gar nicht, was er verstößt. Ich kann mich mit der Tatsache abfinden, daß er sich von mir scheiden läßt, weil er der Meinung ist, ich hätte ihn hintergangen. Aber ich kann nicht hinnehmen, daß er seinem eigenen Kind den Rücken kehrt. Eines Tages wird er es bereuen.«

»Natürlich wird er das. Aber das ist der Preis, den er zahlen muß. Vielleicht wird er auch nie zur Vernunft kommen. Und wie kannst du sagen, du hättest ihn hintergangen? Hast du ihn getäuscht? Bist du absichtlich schwanger geworden?«

»Aber nein, gewiß nicht.« Sie wirkte gekränkt. Es war eine Frage, die er ihr noch nie gestellt hatte, obwohl sie ihn immer schon interessiert hatte, weil darin vielleicht der Grund für ihre Schuldgefühle zu suchen war. »Ich wußte ja, wie er darüber denkt. Deshalb war ich immer sehr vorsichtig.«

»Das dachte ich mir.« Fast hätte er gelächelt. Er liebte sie so sehr, und er haßte ihre Streitigkeiten. Zum Glück kam so etwas nur selten vor, und wenn, dann nur wegen Steven. »Aber fragen darf man ja wohl. Los, sag schon. Was möchtest du von ihm?« Er wollte es wissen, sich selbst zuliebe, ihr zuliebe. Sie mußten sich irgendwie darauf einstellen.

»Ich möchte ja nur, daß er das Kind anerkennt. Daß er zugibt, daß es sein Kind ist, und sich der

Tatsache stellt. Ich glaube, er ist von Anfang an nur davor weggelaufen. Ich möchte, daß er das Baby sieht und sagt: Gut, alles klar, es ist mein Kind, aber ich möchte es nicht haben …, oder aber er sagt: Ich habe mich geirrt, ich liebe mein Kind. Aber ich möchte nicht, daß er ewig vor mir davonläuft, weil ich der Meinung bin, daß er es an einem gewissen Punkt bedauern wird. Er wird uns zurückgewinnen wollen, und mein Leben genauso wie deines und das des Kindes und schließlich sein eigenes verderben. Ich werde für immer an Gewissensbissen leiden, was immer ich tue. Ich muß mich frei von ihm fühlen, völlig frei, ehe ich mein eigenes Leben führen kann. Ich möchte diese Freiheit spüren, aber dazu muß er diese Dinge klar aussprechen oder mir erklären, weshalb er sich so und nicht anders verhält. Seit er ausgezogen ist, hatte er nicht einmal so viel Anstand, ein paar Worte mit mir zu wechseln.« Es war das erste Mal, daß sie es so deutlich zum Ausdruck brachte, und es ergab plötzlich einen Sinn. Adrian war nicht imstande hinzunehmen, daß Steven für immer gegangen war. Sie wollte von ihm die Bestätigung, daß ihm klar war, was er aufgab, und daß es ihm ernst war. Es ergab durchaus einen Sinn, doch Bill glaubte nicht, daß sie das Gewünschte bekommen würde. Steven war nicht der Mensch dafür. Er hatte ihr das schon bewiesen, fünf Monate lang, und am gestrigen Abend besonders drastisch. Er wollte weg, wollte durch Anwälte die Scheidung erreichen und das Kind aufgeben, ohne auch nur einen Blick darauf zu werfen. So war er, und damit mußte sich Adrian abfinden.

»Ich glaube nicht, daß du jemals mehr von ihm bekommst als das, was du bislang bekommen hast. Er ist nicht imstande, dieses Problem zu bewältigen.«

»Woher willst du das wissen?«

»Denk daran, welchen Eindruck er gestern gemacht hat. Benimmt sich so ein Mann, der halbwegs Mumm hat und sich dir stellen möchte? Er ist praktisch geflüchtet – ein gutes Stück vor seiner Freundin.«

»Du glaubst, das war seine Freundin?« fragte sie nachdenklich, und er ärgerte sich wieder.

»Woher soll ich das wissen?«

»Sie hat sehr jung ausgesehen«, meinte sie, und Bill stöhnte.

»Jung siehst du auch aus, weil du jung bist. Also, hör auf damit. Was macht es schon aus? Du mußt dich von ihm endgültig lösen, Adrian. Darum geht es.«

»Aber was ist, wenn er später zurückkommt?« Das war ein Punkt, der ihr große Sorgen machte. Sie fürchtete, daß er wieder in ihr Leben treten könnte, wenn das Baby geboren war.

»Dann wirst du dich der Situation stellen, wenn es so weit ist.«

»Aber das Kind hat ein Recht ...«

»Ich weiß, ich weiß.« Er hieb mit der Faust auf den Küchentisch, so daß sie zusammenzuckte. »Das Kind hat ein Recht auf seinen leiblichen Vater, so ist es doch? Das kenne ich schon. Aber was ist, wenn sein oder ihr leiblicher Vater ein Armleuchter ist? Was dann? Wäre es nicht einfacher, die Sache auf sich beruhen zu lassen?«

»Und wenn Leslie dir im betrunkenen Zustand eröffnet hätte, sie wolle dich verlassen? Hättest du dich nicht verpflichtet gefühlt, abzuwarten, was sie empfindet, wenn sie wieder nüchtern ist?«

»Vielleicht? Warum?«

»Weil ich glaube, daß Steven vor Angst nicht bei Verstand ist, seit ich ihm eröffnet habe, daß ich schwanger bin. Und wenn er sich beruhigt hat, aus seiner Panikstimmung herausfindet und die Sache nüchtern ansieht, dann wird seine Reaktion anders ausfallen.«

»Vielleicht auch nicht. Könnte ja sein, daß er Kinder wirklich nicht ausstehen kann. Vielleicht solltest du auf ihn hören. Vielleicht meint er es ernst.«

»Ich möchte nur von ihm selbst hören, daß er weiß, was er tut.«

»Vielleicht weiß er es nicht. Willst du deswegen dein Leben nach ihm einrichten?« Besser gesagt, sollten sie deswegen kein gemeinsames Leben führen? Dennoch wußte er, daß es nicht einfach war, einen Mann zu vergessen, mit dem man ein Kind hatte und mit dem man zweieinhalb Jahre verheiratet gewesen war.

»Du hältst mich für sehr töricht, weil ich solche Überlegungen anstelle?«

»Nein.« Er lehnte sich seufzend zurück. »Ich bin

nur der Ansicht, daß du deine Zeit verschwendest. Vergiß ihn einfach.«

»Ich habe das Gefühl, daß ich ihm etwas wegnehme«, erklärte sie und ließ ihn aufhorchen. »Ich nehme ihm sein Kind weg, und gebe es dir, weil du es haben willst. Aber wenn er zurückkommt und sagt: Moment, das gehört mir, gibt es mir wieder ... was dann?« Ein Standpunkt, der viel für sich hatte, aber Bill glaubte einfach nicht, daß Steven jemals seine Haltung ändern würde. Er war dumm, wenn er es nicht tat, aber Bill war überzeugt, daß es nicht dazu kommen würde.

»Du mußt abwarten. Schließlich ziehen wir nicht um. Wir gehen mit dem Kind ja nicht nach Afrika.« Nein, das nicht, aber ihre Beziehung wurde immer enger, und das wußte er genau. Er hatte bereits das Gefühl, ihr Kind sei von ihm. Er wußte, daß Adrian ihn in gewisser Hinsicht vor einer Kränkung zu bewahren versuchte, und sie wollte Steven davor bewahren, einen Fehler zu begehen, den er ewig bereuen würde. »Du kannst nicht für alle Beteiligten die Verantwortung übernehmen. Soll doch jeder seine eigene Entscheidung treffen, und wenn es eine lausige Entscheidung ist, dann ist es doch nicht dein Problem.« Er winkte sie zu sich, als er die Zeitung aus der Hand legte. »Ich liebe dich, und ich möchte das Kind. Wenn Steven seine Haltung ändert und zurückkommt, dann werden wir eben sehen müssen, wie wir damit zurechtkommen. Was ist das denkbar Schlimmste? Daß er das Besuchsrecht bekommt? Halb so wild. Damit können wir leben.« Als er sie anschaute, spürte er, wie eiskalter Schreck ihn erfaßte. »Oder würdest du zu ihm zurückkehren?« fragte er und wartete mit angehaltenem Atem auf die Antwort. Sie schüttelte den Kopf, aber er glaubte eine Andeutung von Zögern bemerkt zu haben.

»Ich denke nicht.«

Ihm war, als würde ihm der Boden unter den Füßen entzogen.

»Was heißt das, du denkst nicht?«

»Damit meine ich: nein. Aber es würde von den Umständen abhängen ... von sehr vielen Dingen ... Bill, ich liebe ihn nicht mehr, falls es das ist, was dich interessiert. Ich liebe dich. Aber es geht um mehr als nur um uns – es geht um das Baby.«

»Würdest du zu einem Mann zurückkehren, den du nicht liebst, nur seinem Kind zuliebe?«

»Ich bezweifle es.« Aber sie konnte es nicht beschwören.

Bill stand auf und ging. Es folgten ein paar schwierige Tage, bis sich Adrian wieder beruhigt hatte. Und schließlich schlossen sie eine Art Waffenstillstand und verbrachten das Wochenende im Bett, plaudernd, der Liebe hingegeben und immer wieder mit der Klärung ihrer Positionen beschäftigt. Adrian wollte sicher sein, daß Steven nicht seine Haltung änderte und Ansprüche auf das Kind anmeldete, und sie war der Meinung, er solle es nach der Geburt wenigstens einmal sehen. Obwohl Bill diese Aussicht nicht behagte, war er gewillt, sich damit abzufinden. Nach dem Auftritt, den Steven

Abende zuvor geliefert hatte, hielt Bill es für sehr unwahrscheinlich, daß er sich das Kind überhaupt ansehen würde.

»Und nachher … wirst du mich dann heiraten?« fragte er ernst, und Adrian strahlte.

»Ja, das werde ich. Wenn du mich noch willst.« Sie wollte nur nicht, daß seine Kinder von der geplanten Heirat erfuhren, solange die Einzelheiten nicht bereinigt waren – der Verzicht auf Stevens väterliche Rechte und die Scheidung – und bis sie sich Sicherheit über Stevens Haltung verschafft hatte. Bill hatte zwar noch immer das Gefühl, daß dies eine Vergünstigung wäre, die ihrem Ex-Mann keinesfalls gebührte, aber er wollte Adrian gewähren lassen. Die Aussicht, sie schließlich heiraten zu können, beflügelte ihn sehr. »Glaubst du, daß deine Söhne etwas dagegen haben werden?« fragte sie ängstlich.

In letzter Zeit fürchtete sie sich vor vielem – in diesem Schwangerschaftsstadium nichts Ungewöhnliches, wie die Ärztin erklärte. Adrian war in ständiger Sorge wegen der Entbindung, der Wehen, der Schmerzen, der Gesundheit des Kindes, aller jener Dinge wegen, um die die Gedanken einer werdenden Mutter kreisen. Bill wußte, daß die Scheidung und der Wohnungsverkauf eine zusätzliche Belastung darstellten. Adrian hatte sich lange Zeit wacker gehalten, nun aber fing sie an, sich wegen jeder Kleinigkeit unnötig aufzuregen. Er mutmaßte, daß auch ihr Beharren, Steven gegenüber fair zu bleiben, Teil dieser Entwicklung war.

Als Adam und Tommy eintrafen, war sie nicht mehr so unbekümmert wie beim letzten Mal, nicht zuletzt, weil sie tausend Ängste litt, die beiden würden schockiert sein, wenn sie von dem Baby erfuhren. Dennoch war sie zur Offenheit entschlossen. Als sie die beiden mit Bill am Flughafen abholte und die Kinder ihren Bauch sahen, war das Erstaunen groß.

»Wumm!« gab Tommy erschrocken von sich. »Was ist denn mit dir passiert?«

»Ich erwarte ein Baby«, erklärte Adrian überflüssigerweise, da dies sogar für Tommy klar ersichtlich war.

»Ist es Daddys Baby?« fragte er sofort, und Adam versetzte ihm einen diskreten Tritt.

»Nein«, erklärte sie, als sie bei heißer Schokolade in der gemütlichen Küche saßen. »Es ist von meinem Mann. Wir leben noch immer in Scheidung. Tatsächlich ...« Sie wollte ihnen nichts vorenthalten, und Bill hatte versprochen, ihr Schützenhilfe zu leisten. »... ist das der Grund, weshalb er mich verlassen hat. Er wollte kein Kind. Deswegen reichten wir die Scheidung ein, und er verzichtete auf alle Rechte als Vater.« Sie brachte das alles ganz unbefangen vor, und die Buben sahen richtig betroffen drein.

»Das ist ja schrecklich«, meinte Adam betrübt.

»Nein, das ist es nicht«, erklärte Tommy nüchtern. »Hätte sie sich nicht scheiden lassen, wäre sie nicht mit Daddy zusammen und wäre auch nicht da gewesen, um mich am Lake Tahoe zu retten.«

»Das stimmt«, sagte Adrian lachend. Bei Kindern wurde rasch alles auf das Praktische, Grundlegende reduziert.

»Wann kommt das Baby?« wollte Adam wissen.

»Im Januar. In sieben Wochen etwa.«

»Hm, das ist ja ziemlich bald.« Adams Miene verriet Mitgefühl. »Wo wirst du wohnen? In deiner Wohnung?«

Nun mußte Bill eingreifen. »Nein, hier, mit uns ... mit mir.« Er lächelte. »Das Baby bekommt das Gästezimmer.«

»Werdet ihr heiraten?« fragte Tommy hoffnungsvoll, und auch Adam schien dieser Idee nicht ablehnend gegenüberzustehen.

»Irgendwann sicher«, warf Bill ein, »aber das kann dauern. Wir müssen uns erst über ein paar Punkte einig werden.«

»Klasse!« Tommy freute sich aufrichtig, und Adam beugte sich zu Adrian und umarmte sie. Daß ihr Mann sie verlassen hatte, fand er schrecklich, und später riet er seinem Vater, sie zu heiraten, bevor das Baby zur Welt kam.

»Ich werde daran denken, mein Sohn.« Und dann gab er ihm ganz ernst die Antwort: »Ich würde es gern tun. Aber wir müssen warten, bis ihre Scheidung rechtskräftig wird.«

»Und wann wird das sein?«

»Sehr bald. Wir werden euch über alles auf dem laufenden halten.« Die Kinder hatten gleich am ersten Abend allerhand zu verkraften, doch am nächsten Morgen war alles so wie immer. Der Fernseher lief, überall lagen Kleidungsstücke herum, die Buben tobten durch die Wohnung, und Bill machte in der Küche das Frühstück. Es war wie in einer glücklichen, normalen Familie, und Tommy vertraute Adrian an, er hoffe sehr, das Baby würde ein Junge, weil Mädchen doof wären, aber Adam lächelte nur und versicherte ihr, daß sie das Kleine in jedem Fall liebhaben würden. Das war so reizend und gutgemeint, daß sie Tränen darüber vergoß. Die Kinder gingen mit ihrem Vater aus, und Adrian räumte die Wohnung auf, und als die drei zurückkamen, präsentierten sie ihr einen riesigen Blumenstrauß.

Gemeinsam mit Bill bereitete Adrian das Thanksgiving-Dinner zu, und es wurde ein schöner Feiertag für alle. Der einzige Grund zu einer kleinen Verstimmung war Adrians Telefongespräch mit ihrer Mutter, das Bill mithörte.

»Nein, es geht ihm gut«, sagte sie. »Er mußte geschäftlich nach London.« Und dann sah sie Bills Gesicht, und als sie auflegte, stellte er sie in der Küche zur Rede. Das Dinner war vorbei, die Kinder schliefen bereits.

»Was war das eben?«

Er wußte es ohnehin. Sie hatte ihrer Mutter wegen Steven etwas vorgelogen.

»Es hat doch keinen Sinn, sie in Unruhe zu versetzen. In unserer Familie hat es bis jetzt keine Scheidungen gegeben, und immerhin ist Feiertag.«

»Er ist seit einem halben Jahr fort. Du hattest ausreichend Zeit, es ihr beizubringen.« Und dann fiel ihm etwas anderes ein. »Hast du ihr schon von dem Baby erzählt?« Sie schüttelte den Kopf, worauf er sich in einen Sessel fallen ließ und sie strafend ansah. »Was wird da gespielt, Adrian? Warum willst du ihn schonen?«

»Das tue ich ja gar nicht.« Wieder standen ihr Tränen in den Augen. »Ich will nicht mit Mutter darüber sprechen. Erst habe ich es ihr nicht gesagt, weil ich dachte, er würde zurückkommen, und jetzt ist es mir peinlich. Noch mehr Druck vertrage ich nicht. Ich habe mich mit meinen Leuten nie verstanden. Ich kann ihr später alles beibringen.« Sie konnte Bill nur schwer verständlich machen, wie gespannt das Verhältnis zu ihrer Familie immer schon gewesen war.

»Wann wirst du es ihnen sagen? Nach unserem dritten Kind? Oder wenn das Baby seinen Abschluß auf dem College gemacht hat. Vielleicht solltest du vorher eine Andeutung fallenlassen.«

»Was soll ich darauf sagen? Wir waren nie sehr vertraut miteinander. Ich möchte mit ihr darüber nicht sprechen.«

»Du könntest dich ja darauf beschränken, ihr zu sagen, daß du ein Baby bekommst.«

»Warum?« Sie wußte, daß es eine dumme Frage war.

»Warum willst du warten?« Er sah ihr unbeirrt in die Augen, und diesmal berührte Furcht ihr Herz, denn sie spürte, daß er verletzt und wütend war.

»Wartest du darauf, daß er zurückkommt, damit du ihnen geordnete Verhältnisse präsentieren kannst?« Er hatte einen wunden Punkt getroffen und wußte es.

»Anfangs vielleicht ... und jetzt ist alles so verdammt kompliziert. Wo soll ich überhaupt anfangen?«

»Einmal mußt du es tun ...« Es sei denn, Steven käme zurück ... aber das wollte er nicht noch einmal diskutieren. »Hör mal, es ist dein Leben. Es sind deine Eltern. Mir ist nur unbegreiflich, was du damit bezweckst.«

»Ich verstehe es mitunter auch nicht«, gestand sie. »Es tut mir leid, Bill. Als er ging, geriet ich in eine so schwierige Lage, und ich sagte keinem Menschen ein Wort davon. Erst war es mir peinlich, dann war es zu spät, und jetzt ist es lächerlich. Verdammt ... im Büro glaubt mindestens die Hälfte, ich betrüge meinen Mann.«

Sie lächelte, und er zog sie an sich.

»Manchmal machst du mich verrückt, aber vielleicht liebe ich dich gerade deswegen so sehr.«

»Deswegen liebt Harry Helen, die beste Freundin von ...«

Sie brach in Gelächter aus, und er ließ das Küchenhandtuch auf ihre Kehrseite klatschen, als er den letzten Teller wegräumte.

»Hör auf! Das hört sich an wie die nichtendenwollende Ahnenreihe aus der Bibel.«

»Es tut mir leid, Bill ... manchmal bringe ich wirklich alles durcheinander.«

»Früher oder später bringen wir alles in Ordnung.« Er glaubte fest daran, und hoffte, daß es eher früher als später sein würde.

24. Kapitel

Das verlängerte Thanksgiving-Wochenende verging wie im Flug, nicht zuletzt weil ihnen der Gesprächsstoff nicht ausging, da die Kinder nun wußten, daß Adrian bei Bill wohnte und ein Kind erwartete. Besonders Adam zeigte sich fasziniert davon, und äußerte den Wunsch, ihren Bauch zu berühren, um zu spüren, ob es sich bewegte. Er war wie elektrisiert, als es wieder strampelte. Mit seinen großen Augen sah er Adrian voller Staunen an, und Bill registrierte es lächelnd.

»Richtig niedlich, nicht?« Auch Bill empfand es jedesmal als Wunder, wenn er es fühlte.

Und alle fanden es urkomisch, daß Adrian vor einem gemeinsamen Spaziergang ihre eigenen Turnschuhe nicht mehr zubinden konnte. »Ich habe das Gefühl, daß ich mich über einen großen Wasserball beugen muß.«

»Ich auch«, flüsterte Bill, als er sich hinkniete, um ihr zu helfen. Sie schliefen noch zusammen, wenn es die Zeit und ihre Energie zuließ, doch ihr Leibesumfang, der verhinderte, daß sie sich Schuhe zubinden konnte, ließ auch die Liebe rasch zu einer besonderen Herausforderung werden. »Das kann auch nur mir passieren«, sagte er lachend, nachdem er mit den Schuhen fertig war und auf dem Boden sitzend zu ihr aufschaute.

Sie spähte über ihren Bauch. »Was denn?«

»Mich in eine schwangere Frau zu verlieben.«

Sie kicherte, da sie für seinen Humor nicht unempfänglich war. Es war zweifellos eine höchst ungewöhnliche Zeit für einen Flirt und einen neuen Anfang. »Vielleicht könntest du das Motiv in deine Serie einbauen. Harry könnte Helen verlassen, und sie könnte ihre Zuneigung für einen anderen entdecken«, schlug sie gutgelaunt vor, während sie in eine seiner Jacken schlüpfte.

»Das nimmt einem doch kein Mensch ab«, erwiderte er fröhlich schmunzelnd, und sie gingen aus, um im Penman Park mit Adam und Tommy Ball zu spielen.

Schon am nächsten Tag mußten die Kinder abfliegen, und ohne sie wirkte die Wohnung wieder einsam und verlassen. Ein Glück, daß es sehr viel zu tun gab. In der Redaktion ging es hoch her, und die Besetzung von Bills Serie spielte vor Weihnachten immer ein wenig verrückt. Das Privatleben der Darsteller und die fiktiven, schicksalsschweren Ereignisse der Filmhandlung schienen sich zu vereinen und den gesamten Drehstab ziemlich aus dem Gleichgewicht zu bringen. Adrian war indessen bemüht, das Kinderzimmer vorzubereiten. Allabendlich saß sie da, nähte Volants für die Wiege und versuchte sich schlüssig zu werden, wie sie die Gardinen aufhängen sollte.

»Komm, laß mich das machen!« Bill scheuchte sie immer wieder von der Leiter oder mühte sich selbst mit dem Bettchen ab, immer Grund für beide, einander anzusehen und zu lachen. Alles war sehr aufregend. Und die Buben hatten es ebenfalls aufregend gefunden. Davon, daß sie das Baby abgelehnt hätten, war gar keine Rede gewesen. Im Gegenteil, Adrian konnte ihres Mitgefühls sicher sein, weil sie von ihrem Mann verlassen worden war. Die Aussicht, das Wunder, das ein Baby bedeutete, miterleben zu dürfen, war eine große Freude für sie. Bei jedem Anruf war die erste Frage unweigerlich, ob sie es schon bekommen hatte oder nicht. Aber Bill versprach, er würde sie im Ernstfall sofort verständigen. Seine Söhne sollten die ersten sein, die es erfuhren. Sie hofften auf einen Jungen, während Bill sich insgeheim ein Mädchen wünschte, ohne sich jedoch allzu festzulegen.

Nach Thanksgiving nahmen sie das erstemal an einem Lamaze-Kurs für Geburtsvorbereitung teil. Adrian war es geglückt, im Krankenhaus einen Kurs zu belegen, der unmittelbar nach den Abendnachrichten begann. Sie trafen dort auf ein Dutzend anderer Paare, von denen sich mit Ausnahme eines einzigen alle zum erstenmal auf eine Geburt vorbereiteten. Die Umgebung war für Adrian ungewohnt, und es war ihr unangenehm, die Übungen in einem Raum voller Wildfremder zu machen. Aber Bill und die Ärztin hatten darauf bestanden, weil es ihr die Sache erleichtern würde.

»Was soll es mir erleichtern?« fragte sie angriffslustig, während sie ein von Mittag übriggebliebenes Truthahnsandwich verspeiste. Gleich nach der Übungsstunde mußte sie wieder zurück zu den Spätnachrichten. »Das Baby wird herauskommen, ob ich nun schnaufe und hechele oder nicht.« Sie wußte nur, daß Lamaze irgendwie mit Atemtechnik zu tun hatte.

»Die Übungen werden dir das Entspannen erleichtern«, entgegnete er ruhig.

Da warf sie ihm einen fast eifersüchtigen Blick zu. »Hast du das mit Leslie auch mitgemacht?« Es wurmte sie zunehmend, daß er das alles schon einmal erlebt hatte. Von den Geheimnissen der Schwangerschaft schien er mehr zu wissen als sie.

Er gab sich bemerkenswert zugeknöpft, weil er nur ungern sein früheres Leben mit dem jetzigen verglich. Es unterschied sich von allem, was er je mit einer Frau geteilt hatte, und es war einzigartig. »Ja ... so irgendwie ...«, war alles, was er sagte und er ließ sich nicht davon abbringen, daß der Kurs sich lohnte.

»Ich plädiere noch immer dafür, das Kind zu Hause zu bekommen.« Es war die alte Leier, die er nun schon gut kannte. Seiner Meinung nach ein Unding, daß sie daran auch nur einen Gedanken verschwendete.

Sie parkten in der Garage, betraten das Gebäude und folgten einigen Hochschwangeren in den zweiten Stock, wo sich alle samt ihren ›Andersgearteten‹, wie die Kursleiterin die Partner nannte, zusammenfanden. Man forderte sie auf, es sich auf dem Boden bequem zu machen. Im Schneidersitz auf Übungsmatten sitzend, stellten sie sich und ihre Ehemänner vor ... Zwei Lehrerinnen, eine Krankenschwester, zwei nicht berufstätige junge Mädchen, eine Sekretärin, eine Postangestellte, eine Schwimmlehrerin, die aussah, als sei sie prima in Form, eine Friseuse, eine Musikerin und eine Klavierstimmerin. Die Ehemänner hatten ebenso vielfältige Berufe. Adrian und Bill waren eindeutig die am besten Situierten und beruflich Erfolgreichsten, aber sie beschränkten sich darauf, zu sagen, daß sie beim Fernsehen in der Produktion arbeiteten, was niemand sonderlich beeindruckte. Die einzige Gemeinsamkeit war die Schwangerschaft. Sogar im Alter unterschieden sie sich beträchtlich. Von den nicht berufstätigen Schwangeren war die eine neunzehn und besuchte noch das College, und ihr Mann war erst zwanzig. Und die Postangestellte war zweiundvierzig, ihr Mann fünfundfünfzig. Für beide war es das erste Kind. Adrians Interesse erwachte, und sie verbrachte mehr Zeit damit, die anderen zu beobachten, als selbst zu üben, bis endlich ›Kaffeepause‹ gemacht wurde. Die Frauen tranken Mineralwasser und Limo, während die Männer sich an Tee und Kaffee hielten. Alle wirkten reichlich nervös.

Dann wandte sich die Kursleiterin wieder an sie und versicherte, daß die Atemtechnik – ausreichend Übung vorausgesetzt – wirklich helfen würde. Um diese Behauptung zu untermauern, wurde ihnen nun der Film einer natürlichen Geburt nach der Methode Lamaze gezeigt, vom Anfang bis zum Ende. Als Adrian sah, wie die Frau auf der Leinwand sich vor Schmerzen wand, faßte sie erschrocken nach Bills Hand. Es war die zweite Entbindung der Frau, erklärte die Lehrerin. Die erste sei eine ›medikamentöse Geburt‹ gewesen, wie sie geringschätzig hinzusetzte. Die natürliche Geburt sei dagegen ein großer Fortschritt. Man konnte jedes Stöhnen und Pressen auf der Leinwand miterleben, und Adrian mußte feststellen, daß der detailgenaue Ablauf der Vorgänge alles andere als tröstlich war. Die Gebärende machte den Eindruck, als hätte ihre letzte Stunde geschlagen, bis schließlich dank richtig dosierter Atmung und nach starkem Pressen, das ihr Gesicht dunkelrot anlaufen ließ, ein langgezogener, dünner Schrei, begleitet von gräßlichem Ächzen und Stöhnen ertönte. Zwischen ihren Beinen wurde ein winziges, rotes Gesichtchen sichtbar, und sie lächelte unter Tränen, während im Kreißsaal freudige Ausrufe laut wurden, als das Baby endlich geboren war. Es war ein Mädchen. Die Mutter ließ sich triumphierend zurücksinken, der Vater strahlte und half, die Nabelschnur zu durchtrennen. Dann gingen die Lichter an, der Film war aus.

Adrian war von dem Gesehenen zutiefst erschüttert. Zwischen ihr und Bill fiel kein Wort, bis sie gingen und zurück zum Studio fuhren.

»Nun, was hältst du davon?« fragte er leise. Es war ihr anzusehen, wie entsetzt sie war, aber er hatte keine Ahnung, wie sehr, bis sie ihn mit schreckgeweiteten Augen anblickte.

»Ich möchte einen Abbruch.« Fast hätte er gelacht, so süß sah sie aus. Er küßte sie voller Mitgefühl. Seiner Meinung nach war der Film zu drastisch gewesen. Es hätte Wege gegeben, den Vorgang weniger beängstigend aussehen zu lassen. Zudem bezweifelte er, ob es angebracht war, Erstgebärenden eine Geburt auf der Leinwand zu zeigen.

»So schlimm wird es schon nicht. Das verspreche ich.« Seine Liebe hätte nicht größer sein können. Und er wollte, daß alles gutging, sie ein gesundes Kind bekam und nicht zu viel leiden mußte. Er wußte noch, wie schlimm es für Leslie gewesen war und wieviel Angst er bei Adams Geburt ausgestanden hatte. Bei Tommy war es schon viel leichter gegangen. Er hoffte, daß er mit dem wenigen, was ihm in Erinnerung geblieben war, Adrian die Sache erleichtern konnte. Das einzig Schlimme dabei war die Aussicht, sie leiden sehen zu müssen.

»Wieso willst du wissen, daß es nicht so schlimm sein wird?« fragte sie aufgebracht. »Hast du je ein Kind bekommen? Hast du das Gesicht der Frau gesehen? Ich dachte, sie würde sterben, während sie preßte.«

»Ich auch. Es war ein lausiger Film. Vergiß ihn.«

»Ich gehe nicht weiter in den Kurs.

»Damit ist nichts gewonnen. Wir wollen wenigstens die Atemtechnik erlernen, damit ich dir helfen kann.«

»Ich möchte eine Vollnarkose«, erklärte sie nüchtern, aber als sie beim nächsten Besuch in der Praxis ihre Ärztin darauf ansprach, erntete sie ein nachsichtiges Lächeln.

»Das wird nur ganz selten gemacht, bei Notfällen etwa, wenn keine Zeit mehr für einen Kaiserschnitt mit Rückenmarknarkose ist. Zudem besteht kein

Grund, anzunehmen, daß es bei Ihnen Probleme geben wird. Besuchen Sie den Kurs, Adrian, und Sie werden staunen, wie glatt alles geht, wenn sie in den Wehen liegen.«

»Ich will das Kind nicht bekommen«, wiederholte Adrian, als sie die Praxis verließen. Sie sagte es ganz sachlich und war voller Angst dabei.

»Dafür ist es zu spät, mein Schatz«, erwiderte Bill gelassen, Adrian trug ein rosa Kleid und hatte ihr Haar zu einem Pferdeschwanz zusammengefaßt. Seit dem ersten Kurs-Besuch stand sie Todesängste aus. Insgesamt waren sie erst zweimal dabeigewesen.

»Diese dumme Atemtechnik klappt nicht. Ich kann mich nicht mal erinnern, wie man es macht.«

»Keine Angst. Wir werden es üben.« Und am Abend bestand er darauf, daß sie sich hinlegte und eine Wehe simulierte. Er tat so, als würde er die Dauer der Wehe stoppen, und sie probierte die Atemtechnik. Die Übung war noch nicht mal halb zu Ende, als sie innehielt und eine Hand graziös in seine Hose gleiten ließ. »Hör auf! Wirst du wohl ernst bleiben!« Er versuchte, ihre Hand abzuwehren, doch sie kitzelte ihn so, daß er lachen mußte.

»Machen wir lieber etwas anderes«, schlug sie mit blitzenden Augen vor.

»Adrian ... bleib doch ernst! Hör auf!«

»Mir ist es ernst!« Aber nicht mit der Atemtechnik.

»Auf diese Weise hast du dir die ganze Problematik eingehandelt.«

»Da hast du allerdings recht.« Sie versuchte sich auf den Bauch zu drehen, kam aber nicht weit. Der Klumpen, wie sie ihren Bauch manchmal nannte, schien stündlich zu wachsen. Und das Kind mußte sehr temperamentvoll sein. Sie spürte das Gestrampel fast ständig, besonders in der Nacht. Erst am frühen Morgen gab es ein wenig Ruhe. »Vielleicht bleibe ich immer schwanger. Dieses Ding hinauszubefördern macht zuviel Mühe. Es ist, als würde man einen Ozeandampfer im Keller bauen.«

»Ich hätte nichts dagegen, dich wieder schlank zu sehen«, sagte er mit einem Anflug von Bedauern. »Als wir uns kennenlernten, hattest du eine sehr reizvolle Figur.«

»Danke«, sagte sie, und rollte sich nach Art eines gestrandeten Wales auf den Rücken.

Wenn sie so dalag, sah sie noch gewaltiger aus als im Stehen. »Gefällt dir meine Figur nicht?« fragte sie halb im Ernst, und er wußte, daß er vorsichtig sein mußte. Neben ihr auf dem Bauch liegend, stützte er sich auf die Ellbogen und gab ihr einen Kuß.

»Zufällig bin ich der Meinung, daß du die schönste Frau bist, die ich kenne, schwanger oder nicht.«

»Danke.« Sie lächelte und konnte ihre Tränen kaum zurückhalten. Als sie ihm wie ein Kind die Hände um den Hals legte, gab es kein Zurückhalten mehr, und die Tränen flossen ungehindert. »Ich habe Angst«, gestand sie in einem zu Herzen gehenden Ton.

»Ich weiß, aber es wird alles glatt verlaufen. Das verspreche ich.«

»Und wenn nicht? Was ist, wenn etwas passiert ... mir oder dem Kind?«

Es war zu dumm, aber sie hatte Angst, daß sie sterben würde. Sie mußte ständig an die Frau in dem Film denken, die gräßliche Schmerzen gelitten und laut geschrien hatte. Kein Mensch hatte ihr gesagt, daß es so sein würde. Sie hatte geglaubt, das Baby käme einfach irgendwie heraus, und die Sache sei erledigt. Kein Mensch hatte sie gewarnt, daß es schmerzhaft sein würde.

»Dir und dem Kind wird nichts passieren. Das werde ich nicht zulassen. Ich werde jede Sekunde da sein, deine Hand halten und dir beistehen. Es ist vorbei, ehe du weißt, wie dir geschieht.«

»Ist es wirklich so schlimm?« Sie sah ihm dabei ernst in die Augen, aber er wollte ihr nicht sagen, wie schwer Leslie es gehabt hatte. Es mit ansehen zu müssen, hatte ihn fast wahnsinnig gemacht.

»Nicht unbedingt. Bei manchen geht es ganz einfach.«

»Ja, wenn eine Hüften hat, breit wie der Panamakanal«, sagte sie ziemlich bekümmert, weil sie nicht in diese Kategorie fiel.

»Bei dir wird alles glattgehen.« Er küßte sie sachte auf die Lippen, und sie faßte unter sein Hemd und berührte seine Schultern. Und dann ließ sie die Hände über seinen Rücken gleiten, und die Erregung ließ ihn erbeben. Sie tauschten Küsse, und Adrian berührte ihn, während seine Hände über ihren Körper strichen. Trotz seines Verlangens brachte er lächelnd hervor: »Man sollte mich bestrafen, weil ich eine Frau in deinem Zustand belästige.« Die Absurdität der Situation kam ihm überdeutlich zu Bewußtsein.

»Nein, stimmt nicht«, neckte sie ihn, und er stellte wieder einmal überrascht fest, wie rasch sie seine Leidenschaft zu wecken vermochte. Er rollte sich auf den Rücken, während sie sich ihrer Kleidung entledigten. Und nachdem eine halbe Stunde vergangen war, lagen sie erschöpft nebeneinander, und er warf ihr einen reuigen Blick zu. Er litt tausend Ängste, daß ihre Wehen dadurch womöglich verfrüht ausgelöst werden könnten, aber die Ärztin hatte nichts von Zurückhaltung gesagt.

»Alles in Ordnung?« fragte er nervös. Aus seinem Blick sprach die Furcht, sie könne jeden Moment explodieren.

»Mir ist es nie besser gegangen.« Sie sah ihn an, als wäre sie beschwipst, dann kicherte sie.

»Ich bin abscheulich«, sagte er, ohne den Blick von ihr zu wenden. »Ich sollte das nicht tun.«

»Doch, du solltest. Ich gehe lieber mit dir ins Bett, als daß ich das Baby bekomme. Und jetzt kann ich wenigstens nicht schwanger werden.«

Er runzelte die Stirn. »Ich dachte, du hättest gesagt, du seiest Jungfrau.«

»Bin ich auch«, erklärte sie beglückt. Es grenzte für sie an ein Wunder, daß ihre Beziehung sich noch so leidenschaftlich gestaltete, obwohl sie schon über den achten Schwangerschaftsmonat hinaus war.

»Na, möchtest du es wieder mit der Atemtechnik versuchen?« bot er ihr an. Er hatte das Gefühl, seine ungezügelte Leidenschaft irgendwie kompensieren zu müssen.

»Ich dachte, die hätten wir eben absolviert«, sagte sie befriedigt. Und dann warf sie einen Blick auf die Uhr und erschrak. Es war zehn Uhr. Sie mußte sich aufraffen und in die Nachrichtenredaktion fahren. Adrian war noch immer fest entschlossen, bis zum letzten Moment zu arbeiten. Zelda hatte ihr angeboten, für sie einzuspringen, aber bislang hatte Adrian keinen Gebrauch von dieser Offerte gemacht. Sie wollte ihren Mutterschaftsurlaub an dem Tag antreten, an dem das Baby zur Welt kam. Bill hatte ihr bereits vorgehalten, daß ihr Pflichteifer übertrieben sei.

»Warum gönnst du dir vorher nicht ein paar Wochen Ruhe?«

»Die kann ich mir nach der Entbindung gönnen.«

»Das glaubst du.« Er grinste, in Erinnerung an die gestörten Nächte, wenn ein Baby gestillt werden mußte, das alle zwei, drei Stunden nach der Mutterbrust verlangte. Das versuchte er ihr klarzumachen, aber sie beharrte darauf, daß sie bis zum Schluß arbeiten würde. Sie fühlte sich wunderbar und behauptete, daß sie Ablenkung brauchte. Aber jedesmal, wenn sie ins Büro kam, traf Zelda bei ihrem Anblick fast der Schlag.

»Wie kann man sich damit überhaupt rühren?« fragte sie und deutete auf Adrians Bauch. »Tut das nicht weh?«

»Nein.« Adrian lächelte. »Man gewöhnt sich daran.«

»Na, hoffentlich nicht«, Zelda zeigte sich mitfühlend. Es war etwas, was ihr völlig fremd war, und sie hatte kein Verlangen, damit vertraut zu werden. Babys waren für sie nicht erstrebenswert, ein Ehemann ebensowenig. Längeres Zusammensein mit einem Mann machte sie kribbelig, hatte sie Adrian anvertraut. Es kam ihr viel zu ... verheiratet vor. Aber sie freute sich für Adrian, weil Bill ihr gut gefiel und weil sie ihr das Glück gönnte. Keine Frau verdiente einen guten Mann mehr als Adrian. Und Zelda zweifelte keinen Augenblick, daß Bill ein guter Mann war. Nicht so wie dieser Unmensch Steven. Sie war ihm einige Male über den Weg gelaufen, da er dasselbe Fitneß-Institut besuchte wie sie, aber er hatte so getan, als sähe er sie nicht. Immer war er in anderer weiblicher Begleitung, die jedoch unweigerlich hübsch und jung war. Sie hätte ihren Kopf verwettet, daß keines der Mädchen ahnte, daß er seine Frau verlassen hatte, weil sie ein Baby bekam.

Ein- oder zweimal fragte sie Adrian, ob sie etwas von ihm gehört hätte, doch Adrian schüttelte immer nur den Kopf. Es war ein heikles Thema, und Zelda hütete fortan ihre Zunge.

Bill brachte Adrian an jenem Abend zur Redaktion wie immer in letzter Zeit und verbrachte eine Stunde an seinem eigenen Schreibtisch, während sie bei den Spätnachrichten zu tun hatte. Nachher pflegte sie zu ihm zu gehen, um ihn abzuholen, und es kam vor, daß sie dort sitzen blieben, weil es sich in seinem gemütlich eingerichteten Büro so gut plaudern ließ. Nie mangelte es ihnen an Themen oder Ideen oder an neuen Variationen für die Serie. In gewisser Hinsicht waren sie ein ideales Gespann, und sie verbrachten eine herrliche Zeit miteinander – im Bett und außerhalb. Als sie gutgelaunt zum Lift gingen, blieb sie unvermittelt stehen. Ihr Gesichtsausdruck hatte sich merkwürdig verändert.

»Was ist denn?« Er sah sie besorgt an.

»Ich weiß nicht ...« Sie lehnte sich an ihn, überrumpelt von dem Gefühl, das sie eben verspürt hatte. Ihr ganzer Leib war hart wie Stein geworden, und es hatte sich angefühlt, als würde er von einem Schraubstock zusammengepreßt. Aus dem Lamaze-Kurs wußte sie, was dies bedeutete. »Ich glaube, ich hatte eben eine Wehe.« Aus ihrer Miene sprach so große Angst, daß er tröstend den Arm um ihre Schultern legte. Aber gleich darauf war alles wieder in Ordnung. Die Kontraktion war gekommen und vergangen, aber die Panik war nicht aus ihrem Blick gewichen.

»Du hast zu intensiv gearbeitet. Du mußt kürzer treten, sonst gibt es womöglich eine Frühgeburt.«

»Das kann ich nicht. Ich bin noch nicht so weit.« Das Kinderzimmer war fast fertig, doch in ihrem Kopf war sie noch nicht auf das Bevorstehende eingestellt. »Ich möchte in aller Ruhe Weihnachten feiern, ehe ich das Kind bekomme.«

»Dann hör mit der Plackerei auf«, schalt er sie. »Sag in der Redaktion, daß du die Spätnachrichten nicht mehr machen kannst. Man wird sicher Verständnis dafür haben ... Herrgott, du bist immerhin im achten Monat.« Und sie war nicht mal sicher, ob sie je in die Redaktion zurückkehren würde. Sie wollte ihren Mutterschaftsurlaub dazu nutzen, um sich zu entscheiden, ob sie nicht lieber für Bill arbeiten wollte, obwohl sie es immer noch als beängstigend empfand, sich von ihm dermaßen abhängig zu machen.

Auf der Fahrt nach Hause hatte sie zwei weitere Kontraktionen. Zu Hause angekommen, schenkte Bill ihr ein Gläschen Weißwein ein und bestand darauf, daß sie es austrank. Und wie durch ein Wunder hörten die Kontraktionen auf. Sie war unendlich erleichtert, da sie befürchtet hatte, daß das Baby sich schon ankündigte.

»Das hat gewirkt.«

»Aber natürlich.« Er schien sehr selbstzufrieden, als er sie küßte. Ein wenig schuldbewußt auch. »Vielleicht sollten wir ab jetzt auf die Liebe verzichten.« Er war nicht sicher, ob ihre leidenschaftlichen Liebesintermezzi nicht die Wehen ausgelöst hatten.

»Die Ärztin hat nichts gesagt. Ich glaube, es waren die Aufwärmkontraktionen, die alles weitere in Schwung bringen.«

»Je mehr du davon jetzt hast, desto einfacher wird es später.«

»Gut. Dann laß uns wieder Liebe machen.« Sie schaute lächelnd zu ihm auf. Dabei sah sie aus wie eine Elfe mit enormem Leib.

»Langsam glaube ich, du bist pervers.« Und das Schreckliche war, daß er sie begehrte und sich am liebsten die ganze Zeit mit ihr der Liebe hingegeben hätte. Wie kam es, daß seine sexuellen Phantasien sich um eine im achten Monat schwangere Frau drehten? Er mußte entdecken, daß er sie mit jedem Tag mehr liebte und sie trotz ihres Zustandes sehr anziehend fand – hilflos und anschmiegsam und ungemein reizvoll. Er beugte sich zu ihr und küßte sie, schaffte es aber, sie abzuwehren, als sie wieder handgreiflich werden wollte. »Adrian, wenn du damit nicht aufhörst, wirst du noch Drillinge bekommen.«

»Das wäre doch etwas!« Aber sie wurde sofort ernst, als sie an die Entbindung dachte. »Das muß eine Qual sein.«

»Sei froh, daß du nur eines bekommst.« Nun trat eine längere Schweigepause ein, ehe sie flüsterte: »Was ist, wenn es Zwillinge sind, ohne daß man es gemerkt hat?«

»Glaub mir, heutzutage merkt man das.« Sie machte sich wegen allem Sorgen und hielt jede Nacht mehrmals im Kinderzimmer Nachschau, zählte alles durch, faltete Hemdchen, begutachtete winzige Mützchen und Söckchen und Nachthemdchen. Es rührte ihn, sie dabei zu beobachten, und jedesmal dachte er, was für ein Widerling Steven doch war, weil er dies alles aufgegeben hatte. Bill bedeutete es so viel und Steven gar nichts.

Bill hatte ihr Zimmer selbst tapeziert. Auf der weißgrundigen Tapete waren rosa und blaue Sternchen verteilt, eine hübsche rosa-blaue Borte bildete den Abschluß. Das Gästebett hatte er im Kellerabteil untergebracht, und Anfang Dezember hatten sie gemeinsam Möbel fürs Kinderzimmer gekauft. In der Woche vor Weihnachten war alles fertig. Sie hatten einen Christbaum besorgt und ihn mit altmodischem Schmuck und mit kandierten Früchten behängt.

»Schade, daß die Kinder ihn nicht sehen können«, sagte Bill voller Stolz. Es war ein hübsches kleines Bäumchen, das die ganze Wohnung festlich wirken ließ. Die Kinder waren über die Feiertage zum Skilaufen nach Vermont gefahren. Vor ihrer Abreise hatten Bill und Adrian oft mit ihnen gesprochen. Doch für Bill war es nicht dasselbe, wenn er Weihnachten ohne seine Söhne feiern mußte. Sie sollten erst im Februar, in den Ferien kommen – ein idealer Termin. Kam das Baby pünktlich, würde es dann drei Wochen alt sein, und Adrian hatte sich mehr oder weniger erholt, wenn man von den gestörten Nächten absah. Sie war entschlossen, das Kind zu stillen, deshalb sollte es in einem Körbchen neben ihrem Bett liegen, damit sie nicht jedesmal, wenn es Hunger hatte, aufstehen mußte.

Für die Einkäufe nahm sie sich einen Tag frei. Eigentlich stand ihnen ja ein Doppelfeiertag ins Haus. Am ersten Januar feierte Bill seinen vierzigsten Geburtstag. Sie hatte ihm eine schicke goldene Uhr bei Cartier am Rodeo Drive gekauft, die ein Vermögen kostete, doch das war ihr die Sache wert. Diese Uhr konnte er sein Leben lang tragen. Es war ein Modell, das auf eine für einen Sultan 1920 angefertigte Uhr zurückging und den bezeichnenden Namen ›Pascha‹ trug. Adrian wußte, daß Bill begeistert sein würde. Als Weihnachtsgeschenk hatte sie ihm ein winziges tragbares Telefon zugedacht, das in einer Kassette von der Größe eines Rasierapparates Platz hatte. Es war für ihn ideal, da er am liebsten ständig mit dem Studio in Verbindung gestanden hätte, und der Produktionsstab in Panik geriet, wenn er nirgends zu erreichen war. Sie hatte auch noch andere Dinge für ihn gekauft, eine Jacke, eine Herrenparfum, ein Buch über alte Filme, das ihn interessierte, und ein Mini-Fernsehgerät, das er im Badezimmer oder auch im Auto behalten konnte, falls er auch unterwegs unbedingt seine Serie sehen wollte. Die Einkäufe hatten ihr viel Freude gemacht. Für die Kinder hatten sie gemeinsam Skier und Stiefel besorgt und sie ihnen rechtzeitig vor Weihnachten zugeschickt. Für Tommy war es die erste eigene Ausrüstung. Adrian hatte hübsche Anoraks und für jeden ein elektronisches Spiel besorgt, schon für den nächsten Urlaub, wenn man sie wieder beschäftigen mußte. Nächstes Jahr war ein Monat in Hawaii geplant, wo sie sich ein Appartement mieten wollten. Noch ein Campingurlaub am Lake Tahoe hätte wenig Begeisterung hervorgerufen.

Drei Tage vor Weihnachten verpackte Adrian die Geschenke. Sie wollte damit fertig sein, ehe Bill heimkam. Anschließend wollten sie die alljährlich stattfindende Weihnachtsparty der Mitarbeiter seiner Serie besuchen. Zuvor aber mußte sie alle für ihn bestimmten Päckchen verstecken. Die meisten hatte sie in die Babywiege getan und die Steppdecke darüber gebreitet. Sie lächelte, als sie das winzige Telefon einwickelte, das ihn bestimmt begeistern würde. Aus Sparsamkeit hatte er bis jetzt gezögert, es sich zuzulegen. Es war schön, ihn verwöhnen zu können. Als sie fertig war, ging sie die Post holen. Sie erschrak nicht wenig, als sie den Stempel des Rathauses sah. Hastig riß sie den Umschlag auf. Sie schnappte buchstäblich nach Luft beim Anblick der Dokumente.

Am 21. Dezember war ihre Scheidung ausgesprochen worden. Sie war nicht mehr mit Steven verheiratet. Steven hatte den Wunsch geäußert, sie solle wieder ihren Mädchennamen annehmen, ein Punkt, in dem er von ihrem guten Willen abhängig war, da er dies gesetzlich nicht erzwingen konnte. Die Papiere, die den Verzicht auf seine väterlichen Rechte beurkundeten, waren beigefügt. Dem Gesetz nach war das Ungeborene nicht mehr sein Kind. Es war Adrians Kind. Punktum. Das Kind hatte vor dem Gesetz keinen Vater. Stevens Name würde auf der Geburtsurkunde nicht vermerkt, hatte ihr der Anwalt schon im Sommer erklärt. Sie saß da und starrte die Papiere an, während sich ihre Augen mit Tränen füllten. Einfach albern, sich jetzt noch dermaßen aufzuregen, ermahnte sie sich. Eine Überraschung war es nicht. Sie hatte es erwartet, und doch schmerzte es. Es war die letzte, die endgültige Zurückweisung. Eine Ehe, mit Hoffnung und Liebe begonnen, hatte mit totaler Verstoßung geendet.

Er hatte nicht nur sie verstoßen, sondern auch ihr Kind.

Sie legte die Papiere in die Lade, die Bill ihr in seinem Schreibtisch zur Verfügung gestellt hatte. Bill hatte mit ihr großzügig alles geteilt, was er besaß, sein Herz, seine Wohnung, sein Leben, sein Bett, und er war sogar bereit, ihr Baby anzunehmen. Unglaublich, wie sehr sich die beiden Männer unterschieden, wie anders sie in jeder Hinsicht waren.

Adrians Gedanken waren voller Wehmut, und sie wünschte, Steven hätte es über sich gebracht, Gefühle für das Baby zu entwickeln.

Bill kam heim, als sie sich umzog, und wie immer spürte er sofort, daß etwas geschehen war. Er glaubte zunächst, sie mache sich wieder um das Baby Sorgen, denn in letzter Zeit war sie von einem Angstzustand in den anderen gefallen, weil sie befürchtete, daß das Kind nicht normal sein könnte. Im Lamaze-Kurs hatte man ihr versichert, daß diese Befürchtungen nicht ungewöhnlich wären, daß sie dazugehörten und keineswegs als Vorahnung zu betrachten seien.

»Hast du wieder Krämpfe?« fragte er. Daß sie sich aufgeregt hatte, war für ihn eindeutig.

»Nein, es geht mir gut.« Und dann entschloß sie sich, ihm sofort reinen Wein einzuschenken. Das tat sie eigentlich immer. Er kannte sie zu gut. »Heute sind meine Scheidungspapiere gekommen. Und die Verzichtserklärung. Alles ist jetzt amtlich und unumstößlich.«

»Ich könnte dir gratulieren, tue es aber nicht.« Er sah sie eindringlich an. »Ich weiß, wie man sich fühlt. Auch wenn es nicht unerwartet kommt, es ist doch ein Schock.« Er legte den Arm um sie und küßte sie, während sie wieder gegen die Tränen ankämpfte. »Es tut mir leid, Baby. Um diese Zeit trifft es dich besonders schwer. Aber eines schönen Tages wird es nur mehr eine Erinnerung sein und dir nichts mehr bedeuten.«

»Das hoffe ich. Mir war ganz elend zumute, als ich die Papiere sah. Ich weiß nicht ... es war, als wäre man von der Schule geflogen, als wüßte man, daß man versagt hat.«

»Nicht du hast versagt, sondern er«, rief er ihr in Erinnerung, aber Adrian ließ sich ganz zerknirscht und weinerlich auf dem Bett nieder.

»Ich habe noch immer das Gefühl, etwas falsch gemacht zu haben ... ich meine, weil er das Kind nicht wollte, muß ich irgendwo ganz schlimm versagt haben.«

»Nach allem, was du mir von ihm erzählt hast, kann ich mir nicht denken, daß es jemals anders hätte kommen können. Hätte dieser Mann auch nur einen menschlichen Zug an sich, dann wäre er mittlerweile längst zur Besinnung gekommen.« Er brauchte sie nicht daran zu erinnern, daß das nicht der Fall war. Steven war ihr sogar im Oktober bei der zufälligen Begegnung im Restaurant auf die denkbar schäbigste Art ausgewichen. Welcher Mann wäre dazu imstande gewesen? Ein echtes Charakterschwein, ein hochrangiger Egoist, lautete

Bills unausgesprochene Antwort. »Du mußt das alles einfach zurücklassen.« Sie nickte, wohl wissend, daß er recht hatte, aber leicht fiel es ihr nicht. Noch bei der Weihnachtsparty im Studio war sie still und in sich gekehrt, während um sie herum hochgestimmt und beschwipst gefeiert wurde, so daß sie sich plötzlich unbehaglich, häßlich und sehr niedergeschlagen fühlte. Sie machte eine lausige Phase durch, und Bill verließ die Party zeitig, um sie nach Hause zu bringen, denn er sah ihr an, daß sie sich nicht gut unterhielt. Die anderen würden sicher Verständnis dafür haben, wenn er mit ihr ging. Und wenn nicht, so kümmerte es ihn nicht, denn seine Sorge galt in erster Linie Adrian. Beim Zubettgehen machten sich wieder Kontraktionen bemerkbar, und Adrian zeigte zur Abwechslung nicht das geringste Interesse für die Liebe.

»Jetzt weiß ich, daß deine Depression echt ist«, zog er sie auf. »Womöglich ist es schon soweit. Soll ich die Ärztin verständigen?« Er spielte den Überbesorgten und brachte sie damit auch zum Lachen, doch man merkte ihr auch im Bett noch an, daß sie litt. Das Körbchen für das Baby stand schon fertig in der Ecke. Bis zum voraussichtlichen Entbindungsdatum waren es nur mehr zweieinhalb Wochen, und ihre Nervosität nahm stetig zu. Der Lamaze-Kurs hatte diesbezüglich nicht viel genützt, obwohl das dort vermittelte Wissen vielfältig und hilfreich war. Dennoch wirkte die Realität auf Adrian unverändert furchteinflößend. Aber heute dachte sie nicht daran, sie dachte nur an Steven, an die Scheidung und an die Tatsache, daß ihr Kind keinen Vater haben würde.

»Ich habe eine Idee«, schlug er munter vor. »Sie ist zwar ein wenig ungewöhnlich, aber nicht ganz ungehörig. Laß uns zu Weihnachten heiraten. Wir hätten jetzt gerade noch drei Tage für den Bluttest und die Heiratslizenz Zeit ... Ich glaube, mehr braucht man nicht. Das und zehn Dollar. Ich schaffe es sogar, das Geld zusammenzukratzen.« Sein Antrag war absolut ernst gemeint, trotz der scherzhaften Note.

»Das wäre nicht richtig«, antwortete sie bekümmert.

»Was denn ... das mit den zehn Dollar?« Er war noch immer bemüht, sich ganz locker zu geben. »Na schön, wenn es mehr ausmachen sollte, nehme ich vielleicht einen Kredit auf.«

»Nein, im Ernst, Bill. Es wäre nicht recht, daß du mich aus Mitleid heiraten würdest. Du verdienst mehr – und Adam und Tommy ebenso.«

»Ach, um Himmels willen.« Er legte sich seufzend im Bett zurück. »Tu mir einen Gefallen und hör auf, mich vor mir selbst zu retten. Ich bin ein großer Junge, der weiß, was er tut, und zufällig liebe ich dich.«

»Ich liebe dich auch«, sagte sie traurig. »Aber es wäre nicht fair.«

»Wem gegenüber?«

»Dir oder Steven oder dem Kind gegenüber.«

»Würdest du mir wohl erklären, durch welche verdrehte, neurotische Verirrung du zu diesem Schluß gelangt bist?« Manchmal konnte sie ihn richtig auf die Palme bringen, besonders in letzter Zeit. Ihre Sorgen schienen kein Ende zu nehmen, und sie empfand die Verpflichtung, fair zu sein, ihm gegenüber ... dem Kind gegenüber ... sogar diesem verdammten Steven gegenüber.

»Ich werde nicht zulassen, daß du mich unter Zwang heiratest, unter dem Gefühl, du wärest mir etwas schuldig oder hättest die Verpflichtung, mir aus der Klemme zu helfen oder dem Kind ein Vater zu sein. Wenn du heiratest, sollte es geschehen, weil du es möchtest, nicht weil du mußt oder glaubst, es jemandem schuldig zu sein.«

»Hat dir schon einmal jemand gesagt, daß du spinnst? Du bist sexy ... schön ... hast großartige Beine ... aber du spinnst. Ich bitte dich nicht, mich zu heiraten, weil ich mich dazu verpflichtet fühle. Ich bin zufällig in dich verliebt – seit einem halben Jahr schon, oder ist dir das nicht aufgefallen? Muß ich deiner Erinnerung auf die Sprünge helfen ... ich bin der Kerl, mit dem du seit dem Sommer zusammenlebst, der Kerl, dessen Kind du gerettet hast und dessen Söhne dich in den Himmel heben.«

Seine Worte freuten sie mächtig, aber sie schüttelte dennoch den Kopf. »Es wäre trotzdem nicht richtig.«

»Warum nicht?«

»Es ist dem Kind gegenüber nicht fair.«

Er sah sie fast böse an. Dieses Argument kannte er bereits, und er mißbilligte es. »Oder willst du statt dessen sagen, es sei Steven gegenüber nicht fair?«

Sie zögerte und nickte dann. Aber sie fühlte auch die Verpflichtung, Steven vor sich selbst zu retten. »Er weiß nicht, was er aufgibt. Er muß eine Chance bekommen, seine Entscheidung zu revidieren, nachdem das Kind zur Welt gekommen ist ... ehe ich einen Schritt weitergehe und ihn für immer aus meinem Leben ausschließe.«

»Das Gesetz sieht das anders. Die Dokumente wurden bestätigt, Adrian. Er hat keinen Anspruch mehr auf das Kind.«

»Dem Gesetz nach nicht. Aber moralisch? Kannst du das auch behaupten?«

»Herrgott, ich weiß wirklich nicht, was ich noch sagen soll!« Er stieg aus dem Bett und lief im Zimmer auf und ab, nicht ohne ihr immer wieder einen Blick zuzuwerfen. Dabei wäre er fast gegen das kleine weiße Körbchen gestolpert. »Eines weiß ich ... ich habe dir mein Herz geschenkt und alles sonstige – was immer du willst. Und ich habe es getan, weil ich dich und das Kind liebhabe. Ich muß nicht abwarten, um es zu sehen, um zu überprüfen, ob es süß ist oder nicht, ich muß auch nicht meine Seelentemperatur am Tag der Geburt messen. Es ist, du bist und ich bin, wir drei sind genau das, was ich immer schon wollte. Ich sage dir ständig, daß ich dich heiraten möchte, in guten wie in schlechten Tagen, gesund oder krank, für immer. Mehr will ich nicht, nur euch beide. Die letzten sieben Jahre hatte ich nicht den Mut, mich zu binden. Ich hatte nicht mal den Mut, es auch nur in Erwägung zu ziehen. Weil ich, wie ich dir schon sagte, nie wieder solche Gefühle entwickeln wollte, weil ich nicht wollte, daß mich wieder eine Frau verläßt und meine Kinder mitnimmt. Dieses Kind ist nicht von mir, es ist seines, wie du mir ohne Unterlaß vorbetest, aber ich liebe es, als wäre es von mir, und ich möchte es nicht verlieren. Ich möchte mit dir hier keine Posse aufführen. Ich möchte hier nicht sitzen und warten, bis er zurückkommt, und sich alles wieder nimmt, was ich liebgewonnen habe. Ich glaube ohnehin nicht, daß er kommt, und auch das habe ich dir immer wieder gesagt. Aber ich werde nicht dasitzen und warten, daß er zur Besinnung kommt oder daß er anfängt, sich mit seinen Flittchen zu langweilen und zu dir und dem Kind zurückkehrt. Wenn es nach mir geht, Adrian, bekommt er dich nicht mehr zurück. Aber wenn er dich will und du ihn, dann solltet ihr euch lieber ganz schnell entscheiden. Ich möchte mit unserem Leben weitermachen, ich möchte heiraten, ich möchte das Kind adoptieren, das du neun Monate in dir getragen hast und dessen Bewegungen ich spüre. Ich werde nicht dasitzen und Herz und Mut ständig auf Trab halten. Wenn du also von Fairneß reden willst, bitte, dann wollen wir davon reden. Was ist fair? Wie lange muß man fair sein? Wie lange wird von mir erwartet, Steven ›Fairneß‹ angedeihen zu lassen?«

»Ich weiß es nicht.« Was er sagte, hatte sie beeindruckt. Und sie liebte ihn mehr als je zuvor. Am liebsten wäre sie auf alles eingegangen, was er wollte, aber sie hatte noch immer das Gefühl, warten zu müssen. Aber Bill hatte recht. Es war nicht fair, ihn ewig warten zu lassen.

»Was würdest du als fair bezeichnen? Eine Woche? Einen Monat? Ein Jahr? Möchtest du ihm nach der Geburt des Kindes einen Monat einräumen und über seine Anwälte feststellen lassen, ob er noch immer jeden Kontakt mit dem Kind ablehnt? Hört sich das vernünftig an?« Er versuchte, auch fair zu sein, obwohl sie ihn wahnsinnig machte.

»Ich werde nicht zu ihm zurückkehren«, erklärte sie. Daran bestand für sie kein Zweifel mehr. Aber Bill war dessen nicht immer sicher, und das war seine größte Sorge, wenn sie von Fairneß sprach. Frauen konnten sehr sonderbar sein, wenn es um die Männer ging, die ihre Kinder gezeugt hatten. Sie räumten ihnen mehr Verständnis, mehr Freiheit, mehr Spielraum ein. Bei Männern lief das anders, weil sie nie ganz sicher sein konnten, ob sie wirklich der Vater des Kindes waren. Frauen hingegen konnten dessen sicher sein. Sie wußten es. Und er fragte sich, ob sich Adrian durch das Kind ewig an Steven gebunden fühlen würde. Er hoffte es nicht. Aber auch sie selbst konnte diese Frage nicht beantworten. »Es geht nur um das Kind, Bill ...«

»Ich weiß, ich weiß, aber ich verstehe es nicht ... aber manchmal jagst du mir richtig Angst ein.« Er setzte sich neben sie, und jetzt standen auch in seinen Augen Tränen. »Ich liebe dich.«

»Ich liebe dich auch«, sagte sie leise, als er sie küßte.

»Was meinst du ... sollten wir uns auf einen Monat einigen? Einen Monat nach der Geburt des Babys. Wir nehmen mit dem Kerl nach der Geburt Kontakt auf und lassen ihm einen Monat Zeit, seine Haltung zu ändern. Danach vergessen wir ihn für immer. Na, ist das ein faires Abkommen?«

Sie nickte ernst. Es erschien ihr vernünftig, und es war mehr, als Steven verdiente. Schließlich hatte er die Verzichtserklärung unterschrieben ... Verzicht ... Auflösung ... es klang fast wie Mord, und in gewisser Weise war es Mord gewesen. In gewisser Weise hatte das, was er ihr angetan hatte, sie fast getötet. Andererseits hatte Bill sie gerettet, und dafür würde sie ihm ewig dankbar sein. In Wahrheit schuldete sie Bill viel mehr. Und dennoch ... Steven war ihr Mann gewesen. Alles war so schrecklich verwirrend. Wem schuldete sie Loyalität? Wem war sie mehr verpflichtet? Bill, weil er für sie dagewesen war ... und dennoch ... sie haßte sich, weil sie sich so hin- und hergerissen fühlte, und doch war es so. In ihrem Herzen gab es nur einen. Doch in ihrem Kopf hatten zwei Platz, und das war das Problem. Nun hatten sie sich auf einen Monat nach der Geburt geeinigt – eine faire Lösung. Danach würde die Tür für Steven endgültig zugeschlagen werden. Für sie und das Baby. Steven wußte es gar nicht, doch sie schenkte ihm Zeit und Entscheidungsfreiheit, ohne daß er es wollte.

»Wirst du mich dann heiraten?« drängte Bill sie, und sie nickte mit einem schüchternen Lächeln. »Bist du sicher?«

Wieder nickte sie, und dann senkte sie den Blick und flüsterte: »Erst muß ich ein Geständnis ablegen.«

»Ach, verdammt ... was denn?« Er war am Ende seiner Weisheit. Der Abend war lang gewesen, und er war müde.

»Ich habe dich angelogen.«

Seine Besorgnis wuchs, als sie fortfuhr, ohne ihm in die Augen zu sehen.

»Worum geht es?« fragte er.

Er konnte ihre Worte kaum verstehen, als sie sagte: »Ich bin keine echte Jungfrau.«

Nun senkte sich Schweigen über sie, und er sah sie finster, aber sehr erleichtert an, während sie ein Kichern unterdrückte.

»Du Schlampe!« stieß er grollend hervor, und dann liebte er sie wieder ungeachtet seiner guten Vorsätze, und als alles vorüber war, schliefen sie friedlich umschlungen bis zum Morgen.

25. Kapitel

Am Weihnachtstag hatte Adrian frei, so daß sie lange im Bett bleiben konnten und bis um Viertel nach neun, als das Telefon läutete, dösten und schmusten. Es waren Adam und Tommy, die aus Stowe anriefen, wo sie mit ihrer Mutter Winterurlaub machten. Beide waren aufgeregt und lebendig, und nachdem sie aufgelegt hatten, lächelte Adrian und wünschte Bill frohe Weihnachten. Sie sprangen aus dem Bett, liefen zu ihren Geschenkverstecken und kehrten mit Armladungen voller bunt verpackter Päckchen wieder.

Seine Geschenke waren von den jeweiligen Geschäften sachkundig verpackt worden, die ihren waren in dem Stil verpackt, wie sie auch kochte. Aber er war von allem begeistert, was sie ihm schenkte, ganz besonders aber hatten es ihm der Mini-Fernsehapparat und das Telefon angetan. Den Pullover zog er unter die rote lederne Baseballjacke an, die sie ihm erst zwei Tage zuvor bei einem Bummel am Melrose gekauft hatte.

Adrian war von ihren Geschenken hingerissen. Er hatte ihr ein schickes, grünes Wildlederkleid von Giorgio gekauft, für die Zeit nach dem Baby, und eine schwarze Hermès-Krokotasche im Grace-Kelly-Stil, die sie jedesmal im Vorübergehen bewundert hatte. Dazu Bücher und witzige rosa Schuhe mit Wassermelonenmuster, drei schöne

Nachthemden und einen Morgenmantel fürs Krankenhaus. Daneben hatte er ihr auch jede Menge lustige Kleinigkeiten gekauft – eine goldene Schlüsselkette, einen antiken Federhalter und eine Mickey-Mouse-Uhr, die sie entzückte, sowie einen Gedichtband, der alles ausdrückte, was er für sie empfand. Nachdem sie alles ausgepackt hatte, war sie in Tränen aufgelöst, und er freute sich riesig über ihre Reaktion. Dann verschwand er wieder und kam mit einem winzigen, in türkisfarbenes Papier gewickelten Päckchen wieder, um das sich ein weißes Seidenband schlang.

»Nein, nicht noch mehr!« Sie drückte die schwarzen Gucci-Leder-Handschuhe mit den roten Schleifchen ans Gesicht. Sie war hingerissen. »Bill, das geht doch nicht!«

»Richtig.« Er grinste sie an. »Es geht nicht, und ich wollte eigentlich nicht. Aber warum machst du es nicht auf?« Adrian wagte es nicht. Ihr Instinkt sagte ihr, daß es trotz seiner Kleinheit eine große Sache sein mußte. »Los, sei nicht so feig ...« Mit zitternden Fingern löste sie die Schleife und stieß zunächst auf ein Schächtelchen in demselben Blau wie das Papier mit der Aufschrift Tiffany. Darin befand sich ein schwarzes Samtetui. Langsam, ganz langsam öffnete sie es und schnappte prompt nach Luft. Es war ein Ring mit Diamanten im Baguette-Schliff. Sie starrte den Ring wie gebannt an. »Los, du Dummchen.« Er nahm ihr das Etui aus der Hand. »Probier ihn an, ob er paßt ...« Er wußte, daß ihre Hände ein wenig geschwollen waren, er hatte die Größe daher nur ungefähr angeben können. Aber als er ihr den Ring überstreifte, saß er perfekt.

»O Gott ... Bill ...« Sie saß da und sah ihn fassungslos an. Wieder konnte sie die Tränen nicht zurückhalten. »Er ist so schön, aber ...« Sie hatte ihm erst am Tag zuvor erklärt, daß sie für eine Ehe nicht bereit war. Es war ein sehr schöner Ring – von der Art, wie ihn nur ganz wenige, vom Glück begünstigte Frauen nach zwanzigjähriger Ehe bekamen. Bills Fernsehserie hatte wieder einen Preis bekommen, der ihm ein Vermögen einbrachte, wie sie genau wußte, wenngleich er nie darüber sprach.

»Ich dachte mir, du solltest im Krankenhaus einen ehrbaren Eindruck machen. Eigentlich ist es ein Verlobungsring, aber er gefiel mir besser als irgendein großer Brocken ... und du siehst damit irgendwie verheiratet aus«, meinte er schüchtern. »Wenn wir uns dann wirklich trauen lassen, kannst du einen schlichten goldenen Ring bekommen, wenn du willst.« Es war ein herrlicher Ring, und sie liebte Bill über alle Maßen. Er war unglaublich. Und als sie einen Blick auf ihre Linke mit dem Ring warf, war sie geblendet. Ihren goldenen Ehering hatte sie schließlich doch abgelegt, weil er ihr mit dem allmählichen Anschwellen der Hände zu knapp geworden war und es ihr trotz ihres Zustandes unpassend erschien, ihn noch länger zu tragen.

»O Bill, er ist prachtvoll!«

»Gefällt er dir wirklich?«

Er schien sehr erfreut, und sie war gerührt wegen allem, was er für sie getan hatte.

»Soll das ein Scherz sein? Gefallen? Ich bin völlig außer mir vor Entzücken.« Mit breitem Lächeln legte sie sich im Bett zurück und betrachtete die Hand mit dem Ring. Nun erst sah sie, wie er funkelte. »Ich werde die Schwester im Krankenhaus damit gehörig beeindrucken, wenn ich das Baby bekomme.«

»Komisch.« Er kniff die Augen zusammen. »Verlobt siehst du nicht gerade aus.« Er tätschelte ihren Leib und spürte, wie das Kind sich bewegte. »Es muß ein Mädchen sein«, stellte er beglückt fest.

»Warum?«

Sie war noch immer in die Betrachtung des Rings versunken. Sie konnte es nicht fassen ...

»Sie stampft dauernd mit den Füßen auf«, erklärte er nüchtern.

»Vielleicht wünscht sie sich einen Ring, wie ihn ihre Mutter hat.« Sie gab ihm einen Kuß. Nun war sie doppelt froh, daß sie ihm die schöne Cartier-Uhr gekauft hatte, die sie ihm am Neujahrstag zum Geburtstag schenken wollte. Sie hatte dafür zwar einen ansehnlichen Teil ihres Gewinnes aus dem Wohnungsverkauf aufgewendet, aber es hatte sich gelohnt. Den Rest des Geldes sparte sie für das Baby. Bill hatte ihr bereits angekündigt, daß er die Krankenhausrechnung übernehmen wollte, Adrian aber war entschlossen, dies nicht zuzulassen.

»Bist du sicher, daß du es dir nicht überlegst und doch gleich heiraten möchtest?« fragte er hoffnungsvoll, noch immer bemüht, sie umzustimmen. Es hätte zumindest bedeutet, daß auf der Geburtsurkunde ihres Kindes sein Name hätte stehen können, was ihm viel erstrebenswerter erschien als ›Vater unbekannt‹ – oder ein leeres Kästchen, wie der Anwalt vorgeschlagen hatte. Aber bei einer späteren Heirat konnten sie die Eintragung noch immer ändern und seinen Namen hinzufügen.

Sie sah Bill traurig an, weil sie ihn nicht kränken wollte. »Ich glaube noch immer, daß wir warten sollten.«

Sie hatten sich auf Februar als letzten Termin geeinigt, falls alles gutging und Steven sich nicht als Problem entpuppte, indem er alles über den Haufen warf und seine Haltung völlig änderte. Es war eine Gnadenfrist, die er nach Bills Meinung nicht verdiente, während Adrian noch immer der Vorstellung anhing, er würde nach der Entbindung im Laufschritt zu ihr kommen. Aber irgendwie hatte Bill das Gefühl, sie würde zur Besinnung kommen und alles realistischer sehen, sobald das Kind auf der Welt war. Im Moment brauchte sie wohl das Traumgebilde, daß Steven eines Tages von Reue gepackt zurückkehren würde. Vielleicht war es ihre Art, sich vor der traurigen Realität zu schützen, die darin bestand, daß Steven das Kind nicht wollte.

Sie verbrachten einen ruhigen Nachmittag, und Bill kochte für das Dinner einen Puter, den er stundenlang vorbereitet hatte, während sie sich auf der Couch ausruhte und dann einnickte. Den Ring, den sie am Morgen von ihm bekommen hatte, trug sie noch immer.

Und am nächsten Tag ließ Zelda sich prompt zu einer Bemerkung hinreißen. Man konnte den Ring auch unmöglich übersehen, und die rothaarige Zelda riß die Augen auf, als sie ihn entdeckte.

»Donnerwetter! Hast du am Wochenende geheiratet?«

»Unsinn.« Adrian ließ ein undeutbares Lächeln sehen. »Ich habe mich verlobt«, sagte sie und mußte selbst lachen. Ihre Schwangerschaft war so weit fortgeschritten, daß auch nur der Gedanke an eine Verlobung lächerlich wirkte.

»Der Ring ist eine Wucht«, entfuhr es Zelda voller Bewunderung.

»Der Mann ist eine Wucht«, ergänzte Adrian und ging nach hinten, um mit einem der Redakteure zu sprechen.

Den Rest der Woche versuchte sie noch möglichst viel zu erledigen und Zelda in ihre Arbeit einzuweisen. Da sie in zwei Wochen gehen wollte, erschien es ihr nahezu unmöglich, in dieser Zeit noch alles unter Dach und Fach zu bringen. In der Wochenmitte sprach sie jemand aus Bills Mitarbeiterstab an und vertraute ihr an, daß zu seinem vierzigsten Geburtstag eine Überraschungsparty geplant sei. Adrian freute sich für ihn. Sein richtiger Geburtstag war am Neujahrstag, man wollte die Party am Nachmittag auf dem Set feiern, mit einer Band und mit den Darstellern, ehemaligen und momentanen, und mit so vielen Freunden wie man zusammentrommeln konnte. Adrian fand die Idee großartig, so daß sie zu Silvester kaum an sich halten und das Geheimnis wahren konnte.

Zum Jahresausklang aßen sie mit Bekannten bei Chasen's in kleiner Runde, zu der ein Autor, den Bill kannte, eingeladen hatte. Und als sie nachher nach Hause fuhren, war Adrian sehr schläfrig. Bill hatte ziemlich viel getrunken, ohne angeheitert zu sein. Es war kurz nach Mitternacht, als sie zu Hause eintrafen, und er ging zu Bett, kaum daß er sich ausgezogen hatte, und schlief schon fast, als sich Adrian neben ihn legte.

»Ein glückliches neues Jahr«, flüsterte sie, und er lächelte. »Und alles Gute zum Geburtstag!« Sie dachte an die bevorstehende Party, er aber schlief schon, noch ehe sie die Worte ausgesprochen hatte. Sie beugte sich über ihn und küßte ihn. Er war so lieb und gut zu ihr, und sie liebte ihn so sehr. Eine Weile lag sie noch wach, müde, aber nicht mehr so schläfrig wie noch vor einer Stunde, und dann ganz plötzlich, während sie dalag, spürte sie einen heftigen Tritt und dann ein Spannungsgefühl, das sie von der Brust bis zu den Schenkeln erfaßte, atemberaubend stark, ohne daß es richtig geschmerzt hätte. Vermutlich wieder eine Übungsrunde, dachte sie. Fast hatte sie sich inzwischen an die Vorwehen gewöhnt, die meist an sehr hektischen Tagen, oder wenn sie übermüdet war, auftraten. Sie störten sie nicht mehr. Sie lag da, stellte ganz ruhig Überlegungen an, und dann spürte sie wieder diese Anspannung und dann die nächste. Sie entschloß sich, einen von Bills Tricks anzuwenden, ohne ihn zu wecken. Sie stand auf, schenkte sich ein Glas Wein ein und trank einen Schluck. Aber diesmal ließen sich die Kontraktionen damit nicht aus der Welt schaffen. Um drei Uhr kamen sie schon regelmäßig, aber noch immer nahm Adrian sie nicht ernst. Sie drehte das Licht ab und versuchte einzuschlafen, aber jedesmal, wenn sie es geschafft hatte, wurde sie durch eine Wehe wieder geweckt, so daß Bill schließlich durch ihr unruhiges Hin- und Herwälzen geweckt wurde. Er fragte, was los sei.

»Nichts«, gab sie unwirsch zurück. »Nur diese dummen Kontraktionen.«

Er machte ein Auge in der Dunkelheit auf und spähte zu ihr herüber. »Was meinst du ... ist es diesmal echt?«

»Nein.«

Die Wehen verschafften ihr zwar ein gewisses Unbehagen, aber sie wußte, daß das von ihrer Müdigkeit kam. Die richtigen Wehen waren das nicht, davon war sie überzeugt. Das Kind war ja erst in zwei Wochen fällig, und es gab keinen Grund, weshalb es früher hätte kommen können. Erst am Tag zuvor war sie bei der Untersuchung gewesen, und auch ihre Ärztin hatte nichts dergleichen angekündigt, obschon sie erklärt hatte, daß das Baby ausreichend entwickelt war und von nun an jeden Moment kommen konnte.

»Wie lange geht das schon so?« murmelte Bill.

»Weiß nicht ... drei, vier Stunden.« Es war kurz vor halb vier.

»Nimm ein heißes Bad.« Auch eines seiner Zaubermittel, eines, das ebenfalls gewirkt hatte. Sie hatte es mehrfach ausprobiert, wenn sie Wehen gehabt hatte, und es hatte immer geholfen. Die Ärztin hatte ihnen gesagt, daß die echten Wehen sich durch nichts zum Stillstand bringen lassen würden, nicht durch Wein oder heiße Bäder oder Kopfstände. Wenn das Baby kommen wollte, dann würde es kommen. Und der Gedanke, jetzt aufzustehen und ein Bad zu nehmen, war ihr widerwärtig. »Los«, drängte Bill sie, »versuch es, damit du endlich schlafen kannst.«

Kurz darauf schleppte sie sich ins Bad, und er lächelte, als er ihren Watschelgang sah. Er nickte wieder ein, als er hörte, wie das Wasser einlief. Es kam ihm vor, als seien Stunden vergangen, als er sie wieder neben sich spürte, doch ganz plötzlich merkte er, daß sie erstarrte und ein sonderbares Geräusch von sich gab. Sofort war er hellwach und spähte zu ihr hinüber. Ihr Gesicht verriet Anspannung, und ihr ganzer Körper war steif, als ihn Bill umfaßte.

»Baby, ist alles in Ordnung?« Seine Besorgnis wuchs, als er Licht machte und Schweiß auf ihrer Stirn sah. Das Bad hatte offenbar nicht vermocht, die Wehen zum Stillstand zu bringen. Er lächelte erleichtert, als sich ihr Körper wieder entspannte. Die Angst in ihrem Blick blieb. Er griff nach ihrer Hand und küßte die Finger. »Ich glaube, unser kleiner Freund möchte mit uns Neujahr feiern. Was meinst du, mein Schatz? Soll ich die Ärztin verständigen?« Für ihn stand fest, daß es richtig losging.

»Nein ...« Wieder drückte sie seine Hand.

»Schon gut ... wirklich. Oh nein!« schrie sie. »Nein, nicht ... oh Bill!«

Sie drückte seine Hand ganz fest und vergaß alles, was man ihr an Atemtechnik beigebracht hatte. Bill rief es ihr wieder in Erinnerung, und sie atmete sich über die Wehe hinweg. Ihm war klar, daß nicht viel Zeit zu verlieren war. Ganz unerwartet bekam sie große Schmerzen – höchste Zeit, ins Krankenhaus zu fahren.

Er half ihr, sich aufzusetzen, und sie ging mit angehaltenem Atem und benommenen Blick zu ihrem Schrank. Sie war müde, verängstigt, und plötzlich zitterte sie am ganzen Leib. Eine Minute später war sie sichtlich von Panik erfaßt. Er lief zu ihr und half ihr auf einen Stuhl. Wenn sie von einer Wehe überfallen wurde, brachte sie kein Wort mehr heraus. Und während sie dasaß und um Atem rang, fielen ihr die Qualen der Frau in dem Film ein. Ihr selbst kam jedoch alles noch viel schrecklicher vor. Sie kam überhaupt nicht mehr zu Atem, denn nun jagte eine Wehe die andere.

»Rühr dich nicht ... bleib ruhig ... immer tief durchatmen ...« befahl Bill zugleich ihr und sich selbst, während er ein loses Kleid aus ihrem Schrank holte. Er half ihr, das Nachthemd auszuziehen, zog ihr das Kleid über den Kopf und suchte und fand ein Paar alte Turnschuhe.

»Ich kann doch nicht so gehen«, stieß sie zwischen zwei Wehen hervor. Bill hatte ihr häßlichstes Kleid erwischt.

»Keine Angst, du siehst großartig aus.« Er fuhr blitzschnell in seine Jeans, zog sich einen Pullover über den Kopf und schlüpfte in seine unter dem Bett stehenden Schuhe, ohne daß er Adrian aus den Augen gelassen hätte. Dann rief er die Ärztin an. Sie versprach, in einer halben Stunde im Krankenhaus zu sein. Bill zog Adrian ganz langsam auf die Füße, aber noch ehe sie den Raum durchquert hatte, wurde sie von einer neuen Wehe überfallen, die ihr fast den Verstand raubte. Er überlegte bereits, ob er einen Rettungswagen rufen sollte. Hoffentlich waren sie nicht zu spät dran – er war entschlossen, ihr nicht den Wunsch zu erfüllen, das Kind zu Hause zu bekommen. Er redete ihr gut zu und machte ihr Mut, mit seiner Hilfe hinauszugehen, sobald die Wehe abgeklungen war. Er trug ihre Tasche fürs Krankenhaus, und sie hatten es schon fast bis zur Tür geschafft, als wieder eine Wehe kam. Auf diese Art kamen sie nur ganz langsam voran, und Adrian brach in Tränen aus, als wieder eine Wehe einsetzte. »Schon gut, mein Schatz ... schon gut. Wir schaffen dich sofort ins Krankenhaus, dort wirst du dich besser fühlen.«

»Nein, werde ich nicht«, schrie sie und klammerte sich an ihn. »O Bill ... die letzte war schrecklich.«

»Ich weiß, ich weiß, aber es wird bald vorüber sein, und wir werden ein bildhübsches Baby haben.« Sie lächelte ihm unter Tränen zu und versuchte, sich über die Wehe mit Atemtechnik hinwegzuhelfen, was ihr nicht leichtfiel. Er hatte recht, und es half bis zu einem gewissen Grad. Leider näherte sie sich sehr rasch jenem Stadium, da sie dazu nicht mehr imstande sein würde.

Stunden schienen zu vergehen, bis sie zu seinem Auto gelangten. Endlich half er ihr in seinen Kombi, warf die Tasche auf den Rücksitz und fuhr so rasch zum Krankenhaus, daß er nur hoffen konnte, er würde keiner Verkehrsstreife auffallen, obwohl er diesmal nichts dagegen gehabt hätte, aufgehalten zu werden. Er hoffte auf eine Polizeieskorte, für den Fall, daß das Kind unterwegs kam. Doch es kam nicht, und es ließ sich kein Polizeifahrzeug blicken. Vor dem Eingang für Notfälle hupte er, während er ein Stoßgebet ausstieß, jemand würde kommen und ihm helfen. Gleich darauf war ein Krankenpfleger zur Stelle, als Adrian sich verzweifelt an Bill klammerte und sich unter einer atemberaubenden Wehe wand. Sie halfen ihr in den Rollstuhl, und dann wurde sie im Laufschritt den Korridor entlanggeschoben, während Bill nebenher lief.

»Ich kann nicht, Bill ... oh ...« Sie konnte nicht mehr sprechen, und er sah, daß sie am ganzen Leib zitterte.

»Doch, du kannst ... komm schon ... du machst es prima ... gut ... gut ... es ist fast vorbei.« Es waren leere Worte, aber für sie waren sie das einzige, woran sie sich festhalten konnte. Er wußte, daß man sie im Kreißsaal sofort an ein Wehenüberwachungsgerät anschließen würde. Man konnte dann ablesen, wie stark die Wehen waren, wie lange sie dauerten, wann sie den Höhepunkt erreichten und wann sie nachließen. Das alles war aber noch nicht der Fall, und Adrian hatte nur den Schmerz und das Angstgefühl, daß ihr noch Schlimmeres bevorstünde und sie völlig die Kontrolle über sich verlieren würde. Sie glaubte, sterben zu müssen, und fuhr Bill schroff an, als er versuchte, ihr aus dem Rollstuhl zu helfen.

Die Ärztin erwartete sie bereits und half Adrian ins Bett, wobei ihr eine muntere junge Schwester half, gegen die Adrian auf Anhieb eine Antipathie entwickelte. Heute war ganz und gar nicht ihr Tag, und sie bekam fast einen hysterischen Anfall, als man ihr das Kleid auszog und versuchte, ihr den Gurt des Monitors umzuschnallen, während eine neue Wehe sie überfiel.

»Ruhig, Adrian ... das dauert nur ganz kurz«, beruhigte die Ärztin sie und half der Schwester mit geschickten Händen, während Bill bemüht war, Adrian zum richtigen Atmen anzuhalten. Sie litt große Schmerzen und konnte es kaum aushalten, als sie die drei plötzlich zu Tode erschrocken anstarrte.

»Es kommt!« schrie sie auf, während ihr Blick verzweifelt von Bill zu der Ärztin glitt. »Es kommt ... das Baby kommt!«

»Nein, keine Rede davon.« Die Ärztin versuchte sie zu beruhigen und wies sie an, zu hecheln, während Bill ihr sagte, wie sie es machen sollte, aber Adrian hörte nicht auf zu schreien und behaupte stöhnend, das Kind käme jeden Moment. »Nicht pressen!« Nun war auch die Ärztin nahe daran zu schreien, und plötzlich waren zwei weitere Krankenschwestern zur Stelle. Die Ärztin sah mit gerunzelter Stirn auf den Wehenschreiber und sagte dann zu Bill, während sie sich die Hände wusch: »Die Wehen sind sehr stark ... und sehr lang ... sie ist vielleicht schon weiter, als ich dachte.« Sie sagte es ganz leise, während Adrian schrie.

»Es kommt ... es kommt ...« Sie schrie und schluchzte, und Bill hätte am liebsten mitgeweint. Es war ihm unerträglich, sie so leiden zu sehen, und es wurde noch schlimmer, als sie untersucht wurde. Sie hatte das Gefühl, ein gewaltiger Schmerz würde sie zerreißen, aber die Ärztin nickte befriedigt.

»Jetzt heißt es bald pressen, Adrian ... nur noch ein paar Wehen.«

»Nein!« kreischte sie und kämpfte sich zur sitzenden Position hoch, wobei sie sich bemühte, den Gurt von ihrem gewölbten Leib zu lösen, was ihr auch gelang. »Ich will nicht! Ich kann nicht!«

»Doch, Sie können«, ließ sich die Ärztin vernehmen, während Bill vergebens bemüht war, sie zu beruhigen. Adrian wand sich vor Schmerzen, während die Ärztin sich mit den Schwestern beriet. Es war viel schlimmer als in dem Lehrfilm, und Bill wollte schon fragen, warum man ihr kein schmerzlinderndes Mittel gab, aber die Ärztin unterbrach ihn, als er die Frage formulierte. »Adrian, möchten Sie das Kind gleich hier bekommen? Es wird sehr bald da sein. Ich kann den Kopf schon sehen. Ja, so ist es recht ... kommen Sie ... pressen.« Adrian stieß einen jämmerlichen Schrei aus, und sie sah Bill an, als flehte sie ihn um Rettung an. Eine der Schwestern befestigte Handgriffe am Bett, die zwei Fußstützen am anderen Ende, und plötzlich wurde alles mit blauem Papier abgedeckt. Bill bekam eine Haube und einen grünen Kittel, während er Adrians Schultern umklammert hielt. »So ist's recht ... pressen ... fest!« spornte die Ärztin sie an, und Adrian beteuerte immer wieder, sie könne es nicht. Sie schien überhaupt nur aus Schmerzen zu bestehen, und Bill wollte die Bitte äußern, man sollte ihr ein Mittel geben. Bei jedem Pressen schrie sie, während er sie festhielt und weinte. Aber niemand bemerkte seine Tränen. Auch Adrian weinte, und dann, ganz plötzlich, als sie sich wieder zurücksinken ließ, um sich gleich darauf erneut zum Pressen aufzurichten, ertönte ein langgezogener dünner Jammerton, und Bill sah erstaunt auf. Er musterte Adrian, und sie lächelte unter Tränen und stieß gleich darauf wieder einen Schrei aus, als der Kopf des Kindes austrat. Nun ließ sie sich erschöpft in die Kissen zurückfallen. »Ein Junge!« stellte die Ärztin fest. Adrian und Bill lachten und weinten gleichzeitig. Er betrachtete das winzige Wesen, das mit großen Augen in die Welt blickte und dieselbe kleine Nase wie seine Mutter hatte. Auch Adrian bemühte sich, das Kind zu sehen, doch nun kam die Plazenta, und es entrang sich ihr ein letztes, schmerzliches Stöhnen.

»Er ist so schön«, sagte Bill heiser, »so schön wie du.« Er beugte sich über sie und küßte sie, und sie wandte sich ihm mit einem Blick zu, den sie ihm nie wieder schenken und der ihnen beiden auf ewig unvergeßlich bleiben würde.

»Ist er gesund?« fragte sie matt.

»Er ist perfekt«, verkündete die Ärztin, die den Dammriß mit ein paar Stichen nähte. Man hatte Adrian eine Lokalanästhesie verpaßt, ohne daß sie es gemerkt hatte. Nun war auch der Kinderarzt zur Stelle, um das Neugeborene zu untersuchen, das prächtig aussah und mehr als acht Pfund wog. Bill wiederholte immer wieder, daß es seiner Mutter ähnlich sähe, während Adrian den Eindruck hatte, es sei Bill nachgeraten, was natürlich Unsinn war, aber Bill wollte sie nicht darauf hinweisen.

Er half, das Baby ins Säuglingszimmer zu bringen, während Adrian gewaschen und zurechtgemacht wurde. Eine halbe Stunde später war er wieder bei ihr. Es war erst Viertel nach fünf. Für eine Erstgeburt war es überraschend schnell gegangen, da sie erst um halb fünf im Krankenhaus eingetroffen waren. Aber Adrian waren die letzten Augenblicke endlos vorgekommen.

»Es tut mir leid, daß es für dich so schrecklich schwer war«, flüsterte er über sie gebeugt. Die Veränderung, die sie in den letzten Minuten durchgemacht hatte, war frappierend. Ihre Haare waren gekämmt, Gesicht und Körper gewaschen, sogar Lippenstift hatte sie aufgetragen. Sie war nun eine völlig andere als die Frau, die hysterisch und in Todesangst geschrien und sich vor Schmerzen gewunden hatte.

»So schlimm war es gar nicht«, behauptete sie leise. Und es erschien ihm merkwürdig, aber als er sie genauer ansah, wirkte sie plötzlich erwachsener und reifer. Es war, als wäre sie innerhalb weniger Augenblicke mehr Frau geworden. Zuvor war sie ein Mädchen gewesen. Irgendwie hatte sie recht gehabt, sie war wirklich jungfräulich gewesen. »Wirklich ... so schlimm war es gar nicht«, versicherte sie ihm selig. »Ich würde es wieder tun ...« Sie lächelte, und er fing zu lachen an. Sie sagte genau das, was er vorausgesehen hatte. »Ist der Kleine in Ordnung?«

»Er ist wundervoll. Er wird gebadet und feingemacht und dann wird man ihn dir bringen.« Minuten später kam eine Schwester mit dem gebadeten und süß duftenden Baby, das gewickelt und in eine Decke gehüllt war. Das Baby öffnete die Augen, als die Schwester es Adrian reichte, und Bill und Adrian blickten wie in einem Wunder befangen auf das Kind nieder. Es war vollkommen in jeder Hinsicht, ein Wunder, das über alles hinausging, was Adrian sich je erträumt hatte. Es erinnerte Bill an Adam und Tommy, doch diese Geburt war anders gewesen. Anders und etwas ganz Besonderes. Er fühlte sich Adrian nun viel näher, als hätten sie eine Seele, einen Verstand, ein Herz ... und ein Baby – so als sei ihnen zu dritt ein Herzschlag zu eigen. Das Baby sah sie an, als müßte es sich besinnen, ob sie ihm bekannt waren.

Adrian fing wieder zu weinen an, aber diesmal vergoß sie Freudentränen. Alle Opfer, die sie für dieses winzige Wesen gebracht hatte, hatten sich gelohnt. Alle Schmerzen, alle Ängste und alle Sorgen, die hinter ihr lagen. Es hatte sich sogar gelohnt, daß sie ihre Ehe aufs Spiel gesetzt hatte, und jetzt war sie doppelt froh, daß sie sich von Steven nicht zur Abtreibung hatte zwingen lassen. Es war eine schreckliche Vorstellung.

Bill half ihr, das Neugeborene ein wenig auszuwickeln und an die Brust zu legen. Das Baby fing sofort zu saugen an, und Bill sah es voller Rührung. Alles war so einfach und so leicht, ganz so, wie das Leben sein sollte. Zwei Menschen, die sich und die Kinder liebten, die wie kleine Glücksbringer in ihr Leben traten.

»Wie sollen wir ihn nennen?« flüsterte sie Bill zu.

»Ich halte Thigpen für einen sehr hübschen Namen.«

»Zufällig gefällt er mir auch«, sagte sie zärtlich. Sie würde nie vergessen, was er für sie getan hatte, wie er ihr von Anfang bis zum Ende zur Seite gestanden war, und sie wußte, daß sie ohne ihn die Geburt nicht überstanden hätte. Ärztin und Schwestern waren längst nicht so wichtig gewesen. »Das nächste bekomme ich zu Hause«, kündigte sie an und entlockte Bill damit ein Stöhnen.

»Bitte ... darf ich mal Atem holen? Es ist noch nicht mal sechs Uhr am Morgen.« Trotzdem war er glücklich, sie vom ›nächsten‹ reden zu hören. Und als sie ihm zulächelte, fiel ihr ein, daß Neujahr und sein Geburtstag war.

»Alles Gute zum Geburtstag.« Sie gab ihm einen Kuß unter den Blicken des Babys, das kleine Schnüffelgeräusche hören ließ, sich aber ansonsten bei ihnen sehr wohl zu fühlen schien.

»Das nenne ich ein Prachtgeschenk!« Es war ein schöner Vierziger, ein Innehalten und Gedenken, wie kostbar das Leben war, wie einfach und wie wertvoll. Das Geschenk eines Kindes, von der Frau, die er liebte ... Vollkommenheit. »Was hältst du übrigens von Teddy?«

Sie überlegte kurz, ehe sie die Gegenfrage stellte: »Wie wäre es mit Sam?«

Er nickte und sah das Kleine an. Ein reizendes Baby, zu dem der Name gut paßte. »Sehr hübsch, Sam Thigpen.« Da sah er sie an ... aber fragen wollte er sie nicht. Würde es Sam Thigpen heißen. Oder Sam Townsend oder Sam Thompson, wenn ihr Mädchenname eingetragen würde? Für diese Frage war es noch viel zu früh.

Bill blieb bis acht bei ihr, dann fuhr er nach Hause, um zu duschen, aufzuräumen und zu frühstücken. Er versprach, spätestens zu Mittag wieder bei ihr zu sein, und riet ihr, sich auszuruhen. Und als er auf Zehenspitzen aus dem Zimmer schlich, drehte er sich an der Tür noch einmal um und sah sie an. Das Baby in den Armen der Mutter, beide friedvoll und von Liebe umgeben, und zum erstenmal seit sehr langer Zeit hatte er das Gefühl totaler Erfüllung, von Frieden und Glück.

26. Kapitel

Adrian erwachte nach einer Stunde. Das Baby schlief noch, und die Schwestern sahen nach, wie es ihr ging. Sie fühlte sich blendend, trotz der kleinen Nachwehen, die sie noch hatte. Aber alles war in bester Ordnung, und sie lag lange da und dachte nach, nachdem die Schwestern wieder gegangen waren. Zwei Anrufe mußte sie erledigen, und dafür war jetzt ebensogut Zeit wie ein andermal. Fast fühlte sie sich wie elektrisiert, wenn sie das schlafende Neugeborene ansah. Es war der aufregendste Tag ihres Lebens, der glücklichste Augenblick, und sie hatte das Bedürfnis, ihre Empfindungen mit anderen zu teilen.

Als erstes rief sie in Connecticut an. Es war ein schwieriges Gespräch, das nur durch die gute Nachricht etwas erleichtert wurde.

»Warum hast du mir nichts gesagt?« erkundigte sich ihre Mutter schockiert, weil sie ein Enkelkind bekommen hatte und von Adrians Schwangerschaft nichts geahnt hatte. »Ist er nicht normal?« Es war der einzige Grund, der ihr für Adrians Verhalten einfallen wollte – typisch für die Natur der Beziehung, die Adrian in den letzten Jahren mit ihren Eltern verbunden hatte, seit sie Stevens Frau geworden war. Ihre Eltern hatten nie ein Hehl daraus gemacht, daß sie ihn nicht leiden konnten. Sie hatten sich in ihrer Abneigung nicht geirrt, wie sich herausgestellt hatte, aber dadurch war die Beziehung zu ihrer Tochter auf Dauer geprägt worden.

»Tut mir leid, Mutter. Hier bei mir ist es ziemlich turbulent zugegangen. Steven ist im Juni ausgezogen. Und ... ich dachte, er würde zurückkommen. Ich wollte euch von dem Kind nichts sagen, bevor er wieder bei mir war ... das war ziemlich dumm von mir.«

»Ach so.« Stille.

»Bekommst du Unterhalt?«

Merkwürdig, daß dies das einzige war, was ihrer Mutter einfiel.

»Nein, ich wollte keinen.«

»Wird er mit dir um das Sorgerecht kämpfen?«

»Nein.« Die Einzelheiten wollte sie ihnen ersparen, und von Bill wollte sie zunächst auch nichts sagen, sonst glaubte ihre Mutter womöglich, sie hätte eine Affäre gehabt und Steven wäre aus diesem Grund auf und davon. Adrian wollte ihr zunächst nur von dem Baby erzählen.

»Wie lange wirst du im Krankenhaus bleiben?« Ihre Mutter war so schrecklich nüchtern, daß es Adrian schwerfiel, ein Gefühl der Nähe zu empfinden, auch jetzt nicht, da sie selbst Mutter geworden war.

»Vielleicht bis morgen.« Das stand nicht fest. »Oder ein paar Tage. Ich weiß es wirklich noch nicht.«

»Ich werde dich zu Hause anrufen. Hast du noch dieselbe Nummer?« Bezeichnend, daß sie fragen mußte.

»Ja.« Sie hatte ihr Telefon bei Bill anschließen lassen, als sie ihre Wohnung aufgab. Damals war es einfacher gewesen, als Erklärungen liefern zu müssen. »Ich werde dich anrufen, Mom.«

»Sehr schön und ... ach, meinen Glückwunsch ...« Ihre Mutter hörte sich noch immer an, als wüßte sie nicht, was davon zu halten war, und ihr Vater war gar nicht zu Hause. Irgendwie hatte es sie traurig gestimmt, ihre Eltern anzurufen, aber wenigstens hatte sie ihre Pflicht getan.

Der nächste Anruf fiel ihr noch schwerer. Ihr Anwalt war durch ein Versehen an Stevens Privatnummer gekommen, aber er hatte Adrian geraten, keinen Gebrauch davon zu machen. Sie holte ihr Adreßbuch aus der Handtasche und wählte, im linken Arm das Baby, die Nummer. Dabei sah sie Sam an. Der Kleine war so hübsch, so niedlich und brav. Es war alles, was sie sich gewünscht hatte und noch viel mehr ... Vier Stunden war er jetzt alt, und sie hatte schon das Gefühl, ihn immer gekannt zu haben.

»Hallo!« Die Stimme, die an ihr Ohr drang, klang vertraut, da Adrian sie aber seit Monaten nicht mehr gehört hatte, war sie plötzlich verlegen.

»Hallo ... Steven ... ich ... hier Adrian. Entschuldige den Anruf.« Stille. Steven konnte sich nicht vorstellen, weshalb sie ihn anrief oder wie sie an seine Geheimnummer geraten war.

»Warum rufst du an?« Er tat so, als hätte sie kein Recht, ihn auch nur anzusprechen. Ihre Hand zitterte.

»Ich dachte, du solltest davon erfahren ... heute morgen ist das Baby zur Welt gekommen. Ein Junge.« Jetzt kam sie sich noch dümmer wegen des Anrufs vor, da eine noch hartnäckigere Stille eintrat. »Tut mir leid ... ich hätte wohl nicht anrufen sollen ... ich dachte nur ...«

Und dann erklang endlich wieder seine Stimme. »Ist er normal?« Es war die Frage, die auch ihre Mutter gestellt hatte und die Adrian irgendwie als kränkend empfand.

»Ja, er ist in Ordnung«, sagte sie leise. »Ein bildhübsches Kind.« Dann hörte sie Steven zögernd fragen: »War es sehr schlimm? Geht es dir einigermaßen?« Fast hörte er sich an wie der Mann, den sie einst gekannt hatte.

»Es ging alles glatt.« Es hatte keinen Zweck, ihm zu erzählen wie es gewesen war. Eine Geburt war viel schlimmer, als sie angenommen hatte, aber rückblickend erschien es ihr selbst nicht mehr so arg, weil sie Sam in den Armen hielt und alles vorüber war.

»Es hat sich gelohnt.« Und dann sagte sie: »Ich wollte dich anrufen ... ich dachte nur ... ich weiß, daß du diese Dokumente unterschrieben hast, aber ich wollte dir die Möglichkeit geben, ihn zu sehen, wenn du möchtest.« Das war sehr viel entgegenkommender, als die meisten Frauen sich benommen hätten, aber Adrian war immer schon so gewesen. »Natürlich erwarte ich es nicht ... ich dachte nur, du sollst es wissen, für den Fall, daß ...« Sie ließ den Satz unvollendet, und er ging sofort darauf ein.

»Ja, sehr gern.« Adrian wußte gar nicht, wie ihr geschah. Sie hatte immer geplant, ihm diese Chance zu geben, aber nie wirklich erwartet, daß er sie nützen würde. »Wo bist du?«

»Im Cedars-Sinai.«

»Ich komme heute irgendwann vorbei.« Und dann fragte er in merkwürdig nachdenklichem Ton: »Hat er schon einen Namen?«

Sie nickte, während ihr Tränen übers Gesicht liefen. Alles war so unerwartet, daß sie jetzt ganz durcheinander war. Seit Juni hatte sie Steven nicht mehr gesehen, und jetzt wollte er nach dieser langen Zeit sein Baby sehen. »Er heißt Sam«, flüsterte sie.

»Gib ihm einen Kuß von mir. Wir sehen uns später.« Was er eben gesagt hatte, bedeutete einen noch größeren Schock für sie. Er klang so anders, so ungewohnt sanft, und sie bekam es mit der Angst zu tun. Was würde geschehen, wenn er sie wirklich besuchte? Den ganzen Morgen lag sie da und grübelte. Das Baby in ihren Armen rührte sich kein einziges Mal und schlief ganz ruhig. Es war kurz vor Mittag, als sie hörte, wie die Tür geöffnet wurde. Sie sah Steven im Eingang stehen – in grauer Hose, blauem Hemd und Blazer. Sein Haar war länger als seinerzeit, er war sonnenverbrannt und sah besser aus als je zuvor.

»Hallo, Adrian, darf ich?« Er zögerte in der Tür, und sie nickte, wobei sie gegen ihre Tränen ankämpfte. Vergeblich, denn als er auf sie zuging, weinte sie. Plötzlich mußte sie daran denken, wie sehr sie ihn geliebt hatte, was für Hoffnungen sie beflügelt hatten, wie überzeugt sie gewesen war, daß ihre Ehe ewig halten würde und wie verzweifelt sie gewesen war, als er sie verlassen hatte. Damals hatte er ihr das Herz gebrochen.

Zunächst sah er nur sie, als er langsam näher kam, mit einem großen Strauß gelber Rosen in der Hand. Erst aus der Nähe bemerkte er das in eine blaue Decke gehüllte Baby, dessen winziges, rosiges Gesichtchen wie eine Rosenknospe aussah.

»O mein Gott ...« Er starrte auf das Kind nieder. »Ist er das?«

Sie nickte unter Tränen. Was für eine dumme Frage. »Ist er nicht süß?«

Diesmal war es an Steven zu nicken. Mit Tränen in den Augen sah er sein Kind an und dann die Frau, die es geboren hatte. »Was für ein Idiot ich doch war ...« Es waren genau die Worte, die sie sich erträumt, aber nie wirklich erwartet hatte.

Sie nickte und ließ ihren Tränen freien Lauf. Seine Äußerung blieb unwidersprochen. Im Sommer hätte niemand ihn umzustimmen vermocht, sein Anwalt hatte es versucht und nichts erreicht. »Ich glaube, du hattest einfach Angst.«

»Ich weiß, daß ich Angst hatte. Ich konnte mir nicht vorstellen, Kinder zu haben und all die Opfer zu bringen, die damit verbunden sind. Ich kann es mir noch immer nicht vorstellen«, fügte er offen hinzu. Aber der Anblick seines Babys überwältigte ihn. Sein Kind. Sein Geschöpf.

»Er ist wunderschön, nicht?« fragte er versonnen, während sein Blick unverwandt auf dem Kind ruhte. Schließlich richtete er den Blick auf Adrian, aber aus seinen Augen sprach Nüchternheit und nicht Zärtlichkeit. »Es muß für dich in letzter Zeit sehr schwer gewesen sein.« Sie nickte. Von Bill wollte sie nichts sagen. Das ging ihn nichts an. »Wo wohnst du jetzt?«

Sonderbar, daß er sie das jetzt fragte – nach dieser langen Zeit. Sie gab ihm eine Antwort, die nichts verriet. Die ganze Zeit über hatte er sich nicht gekümmert, wo sie war oder wie es ihr ging. Und jetzt auf einmal wollte er es wissen ...

»Dieselbe Adresse, am anderen Ende des Blokkes.« Er nahm an, daß sie sich eine kleinere Wohnung von ihrem Anteil am Verkaufserlös zugelegt hatte.

»Sehr schön.« Dann starrte er wieder seinen Sohn an und faßte behutsam nach den zarten Fingerchen. »Er ist so klein. Und so vollkommen.«

»Er wiegt fast neun Pfund«, verteidigte sie Sam, aber Steven konnte nichts anderes tun, als ihn wie ein Wunder zu bestaunen. Der Kleine sah ihm nicht ähnlich – eher Adrian, aber nur andeutungsweise. Er sah aus wie eine eigene Persönlichkeit, und Steven hatte nichts dagegen.

Dann fragte Adrian zögernd: »Möchtest du ihn halten?« Ihre Hände zitterten noch vom Schock des Wiedersehens.

Plötzlich bekam Steven es mit der Angst zu tun, aber er setzte sich selbst und sie in Erstaunen, als er nickte und die Arme ausstreckte. Adrian übergab ihm vorsichtig das Kind. Schließlich war es sein

Sohn, und sie hatte ihn angerufen. Um zu sehen, ob ihm etwas an dem Kind lag, um ihm eine letzte Chance zu geben, das Kind aufzunehmen, das er zurückgestoßen hatte. Sie bettete das Baby in seine Arme und unterdrückte ein Schluchzen, als sie sah, daß er das Kleine in stummer Faszination ansah. Er setzte sich auf einen Stuhl neben dem Bett, zu eingeschüchtert, um sich zu rühren, mit angstvoller Miene und reglosen Armen, als fürchte er, das Baby würde aufspringen und ihn beißen. So saß er da, in die Betrachtung seines Kindes versunken, und während sie ihn beobachtete, ging die Tür auf – Bill mit einem großen Strauß, zwei Dutzend Helium-Ballons und einem großen Plüschbären, den er unbeholfen in der Tür niedersetzte. Er wollte eintreten, als Steven sich über Adrian beugte und ihr das Kind zurückgab. Von seinem Standpunkt aus konnte Bill nur die rührende Szene der wiedervereinigten Familie erfassen. Adrian blickte erschrocken zu Bill auf. Steven stand so nahe bei ihr, als hätte er sie nie verlassen, und zum erstenmal fing das Baby zu brüllen an, als ahne es, daß sich etwas Schreckliches zugetragen hatte.

»Ach ... Verzeihung ... wie ich sehe, ist der Zeitpunkt ungünstig«, sagte Bill zu niemandem besonderen. Er hatte Angst, Adrian in die Augen zu sehen, weil er sich vor dem fürchtete, was er darin lesen würde.

»Macht nichts«, erwiderte Adrian verlegen. »Das ist Steven Townsend, mein ...« Sie erstickte fast an dem Wort. Sie sah, wie die Farbe aus Bills

Gesicht wich. Am liebsten hätte sie ihm zugerufen, er solle nicht verrückt spielen und hereinkommen, Steven würde im nächsten Moment ohnehin gehen. Aber sie brachte kein Wort heraus, während Steven Bill abweisend anstarrte und Bill rücklings wieder hinausging, ohne eine Erklärung abzuwarten.

»Ich komme später wieder.«

»Nein ... Bill ...« Aber er war schon fort, lief den Korridor entlang. Ein Klumpen drückte ihm die Kehle ab, derselbe Klumpen, den er gespürt hatte, als Leslie ihm erklärte, daß sie nicht mit nach Kalifornien gehen würde. Es wiederholte sich alles, der Verlust, der Schmerz, der Kummer, die Einsamkeit ... aber diesmal würde er es nicht hinnehmen.

Adrians Verwirrung und Verzweiflung war so groß, daß Steven aufmerksam wurde. »Wer war das?« fragte er unwillig. Die Störung hatte ihn sichtlich verärgert.

»Ein Freund«, sagte sie leise. Sie spürte, daß Steven ungehalten war, aber beiden war klar, daß er kein Recht dazu hatte, und jetzt sah er mit ernster Miene auf sie nieder. Seit ihrem Anruf und seit er das Kind gesehen hatte, war ihm einiges durch den Kopf gegangen.

»Ich schulde dir eine Entschuldigung«, sagte er finster, während Adrian sich insgeheim wegen Bill Vorwürfe machte. Sie hatte nicht erwartet, daß Steven so prompt reagieren würde, und als er angeboten hatte, zu kommen, war sie froh, es hinter sich zu bringen, damit sie und Bill endlich in Ruhe zusammen leben konnten. Sie hatte sich vorgenommen, Steven anzurufen, ohne mit einer Situation wie dieser zu rechnen, vor allem aber nicht damit, daß Bill sie überraschen würde. Plötzlich war alles durcheinandergeraten, und sie wußte nicht, was sie mit dem brüllenden Baby anfangen sollte. Sie läutete nach der Schwester, die anbot, den Kleinen eine Weile ins Säuglingszimmer zu bringen. Adrian drehte sich überrascht und ein wenig erschrocken zu Steven. »Es tut mir leid, wenn ich dir weh getan habe, Adrian.« Plötzlich fiel ihr jener Abend ein, an dem er sie im Le Chardonnay geschnitten hatte. »Das letzte halbe Jahr muß für dich sehr schwer gewesen sein«, fuhr er fort. Was sie durchgemacht hatte, wurde damit nicht annähernd beschrieben. Hätte Bill sich nicht ihrer angenommen, hätte sie das alles nicht überstanden. »Aber für mich war die Zeit nicht minder schwer.« Adrian wollte ihren Ohren nicht trauen. Schließlich war nicht sie es gewesen, die auf die Scheidung bestanden hatte. Und während sie ihm zuhörte, ging ihr auf, daß ihre Wut und ihr Groll unvermindert waren. Sie war zornig, gekränkt und nicht sicher, ob sie ihm je vergeben konnte. »Du hast mich durch dein Verhalten bis ins Innerste erschüttert. In gewissem Sinn war es ein Betrug, den du dir geleistet hast.« Er fuhr unbeirrt fort, während Adrian ihn ungläubig anstarrte. An Stevens Egoismus hatte sich nichts geändert. »Aber meinem Sohn ... unserem Kind zuliebe ... glaube ich, dir mit der Zeit vergeben zu können.«

Sie sah ihn aus aufgerissenen Augen an. Nicht zu fassen. Er war willens, ihr zu verzeihen. »Das ist sehr gütig von dir«, sagte sie leise. »Ich weiß das sehr zu schätzen.« Fast erstickte sie an den Worten. »Aber Steven, du warst nicht der einzige, der gekränkt und verletzt wurde. Es tut mir leid, wenn du dir verraten und verkauft vorgekommen bist. Aber du hast mich verlassen, als ich schwanger war. Du hast mich völlig aus deinem Leben verdrängt. Du hast die gesamte Einrichtung mitgenommen, mich aus unserer Wohnung geworfen, du hast dich scheiden lassen und auf sämtliche väterlichen Rechte verzichtet. Du hast dich geweigert, mit mir zu sprechen, wenn ich dich anrief.«

»Sei dem, wie es sei.« Er überging alles, was sie vorgebracht hatte. »Ich glaube, dem Kind zuliebe sollten wir von vorn anfangen.«

»Ist das dein Ernst?« Aus ihrem Blick sprach blankes Entsetzen. Es war nicht das, was ihr vorgeschwebt hatte. Steven war womöglich noch gefühlloser und anmaßender als früher, und wie alles andere im Leben trug auch das Baby nur zur Steigerung seines Selbstwertgefühls bei. Da er es gesehen und für gut befunden hatte, und da es ein Sohn war, schien er plötzlich gewillt, es anzunehmen.

Es war die Gelegenheit, die sie ihm hatte einräumen wollen, doch sie hatte, falls überhaupt, ein echtes Gefühl für das Kind erwartet, eine Spur Zärtlichkeit und Güte. Eine Spur von Reue oder Bedauern, einen Anflug von Anständigkeit und Liebe. Da wurde ihr plötzlich klar, daß sie eigentlich in Gedanken bei Bill war, denn Steven war bar jeglicher Empfindungen.

»Ich glaube du begreifst nichts«, erklärte sie. »Steven, du hast alles aufgegeben, weil dir an uns beiden nichts lag. Du hast uns verlassen. Der Grund meines Anrufes war die entfernte Möglichkeit, daß du es vielleicht bereuen könntest. Ich wollte dir die Möglichkeit geben, das Kind zu sehen. Aber das alles bedeutet dir nichts, auch jetzt nicht. Du hast kein Gefühl für das, was du getan hast. Das einzige, woran dir liegt, bist du selbst ... Du hast doch tatsächlich die Dreistigkeit zu behaupten, du wärest ›hintergangen‹ worden. Ich bin gar nicht sicher, ob du je Gefühle für das Kind entwickeln könntest. Du bist mit dir selbst so beschäftigt, daß ich oder das Kind dich keinen Deut kümmern. Es mag auf dich Eindruck machen, daß du nun einen Sohn hast, aber das ist auch alles. Was ist er für dich? Was bedeutet er dir? Was bist du bereit, ihm zu geben?« Das waren wichtige Fragen, und Steven reagierte darauf ziemlich verärgert.

»Wohnung, Nahrung, Erziehung, Spielzeug ...« Etwas anderes wollte ihm nicht einfallen, doch sie schüttelte den Kopf.

Er hatte die Prüfung nicht bestanden. Er würde sie nie schaffen.

Jetzt wußte sie es. Es war das, wovon sie sich hatte überzeugen müssen, und jetzt war sie froh, daß sie ihn angerufen hatte.

»Du vergißt etwas ganz Wichtiges.«

Steven überlegte, aber ihm fiel nichts mehr ein. Mochte er auch noch so gut aussehen, er wirkte dennoch leer.

»Du hast die Liebe vergessen. Sie bedeutet mehr als Wohnung, Nahrung, Bildung oder sonst was. Sie bedeutet mehr als Computer, Tennisschläger, Möbel, Stereoanlagen, Jobs. Liebe. Ich glaube, dies ist der Punkt, den du bei unserer Heirat völlig vernachlässigt hast. Hättest du mich geliebt, hättest du mich und das Kind nie verlassen.«

»Ich habe dich geliebt ... du mich aber nicht. Du hast das feierliche Versprechen, nie Kinder zu bekommen, gebrochen.«

Es war sein voller Ernst.

»Ich konnte nicht anders.« Sie bereute nichts. »Und es tut mir auch nicht leid.«

»Es sollte dir aber leid tun«, sagte er bekümmert. »Denn du hast mir großen Kummer bereitet.«

»Kummer ... ich dir?« Adrian starrte ihn groß an, als er aufstand und auf und abging, nicht ohne den großen Bären ausgiebig zu betrachten, den Bill an der Tür zurückgelassen hatte.

»In Wahrheit hast du mich betrogen«, fing er wieder an, »und wenn ich dir jetzt dem Kind zuliebe verzeihe, hast du allen Grund dankbar zu sein.« Wieder glaubte sie, nicht richtig zu hören.

»Ich bin dir nicht dankbar, keine Spur«, versetzte sie, und dann stellte sie ihm die beängstigende Frage. »Steven, liebst du das Kind? Ich meine ... wirklich? Möchtest du den Kleinen mehr als alles andere haben ... möchtest du alles andere hintanstellen, um ihm sein Leben zu erleichtern?«

Sehr lange sah er sie stumm an. »Sicher könnte ich es mit der Zeit lernen.«

Doch sie entdeckte, daß in seinem Inneren etwas vor langer Zeit gestorben war, ohne daß sie es bemerkt hatte.

»Und wenn du dich von uns wieder bedroht fühlst, was dann? Wirst du wieder ausziehen? Die Wohnung verkaufen? Oder einfach die Scheidung einreichen?« Er war grausam zu ihr und indirekt auch zu seinem Kind gewesen. Das wußten beide, mochte er jetzt auch von ›Betrug‹ ihrerseits sprechen.

»Ich kann dir für die Zukunft keine Versprechen geben. Ich kann nur sagen, daß ich es versuchen werde. Aber ich glaube, du bist es mir schuldig, zurückzukommen und es auch zu versuchen.« Sie war es ihm schuldig? Wie liebevoll! Wie zärtlich!

»Auf welcher Basis? Soll ich dich wieder heiraten?« Sie wollte ein für allemal alles geklärt wissen. Dies war die Konfrontation, die sie herbeigesehnt hatte.

»Nein, ich glaube ... ich glaube, wir sollten es einfach versuchen. Du solltest zurückkommen und uns ein halbes oder ganzes Jahr Zeit geben, während ich sehe, ob ...«

»Ob dir die Vaterrolle zusagt, so ist es doch? Und wenn nicht?«

»Dann schadet es auch nicht. Die Dokumente sind eingereicht, wir wechseln einen Händedruck und wünschen uns alles Gute.« Wie ein geschäftlicher Vertrag, so hörte es sich an.

»Und Sam?«

»In diesem Fall gehört er dir.«

»Wie nett. Und wie soll ich ihm das später einmal erklären? Daß du es probiert hast, für ihn aber keine Zuneigung entwickeln konntest? Nein, Steven. Vaterschaft kann man nicht mieten, um sie auszuprobieren. Man tut es oder läßt es, wie Ehe, Liebe, wie das wirkliche Leben eben. Es handelt sich nicht um eine deiner Tennispartien, bei denen du dir unter verschiedenen Partnern den Schwächsten aussuchst, damit du deinem Ego Streicheleinheiten verpassen kannst.«

Ihre Worte machten ihn wütend, aber sie entsprachen der Wahrheit, und er wußte es.

»Warum hast du mich dann angerufen? Wolltest du das nicht von mir hören? Oder bist du auf der Suche nach einem besseren Angebot?« Ihr kostbarer Diamantring war nicht unbemerkt geblieben, auch nicht die vielen Geschenke, die Bill an der Tür zurückgelassen hatte.

»Auf dein Bestangebot verzichte ich. Aber ich wollte dir einen Blick auf deinen Sohn gestatten, ehe du ihn endgültig aufgibst. Ich war der Meinung, du hättest es verdient, weil ich an die Möglichkeit glaubte, du würdest es eines Tages bitter bereuen, und du könntest ihn vielleicht liebgewinnen. Aber es hat nicht sein sollen. Alles, was dir zu dem Kind einfällt, ist, daß du es ausprobieren möchtest wie einen Mietwagen. Und du möchtest mich zurückhaben, damit ich mich um ihn kümmere, weil du gewillt bist, mir meinen ›Betrug zu vergeben‹, wie du es nennst. Aber den Betrug habe nicht ich begangen, sondern du, und das Kind gehört jetzt mir.«

Er war verblüfft, aber nicht sonderlich betroffen. Fast hatte sie sogar den Eindruck, daß er erleichtert war. So oder so, er hatte sich nicht verändert. Das wußte sie jetzt mit Sicherheit.

»Du kannst ihm sagen, ich hätte dir angeboten, wieder mit dir zu leben, und du hättest abgelehnt.«

»Auf Probe ... Steven, das ist gar nichts.« Sie merkte plötzlich, daß sie laut schrie, und es war ihr egal. Es tat wohl, ihn anzuschreien.

»Ich möchte ihn bedingungslos lieben, durch dick und dünn mit ihm gehen, ob häßlich oder hübsch, in guter Stimmung oder in schlechter, in kranken und gesunden Tagen, mit jedem Quentchen Liebe, die ich geben kann. Das möchte ich unserem Kind geben.« In ihren Augen standen Tränen, und als sie die Worte sagte, wurde ihr klar, daß es genau das war, was sie auch Bill geben wollte.

»Bedingungslose Liebe gibt es nur unter Narren«, sagte er zynisch.

»Dann bin ich eben eine Närrin.« Sie hatte ihm dies alles einst angeboten, und er hatte sie im Stich gelassen.

»Dann viel Glück.« Er stand da und sah sie an. Jedes Gefühl, das sie einst füreinander empfunden hatten, schien verflogen. Ein wenig sanfter setzte er hinzu: »Es tut mir leid, daß es so gekommen ist, Adrian.« Doch es schien ihm nicht aufrichtig leid zu tun, daß er das Baby aufgeben mußte. Einen kurzen Moment waren seine Neugierde und seine Faszination erwacht, doch der Augenblick war vorüber.

Kaum hatte die Schwester das Baby hinausgebracht, schien Steven es vergessen zu haben.

»Mir tut es auch leid.« Sie blickte zu ihm auf, von der Frage bewegt, was für ein Mensch er in all der Zeit, da sie ihn zu kennen geglaubt hatte, wirklich gewesen war. »Es tut mir leid für dich«, sagte sie leise.

»Nicht nötig.« Während sie ihn ansah, fühlte sie sich plötzlich frei und war jetzt doppelt froh, daß sie ihn angerufen hatte. Er war aufrichtig zu ihr, er hatte nichts mehr zu verlieren. »Adrian, ich war dafür nicht bereit. Ich nehme an, daß sich daran bei mir nie etwas ändern wird.« Er war ehrlich wie nie und tat sich keinen Zwang an, mochte das Neugeborene noch so niedlich sein. Aber er war eben nicht Bill, und Adrian war nun völlig klar, daß sie Steven nicht mehr liebte. Seit Monaten nicht mehr, nicht seit Bill ... oder vielleicht seit dem Baby.

»Ich weiß.« Sie nickte langsam und lehnte den Kopf an das Kissen. Hinter ihr lag ein unendlich langer Morgen. »Danke, daß du gekommen bist.« Er berührte ihre Hand, drehte sich um und ging wortlos hinaus. Diesmal wußte sie, daß er für immer gegangen war, und sie bedauerte es, obwohl sie wußte, daß er ihr nicht fehlen würde. Adrian lag im Bett, in Gedanken bei Bill. Sie durfte gar nicht daran denken, welchen Eindruck er gewonnen haben mochte, als er sie mit Steven zusammen gesehen hatte. Sie wünschte sich nichts sehnlicher, als daß er wiederkommen würde, damit sie ihm alles erklären konnte.

Während sie an Bill dachte, schritt Steven mit ausgreifenden, entschlossenen Schritten den Korridor entlang. Vor der Säuglingsstation mit dem großen Fenster blieb er stehen. Er konnte das Kind sehen – ein blaues kleines Bündel in einem durchsichtigen Acryl-Bettchen, ein wenig aufgerichtet, damit die Schwestern es besser im Auge behalten konnten. Auf der blauen Karteikarte am Bettchen stand: »Thompson, männlich, 8 Pfund, 14 Unzen, 5.15 Uhr.«

Das Baby trug Adrians Mädchennamen, wie er es gerichtlich gefordert hatte. Und während er das Kind betrachtete, wartete Steven, daß sich in ihm ein nie gekanntes Gefühl regte, doch er wartete vergeblich. Das Baby war so niedlich, so unglaublich klein und hilflos. Am liebsten hätte man die Hand nach ihm ausgestreckt und es berührt. Und er würde nie vergessen, was für ein Gefühl es gewesen war, es in den Armen zu halten. Dennoch war er erleichtert gewesen, als Adrian das Kleine wieder übernommen hatte, so wie er jetzt erleichtert war, weil er wußte, daß das Baby Adrian gehörte und nicht ihm. Es tat gut, zu wissen, daß sich ein anderer darum kümmerte.

Steven hatte erwogen, es eine Weile mit dem Baby zu versuchen, vielleicht nur, um Adrian wieder für sich zu gewinnen, aber jetzt atmete er auf, weil ihm das erspart blieb. Sogar ihm war aufgegangen, daß ihre Beziehung endgültig zerstört war. Sie wollte zu vieles, an dem ihm nichts lag. Sie erwartete zuviel von ihm.

»Na, Ihr Junge?« fragte ein alter Mann mit Zigarre und Glatzkopf und breitem Lächeln. Steven sah ihn verblüfft an und schüttelte den Kopf. Nein. Nicht sein Junge. Das Kind eines anderen. Und dann ging er entschlossen weiter, endlich wieder im reinen mit sich selbst. Für Steven hatte die Tortur ein Ende gefunden.

27. Kapitel

Adrian wartete den ganzen Tag auf Bill, aber er kam nicht. Immer wieder rief sie in seiner Wohnung an, doch es hob niemand ab. Um vier war sie der Verzweiflung nahe, weil sie ihn nirgends erreichen konnte. Ihr war schmerzlich bewußt, was er sich denken mochte. Um so drängender war das Verlangen, ihm alles zu erklären und ihm zu sagen, welchen Verlauf Stevens Besuch genommen hatte. Aber sie konnte ihn nirgends ausfindig machen. Zudem machte ihr die Party Sorgen, da man damit gerechnet hatte, daß sie ihn ins Büro bringen würde, wo der gesamte Drehstab und alle Darsteller ihm eine Überraschung bereiten wollten. Schließlich rief sie in seinem Büro an, in der Annahme, die anderen müßten inzwischen da sein. Um sechs wurde endlich abgehoben, und sie hörte lauten Hintergrundtrubel. Sie mußte den Lärm übertönen und dem Regieassistenten lautstark ihren Namen nennen.

»Adrian? Ach, herzlichen Glückwunsch zum Baby!« Bill hatte allen glückstrahlend von Sam erzählt, aber wer ihn kannte, der merkte, daß er merkwürdig verändert war. Nicht weiter verwunderlich, wenn er nach einer langen Nacht, in der er Adrian beigestanden hatte, müde war. Und in die Party war er ganz zufällig geraten. Nachdem er das Krankenhaus verlassen hatte, war er ins Büro gefahren, um einen klaren Kopf zu bekommen. Er war kurz nach dem Zeitpunkt eingetroffen, den Adrian mit den Kollegen vereinbart hatte. Es war, als wäre es ihm, mit ihr oder ohne sie, bestimmt gewesen, dorthin zu gelangen.

»Ist Bill da?« Endlich hatte sie ihn gefunden.

»Er ist eben gegangen. Er müßte noch einiges erledigen, hat er gesagt. Eine tolle Party, wirklich.« Der Regieassistent schien schon ziemlich angeheitert zu sein. Offenbar war die Stimmung so gut, daß der Ehrengast nicht vermißt wurde. Bill hatte sich aus dem Staub gemacht, gerührt, weil man ihn feiern wollte. Dennoch konnte er es kaum erwarten, wieder allein zu sein. Das war ein Geburtstag, der es in sich hatte ...

Adrian versuchte wieder, ihn zu Hause zu erreichen. Sie geriet an den Anrufbeantworter. Sie konnte es nicht fassen. Vielleicht wollte er ihr gar nicht die Möglichkeit einer Erklärung einräumen. Er hatte immer gewußt, daß es ihre Absicht gewesen war, mit Steven nach der Geburt Kontakt aufzunehmen – aber Bill hatte gewiß nicht erwartet, ihn an ihrer Seite sitzend anzutreffen, in ihrem Krankenzimmer, das Baby in den Armen. Er hatte daraus sofort einen schmerzlichen Schluß gezogen. Und Adrian, die sehnsüchtig auf ihn wartete, fürchtete schon das Schlimmste, als Stunden vergingen und er sich nicht blicken ließ. Er mußte ihr so böse sein, daß er sie nicht wiedersehen wollte, und es gab keine Möglichkeit, ihn zu erreichen. Sie konnte ihr Zimmer und das Krankenhaus nicht verlassen und fühlte sich hilflos und wie in einer Falle gefangen.

Sie hielt das Baby den ganzen Nachmittag im Arm. Erst gegen Abend legte sie Sam in das Bettchen, das neben ihrem Bett stand. Als das Abendessen kam, ließ sie das Tablett unberührt und schickte es weg. Den großen blauen Bären setzte sie in einen Sessel und widmete sich traurig der Betrachtung von Bills Rosenstrauß. Sie wünschte sich sehnlichst, ihn zu sehen und ihm sagen zu können, wie sehr sie ihn liebte.

»Möchten Sie ein Schlafmittel?« fragte die Schwester um acht Uhr, aber Adrian schüttelte nur den Kopf. Die Schwester vermerkte daraufhin auf dem Krankenblatt, daß bei der Patientin eine postnatale Depression nicht auszuschließen sei. Sie hatte den ganzen Tag nichts zu sich genommen und schien auch nicht sonderlich interessiert, das Baby zu stillen. Sie war in sich gekehrt und einsilbig. Kaum war die Schwester wieder gegangen, wählte Adrian erneut die Nummer von Bills Wohnung. Noch immer war der Anrufbeantworter eingeschaltet. Sie hinterließ die Nachricht, er solle sie anrufen.

Sie nahm das Baby in den Arm und versenkte sich in die Betrachtung ihres Söhnchens ... die winzige Nase, die geschlossenen Augen, der vollkommene Mund, die winzigen, zu Fäusten geballten Fingerchen. Er war so süß, so klein und makellos, und sie war so vertieft in seinen Anblick, daß sie gar nicht hörte, wie um neun die Tür geöffnet wurde. Bill sah sie an, bemüht, jede Regung, die er für sie und das Kind empfand, zu verdrängen, als sie den Kopf drehte und ihn bemerkte.

Ihr Atem stockte, unwillkürlich streckte sie eine Hand aus und wollte sofort aufstehen, was nicht ganz einfach war.

»Bleib im Bett«, sagte er leise. »Steh nicht auf. Ich wollte mich nur verabschieden.« Seine Stimme klang kühl und gelassen. Er kam ein wenig näher, aber nicht ganz nahe. Ihr fiel auf, daß er korrekt gekleidet war. Nicht wegen der Party, soviel war klar. Die Party war eine Überraschung gewesen, er hatte in Sweatshirt und Jeans gefeiert, jetzt aber sah er aus wie für einen besonderen Anlaß gekleidet – Tweedanzug, cremefarbenes Hemd, Hermès-Krawatte und braune Schuhe. Über dem Arm trug er einen Wintermantel. Und plötzlich wußte sie, daß er weg wollte.

»Wohin gehst du?« fragte sie voller Angst. Sie spürte instinktiv, daß zwischen ihnen alles anders geworden war. Und das alles innerhalb weniger Stunden. Noch vor zwölf Stunden waren sie ein Herz und eine Seele gewesen, und jetzt hatte er sich von ihr losgerissen und wollte sie verlassen. Sie wußte auch, warum. Ihr einziger Wunsch war, den Schmerz zu lindern, den sie ihm zugefügt hatte.

»Ich dachte, ich könnte kurzfristig nach New York fliegen und die Kinder für ein paar Tage besuchen.« Er warf einen Blick auf seine Uhr. »Ich muß in ein paar Minuten gehen, damit ich die Nachtmaschine erwische.« Ihr Herz sackte ab, als sie ihn ansah. Ihr einziges Gefühl war Panik und die verzweifelte Angst, ihn zu verlieren. Fast raubte es ihr den Atem, als sie merkte, daß er sich voller

Unbehagen im Raum umsah. Dabei schien er dem Baby mit seinem Blick auszuweichen.

»Wissen die beiden, daß du kommen willst?«

»Nein, ich wollte sie überraschen.«

»Wie lange bleibst du weg?« Sie wußte nicht, was sie sonst hätte sagen sollen ... außer daß es ihr leid tat, daß sie sehr dumm gewesen war, daß sie sich um Stevens Gefühle nicht hätte kümmern sollen, daß Steven ein Ekel war – und sie auch –, und daß sie Bill über alles liebte und Sam als ihr gemeinsames Kind aufwachsen sollte ... falls er blieb, falls Bill bleiben würde ... und wenn er ihr verzeihen konnte.

»Ich weiß nicht, wie lange ich bleibe«, sagte er, den Blick voller Sehnsucht auf sie gerichtet.

»Eine Woche ... zwei ... vielleicht mache ich mit ihnen einen Kurzurlaub, wenn sie aus Vermont zurück sind, falls Leslie es erlaubt ...« Immer war er auf Gedeih und Verderb jemandem ausgeliefert, um mit den Menschen, die er liebte, zusammensein zu dürfen ... Leslie, Adrian ... Steven – aber daran durfte er jetzt nicht denken. Es würde ihm guttun, seine Söhne zu sehen und Kalifornien für eine Weile den Rücken zu kehren. Es reichte ihm. Er brauchte Abwechslung. Er schenkte sich selbst ein wenig Tapetenwechsel zum Geburtstag. Sollte jemand anderer sich doch um seine Probleme kümmern. Es lagen jede Menge Drehbücher vor, an die sich die anderen in seiner Abwesenheit halten konnten, und wenn sie ihnen nicht gefielen, mußten sie sich selbst etwas ausdenken.

»Ach, übrigens ... ich habe für dich eine Säuglingsschwester engagiert. Sie wird tagsüber kommen, kann aber auch über Nacht bleiben, falls du sie brauchst – für die Zeit nach dem Krankenhaus. Ich habe sie nicht persönlich in Augenschein genommen, aber die Agentur hat sie mir als großartig empfohlen.«

Er dachte an alles, und Adrians Augen füllten sich mit Tränen.

»Das hättest du nicht tun müssen. Ich komme gut allein zurecht.«

»Ich dachte, du würdest mit dem Kleinen Hilfe brauchen. Es sei denn ...« Auf diesen Gedanken war er gar nicht gekommen, und dann sah er sie neugierig an und kam sich noch dämlicher vor ... »Wirst du bei mir wohnen oder bei Steven?« Jetzt wurde ihr endgültig klar, was er geglaubt hatte, und es tat ihr aus tiefstem Herzen leid. Es war ihre Schuld, sie hatte ihm so viel Schmerz zugefügt.

»Zu Steven gehe ich nicht. Er ist für mich erledigt«, erklärte sie mit solcher Bestimmtheit, daß er sie verdutzt ansah.

»Heute morgen hatte ich aber den Eindruck, daß ... ich dachte ... ich habe ja gewußt, du würdest ihn verständigen«, erklärte er. »Ich war nur überrascht, daß du es so rasch getan hast. Darauf hätte ich vorbereitet sein sollen«, setzte er leise hinzu, »aber ich war nicht darauf gefaßt. Ich wurde praktisch überrumpelt, als ich euch drei hier ertappte ... und ich hatte mich über Sam und alles andere so gefreut ...«

Seine Miene drückte so viel Kümmernis aus, daß ihr zum Heulen zumute war.

»Ich wollte es hinter mich bringen. Ich weiß, daß es nicht richtig war, aber ich wollte, daß er das Kind sieht, damit er es freigibt – geistig, meine ich – oder damit er ihm seinen Segen gibt oder sonstwas. Ich weiß nicht, was ich dachte, ich weiß auch nicht, was für verrückte Vorstellungen ich die ganze Zeit über hatte. Ich war der Meinung, Steven etwas schuldig zu sein. Vielleicht fühlte ich mich schuldig, weil ich ihm etwas so Herrliches wegnahm und damit davonging, vielleicht auch, weil ich es mit dir teilen will. Aber in Wahrheit weiß er ja gar nicht, was es heißt, ein Kind zu haben. Er weiß gar nicht, was Liebe ist. Für ihn ist das Baby nur eine Belastung. Er ist ein Narr und ein Idiot, und ich war eine noch größere Närrin und Idiotin, weil ich ihn überhaupt geheiratet habe.« Sie sah Bill kläglich an und weinte. Plötzlich fing das Baby in ihren Armen zu brüllen an. Bill legte seinen Mantel hin und trat ans Bett, um ihr zu helfen.

»Komm, laß mich das machen ...« Er war ganz ruhig, seine Hände waren sicher. »Hat er Hunger?«

»Ich weiß es nicht. Eben erst habe ich ihn gestillt, aber das hat er wohl noch nicht bemerkt.«

»Na, könnte ja sein, daß er naß ist.« Er sah fachmännisch nach, um das Baby dann mit geübten Griffen wieder in seine Hüllen zu wickeln, während sie wortlos staunte, wie geschickt er in allem war. »Ich glaube, er wollte einfach fester gewickelt werden. Die Windel war zu locker. Babys haben es gern, wenn sie stramm gewickelt sind – wie in einem Kokon. Da, ich zeige es dir.« Er führte es ihr rasch vor und reichte ihr das Kind mit sicheren Händen. Sie bedankte sich und putzte sich die Nase.

»Ich weiß gar nicht, was ich gedacht habe, als ich Steven anrief. Kaum war er da, wußte ich, daß es ein Fehler gewesen war, und dann bist du gekommen, und ehe ich etwas sagen konnte, warst du auch schon wieder fort.« Sie fing wieder zu weinen an. Die Schwester kam herein und schüttelte den Kopf. Für sie war klar, daß Adrian die ersten Symptome der typischen postnatalen Depressionen zeigte, oder aber ihr Mann machte ihr zu schaffen, jedenfalls war klar, daß die Patientin unter extremer Belastung stand. »Ich habe den ganzen Tag versucht, dich zu erreichen«, fuhr Adrian fort. »Ich konnte dich nirgends finden!« setzte sie anklagend hinzu. »Und dabei ist heute dein Geburtstag.«

»Das weiß ich.« Er lächelte. Sie wirkte so aufgeregt und kindlich mit dem blauen Band im Haar. Wie ein Teenager sah sie aus, der in den Armen ein fremdes Kind hielt. »Mir war es verdammt peinlich, als ich in seiner Gegenwart hereinplatzte. Ich war nicht darauf gefaßt und schon gar nicht darauf, daß ich eine so innige Szene vorfinden würde.«

»Na ja, zuerst war es wirklich rührend«, erklärte sie. Sie wünschte, Bill würde sich setzen, aber sie wollte es ihm nicht vorschlagen, aus Angst, ihm würde einfallen, daß er die Nachtmaschine erreichen mußte. »Steven schaute das Baby an, als hätte er noch nie eines gesehen. Aber er ist wirklich ein Esel und ein aufgeblasener Kerl dazu. Ich glaube er hat nie im Leben wirklich Liebe empfunden, außer für seinen Tennisschläger oder seinen Porsche. Er war willens ›mir zu vergeben‹, weil ich ihn ›hintergangen‹ hätte, und mich und das Kind auf Probe bei sich aufzunehmen. Kann man sich das vorstellen?« Ihr Zorn regte sich wieder, während sie davon erzählte.

»Und wenn er dich bedingungslos zurückgenommen hätte? Wenn er gesagt hätte, daß er dich liebt?«

»Mir war klar, daß es zu spät war, daß alles aus war, falls je etwas an Liebe vorhanden gewesen war. Er und ich hatten niemals das, was wir beide jetzt haben. Wir hatten nur etwas Künstliches, Unreifes. Ehe ich dich kannte, wußte ich gar nicht, was Liebe ist«, flüsterte sie leise, und er legte den Mantel neben den blauen Plüschbären und trat ans Bett, in dem sie mit dem Kind saß.

»Adrian, mir war der Gedanke, dich zu verlieren, unerträglich ... ich weiß, wie das ist.« Er sah auf das schlafende Neugeborene nieder. »Ich wollte dich nicht verlieren. Ich wollte euch beide, und dazu Tommy und Adam, wann immer es sich einrichten läßt ... für immer. Ich habe nicht das Recht, dir im Weg zu stehen. Du warst mit Steven verheiratet, und du hast das Recht, zu ihm zurückzukehren, wenn du willst. Aber wenn du dich jetzt entschieden hast, wenn du deiner Sache sicher bist, dann muß ich es wissen ...« Er sah sie mit einem gequältem Blick an. An seinem vierzigsten Geburtstag war er mündig geworden.

»Niemals habe ich jemanden mehr geliebt.« Sie streckte die Arme nach ihm aus, und er umfing Adrian, die ihren Tränen freien Lauf ließ. Sie hatte das Gefühl, den ganzen Tag geweint zu haben, aber ihm ging es nicht anders – ein Geburtstag, den er nie vergessen würde ... »Ich könnte ohne dich nicht leben.« Die Vorstellung, daß sie ihn durch ihre eigene Dummheit beinahe verloren hätte, ließ sie innerlich erbeben.

Bill lächelte und sagte nichts, als er ihr half, das Baby hinzulegen. Dann sah er sie wieder an. »Ich liebe dich. Ich möchte, daß du dessen ganz sicher bist.« Dann sah er auf seine Uhr und setzte sich lächelnd auf die Bettkante neben sie. »Sieht aus, als hätte ich die Nachtmaschine verpaßt.« Da er sich aber bei den Kindern nicht angekündigt hatte, würden sie nicht enttäuscht sein. »Hast du etwas dagegen, wenn ich die Nacht über bei dir bleibe?« Er grinste, und sie lachte und putzte sich wieder die Nase.

Hinter ihr lagen ein gefühlsintensiver Tag und eine ebensolche Nacht.

»Ich weiß nicht, was die Schwestern dazu sagen.« Doch es war für beide kein Hindernis, als sie sich im Bett aneinanderschmiegten, Adrian in ihrem rosa Nachthemd, das Bill ihr zu Weihnachten geschenkt hatte, und Bill in seinem englischen Tweedanzug. Die Schwester, die erschien, um nach Adrian zu sehen, sah, wie die beiden sich küßten und schloß leise die Tür. Mrs. Thompson schien es viel besser zu gehen.

»Die halten uns sicher für völlig unmöglich«, flüsterte Adrian ihm zu, als die Tür hinter der Schwester ins Schloß fiel.

»Zu Recht«, flüsterte er schmunzelnd.

»Ich habe für dich ein Geburtstagsgeschenk.« Adrian war die Uhr eingefallen, während sie sich küßten und sich im Flüsterton unterhielten.

»Schon?« sagte Bill lachend. »Ist das nicht zu früh?«

»Du bist widerlich.«

Er küßte sie lange und leidenschaftlich, und die Welt war wieder in Ordnung, als er sie in den Armen hielt.

»Ich habe eine Überraschung für dich«, eröffnete er ihr nachdenklich, als sie Seite an Seite an die Kissen gelehnt dalagen.

»Was denn?«

Sie sprachen noch immer ganz leise, damit sie das Baby nicht weckten, und weil ihr Leben plötzlich so einfach und friedlich aussah.

»Wir heiraten in den nächsten Tagen.«

»Es wird auch Zeit.« Sie tat, als sähe sie ihn mit einem finsteren Blick an, und ließ den Ring aufblitzen.

»Ich möchte meinen Namen auf Sams Geburtsurkunde lesen«, erklärte er fast streng.

»Wie wär's mit Samuel William Thigpen«, schlug sie mit schüchternem Lächeln vor, und er beugte sich zu ihr und gab ihr einen Kuß.

»Das geht …« Er lächelte. »Das klingt wunderbar.« Damit zog er sie wieder so eng an sich, daß er ihren Herzschlag an seinem spürte, und es war, als schlügen beide Herzen im Gleichklang.